U0487851

有爱的青春陪伴者

南方有嘉木

梵瑟
FANSE

著

贵州出版集团
贵州人民出版社

图书在版编目（CIP）数据

南方有嘉木 / 梵瑟著. -- 贵阳：贵州人民出版社，2024.8. -- ISBN 978-7-221-18462-7

Ⅰ．I247.5

中国国家版本馆 CIP 数据核字第 2024YJ6694 号

南方有嘉木
NANFANGYOUJIAMU

梵瑟 / 著

出 版 人：朱文迅
选题策划：大鱼文化
责任编辑：潘江云
特约编辑：雪　人　听　听
装帧设计：刘　艳　孙欣瑞
封面绘制：我是俊鹏
出版发行：贵州人民出版社（贵阳市观山湖区会展东路SOHO办公区A座
　　　　　邮编：550081）
印　　刷：天津睿和印艺科技有限公司
开　　本：880毫米×1230毫米　1/32
字　　数：348千字
印　　张：10
版　　次：2024年8月第1版
印　　次：2024年8月第1次印刷
书　　号：ISBN 978-7-221-18462-7
定　　价：42.80元

贵州人民出版社微信

版权所有　盗版必究．举报电话：策划部0851-86828640
本书如有印装问题，请与印刷厂联系调换．联系电话：022-29432903

目录 · MULU

第一章
少女的征途是星辰大海 /001/

第二章
世间美好与你环环相扣 /018/

第三章
如黑夜拥有寂静与繁星 /047/

第四章
旷野漂流的尽头贩黄昏 /068/

第五章
月亮转动着齿轮般的梦 /101/

目录 · MULU

第六章
荒脊土地上最后的玫瑰 /136/

第七章
在这个路遥马急的人间 /177/

第八章
橘子并不是唯一的水果 /209/

第九章
春天在樱桃树上做的事 /245/

第十章
你是落日弥漫温柔的橘 /281/

结局章
从此,我的人间被点亮 /295/

第一章 / 少女的征途是星辰大海

聒噪的蝉鸣无尽地撕扯空气里的炎炎热浪，与电话另一头的高分贝嗓门形成灵魂深处的共鸣。

"可算接了！什么情况？假的吧？你怎么可能不是你爸妈的亲闺女？"

"你的眉毛、嘴巴明明和你妈一模一样！你的眼睛、鼻子明明是从你爸脸上复制粘贴的！"

"离谱！什么年代了还能发生抱错孩子十几年的乌龙？"

"做过那啥亲子鉴定没？"

"喂？在吗？迦妃？迦姐……迦哥……迦爷……迦太后……"

南迦躲进遮天蔽日的百年榕树下，45度仰望浓密绿荫之外的烈烈日光："大毛，现在是11月吧？"

"啊？"

"31.5℃，你敢相信？"南迦捏着手机拿离捂出汗的左耳，伸到半空来了个五秒钟实时转播，再将手机换到右耳，"听见了吗？夏天的声音。"

"不对呀，今天快冷秃噜皮了，还下雨，羽绒服都——"毛现反应过来后，嗓门又升一个声调，"不是吧？你在哪儿？真和人家换过来，去你亲爸亲妈家了？"

站在榕树下的亭子里望出去，正对三个篮球场，球场边的铁丝网上挂着条红底白字的横幅。南迦微微眯起眼试图辨认横幅号召什么"捐款"，摆着手掌给自己扇风，"不就八点档狗血剧情，别没见过世面似的，一惊一乍，好歹跟我混的，你丢不丢人？没事的话跪安吧，我熟悉新学校呢。"

毛现："最后一句！"

南迦："准奏。"

毛现："您老人家还回来吗？"

还回去吗？南迦没想过。

就像她不是经过深思熟虑决定来这里的，只是两天前一瞬间的念头在她头脑里扎了根,她便连夜买了机票,抵达机场才告诉南向东。

她也不认为有想的必要。日子嘛,过一天算一天,到需要拐弯的时候,脚下的路自然会提醒你。就像一个星期前的今天,她突然得知自己十六年的人生和另外一位同龄少女错换了。

况且,想了,一切就能随她所欲吗?

政治课本曰:事物发展的客观规律不以人的意志为转移。

"南迦?"

瘦瘦小小的年轻女性,中分低马尾,鼻梁处架副黑框眼镜,镜片厚度可观。南迦掐断电话:"嗯,我是。"

对方神色犹疑地打量她。

南迦知道自己现在看起来像个不良少女,疑惑地喊:"王主任?"

对方和蔼可亲:"王主任下午不在,让我来接你。我教你们政治,也是你以后的班主任,田英。"

南迦弯腰,乖巧又礼貌:"田老师好。"

"走,这边。"田英在前面带路,"王主任说你早上该过来报到,但没等着你。"

南迦扯扯肩上的书包背带:"昨晚玩游戏睡太迟,早上起床晚了。"

她连谎都不扯一个,坦诚得过分直白,田英不由得回头看一眼。

穿过假山前的喷水池,南迦随田英踏上长长的阶梯。等爬到顶,她数出一共一百零三级,田英恰好结束对各科任老师包括性别在内的详细介绍。

"怎样?虽然我们清荣一中的硬件设施比不上你在大城市的学校,但师资力量也算雄厚吧?"

不忍辜负田英殷切期待的眼神,南迦没敢说自己刚刚左耳进右耳出,她捧场地竖起大拇指:"不愧是清荣市一流的高中!"

田英往高一教学楼拐:"王主任和我谈过你的学习情况,你初中成绩很好,参加竞赛拿过不少奖,初三因断断续续生病经常缺课,所以中考发挥失常。"

南迦不小心笑出声。南向东同志的话术怎么不带变一变的?她中考失利后,逢谁问起他,都是同一套理由,几个月来恐怕连他自己都信了。

"田老师,还有多久能到教室?"南迦翻手抹了下额头的汗。为什么要把一所学校建在半山腰?从进校门开始就爬山,大热天的,她体力再好也经不起折腾。

"快了，我们四班在四楼。"田英笑笑，特自豪地解释，"学校志存高远，八十多年前建校的时候传承立意，身体和灵魂——"

"总有一个在路上？"南迦非常顺嘴地接了茬。

田英："……"

南迦当作无事发生，一脸求知欲旺盛地说："田老师您继续。"

田英便继续说："你的说法也没错，就是希望我们一中学子埋首书山学海的同时不忘强身健体。"

南迦受教地使劲儿点头。

下午两点多钟，第一节课正在进行中，跟在田英身后止步于高一（4）班门口时，南迦发现，四班这边也有一个楼梯。

"两侧楼梯都可以上下楼。对面独一栋是高三教学楼，高一和高二两栋教学楼相通，中间有教师办公室、开水房和厕所。"田英操碎了心，边比画边讲解，生怕她不明白。

田英往教室里看一眼，又招招手领她多走了几步到后门："你在原来的学校用的课本也是人教版没错吧？带了吗？"

南迦点头："嗯，带了，在书包里。"

田英指着第二组的最后一张桌子："班里只剩一个空位，你先坐着，之后调整。数学老师在上课我不好打断，等课间我再过来给大家介绍你。"

"好的田老师。"其实不必介绍，没关系的。

南迦要进教室，又被田英拉住："你穿170码还是175码？校服我帮你拿，再发你一本《校纪校规》，晚上你回家熟悉熟悉。今天你第一天来学校，情有可原，明天开始不能穿便装、不能穿拖鞋、不能染发、不能带手机进教室。"

四个不能，她全犯了。

第二组最后一张桌子，仅仅四五步的距离，南迦也没能低调，引得四面八方同学们的关注。数学老师手持三角尺敲了两下讲台，打趣说："给你们五秒钟时间看新同学，精神了就转回来看黑板，等一下立体几何拿不到分，一个个别找新同学哭。"

全班此起彼伏笑出声。南迦也忍俊不禁，规规矩矩地掏书本。

语文课本，英语课本，政治课本，物理课本……

独独少了数学课本。南迦无奈托腮，记不得是落北城还是落酒店了。

她一歪头，睇向旁边。相较其他同学或高或低摞出的小书山，旁边的桌面特别干净，仅摊开一本书，翻到的页面正是现在数学老师激情授课中的内容，课本中间还夹了一支最常见的黑色晨光中性笔。

显而易见，她有个同桌，就是不知道她的这位同桌为什么现在不在。

南迦没有未经允许擅动别人物品的毛病，只自己倾过身体去借看。

五分钟过去，神秘的同桌依旧不见踪影。南迦脖子有点酸痛，挪动身体坐过去些，百无聊赖间观察到中性笔压住的位置写了串公式——字不错。

又五分钟过去，依旧不见同桌的踪影。南迦打个哈欠，两手支住下巴，努力撑开眼皮。

"喂。"

"新同学？新同学？醒醒。"

"同学……下课了……"

接连三个不同的嗓音。

唔？喊谁呢？南迦刚意识到是喊自己，脑门倏地遭到一阵外力的轻推，下巴瞬间磕到桌面，上下齿关猛地咬合。

南迦陡然惊醒，连同起床气一道发作："干什么？"

一颗、两颗、三颗人头。两颗来自前面坐着的两位，第三颗的所属者站在她的桌子旁边，天生冷淡的眼睛由上往下睨她，表情透着不耐烦。

冷面拽酷？南迦眉尾挑一下，站起身："刚你推的我？"

对峙的火药味儿无声弥漫。新同学突然杠上受人瞩目的班草，很难不引人关注，全班同学不约而同消了音，齐刷刷地朝后排张望。

包亨达哪见过这等场面，迟疑地开口："我……"

"嗯？"南迦扭头。

她神色和善，没有不好惹的样子。

包亨达咽咽唾沫："不是跃哥，是我推的你，对不起。因为你占了跃哥的位子，跃哥没地儿坐。怎么喊你你都不醒，我才轻轻上了手。"

张焱辉弱弱附和："我做证，他说的是事实。"

南迦是很讲道理的，既然得到了解释，炸开的毛自然收敛，与人客客气气道歉："不好意思，上课的时候我一向容易睡死过去。"

这话叫人怎么接？

南迦挪回自己那一半空间，又转向"冷面拽酷"，打了声招呼："我忘带数学课本，看了两眼你的书。没碰。"

"冷面拽酷"没理她，脸上隐约挂了"不爽"两个字。

南迦蹙眉——这还是个事儿精？

气氛再度微妙。包亨达和张焱辉相互使眼色，谁也没看懂对方的意思。

好在，田英如及时雨般降临："林跃，你回来了？"

"嗯。"林跃答应道。虽然还是冷冷淡淡的，但比刚才像个活人。

南迦将他的音色与不久前睡梦中喊她的那声"喂"匹配上。

田英从后门走进来："我正打算去医务室看看。听说骑单车摔了？摔哪儿了？校医怎么说？开药没？你要不要请假？"

"不是我，"林跃说，"是六班的瞿闻宣。不严重。脚崴了。我帮忙送他回家了。"

"哦哦。"田英并未因此放心，"你平时也骑单车来学校吧？要引以为戒，也得注意，校门口出去的那个坡很陡的。"

看着他不拽也不酷地乖乖听唠叨，南迦幸灾乐祸地瞧热闹。林跃跟装了雷达似的，分出半寸目光朝她扫射，精准捕捉到她泄露内心暗爽的嘴角弧度。

他这一眼倒把田英的注意力也招来。田英记起原本的目的，指着南迦说："林跃，这是今天转来我们班的借读生，暂时和你同桌。如果有需要，我再调整座位。新同学不太跟得上大家的学习进度，你们同桌之间多多交流互帮互助。"

"班主任——"林跃的脸臭得明晃晃的。

田英没瞧他，也没听完他的话："你们数学老师来了。先上课。"

"南迦，你的校服。"田英递给她，踩着铃声匆匆离开教室。

数学老师嗓音嘹亮："多给你们两分钟，该上厕所的上厕所，该喝水的喝水。"

南迦将校服塞进桌斗，纳闷："怎么又是数学课？连排两节啊？"

包亨达热心解答："今天星期四，下午第二节是老邹的专属周考日。"

南迦明白了，原来上节课的"等下立体几何拿不到分"是这个意思。

张焱辉传承了田英的善解人意："不用担心，很简单的，百分之八十都是老邹上节课讲过的题型。"

说完，张焱辉记起南迦上节课睡得很香，表情略尴尬。

下一秒尴尬被南迦笑眯眯化解："那数学老师很够意思啊。"

包亨达从她自信的表情和轻松的语气中读到了深藏不露。他就知道这位新同学成绩绝对"不社会"，八成是传闻中上课睡觉下课闹便能随便考考上清华、北大的天才型选手。清荣一中历年都聚集了整个清荣市最精英的学子，可从没有出过学渣。

"姐，正式认识一下。"为表郑重，包亨达腆个微胖的肚皮特地起身，"小弟姓包名亨达,包你亨通又发达。"

抓紧时间复习中的张焱辉也飞快转个身,指着他练习册封面的署名,小声自我介绍:"我叫这个——"

"还有跃哥,他入学考试是我们这届的第一名。"

游离于三人之外的林跃翻了个白眼,对包亨达把他捎带上这件事表示不满。

这时,挑染着蓝紫色头发的少女亮着她超短热裤下的长腿,豪气地捧出她书包里一沓分数是个位数的试卷:"你们好,我是璃莹殇·安洁莉娜·樱雪羽晗灵·血丽魑·魅·J·Q·伤梦薰魅·蔷薇玫瑰泪·邪儿·南迦,以后请多多关照啊。"

林跃:"……"

什么鬼?包亨达和张焱辉同样蒙,分别收获写有新同学姓名的见面礼一份。

南迦没有厚此薄彼,打算找张分数还行的卷子送给林跃,以衬得起林跃的学霸身份。

数学老师敲了敲讲台示意大家两分钟时间到。南迦暂且作罢。

这学校的硬件设施的确有些落后,桌子不单人单张便罢,椅子也是双人连在一起的长凳。两人身量、体形不同,胸口和桌子间隔开的最佳距离必然也不同。现在她岂不是没办法自由调整舒适度?

鉴于和他的关系尚不融洽,她刚来第一天也不愿意继续纠缠,她决定先忍一节课,等考完试再与他就日后的和平共处商议详细条约时,椅子却倏地被拉近了些。

南迦转头,只见身旁的少年已经把前面传来的卷子拿在手里先行粗略浏览,他细长的手指蜷在纸页边缘,白色衬衣的袖口卷高至小臂,两颗汗珠先后从他的鬓角滑到下颌。

"姐?迦姐……"包亨达挥着考卷迟迟等不来她的接应。

南迦收敛视线,拿到卷子后也先浏览卷面。

和林跃不同的是,她浏览了整十分钟才动笔。

没能立马动笔是因为继找不着数学课本后,她又找不着文具了。

不过这回她记得,昨晚她做题到半夜直接睡过去,文具全散落在酒店的床上,出门前她忘记将文具收拾进书包了。

分数可以低,考试态度不能不端正。学渣也是有底线有原则的。而且她心算没那么厉害,确实需要笔。

南迦无奈,轻轻戳前座后背:"达儿。"

"怎么了？"

听得出包亨达被迫分神的焦躁。南迦十分抱歉，不想多耽误他的时间："有没有多余的笔借我？"

包亨达快速丢来一支，准头不够，笔从桌面滑到了地上。

南迦捡起来，结果笔头似乎摔坏了，写了两下就不出墨水了，她尝试甩了甩，未果。

不好再打扰包亨达一次，南迦看向左手边方向。那儿有个银灰色笔袋，目测装备挺充足的。"差生文具多"这则定律在她和她的同桌之间反过来了啊。

南迦的眼珠子掠向笔袋的主人。和班上其他人一样，他也正极其专注地答着题——算了，她撂下笔，用脑子读题解题。

银灰色笔袋忽然被推到她的手边。

南迦："？"

"自己拿。"林跃一如既往没有什么表情，也没看她，仍在认真答题。

"谢谢……"南迦立刻取了笔，连日的坏心情被熨帖了一个小角落。

"拽酷"同桌面冷心不冷嘛。

考试时间总共三十分钟。收卷后，剩余的时间留给大家自习，但几乎没人能马上进入自习状态，大多在和前后左右的同学对答案。

包亨达连问林跃三道题，问一题发出一声悲鸣。南迦品茗似的，小口小口喝着养乐多，宽慰了他一句得罪林跃的话："别这么丧气，也许你才是对的。"

班上嘈杂，包亨达瞄了眼又在做物理题的林跃。判断林跃应该没听见，包亨达松了一口气，但仍然说："那还是我做错，跃哥做对吧。"

这么怕林跃？南迦转头，钦佩道："同桌，年纪轻轻就知道用脸吓唬人，怪有本事的。"

林跃闻言看过来。

南迦掏出一瓶新的养乐多推过去："很好喝。"

林跃无语。

包亨达受到惊吓，随口转移话题："迦姐！迦姐！迦姐！聊聊你！你考得顺利吗？"

他还是不相信，清荣一中会收只考个位数的学生，即便是借读生。

南迦指着自己的脸："你看我，长得是不是特单纯？"

包亨达磕巴："嗯……是，单纯的，特单纯。"

南迦："就是嘛，我这么单纯的人，怎么斗得过玩弄心机的数学题。"

包亨达傻眼。

林跃已经没理会他们了，也没理会她的谢礼。

见林跃起身离开座位走向第四组后面的垃圾桶，包亨达压低音量："姐，你勇猛，四班打趣跃哥第一人啊。"

没等细说，郑耀喊着林跃的名字熟门熟路地从后门跟窜天猴似的，蹦跶进来。

林跃没给眼神，径自走回来坐下。

郑耀习惯了他如此，自顾自地问："瞿闻宣摔得严重吗？晚上还能不能打球？"

林跃："他傻。"

南迦呛了一口。原来学霸同桌也会骂人的？

郑耀的目光霎时落到南迦身上，愣愣地看了她好几秒，然后似乎想到什么，瞳孔因震惊骤然放大，猛拍林跃的肩膀，大笑道："你真有同桌了？"

林跃的表情一秒钟崩坏。

南迦心道都成既定事实，怎么还委屈？和她当同桌很丢人吗？

"喂。"南迦抬抬下巴。

捧腹笑弯了腰的郑耀，合不拢的嘴里冷不防被塞进东西。

笑声一经戛然，连带四周两米范围也陡然清静。

南迦笑着对郑耀说："华夫饼，味道不错，你试试。"

郑耀有点蒙地伸手掏出嘴里的华夫饼，"哦"了声，又有点呆地咬一口，点头评价："好吃。"

南迦将一整包送给他："好吃全拿走，回你班上慢慢吃吧。"

"谢谢……"郑耀说完这句就出去了，全程动作丝滑流畅，仿佛是被南迦设定好了执行程序的机器人。

包亨达和张焱辉目瞪口呆。

南迦从书包里又取出一包新的华夫饼，愉悦感慨："你们学校的老师和同学都很亲切友好啊。"

包亨达："姐……现在也是你学校。"

"瞧我这记性。"南迦举起没喝完的养乐多，"我自罚三口。"

第三节物理课，前半节课讲评练习卷。

包亨达先前话没讲完，心里搁着事不舒坦，便传起了小字条。

南迦懒洋洋地趴在空卷子上，阅读包亨达的小字条。

上面写着："林跃和郑耀，以及骑单车摔了腿被林跃送回家的瞿闻宣，他们仨初中时是同班同学，特别熟，放眼清荣一中，在姐之前敢打趣林跃的人只有那俩。"

南迦已经猜到了，她更好奇郑耀的笑点，问："林跃是不是从前也没同桌？"

包亨达："当初自由排座，跃哥分最高，第一个挑位子，选了这里，班上人头单数，最后恰巧他落单。"

南迦："分最高，不是应该很多人会想和他坐吗？"

包亨达："是啊，我那天就特别想选姐你现在的位子。"

南迦："最后为什么没有？"

包亨达："姐，你懂的，跃哥脸上总挂着'少来烦我'四个字。"

南迦："是，他看起来确实冷漠难相处交不到朋友的样子。"

"南迦。"物理老师忽然点她的名字，"是叫南迦没错吧？新来的同学。"

南迦压住写到一半的字条，神色乖巧地起身，手里没忘攥上练习卷："是。"

物理老师并非喊她回答问题："和大家分享分享你的字条写了什么。"

南迦果断认错："老师，对不起。"

物理老师并没善罢甘休，亲自拿走字条："包亨达，你来。"

包亨达羞愧难当地低垂着脑袋，听话地一字不漏地念出所有内容。

全班同学鸦雀无声，物理老师也沉默住。

这孩子……是傻还是实诚？南迦惊叹，转头观察字条里讨论的当事人。两人对视了三秒有余，林跃不冷不热地错开眼，她什么也没判断出来。

下午六点多钟，天黑得透透的，南迦走出教学楼的一瞬，被这座南方小城魔幻的天气变化打了个措手不及，瑟瑟发抖。

但也有并未屈服于冷空气的某支篮球小分队。

以郑耀为主要成员的副将们一个接一个地耗尽体力倒下，他们还看热闹不嫌事儿大地从旁给两队各自残留的主将煽风点火，哦不，摇旗呐喊。

"跃哥！左侧空当巨大！搞瞿闻宣！"郑耀嘶吼，"让他再敢笑话你不仅有同桌了，而且同桌还是个女的！"

下午第三节课，远在家中养伤的瞿闻宣获知八卦后，也在篮球小分队的群里向林跃遥遥表示慰问，笑得比郑耀更起劲，那时候郑耀就万分期待今晚的战况。

果然如郑耀所料,林跃火力全开,根本不是追着球打,是追着瞿闻宣打。

向来缺乏眼力见儿而不自知的郑耀又一次成功火上浇油,林跃的脸冰得冷空气都自愧弗如。

郑耀喜欢调侃林跃其实是初中时跟瞿闻宣学的。瞿闻宣每次调侃完林跃虽然总免不了爆发一场恶战,但林跃不仅没和瞿闻宣绝交反而越来越铁,郑耀的粗神经和低情商由此被错误引导,在歪曲的道路上一去不复返了。

输球的瞿闻宣下场第一件事就是踹郑耀:"你们队靠你狗嘴赢的。"

林跃则踹了一脚瞿闻宣:"怎么不干脆说你崴了脚拖你后腿了?"

瞿闻宣哼笑:"我故意放水的效果如何?你现在爽没爽?"

林跃冷嗤,凭借天生的优势,不用特地翻,就送出去白眼。

郑耀这时大喊道:"林跃,快看论坛!你的女同桌不简单啊!"

不简单的女同桌以单薄清凉的夏装硬扛着回到酒店,回拨手机里南向东同志的三通未接来电。

"爸。"接通时,她不巧地连打三个喷嚏,显得好像特别故意。

"感冒了?"

"没。你女儿身体向来好,你又不是不知道。"

南向东未在意:"刚刚在吃饭吗?"

"不是。"南迦开了免提,走去窗前拧严呜呜漏风的缝隙,"我这么优秀,当然是第一天去学校就因为在课堂上和其他同学传字条被老师抓进办公室里教育了。"

"迦迦。"

即便隔着电话,仿佛也能看到南向东的眉头是如何皱出岁月的痕迹。南迦并没有想气他:"以后我会注意的。今天刚认识友好的新同学,比较开心,就多聊了几句。"

"喜欢新学校?"

"还不错。"

"那就好。"

突然没话讲了,南迦借口道:"要不我去吃饭了?今天作业好多。"

南向东问:"你还住酒店里?"

毋庸置疑,这才是他这通电话最想了解的。

南迦"嗯"了声,不打算告诉他自己准备周末找找学校附近的房屋出租,免得他又远程为她安排好一切。

南向东迟疑:"那边没留你住家里?"

南迦说:"我还没去见他们。"

她以为他会追问缘由,毕竟是她主动要来的,然而南向东没有。可能觉得他不方便追问吧,她猜,就像如无必要,她也不会提起他的亲生女儿。

他们父女俩难得默契。但这份难得的默契携裹着低落的情绪淹没了南迦,以前两人关系挺糟糕的,如今失去血缘的联结,反倒多出几分脉脉温情。

南向东没有让沉默维持太久:"钱够花吗?"

"你往我卡里存了不少。"

早些年南向东可以因为她的学习成绩,忽略她其他方面不符合他对女儿的设想。但随着她的成绩逐渐达不到他的标准,她身上的缺点也变得令他难以忍受。

南迦忽然记起有一次南向东发火时质问过她究竟随了谁。如今他多年的疑团以这种方式得到答案,不知道他作何感受?兀自胡思乱想间,她又听南向东说:"迦迦,我是你爸爸,这点无论如何不会改变。"

他的真情流露却吓得南迦一夜噩梦。她最怕从他嘴里讲出的"我是你爸爸",以往紧跟在"我是你爸爸"后面的都有些什么呢?

"我是你爸爸,我得对你的未来负责。"

"我是你爸爸,我难道不能对你有些要求?"

"我是你爸爸,我有资格管教你。"

"……"

扼喉般的窒息,在梦中也无比清晰。南迦满头大汗地睁开眼,发现原来她鼻塞了。

还没习惯旁边多个人,林跃早上进教室走到座位前时,看见旁边桌面趴着颗橘色卫衣帽子包裹的脑袋,停了两秒,才坐下。

橘色脑袋几乎在下一秒弹起来,以困倦的睡眼注视他。她脸上的皮肤压出两片红痕,意识尚模糊,好几秒没出声,却也没挪眼。

林跃将书包塞进桌斗:"干什么?"

"是你啊同桌。"她像刚通过他的声音辨认出他,和他打招呼,"早。"

林跃没给回应,继续掏作业。

"对不起啊,昨天……"她后面的话越发含混不清。

林跃转头。她已经软绵绵地重新趴下。
　　一直到早自习开始又结束，南迦没再动弹过。
　　包亨达眼瞧着今天第一节是物理课，仗义地喊她起来。这次，她没撒起床气，只哈欠连天地揉着眼睛："上课了？"
　　包亨达给她看手表："快了，还有五分钟，够你醒个盹。"
　　南迦抬到一半的脑袋枕回手臂："五分钟后再喊我。"
　　包亨达关心她这半死不活的状态，问："姐，你怎么了？"
　　"冷气……"南迦睡过去，没声儿了。
　　五分钟后，包亨达如约再次喊她，南迦却没如约醒来。
　　物理老师准时准点进教室，发现新学生公然上课睡觉，气得不轻："既然不想听课，就出去！"
　　全部人审时度势，安安静静。
　　唯有一人脱离班集体的默契，开口说："她病了。"

　　南迦早上来学校前去买药的时候，药店店员告诉过南迦这药会有犯困嗜睡的副作用，但南迦没料到副作用这么强大。这哪是嗜睡？简直是昏迷吧。
　　上午头两节课被她毫无知觉地睡过去，醒来第一眼直面班主任田英。
　　田英没批评她，更没半句重话，也绝口不提昨天她上了物理老师的问题学生名单，只关心她的身体状况，问她需不需要请假回家。
　　南迦带病学习的意志坚如钢铁："班主任，我吃过药现在已经好多了。本来我的学习进度就比其他同学慢，不想再落下更多课，拖大家的后腿。"
　　送走田英，南迦拉伸手臂舒展筋骨。却见田英折返教室门口，她上下打量南迦一番，微微笑道："夏天的校服是现在去领了还是等明年换季再领，都可以。"
　　"明年换季再领吧。"南迦几乎下意识回答。未来充满着不确定性，她连明天会发生什么都不知道，怎么去为明年换季做准备？
　　挂上半边耳机，她走出空无一人的教室，在走廊的阳台上寻了个不错的视角，眺望一百零三级阶梯之下聚集在露天运动场做课间操的同学们。
　　她的电话毛现向来接得很快："可歌可泣！我以为你又要冷落我！"
　　南迦轻笑："原本是想的。"
　　毛现："挂了挂了！"
　　毛现只是嘴上说说而已，问道："你声音怎么回事？"
　　南迦并拢右手食指和中指，压压喉咙："遭到天气的毒打了。"

虽然那药副作用大，但药效确实不赖，鼻子不堵了，浑身也得劲许多。

"把感冒讲得这么清新脱俗，只有你了。"毛现突然暴躁，"十几年养在身边的还不如个十几年没见过面的，就因为所谓的血缘关系？又不是你妈给他戴绿帽，亲生不亲生那么重要？"

三个年级共三十个班级，从做操动作的规范性和积极性看，很容易分辨出高一年级所在的方位。南迦趴在高至她胸口的围栏上，津津有味地欣赏着高一新生们富有精气神的身姿。

"你是不是以为我现在特惨？"南迦乐得不行，"我想想啊。被假爸爸连夜驱逐回真爸爸家，回去后立马就病了。身体一直很好的人怎么说病就病了？那一定是因为狗血的身世，内心大受打击，表面却还强颜欢笑装没事人——好像是挺惨的。"

毛现边听边笑："你又钻我脑子里了！"

乐极生悲，冷风倏地灌了南迦满口，南迦连忙重新戴上卫衣的帽子，拉紧两边帽绳裹住脑袋，往靠近楼梯间的位置挪了些。

然后，南迦发现，在她的视线盲区内，有个人。

少年穿着白衬衣，姿态恣意地靠着栏杆。阳光很好，洋洋洒洒地落在他身上，衬得他整个人都闪着光。

南迦滞住。

下一刻，他似覆着薄薄一层冰霜的眼瞳与她对视上。

她的心脏猛地跳快一拍。刹那间，广播体操的音乐淡成背景，一望无际的朗朗晴空虚化，只有他是清晰的。

许多年后被问起什么时候喜欢林跃的，南迦给不出具体答案，但脑海中首先闪现的便是这个场景。

年少时的心动往往特别简单，一眼就可能万年。

挂断电话，南迦重新扯松帽绳露出自己的脸："同桌，你怎么没去做课间操？"

他什么时候站这儿的？如果他早就在了，岂不是听到了她和大毛的聊天？

林跃没等她问完就转开了脸。

看来一早的道歉没用？昨天的字条果然得罪他了。南迦有点伤脑筋，自己现在和他解释其实那字条上的话没写完还有后半句，他能信几分？

南迦向他走近几步，在发现他耳朵里戴着耳机时，停下了上前的脚步。所以他现在根本听不见她讲话?

估计在练英语听力。南迦便不去影响他学习了,扭头先回了教室。

瞿闻宣从六班所在的三楼走上来还作业:"你解题步骤写那么简略,老师竟然没扣你分?我怎么就丢分了?"

林跃接过作业本,无情地嘲讽:"你的狗爬字老师能看懂也不容易。"

"又想打架?"瞿闻宣驾轻就熟地用手臂勒住林跃的脖子,拽掉林跃的一只耳机塞进自己耳朵里,"没声音你听个什么?"

包亨达和张焱辉回来的时候盯着南迦双双愣住。

"怎么了?我现在是不是特别丑?"南迦往自己的左鼻孔塞纸巾。鼻塞是通了,却通得太彻底,直流鼻水。

包亨达和张焱辉像拨浪鼓似的,齐齐摇头。

他们发现南迦的头发没了蓝紫色的挑染,恢复成了黑色,还扎了马尾,加上她今天穿了校服,妥妥的纯良无害女高中生。

"姐,你真生病了?"包亨达面朝她坐下来。

"看起来像装的吗?"南迦收起镜子塞桌斗里。

"没有。只是我不够细心,跃哥讲之前我没看出来,以为你就是昨晚没睡好。"

南迦捕捉到关键词:"我同桌?"

"对,跃哥。"包亨达给她还原当时的情况,"物理老师当时气得脸都绿了,跃哥跟老师解释你病了,老师的表情才好看了些。得亏是跃哥,换其他人恐怕也没有跃哥帮忙来的效果好。跃哥说的话,老师不会怀疑。"

南迦完全不知道这茬儿,闻言她心口突地一跳。

包亨达又说:"还有,中午我打算请跃哥吃饭,向他道歉。你要不要一起?"

猜也知道是为昨天字条的事儿。南迦这才寻着机会吐槽他:"你不是很怕他嘛,怎么还敢照实念?"

包亨达欲言又止。张焱辉靠过来替包亨达小声解释:"物理老师是他小姨,他怕跃哥,更怕他小姨。"

南迦应下饭约。包亨达便把张焱辉也喊上。

上课铃响,林跃从外面进来。南迦起了个身,方便他调整椅子位置。

未经过预先沟通的两人首次配合十分成功,落座时谁也没不舒服。

这节是数学课,南迦昨晚已经从酒店的枕头下找出她的数学书。但今天用不上数学书，老邹把昨天下午的考卷全批改出来了。

老邹批卷不给错题打叉，只标记得分点和统计最后总得分。因此，南迦的卷子跟没批改过似的，分别由六个1分组成，而这六个1分，全是她填满卷面得来的辛苦分。

包亨达和张焱辉两人终于确定她的见面礼没骗人，全班最低分和最高分并排坐在他们后面，也是奇观了。

老师讲解试卷时，南迦余光看一眼身边的少年。窗外的风吹拂着教室的蓝色窗帘，在他锋锐的侧脸投下流动的光影。

南迦叮嘱包亨达找个有排面的店。中午，她买完道歉礼和道谢礼，前去和他们会合，却只看见包亨达和张焱辉，并且两人都站在饭店门口。

"你俩干什么呢？"南迦问，"我同桌还没到？"

"跃哥中午要上竞赛课，没空。"包亨达解释。他本来可以及时在电话里通知她的，然而事到临头发现还没和她交换过手机号，所以他和张焱辉干等在这儿。

南迦蹙眉："这么突然？他答应前不知道自己今天中午要上课？"

"不是……"包亨达尴尬到不行，"跃哥没答应过，我放学的时候才问的跃哥。"

南迦不知道该如何评价包亨达。

包亨达道歉："对不住姐，我也没想到偏赶巧了跃哥今天没空。"

"算了，那改天再约他。"正好今天时间太赶，学校外面没有适合挑选礼物的地方，南迦对刚刚买的东西不满意，送不出去也好，她可以重新准备。

南迦走出两步发现包亨达和张焱辉没跟上，她回过头，发现他们往相反的方向去了。她费解地问："去哪儿？"

包亨达和张焱辉也费解："不是散了回学校吗？"

南迦啼笑皆非："他缺席难道我们仨就不吃饭了？我钱包都准备好了，你们不给我机会？"

最终，两人自然顺从了她。

南迦点了一桌子菜，包亨达和张焱辉吃得相当开心，南迦便也开心。就是中途店员上错了一道菜，导致他们这桌和旁边两位女生闹了点不愉快。

下午第一节是体育课，可以不用回教室，直接去操场，三人便踩点结账。

两位女生和他们同路，走在他们后面，南迦这才知道原来她们也是一中的学生。清荣市所有高中的校服样式由教育局统一,导致之前他们判断不出来。

那两个女生总盯着她,没等南迦探究她们想怎样,她们突然加快脚步跑向学校。

很快,包亨达也疾呼一句"糟糕"。张焱辉也慌张道:"主任回来了!"

旋即,两人齐齐喊她:"快!抓紧进校门!"

虽然不明白发生了什么,但南迦还是跟随他们狂奔。先跑一步的包亨达和张焱辉在被南迦赶超的时候,几欲惊掉下巴。

不过三个人都没能顺利进校门,包亨达和张焱辉输在速度,南迦赢了速度,可她校服穿得不规范,仪容仪表不整齐,关键还没戴校徽和校牌。

扣留他们的不是别人,正是昨天南迦没见着面的王主任。

王主任圆圆的体型,圆圆的眼睛,看上去很和气,但却是出了名的严厉。

除了南迦,其他人全部低着头,而南迦的视线过于明目张胆,王主任感觉自己的威严遭到挑战,于是提前结束了扫射式批评,展开一对一教育。

"你!几年几班的!"王主任没有因为南迦是女生而降低音量收敛怒火。

南迦先喊一声"报告",然后回答:"高一(4)班。"

"校徽和校牌呢?"

"对不起,主任,没有。"

"为什么没有?一中的校徽佩戴上去就是荣耀!荣耀!"

南迦乖乖解释:"主任,今天我第二天来学校,还没有校——"

"第二天?什么第二——"王主任蓦地顿住,扶了扶眼镜端详她,"你叫什么?"

"南迦……"

十分钟后,高一年级教师办公室。王主任在他办公桌前边摸抽屉边嘀咕:"小田怎么也没给你准备校徽。"

南迦解释:"应该和校服一起给我了,我自己没留意。"

王主任看着她:"新学校新班级还适应吗?"

"嗯。"南迦真诚点头,"老师和同学都特别好。"

王主任满意地点头:"等你待久了,就会发现一中更多的优点——啊,有了。"

他抽出手,拿出一只小收纳盒。盒子被校徽占据一半,全是旧校徽,有的九成新,有的三成新,有的划痕严重。

"都是我在学校里捡到的。"王主任解释了来历,"你挑一枚用。校牌帮你登记,一个星期后会有。"

"谢谢主任。"南迦还不太适应面前这个和颜悦色的主任。

见她取了个划痕严重的,王主任好奇:"为什么不拿新一点的?"

南迦说:"它看起来不容易丢。"

王主任咳了咳:"行了,回去上课吧。记得也交份检讨。"

"好的,主任。"以为聊了这么多,他会念在她刚来饶她一回。

往外走时,她听到王主任问:"林跃,怎么样?填完没?"

"嗯。"

南迦闻声扭头。只见隔着两张办公桌的位置,作业本叠得有半人高,少年正从作业本后站起,露出舒展利落的身形。

南迦故意放慢脚步。如她所料,不多时,林跃也从教师办公室出来了。

她继续慢慢走,竖起耳朵捕捉身后他的脚步声。

他人高腿长,步伐大迈,很快与她齐平。

南迦顺其自然地和他打招呼:"同桌。"

林跃的神情一如既往淡淡的,手臂往她面前一递:"王主任托我转交的。"

校纪校规的册子,田英忘记的事,王主任补上了。这就是在劫难逃吧。

"谢谢……"接过的一瞬,南迦只觉得捏在册子下方的指尖传来柔软而带凉意的触感。随着他的脱手,触感也消失,她反应过来,她碰到的是他的指尖。

完成任务,林跃没等她,兀自前行。

教室里,先她回来的林跃已经坐在座位上看书了,耳朵里塞有耳机。

南迦走到座位旁时,林跃虽然没看她,但起了身。椅子腿划动地面的轻微声响漾开,十分悦耳。她无声弯唇,瞥见他看的是英语课本。

下节课是英语课。吃午饭时,包亨达和张焱辉告诉过她英语老师每堂课例行单词小测。于是,她也翻开英语书,枕着英语书趴到桌面。姿势和她早上睡觉时脸朝下不同,她稍稍往左边方向侧,闭上眼睛,眼皮悄悄地没有阖严实。

徜徉的风徐徐涌入只有两人的安静教室,少年占据少女的全部视线,轻轻落入青春悸动的梦里。

第二章 / 世间美好与你环环相扣

临上课前，南迦看到周围同学都提前拿出听写本，她打算借机向林跃借一张纸。结果，包亨达先转过身来："姐，你肯定没有吧？我这儿有本新的，你用着。"

张焱辉也说："我这儿也有。"

饭是她自己请的，对于他们的"知恩图报"，南迦也只能自己接着："我谢谢你们……"

小测结束，英语老师让同桌之间交换听写本互评。

南迦大致扫一眼心里就有数，林跃的听写根本挑不出错。但她不想这么快把本子还给他，何况她身为学渣，自然得翻开英语课本对照单词表一个个慢慢检查。

林跃就不一样了，三下五除二把她惨不忍睹的听写本批改完毕，并按照英语老师的要求帮她订正在上方。于是她在自己的听写本上收获了他成排的亲笔字。

南迦拖延到最后一刻才笑着将他的听写本还他："同桌，不愧是你，全对。"

林跃指着分数栏处鲜红的"100"分旁边小一号的"+5"分问："这是什么？"

南迦："额外给你的卷面分。"

林跃："……"

包亨达和张焱辉转过来关心南迦的情况："姐，怎么样？"

"我尽力了啊。"南迦朝他们展示她的听写本。

包亨达瞠目结舌地惊叹："天啊！太漂亮了吧！"

标准的花体字，每一个字母顶格圆润饱满，宛若机器印刷出来的。

张焱辉如同欣赏古董藏品，凑近得就差把脸贴听写本上了。

林跃这时从南迦手里重新拿走听写本，往原先分数栏处的"35"分旁边添了个小一号的"+10"分，再还她。

南迦笑得跟考了满分似的："谢谢同桌。"

包亨达和张焱辉云里雾里，眼神相互问对方：俩大佬在玩什么神秘游戏？

最后一节自习课。之前南迦被王主任单独带走，包亨达和张焱辉总算找到机会关心她。

南迦正好请教他们："老王对检讨的格式有什么要求？"

包亨达和张焱辉表示他们没有过经验。

南迦摸出手机："那我们场外求助吧。"

南迦转头问："同桌，你知道吗？"

林跃自然也不知道。南迦也就是找机会和他多说说话，没指望他理会她。

谁知，林跃竟然回答了她："好好写。老王有可能会让你在周一的升旗仪式上向全校师生展示你的文采。"

包亨达和张焱辉也附和地点点头。

驱散闲杂围观群众后，南迦还能接上林跃的茬："啊？老王这么狠的？"

林跃继续做他的题："你可以挑战试试。"

南迦叼着笔杆策划检讨书期间，体委来找她："那个，南迦同学。"

体委亮出运动会报名表，说明来意："听说你跑步很厉害。女生的项目还缺人，你要不要为我们班争得荣誉？"

南迦疑惑："听谁说的？"

体委抬手指指包亨达："你前桌。"立马又道，"啊，我忘记他要我别告诉你是他说的。"

被连续出卖两次的包亨达苦不堪言，忙挥手要向南迦解释。

南迦却没有不高兴，大大方方地应下："好，我可以参加。"

班上女生平时大都不喜欢上体育课，运动会更是能避则避，难得遇到个如此直爽的，体委的喜悦溢于言表："那你看你报什么项目。"

"哪个项目缺人你就把我填上。我都行。"南迦埋头写检讨。

体委便没再多说，毕竟现在连凑数的人都不好找："那我帮你填了。"

清荣一中讲究劳逸结合，非高三学生的周末不补课，周五最后一节课后，各个班级的学生如同被放出笼子的鸟，连林跃都提前收拾好了书包，踩着铃声起身。

南迦的慢动作显得和大家格格不入："同桌，周末愉快，下周见。"

林跃若有似无地"嗯"了声，背影笼进夕照中，消失在后门。

南迦先去教师办公室交了检讨书。

蓬勃的朝气弥漫至校园的每一处角落，又以篮球场最为浓烈，若隐若现的欢呼都传到教学楼这边来了。

南迦走在一百零三级的阶梯上，借由地理位置的优势远眺欢呼的声源处，看到三个篮球场都有打球的学生，其中靠校门口的场地围观的人最多。

她也直奔热闹而去。

围观者中三分之二为女生，南迦挤不进去，于是想走人。

但她突然听见有女生高呼林跃的名字为其加油。

最后，她站到球场外围的石凳上，虽然隔着铁丝网，但这外头还能边吃零食边看球。

她站稳的下一秒，球场内林跃的身影撞入她的视野。

方才她已经通过人群中零碎的信息了解到，几位高二年级的学长想把三个篮球场全占了，因而和原本在打球的几位高一新生产生了争执，最后双方决定打一场球决胜负。

南迦第一次看林跃打球。他挺厉害的，其他成员的实力也不弱。她只认得其中一位是郑耀。而与林跃打配合的是位外形很阳光的男生，从啦啦队的加油声可知，对方就是包享达口中另外一位敢打趣林跃的人。

显而易见，林跃和这位队友的配合最为默契。

"跃哥、宣哥，快教训高二那群浑蛋！"

身侧忽然爆出激情咒骂，声音还十分耳熟。南迦转头，发现原来是刚刚被撞倒受伤后下了场的郑耀，此时他也站到了她所在的这张石凳上。

郑耀与她四目相对了两秒，有些激动地认出她："是你！华夫饼！"

南迦无语，不过他都这么称呼她了，她便将手中正在吃的零食递向他："今天没华夫饼，只有咪咪。"

郑耀毫不客气地抓了一大把："谢谢啊，我最喜欢吃了。"

于是，一包几乎空了。南迦沉默。

郑耀嘎吱嘎吱咀嚼着："你也来看我跃哥比赛啊？"

"无聊，随便看看。"南迦索性将整包送给他，自己从书包里摸出一包新的。

郑耀很有兴趣和她聊天："你知道你是林跃第一个女同桌吗？"

"现在知道了。"南迦开始吃果冻。

"对！对！对！"郑耀像被点了笑穴似的停不下来，"你不知道，瞿闻宣告诉我一个秘密，跃哥小时候得过一种怪病，只要和女生有肢体接触，他皮肤就会过敏，到初中才没事。因为这个怪病，他从小到大别说女同桌，连男同桌都没有过，一直单人单座。"

信息量巨大，南迦一时之间不知该质疑这个秘密的真实性，还是该谴责郑耀怎么能随随便便把林跃的秘密透露给一个外人，抑或该为自己无意间得知了林跃的秘密而窃喜。

面前的铁丝网忽然"嘭"的一声,是球场里的球飞过来狠狠撞上了。

庆幸隔着铁丝网,但南迦还是吓了一跳。

郑耀吓得从石凳上蹦回地面。

跑来捡球的是林跃。

今天白天虽然有太阳,但气温低,风也不小。南迦早上在校服里面套了加绒卫衣也就刚刚好,他还能穿白衬衣,她很想问他冷不冷。

打球的林跃和做题的林跃一样专注,过来捡球就只盯着球,瞄也不瞄其他地方——可在林跃捡完球时,郑耀倏地喊道:"跃哥,你的女同桌也来给你加油了!"

南迦无语。

林跃的视线扫过来。天空已经枕着月色黑下来,这处离灯比较远,光线很暗。可他的眼睛很亮,锐气也格外强。

只一眼,他便转身跑开。注视着他的背影,南迦内心星河翻涌。

郑耀重新站上石凳:"对了,听说你特别牛。"

又听说?南迦问:"你听到的是什么?"

郑耀说:"据说你家给学校捐了一栋楼。"

南迦嘴里的果冻险些喷出来:"你哪儿听来的?"

"学校论坛的帖子。"郑耀有些犹豫,"反正乱七八糟的内容挺多。不过帖子只出现一小会儿就被删掉了。我也是碰巧才看到。"

南迦已经没怎么听他说话了,她全部的注意力被不远处的横幅吸引。昨天她在榕树下的亭子里想看清楚但没能成功的那条横幅,挂在旁边球场的铁丝网上。

跨下石凳,她径直走到横幅前:

"人间有真情——为先天性心脏病患者唐欣同学捐款活动。"

这回,每个字她都瞧仔细了。

先天性心脏病——南迦挺了解的,因为妈妈就是这个病去世的。

唐欣——这个名字,南迦也认识。

露天篮球场共三个,一般情况下大家自觉遵守一个年级一个球场的原则,今晚高三的球场空着,高二的学生拿去用完全没问题,可还要霸道抢夺已经在使用中的高一球场,本身就不占理。迫于舆论的压力,球赛的后半场没打完,以高二队的认输为结束。

可高二队就这么认输了,高一队又不舒坦。纵使结果一样,过程天差地别,球场上决胜负才是真的爽。郑耀憋屈道:"我们明明能赢的。"

"再给两个三分球妥妥搞定。"瞿闻宣将手中喝光的矿泉水瓶往半空投掷出流畅的弧度,仿若在模拟三分球。

"欠打的事以后别再拉上我。"林跃说这话时也丢出空矿泉水瓶,赶在瞿闻宣的瓶子落入三米开外的垃圾桶之前,精准地将其撞落。

"林跃,你大爷。"瞿闻宣反唇相讥,"不是你先带头换球衣的?"

两人日常互嘲互揭短处,郑耀早见惯不怪,他提议:"横竖今天球没打够,要不我们老规矩,内部分成两队继续?"

林跃和瞿闻宣闻言反倒一致休战停火。

"不是。"瞿闻宣望向嘎吱嘎吱咬得正香的郑耀,"吃的什么?"

"猫耳朵,你要不要也来点?"郑耀伸手递过去,同时丢给林跃一包新的,"还有其他零食,咪咪、薯片、辣条、果冻、养乐多,全是你的女同桌给的。她书包里装的都是这些零食。"

零食掉在林跃脚边,他瞥一眼包装袋,捡起来丢回给郑耀。

郑耀凑来林跃跟前:"你给说说,你同桌数学真的只考 6 分,一举将你们班的平均分从以往的最高拉到最低?这么差的成绩一中也收,看来真给学校捐了一栋楼。我刚刚观察了一下你同桌,她的书包和球鞋全是名牌,又是北城来的,家里估计是有捐楼的能力。"

林跃脱掉球衣套回校服外套:"这些零食还堵不住你的嘴?"

瞿闻宣帮林跃翻译得通俗些:"少管闲事。"

郑耀耸耸肩,消停下来。但安静没一会儿,他又开口:"你同桌去之前捐款的横幅那儿看了会儿,回来就问我那位生病的女生是不是我们学校的、几班的、长什么样。你说她是不是钱多到没处花,想捐款献爱心?唉,那生病的女生,如果没有休学,她原本也该是四班的。"

传闻中钱多到没处花的南迦洗完澡从浴室出来就连打了三个喷嚏,她流着鼻水去抽纸巾塞鼻孔。往年这时候家里已经供暖,现在即便酒店房间的空调调至最高温度,她也不得劲。她怀疑自己感冒不单是天气变化大引起的,也可能是水土不服。

吹干头发后,南迦趴到床上,翻开资料,开启每晚固定的学习时光。十分钟过去,她发现自己一秒钟进入学习状态的天赋在今夜失灵了。

她清楚是什么原因。她真的没想到,唐欣是清荣一中的学生。不是她小瞧唐欣的成绩，而是……南向东把她安排进和他亲生女儿同一所高中。

南迦来清荣时，唐欣已经被南向东接到北城一个多月，如果不是一个星期前她捡到了南向东不小心掉在家里的住院单，她偷偷去了趟医院，南向东还没打算告诉她真相。

既然唐欣上的也是清荣一中，她或许"错怪"南向东了，他让她念清荣一中，不是习惯性地将她塞进最好的学校，而是把她归置到唐欣之前的生活轨道里，也就是她原本应该过的人生？

那南向东还真是用心良苦，一门心思为她着想。

心口堵得慌，南迦翻身，仰面朝天，伸手摸起手机。

半个小时前，南向东给她打过一通电话。她故意没接。他也没再打，发了条短信，问她今天怎么样。她现在给他回："看书呢。"

南向东："好，那你专心学习，爸爸不打扰你。"

南迦垂了会儿眼，登录手机QQ，想找毛现聊天。

看到消息提示的喇叭闪烁，她打开，一位昵称为"%牵挂、妳☆"、头像为皮卡丘的用户添加她为好友。

南迦点击拒绝，消除掉闪烁，给毛现发信息："传召。"

毛现的头像右下角显示忙碌状态，南迦猜他肯定在打游戏。

又有消息提示，南迦重新打开。依旧是那位"%牵挂、妳☆"来加她好友，这回附带一句："姐？为什么拒绝我？"

是包亨达无疑了，她这才记起中午吃饭时和他交换过QQ号和手机号。南迦点击通过。不出五秒，她被拉进一个群。

群成员共四位，其中两位分别是她和包亨达，那么另外两位不用再猜，南迦甚至可以直接通过头像和名字判断出哪个属于张焱辉，哪个属于林跃。

能把林跃拉进小群里，记包亨达一个大功啊。

南迦首先点开名为"Y."、头像为系统自带咖啡图的用户，申请添加好友。

与此同时，顶着猛男头像的"sunny"来添加她为好友。

通过后，南迦在手机屏幕前乐不可支："晚上好啊，兄弟们！@%牵挂、妳☆，你先说说，你牵挂谁？"

%牵挂、妳☆："没有，不是，我初中随便取的，一直没换，马上改。"

南迦的QQ名原本使用的就是那天的一长串玛丽苏天然雷符号，由于有长度上的限制，她不得不忍痛精简，最后变成"璃莹殇·邪儿"。

快速换完装归来的包亨达变身"去远方流浪"："姐，现在的我够有味吧。"

璃莹殇·邪儿："有！有青春疼痛文学的味儿！"
林跃的头像始终是灰的，多半不在线。南迦不再等他通过好友，往群里丢消息："本宫乏了，你们都跪安吧。"

冷空气的盘旋搁置了南迦周末寻找出租房的计划，周六，她在酒店待了一天，沉迷学习不能自拔。周日气温有所回升，她才出门去图书城。

逛了一会儿，她发现这个图书城虽然不大，但种类比较齐全，找到了她想要的两本医学读物。

这两本医学读物她曾经买过，但远在北城的家里，没有带到清荣。

那天晚上，南迦只收拾了个轻便的行李箱，课本全是她在机场给南向东打电话时要他帮她邮寄到酒店的。

周末人不少，书城提供的阅读桌椅有限。南迦抱起读物，张望周围适合席地而坐的地方，冷不防一抹熟悉的背影勾住她的目光。

半个小时后，林跃起身，发现坐在他斜后方的人时，顿了一下。

南迦的眼角余光没离开过林跃，适时抬头，似笑非笑地望着他："好巧啊，同桌。"

她感冒尚未痊愈，嗓子仍沙哑着。

林跃点点头回应她的打招呼，离开位子，顷刻换了本书折返。

南迦悄悄瞄向他的书封。刚刚是《从一到无穷大》，现在的是《上帝掷骰子吗》。

又过了半个小时，林跃站起，书包一并背上，看样子是要走了。

南迦合起读物，跟在他后面："同桌，你有空没？"

"什么事？"林跃走向书架。

读物的原摆放位和书架隔了一张展示台，南迦放回读物后绕过去："我想买两本数学和物理的辅导书。虽然教材用的都是人教版，但清荣的考试重点、题型、难度和我原来学校都不一样。不知道你能不能帮我参谋参谋，什么样的辅导书适合。"

林跃把《上帝掷骰子吗》塞进书架："你如果上课没听讲，学校老师布置的基础作业没写懂，买辅导书也起不了作用。"

他还是会讲长句子的嘛。南迦心道。她注视着他的眼睛，流露讪色，态度诚恳："我想好好学。"

林跃嘴唇微微翕动，但没发出声，随即他嘴唇抿一下，才道："跟我来。"

下到图书城一楼，林跃领她直接出了门。

他没说要去哪儿，南迦也没问，一路安静，安静得林跃再三回头确认她还在。

南迦笑一笑："同桌你只管带路，我不会跟丢的。"

热闹的街道逐渐被甩到身后，他们转入老旧又曲折的巷子。巷子前半段的两侧还能散落几间店面，到中段的两侧便只有爬满青藤的墙和墙内的老式居民楼。

其间，有人丁零零地骑着自行车穿行巷子，途经他们身边时，林跃每次都侧一下头，看见她侧身闪避，他便转回去。

从图书城计算，总路程拢共十五分钟左右，巷子后半段的尽头，孤零零地杵着个连名字都没有的书店。林跃终于开口："到了。"

南迦先一步走进书店。书店内部和它的外部一样平平无奇，没有任何花里胡哨的装修，并且最大程度地利用了空间，大窗户只有紧挨门边的一扇，上方的小窗忽略不计，即便现在大白天还开了灯，一眼望去给人狭窄压抑昏暗之感。

随着身后林跃的进门，拴在门把手上的风铃第二次叮叮当当作响。

一个老头从收银台后面露出脑袋，几何形的脸和往外凸的嘴使得他的长相非常后现代主义。老头瞥了他们俩一眼，脑袋又消失在收银台后面。

待走近些许，南迦看见收银台后面有张躺椅，老头就躺在躺椅上睡觉。躺椅旁搁着张正方四角椅作为桌子，椅面上蹲着只紫砂大肚茶壶。

跟上林跃径直往里走的脚步，南迦小声说："钟楼怪人卡西莫多。"

林跃："别被他听见。"

"看来你也觉得像。"南迦轻笑。不然没头没尾一句话，他不可能反应这么快。

林跃否认："并没有。"

南迦心里是不信的，但她没深究，又问："他是老板？"

林跃跳着答："一中老校友。"

书店的布局泾渭分明，分为两个区域，一部分二手旧书，一部分新书。

二手旧书区域很杂，什么都有，南迦的视线随意掠过，《张三丰墓穴武功秘籍》《如何解读微表情》《语言的艺术》《同桌，不可以》——最后一本勾起了她的兴趣。

新书区域则只有中学生辅导书，初高中的都卖，又以高中的为主，除去常见的诸如"五三"和"王后雄系列"，还有许多南迦在此之前听都没听说过的书名。

譬如，林跃带她直奔新书区域后，很快就拿起的《30天搞定高一物理》和《30天开窍高一数学》。

接过两本"三无产品"，南迦很难不怀疑林跃在逗她玩。

但学渣怎么能质疑学霸？

抱着落崖后掉进山洞大难不死还捡到绝世武功秘籍的心态，南迦好奇地问："你就是靠这个坐稳四班武林盟主的宝座？"

林跃："……"

南迦耸耸肩调侃自己："行吧，我的冷笑话只发挥出了'冷'的作用。"

林跃说："这两本我暑假翻过，开学后发现这学期老师讲过的重点里面都有，编撰人员非常熟悉一中的教学模式，知识点梳理和题型归纳，全部和老师同步。"

他又讲了一次长句。南迦在心里默默记下，望向收银台："所以它的编撰人是……"

林跃点头，肯定了她的猜测。

"明白了，回家后我马上开始看。谢谢同桌。"南迦抱紧两本书要去结账，跟抱俩绝世宝贝儿似的。

林跃提醒："一中学生打七折。"

南迦今天没穿校服，连学生身份都无法证明。

虽然不缺这个七折的钱，但有优惠却没法享受只觉得吃了大亏。南迦斟酌问："要不同桌你的校徽校牌借我用用？"

很遗憾，林跃回答她："没带。"

"哦，那我原价买吧。"南迦前往收银台。

"卡西莫多"没从躺椅里起来，眼睛眯开一条缝觑了眼她手里拿的书，张口直接报价："抹掉零头45块。"

少年的手忽然从旁伸进收银台里："一中学生。"

细长的指节捏着展开的蓝色小本子，小本子外面印有"清荣市"三个小号字和"学生证"三个大号字，里面写有学生姓名、性别、隶属学校等个人信息。南迦的眼睛只盯着戳有清荣一中钢印的一寸红底照片。

照片里，他穿的黑白格子衬衣恰好是他今天身上的这件，头发比现在短些，整个人一贯地清冷不带笑容，也一贯地干净好看，尽显少年气息。

"卡西莫多"重新报价："抹掉零头32块。"

南迦打开手机里的支付宝。

收回学生证的林跃指了指贴在收银台的告示,硕大的"只收现金"四个字。
南迦:"……我今天没带现金。"
林跃看着南迦,南迦也看着他。
面面相觑间,南迦说:"同桌,要不——"
"等着。"丢下两个字,林跃转头又走去新书区域。
"你先借我吧。"南迦嘀咕着把话讲完给自己听,回想刚刚他眉宇间是否流露出不耐烦。

有?没有?就着手机,南迦顺便把毛现昨天凌晨发来问她在 QQ 上找他什么事的短信给牛头不对马嘴地回了:"在他眼里我现在绝对是个特麻烦的人。"

虽然是她先以买辅导书为借口制造和他多接触的机会,但她没想过像现在这样节外生枝添麻烦。

不知道发生了什么的毛现倒也能毫无障碍地安慰她:"人和人之间的关系不都是从你麻烦我一下我麻烦你一下建立起来的。"

南迦眉尾挑起:"你好懂人生哲学哦。"
毛现:"那是。"
南迦:"那你记得在人生哲学后面标注学习对象'——璃莹殇·安洁莉娜·樱雪羽晗灵·血丽魑·魅·J·Q·伤梦薰魅·蔷薇玫瑰泪·邪儿·南迦'。"

南迦并没有老老实实待在原地,而是边发短信,边踱步到二手旧书区域,假装不经意地经过之前几本书的位置——《如何解读微表情》或许现在她更需要。

她又发现,最后一本书名后面其实还有四个字:《同桌,不可以上课睡觉》。
这……确定没有在冒犯她?反正南迦觉得自己被内涵了。

林跃走回收银台,对老板说:"一起算。"

他手里多了本数学辅导书,和方才帮她选的明显同系列——《30天掌握数学竞赛》。南迦怎么瞧怎么觉得好笑:"同桌,你买回去后要不把书封拆了吧。"

这和他的气质着实违和。

这时,"卡西莫多"瞥了瞥她。南迦机智地衔接话尾又往下讲:"然后把拆下来的书封贡献到班上当宣传海报,让同学们都来这个书店买书。"

她的挽救没能成功,"卡西莫多"还是小心眼地记了她笑话书名的仇,努努嘴问她:"那本书你没少盯着,喜欢的话不一起买走?"

他努嘴指向的正是《同桌,不可以上课睡觉》。
林跃因为他的话望过去。
心态一向强大的南迦难得有两秒钟的崩溃。

不知是不是她的错觉,她恍惚捕捉到林跃嘴角稍纵即逝的笑意。南迦立刻绕到他的正面一探究竟,但摆在她眼前的仍旧只有他脸上的"帅气冻人"。

"帅气冻人"的林跃指着书问:"你想要?"

恢复淡定的南迦说:"你不觉得非常适合买回去搁我们的桌子中间,当作你随时警醒我认真听讲吗?"

林跃无语。

出门后,南迦回望书店:"你经常来这儿买书?"

林跃说:"今天第三次。书店不是每天开,随老板心情。"

听听,"钟楼怪人"四个字,至少"怪人"俩字那老头占得名副其实。南迦好奇地问:"位置这么偏僻,你怎么发现的?"

林跃示意她拐向遇到的第一个岔口。

这不是来时的原路。五分钟后,他们穿出了巷子,隔着一条马路的对面,铁栏杆的围墙内,操场的红色塑胶跑道赫然呈现在眼前。

南迦对清荣一中并不熟悉,她跟着他沿着外围行走,路边全是小吃店,越走越熟悉,等学校正门进入视野,她恍然大悟:"原来如此。"

书店离清荣一中其实很近。好家伙,传闻中的大隐隐于市?

两人继续顺着清荣一中校门口的斜坡往下走。安静维持没多久,闲不住话的南迦又问:"同桌,你是土生土长的清荣人?"

林跃点头。

隔了数秒,南迦又问:"那你觉得清荣怎么样?"

林跃将将停在公交亭前:"我从这里坐车回家。"

"啊,好,今天麻烦你了。"南迦笑眯眯地再次道谢,示意手中装着辅导书的塑料袋,"钱我明天上学还你。"

林跃略略颔首,走进公交亭。南迦也走进公交亭。

前两天为了省事儿,她都是打车去的学校,没来得及熟悉交通路线,眼下站牌也无法告诉她这里是否有哪路车通往她所住的酒店附近。

南迦作罢,低头查手机地图,心道大不了等林跃离开后她再打车。

"去哪里?"林跃的音色充满冷调质感。

南迦却觉得疏疏拂面的秋风仿佛多了丝暖意。她报出酒店的名字。

大抵意外于她住酒店,林跃的双眸微微动了一下。

"13路,渔北路站下。"他没看站牌,直接告诉她。

南迦笑道："感觉以后还会和你说无数次'谢谢'。要不我先攒一攒吧，每积累十次再统一向你表示。"

林跃不置可否，轻抬下巴示意缓缓驶来的车："13路。"

南迦的如意算盘没打着，不得不和他道别："明天见，同桌。"

等上了公交车，南迦才记起，她没公交卡也没现金，怎么坐？她匆忙要下车，回头发现林跃也坐13路，他在她后面上来，伸手连刷两次公交卡。

"嘀——嘀——"

两声。每一声都与南迦心脏的跳动同步。

公交车上剩余的位置恰好也就两个，南迦捡了靠近后车门的空座。

林跃去到与她隔着走道的斜后方一位大叔的身边，坐下后他便塞耳机阖上眼。

南迦忽然后知后觉地意识到，在学校里他每次塞耳机应该不完全是为了学习，有时候就是希望隔绝外界的嘈杂，同时以戴耳机的方式拒绝别人的打扰。她偶尔也这样，尤其只想一个人待着的时候，如果环境不允许，便自己开辟一个。

两站后，上来一位老奶奶。

见前面没其他人让座，南迦起了身，横竖她再过三站就到。

没多久，行驶过程中的公交车忽然急刹车。南迦的手攥住扶杆的力度算紧的，所以一开始猛地往前攒时，她虽稍有踉跄但稳住了身形。结果紧接着往后攒时，不小心被老奶奶无意间伸出来的脚绊了一下，她瞬间失去重心。

千钧一发之际，一只劲道很大的手拽住她卫衣的帽子，将她倾斜即将倒地的身体及时拎起，同时另一只手抵在她的后背，她整个人就这么被固定回原地。

车厢里其他乘客也受到惊吓，一时嗡嗡声四起，公交车司机暴躁地呵斥外面那辆横穿马路的机动车。南迦摸着方才一瞬被勒紧的脖子咳了咳，全副注意力则集中于身后的手和他喷在她发丝间的温热呼吸。

"没事吧？"林跃松开手，往后退离半步，下巴避开来自她发丝若即若离的轻拂，鼻息间嗅到的淡淡馨香便也消失了。

"没事。"南迦喘着气，扭头看他，"大恩啊你这是，一下顶十次谢。"

她的卫衣领口还没往前拉回去，雪白的后颈皮肤明晃晃的。林跃偏开眼，指着他空出来的位子："坐吧。"

南迦没和他客气。她现在确实需要缓一缓。

下一站站点停靠时，林跃说："我到了。"

"哦，好。明天见，同桌。"南迦和他道别，就此结束今日与他偶遇后珍贵的独处，正应了那句"美好的时光总是短暂的"。

"嗯。"林跃单肩背着书包消失在后车门外。

公交车重新启动，南迦歪头，靠着车窗，望出玻璃外，嘴角不自觉上扬。

她开始觉得这座理应是她家乡的南方小城挺好的。一年四季的树都是绿的，仿佛永远生机勃勃，无半丝灰败，空气似乎也总透着一股淡淡的清甜。

晚上，南向东每日例行电话打进来时，南迦正在翻阅那两本辅导书。

这两本书的确适合基础比较薄弱的学生，对于她来讲简单得扫一眼脑子里便对应出解法，所以她只挑了几道难题动笔，当作巩固基础知识点。

南向东的电话她摁了免提放在一旁，直到南向东说已经帮她找了个新住所，她才停笔："为什么要帮我找新住所？"

"你一个小女生总住酒店不安全。而且你不是还没和那边的人联系？你孤身一人我怎么放心？"

"我已经十六岁了。"南迦的笔尖随意地在草稿纸上画简笔画。

"你才十六岁。"南向东语气含笑，明显心情不错。

南迦猜测他的好心情应该和唐欣有关，因为在她这里，她已经很久感受不到他笑里的慈爱和温柔了。

南向东又道："有个固定的住所，爸爸过阵子去清荣看你也方便。而且你可以慢慢决定什么时候去见那边的人。如果见了他们之后，你不想和他们一起生活，你在清荣不至于没个家。"

南迦沉住气，问个仔细："你给我找的是什么地方？"

"你表姑奶奶的一个外孙女以前嫁到清荣。他们一家三口都是清荣本地人。虽然是远房表亲，但也是亲戚。我今天全部都联系好了，你随时可以搬过去。"

表姑奶奶的外孙女？以前可从来没听说，毋庸置疑是南向东为了安顿她而临时联系的。南迦故意考他："表姑奶奶的外孙女，我应该称呼什么？"

南向东并未被她问住："没那么多讲究。我喊表姑奶奶的这位外孙女表妹，你就喊人家表姑。"

"原来是让我住别人家，我还以为你在清荣买了房子。"南迦打趣，"直接买房子不好吗，我住别人家，你来看我还不如酒店方便。"

南向东解释："我原先是想买一套，但外地人在清荣买房子也不是说买就能买的。你先住你表姑家吧。你表姑家离学校也近，上学方便。而且你表姑有个儿子，也在清——"

"酒店的钱我付了半个月，不想浪费。"南迦打断他。

南向东在电话那头安静了两秒，不知是不是在控制怒火。

草稿纸不小心被戳破了个洞，南迦停住笔，低垂的视线落在算到一半的函数题上，语气和缓些许："让我考虑考虑吧。周末很多作业，我到现在也没写完，明天要上学，再讲下去我今晚不用睡觉了。"

"好……迦迦，爸爸不和你吵。你先写作业。"

挂掉电话后，南迦想，到底是他不和她吵，还是她不和他吵？

还有，南向东没有听出她感冒了。

做完题，南迦点开QQ，看见了两个小时前林跃通过了她的好友申请。

南迦点进他的QQ空间，他的QQ空间一片空白。

她点开和林跃的对话框，认真思索了十分钟，输入道："同桌，你好自律，周末竟然不玩电脑，周五的好友申请你今天才通过。"

发送前，南迦觉得质问的意味太浓，又好似自己眼巴巴等着他，便把整句改为："嗨，同桌，打个招呼。"

很快，她又写了一条："差点忘记，今天公交车上攒的十次谢谢还没统一和你说：谢谢同桌救我一命。"

临关电脑前，她和林跃的对话框弹出。

Y。："不客气。"

这天晚上，南迦的动态新发了一条说说："爱屋及乌。"

附带一张看起来极其普通的清荣的街景。

新的一周的周一早晨，每个班都有学生鸡飞狗跳补作业的盛况，包亨达奔进四班，书包都来不及放下就疾呼："作业！作业！哪位菩萨作业全写完了快借我！"

后座里咬着椰蓉吐司的女菩萨语焉不详地回应："我全写完了。"

包亨达沉默两秒，给她留了点面子："……要不下次？"

南迦高扬下巴："再给你一次机会。"

虽然她自信满满，但包亨达还是狠心一咬牙，抓起作业往学委那边跑："姐，对不起，下次一定！"

南迦向身旁的人告状："同桌，包子竟然不稀罕我从你这儿抄的作业。"

张焱辉闻言转过来，弱弱举手："迦姐，我稀罕，我能借来看看吗？几道大题太难了。"

南迦豪气十足地大手一挥:"尽管拿去!"

短短五分钟,她的全套作业由张焱辉手中分散到了班里各个不同的角落。

南迦开心地狂吸牛奶:"同桌,谢谢你让我感受到这种高人气体验。"

兀自看着英语课文的林跃塞起耳机,似乎嫌她话多吵着他了。

包亨达哭着跑回来:"姐,我错了!我大错特错!"

"呵呵,"南迦傲娇甩头,"迟了。"

包亨达竖起大拇指:"姐,你勇猛,我们四班敢向跃哥借作业第一人。"

包亨达觑一眼林跃,又压低声问:"你给分享分享技巧呗,怎么借到的。"

南迦回忆场景。今早她来的时候,林跃已经在座位上。她还他昨天的钱,见他在整理周末的作业,就眼馋了:"同桌,我能和你对一对作业答案吗?"

包亨达:"……然后跃哥就给了?"

南迦:"不然呢?"

包亨达的表情铺满难以置信。南迦想帮他捡起惊掉的下巴:"用得着这么夸张?我是不是说过,我同桌其实全靠脸吓唬人?你都和他前后桌两个多月了,还没我一个刚来几天的人摸得清。他是有他的个性,但他绝对不难相处。"

"你就别对他搞特殊主义,平常心待他,怎么勾搭其他同学的,就怎么勾搭他。"说完,南迦拍拍他的肩,起身去丢垃圾。

包亨达细细琢磨她的话,突然有了勇气,喊林跃:"跃哥。"

林跃没理他。

"林跃。"包亨达伸手到他眼前挥了挥。

"干什么?"林跃掀起眼皮,摘掉一侧耳机,微皱的眉宇隐约流露一丝不耐烦。

包亨达立刻犯怂:"对不起,跃哥!我没事了!没事了!"

南迦回到座位,遭到包亨达的控诉:"跃哥凶我。"

南迦看了看林跃此时的状态,再看回包亨达:"人正学习呢你去打扰,搁我我也抽你。"

张焱辉从其他组取回南迦的作业,回自己座位时途经后门,听到有人叫唤:"同学!这位同学!"

门外站着的中年男人朝他招手,张焱辉犹犹豫豫:"叔叔,你喊我?"

"是,同学你过来,叔叔问你个事儿。"中年男人笑得三分神似弥勒佛,拉他到走廊躲了躲,又探头往教室里张望,"你们班是不是新转来一位女同学?"

指向明确,张焱辉不假思索:"你说的是南迦吗?"

"对！就是姓南！"中年男人有些激动，"她坐哪儿？你能不能帮叔叔指指看？"

张焱辉听成找南迦出来，直接回教室告诉南迦："迦姐，有人找。"

趴在桌上看语文课本的南迦形散意懒："谁啊？"

张焱辉指向后门："喏。"

南迦望出去，对方的身影一下消失在门边，她一脸蒙："怎么回事？"

张焱辉走到外面，确认对方离开了，摸着脑袋回来："我也不清楚。"

包亨达埋汰："你不清楚就喊迦姐？"

"不是，我认得他。"张焱辉解释，"你应该也记得，刚开学众筹捐款，那个生病的女同学的爸爸。"

"是他啊。"包亨达印象深刻，"那个叔叔之前每天早上捧着捐款箱站校门口给大家一个个鞠躬感谢。"

"不过他找咱姐干什么？"包亨达狐疑，"姐，你认识他？"

这一问，两人的目光落回南迦脸上，才发现南迦的神情十分怪异。

包亨达瞧着不对劲："姐，你怎么了？"

林跃也微微侧头，郑耀的某些只言片语闪现他的脑海。

"没怎么，散了，散了。"南迦驱散他们，"别耽误我学习。"

林跃没看到南迦在学习，只看到南迦低垂眼皮像在发呆。

周四上午的数学课，新一次周考试卷发下来，南迦的成绩依旧是6分。

课后，老邹专门来她这儿一趟："你这分数挺稳定的。"

南迦厚着脸皮："谢谢邹老师夸奖。"

"这是打算继续稳定下去？"老邹满面愁容，"我仅存的'地中海'也要保不住啰。"

南迦抱歉又为难："每次考卷上的字，单个看我都认识，放在一起就不明白什么意思，我也束手无策。"

老邹提议："你晚上来学校参加自习，到教师办公室，你哪里不明白，我一题题给你讲。"

南迦推辞："单独开小灶不好吧，邹老师，我和其他同学交一样的学费，您怎么能只给我一个人多上课？"

"其他同学谁有本事考到和你一样的水平，尽管来找我，我也给单独开小灶。"老邹话音落下之际，周围几桌同学全用笑声来支持他。

南迦只能打商量："邹老师，你再通融我一阵子，我会好好向身边的同学请教，自己努力跟上的。"

"一阵子是多久？"到底是数学老师，老邹平时玩笑归玩笑，步步紧逼起来，严谨得不留人半丝钻空子的余地。

没等南迦回答，老邹为她定下目标："进步得一点点来，我的要求不高，期中考你及格了，我就不抓你。"

"从6分到60分，这要求还不高？揠苗助长不行啊！"南迦欲图讨价还价。

老邹没给她机会，带着三角尺扬长离去："老师期待你期中考给我惊喜。"

南迦问包亨达："期中考什么时候？"

包亨达抓过张焱辉桌上的日历："运动会之后。"

南迦："运动会什么时候？"

体委恰恰前来通知："南迦同学，下周三就开运动会了，虽然我们重在参与，但你看课后如果有时间多少准备准备，你报名的三个项目都是需要好好热身的。"

"三个项目？"南迦陷入无奈，"我什么时候报过三个项目？"

体委心虚地摸摸鼻子："那天不是你说，哪个项目缺人就给你填什么项目嘛。"

南迦："所以你就给我填了三项？"

体委："每个人最多只能报名三项，特别遗憾。"

南迦翻了个白眼。

包亨达连忙帮她问："哪三项？"

"女子1500米，女子800米，女子400米。"体委的口吻十分得意，透着丝向南迦邀功的神色，"怎么样？可都是包亨达说的你擅长的跑步。"

包亨达恨不得拿针缝上体委的嘴："你又冤枉我！"

张焱辉安慰她："没关系的迦姐，到时候可以弃权。"

"行，我知道了。"南迦掏出桌斗里的零食开始吃，转头问身边的人，"同桌，你报名了吗？报了什么？"

林跃没给反应，手里的笔继续算着题。

和他以往的沉默不同，这次南迦突然感受到他强烈的冷漠。

心情不好吗？数学课之前她和他借笔，那会儿他还好好的。上课期间也没发生不愉快的事，他的成绩也保持全班第一，也没谁招惹过他呀！

南迦思来想去找不出缘由。

而情况持续到了第二天。

南迦私底下问包亨达和张焱辉,两人却表示根本没发现变化:"跃哥难道不是每天都心情不好的样子?"

当天下午的第一节体育课因为下雨取消了,改为自习。南迦买了四杯奶茶进教室,一杯她自己喝,两杯送给包亨达和张焱辉。

最后一杯,南迦推向林跃:"同桌,不知道你喜欢什么口味,所以帮你选了这家店的招牌款。"

"谢谢,不用。"

虽然是拒绝,但好歹金口终于开了,是昨天数学课到现在为止他和她说的第一句话。南迦乘胜追击:"你不喜欢这个口味,还是不喜欢喝奶茶?"

金口却又紧紧闭严实。

南迦也没把奶茶取回来。

奶茶就这么一直杵在两人之间,宛若一条"三八线"的存在。

南迦闷了小半节课,预习完下节课的英语单词和课文,把昨天的数学考卷拿出来,她先装模作样请教包亨达和张焱辉。

包亨达和张焱辉轮番上阵为南迦讲解,南迦表示思路越来越乱,然后极其自然地求助林跃:"同桌,你能不能帮我理一理?"

林跃冷淡的眸子斜过来:"辅导书你看过了?"

南迦愣了愣。

她的表情落入林跃眼中,无疑是"没看过"。

林跃说:"那就别浪费我的时间。"

半晌,南迦从他淬冰般的语气里回神,总算明白,原来招惹同桌的不是别人,就是她自己。

那天是她主动问他当参谋,保证过她想好好努力,他才没拒绝她的请求,专门带她去"卡西莫多"的书店。

可昨天惨不忍睹的数学成绩很难证明她所谓的努力,怪不得他不爽。可不是浪费他宝贵的时间?南迦想抽自己。

林跃又往耳朵里塞耳机,明显在说"别再烦我"。

南迦如坐针毡,好不容易挨到下课,心道他应该能摘耳机了吧。结果,耳机是摘了,林跃却离开了教室,直到上课铃响才回来,南迦愣是没能和他说上话。

英语课正式上课前,依旧是每天逃不掉的单词小测。

小测结束,照惯例同桌交换互评。

林跃将他的听写本放到两人之间，取过南迦的听写本，只见听写本上贴了张粉红色便笺，开头就是一只简笔画的痛哭流涕的加菲猫——

"我发誓，我真的真的真的看过你帮我选的辅导书，也知道这次数学周考的题有一半能在辅导书上找到对应题型，那些题我还做过了的。做题时，我看完答案解析明明觉得自己懂了，考试时重新遇到我却又糊涂了。所以通过这次考试验证出来我根本没吃透题。好同桌，你别生气行不行？"

最后，南迦又以一只简笔画加菲猫的泫然欲泣脸收尾。

南迦一边给林跃的听写打分，一边用眼角余光观察身旁的情况。林跃一如既往的面无表情，所以她只能确定他看到了便笺，其他什么也判断不了。

今天她比平时更快速地批改完林跃的听写本，然后陷入度秒如年之中。

过了一会儿，林跃把她的听写本递了过来。

南迦紧张的心几乎拧成麻花，拿起听写本时呼吸都不自觉屏住。

她贴在听写本内的便笺不在了，页面上除了多出林跃正常打给她的分数，也没其他东西。那这到底解没解除误会啊？南迦心里没底，转头看他。

林跃正收起他的听写本，翻开英语课本准备听课。

南迦屈着的左手手肘轻轻撞了一下他同样屈着的右手手肘。

林跃转过头来。

教室里的灯给他的脸平添一层柔和的光，他的冷白皮被照出玉般的质地。

南迦微微恍神，笑了笑，两只手在桌面悄悄朝他做了个抱拳的手势。

林跃的指节无声地轻叩桌面。南迦不知怎的竟读懂了他的意思，顺从地将注意力移回英语老师身上。

惦记着"三八线"的碍眼，英语课结束，南迦立刻又把奶茶朝他那边推去些："同桌，给个面子呗。"

林跃延迟了两节课回答她："谢谢。我对奶茶没兴趣。"

"行，我下次请你喝你感兴趣的。"捞回奶茶，南迦插上吸管自己喝。

连喝两杯奶茶的下场是最后一节生物课她跑了三趟厕所。第三次蹲厕所里时，南迦生无可恋——丢人丢到这份上，我还有什么脸面继续留在这个学校。

也不知道林跃会怎么看她。

等她回到教室，放学铃差不多响了，笼子里的鸟儿再次得到放飞，转眼间没剩几只。包亨达和张焱辉问候她："姐，你要不要去医务室？"

南迦笑着摆手："别，我没这么金贵，已经没事了。"

包亨达和张焱辉便和她道了别。

林跃还在不疾不徐地做着一道题。南迦认出是那天的《30天掌握数学竞赛》。

顷刻，林跃合上书开始整理书包，像是顺口提醒她道："生物老师布置了周末作业。"

南迦忙问："哪些？"

林跃报给她，南迦一一记下。

林跃背起书包，离开教室。南迦加快速度，把该装的东西装进书包。

因为下雨，这个星期林跃每天改乘公交车上下学，而且他没逗留在学校打球。所以，她暗戳戳和他差不多时间走，每回能跟在他身后前往公交亭，上同一辆13路公交车，最后目送他到站下车。不过他次次塞耳机，南迦不曾主动上前和他同行。

今天，她看见林跃身边多了个瞿闻宣。

瞿闻宣一把摘掉林跃的耳机："又装什么。"

林跃立刻把原本遮在两人头上的伞撤离瞿闻宣头顶。

"喂！"瞿闻宣握住伞柄把伞挪回来，"怎么，想故意让我淋雨生病，好影响我下周在运动会上出风头？"

林跃讥嘲："你皮这么厚，淋点雨就能病？"

"我今天不陪你玩无聊的小学生斗嘴游戏。"瞿闻宣冷哼，手肘撞他一下，"有种在明天数学竞赛班的考试上一决高下。"

说完，瞿闻宣发现林跃盯着他们碰在一起的手肘不出声："干什么？又不是第一次打你，你这什么表情？"

林跃拉开和他的距离："少黏糊糊的。"

瞿闻宣原地愣了几秒，火速追上并没有停下来等他的林跃，骂骂咧咧。

林跃刚刚脑海中其实是蹦出不久前的课堂上，另外一个人轻轻撞他手肘的画面。

瞿闻宣倏地又轻轻撞了撞他："喂，那是你同桌吧？"

林跃知道南迦这个星期每天跟他相同的路线搭乘公交车，闻言他"嗯"了声，没有回头看。直到瞿闻宣低低吹了声口哨："她看起来好像遇到麻烦了。"

出校门没多远，南迦被迎面拦住她的人遮挡了视线："你就是南迦？"

南迦应声将伞稍稍抬高。对方撑着一把塌陷个角的黑伞，长得跟猴子般精瘦精瘦的，一头金灿灿的"杀马特"发型，眼睛通过长至鼻梁的刘海间的缝隙打量她，让人特别想帮他撩开头发帘。

她蹙眉，反问："你是谁？"

"我先问你的。"金瘦猴有点急，"你到底是不是叫南迦？"

南迦扬起下巴，带丝挑衅的意味："问人名字之前先自报家门难道不是礼貌？"

金瘦猴思考了两秒，嘟囔："好像是这个理儿……"

然后，他便自报家门："行不更名坐不改姓，赵耳。"

清荣的小流氓这么好说话的？南迦误将他的名字听成"赵二"，好奇他家该不会有个弟弟叫赵四吧？

金瘦猴："该你了。"

"该我什么？"南迦装傻。

"我报完我的名字，该你报你的名字。"

南迦语调懒懒散散，笑得漫不经心："我又没答应你。"

"你——"金瘦猴气得不轻。

南迦暗自掂量，这儿离校门口很近，周遭还有其他放学的学生，对方不可能会动手吧。

而他未叫她失望，果真狐假虎威，转头就喊救兵："炜哥！这丫头耍我！"

南迦循声望向马路对面。原来马路对面等着两个人，一个和面前的金瘦猴俨然复制粘贴出来的，除了发色是黄澄澄的。

另外一个人高马大壮硕许多，头发剃得很短，面容亦满副凶狠劲。途经他身侧的人无一不小心谨慎地退避开。不难判断，这位是三人之中的老大，金瘦猴口中的"炜哥"。

南迦丝毫不怵，没躲也没跑，原地不动地看着两人从马路对面径直朝她走来。

黄瘦猴作为小弟打头阵，一过来就弹了金瘦猴一栗暴："早就说你办不好事，你还非得拿石头剪刀布赢我！她一柔弱小姑娘怎么有胆量耍你？准是你吓到她了！"

金瘦猴哑巴吃黄连："不是，真是她——"

"让一边去！还得炜哥亲自来！"黄瘦猴揪着金瘦猴的耳朵将其拽到旁侧。

南迦顿时直面炜哥。炜哥盯着她，一句废话也没有："南迦？"

"南迦。"同一时刻，身后也有人喊她，声音似随这雨天沉了一层凉凉的水汽。

南迦扭头，手持蓝底格子伞的林跃映入她的眼帘："还不走？邹老师马上出来了，要他等我们吗？"

　　南迦顺着林跃的话点头："不好意思。我们走吧。"

　　那位炜哥这时又开口："南迦，我是你哥，唐炜。"

　　南迦眼皮一跳，脚步随之轻顿。

　　林跃瞥了一眼唐炜，问她："你认识的人？"

　　南迦下意识地握紧伞柄，摇摇头："不认识。"

　　五天没能痛痛快快打球了，晚上篮球小分队的群里沸反盈天。

　　郑耀："也没听说最近雨神来我们附近，这雨怎么就下个没完没了。"

　　瞿闻宣："管它有完没完，明天的球必须打。"

　　郑耀："就知道老瞿你肯定比我耐不住手痒。不过你明天和林跃不是要上数学竞赛班的课？"

　　瞿闻宣："上完课不就能打了？"

　　郑耀："那能上哪儿打？"

　　瞿闻宣："你家离市体育馆最近，你明天起大早去预订一个球场。"

　　预判他们还得一阵才能讨论出结果，林跃没继续盯着，转而点开另外一个图标不断跳跃的群。

　　他没翻看前面聊了些什么，最新的一条群消息恰好显示来自"璃莹殇·邪儿"的冷笑话："有一天，猎人进山打猎，遇到一只狐狸，砰地一枪打过去，然后猎人死了。狐狸哈哈大笑：'没想到吧，我是反射狐。'"

　　"去远方流浪"和"sunny"两位瞬间刷了满屏的"哈哈哈哈哈哈哈哈"。

　　林跃也暂时把这个群关掉，掐表刷卷子。

　　一张卷子结束，林跃回到电脑前，看到"璃莹殇·邪儿"十分钟前单独问他："同桌，明天我们三个约好到市图书馆写作业，你一起来吗？"

　　林跃重新点开四人小群，首先发现原本无名的群有了个特别长的称呼——"迦姐加油数学60分你可以的"。

　　南迦在群里发的都是早两年土掉渣的笑话。

　　因为隔着屏幕见不到真实表情，她也不知道包亨达和张焱辉到底是真笑，还是纯粹给她面子捧场的假笑。

　　于是，南迦谎称她下线学习。

包亨达和张焱辉记起今天老邹为她制订的期中考目标，双双对她表示了鼓励，并主动提出可以和她一起写作业，方便她像今天这样遇到问题时寻求他们的帮助。

去远方流浪："虽然我和焱辉的数学成绩没跃哥好，但基础题目没问题的，姐儿你别嫌弃我们，也别怕麻烦我们，我和焱辉非常乐意为你效劳。"

sunny："是。"

两人热情地一唱一和，效率极高地迅速定下了碰头地点。

南迦不忍拒绝他们的好意，况且他们说从高二的学长手里借到了往年清荣一中期中考的各科试卷，所以她应下了，并转头去私戳林跃。

洗个澡的工夫出来，南迦看到回复。

Y。："竞赛课。"

又是数学竞赛课这只拦路虎，一会儿周五上课，一会儿周六上课，次次阻挠他们四人小组的全员会晤。南迦瞬间失去挑选明天穿哪件衣服出门的兴致。

她怏怏地趴回床上，摸起手机，犹豫片刻，拨出南向东的号码。

南向东这个星期不再每天给她打电话了，而她主动打给南向东的次数少之又少，所以南向东接起时难掩意外："迦迦，出什么事了？"

"没什么大事，就是向你汇报一下，我又没考好。"希望没气着他。

南向东沉默两秒，语气如常："嗯，我都听你们的王主任讲过了。"

紧密追踪她在校的学习情况是过去他总干的事情，但他了解之后竟然没有第一时间来管教她。

多了一个女儿，还是亲生女儿，因此顾不上了吧——南迦为此感到庆幸。再这样下去，他投注到她身上的精力应该会越来越少吧？

然而同时，她的心头也矛盾地缠绕寥寥失落……

"主任原来一直关注我的啊，那我下次碰到他一定不再绕道躲开，好好和他打招呼。"南迦边说着，边顺手做了五道英语选择题。

南向东语重心长："你有任何困难要及时和学校老师沟通，虽然现在刚上高一，但也是非常关键的打基础阶段。时间过得很快，转眼就高三。你如果继续这样的成绩，未来该怎么办？"

翻来覆去老掉牙的话题，从她初三成绩一落千丈开始，她已经听得耳朵长茧子了。她今天这通电话的目的可不是主动讨训的，心里琢磨怎么转移话题比较自然。

"爸，今天放学的时候我在校门口遇到唐——"

"欣欣！你别自己下床！要拿什么东西告诉爸爸！"

南迦止住话，听见南向东急促的脚步声，紧接着听见女孩温温柔柔地说"爸爸没关系我自己可以的"。

一阵窸窸窣窣的动静过后，南向东继续问道："你刚刚说遇到什么？"

南迦已经把整面的选择题快速解决，翻着书页道："我在校门口遇到卖糖葫芦串的，口味和北城的非常不一样。"

她又在南向东的雷点上蹦跶。

南向东的语气饱含忍耐："你现在一个人住没人管着你乱吃零食了是不是？"

南迦战略性撒谎："没有，吃太多零食容易胖，我减肥呢爸。"

南向东不信她："这两天你酒店该住到期了吧？"

南迦早有准备，搪塞道："快期中考了，这时候换环境不利于备考，等期中考结束我再搬去表姑家。"

第二天中午，林跃结束课程后和瞿闻宣前往市体育馆，到了之后却得知郑耀没预约上篮球场地，最快得排到晚上七点才有空场子。

郑耀补救道："我刚看到二中有几个眼熟的人也来打球，等我和他们商量商量，应该可以拼场。"

林跃背起书包直接走人："你们打吧。"

"别啊跃哥！"郑耀试图挽留，"少了你还有谁能压制老瞿？不得成他的主场？我们要疯的！"

林跃头也没回。

体育馆外的公交亭，隔着马路的斜对面，翻新的市图书馆昭然沐浴于阳光下。

林跃登录手机QQ。四人小组群里，包亨达早上八点问南迦起床没，南迦八点半回复说让他和张焱辉先过去，她迟些会合。后来群里没再见新消息。

林跃戳开和包亨达的私聊对话框，问他在图书馆的具体位置。包亨达估计没留意手机，林跃迟迟等不来回复，倒是他要乘坐的公交车开进站了。

林跃作罢，收起手机。公交车停稳打开车门，一团橘色的人影逆着人流从前车门挤下车厢。卫衣帽子包裹她的脑袋，两侧的帽绳收缩到最大程度，她的整张脸只露出鼻梁和眼睛。

她似乎很喜欢这样穿卫衣，他已经不是第一次见。

林跃忽然觉得她有点像加菲猫。尤其像她在便笺上画的简笔版加菲猫。

南迦今天彻底见识到，清荣的交通拥堵起来完全不输北城。

车厢挤得跟沙丁鱼罐头似的，下车时她连后门都过不去。好不容易从前门下来后，她即刻扯松帽绳，大口呼吸新鲜空气。

猝不及防地，她就和林跃对视上。

"同桌……"南迦控制住翻涌的欣喜，"你怎么在这儿？"

"来体育馆打球。"略一顿，林跃没来由地补充，"和郑耀他们。"

"哦哦。"南迦的两只手无所适从地扯了扯双肩包的背带，"那你现在是打完了还是准备打？"

"打完了。"

南迦心一提："所以你要回家了吗？"

林跃同时问："包亨达和张焱辉在图书馆？"

"在。我正准备去找他们。"南迦按捺不住地重新发出邀请，"你要一起吗？"

林跃点头："可以。"

南迦不认识哪座建筑是图书馆："我们现在该往哪儿走？"

林跃带路："这边。"

看见南迦和林跃一起出现，包亨达和张焱辉不可思议地齐齐起身："我们没眼花吧？"

南迦佯装生气："合着我是个透明人，你们谁都当我不存在？"

南迦陷入延迟的沮丧之中。早知道今天同桌会来，她绝不会又穿这件橘色卫衣。而且刚刚好像被他目睹她灰头土脸挤下公交车的全过程了？

林跃轻轻叩了叩桌面："辅导书带了没？"

刻意压低的声音较之平时添了一分清沉。南迦的心弦被拨动，心脏重重一跳。

"带了。"她下意识挺直脊背，掏书包，"数学和物理都带了。"

递过去时，南迦倏地绷紧神经。两本辅导书里，她留有笔墨的题目基本全是对于她这种底层学渣来讲难度偏大的。

林跃翻过之后也察觉到了，眉心极轻地皱起："你做这些？"

南迦已经迅速镇定下来："这些都是我完全没思路的题。后面自带的答案太简略，我问以前的同学做了详细的解题方法。"

林跃没起疑，将辅导书还给她："不用着急做难题，基础先打好。你不是也意识到自己题目没吃透？我帮你勾了些重点，你现在就做，不懂的问我。"

终于又听到他讲大长句,南迦心里再悄悄记下一笔。摸出规律了,与学习相关的话题,比较能触发他多说些话。

对面的包亨达和张焱辉不约而同在手机QQ里私戳对方:"感谢迦姐带我们见识不惜字如金的跃哥。"

既然同桌愿意亲自教,南迦自然不辜负他的好意,立刻投入辅导书的精选题之中。

南向东曾经为她聘请过许多家庭老师,她在应对一对一补习方面的经验比较丰富。然而这次的补习老师身份特殊,她不能让他有太多挫败感,也不愿意自己给他留下笨学生的印象,于是她选择一知半解地做出来,巧妙地卡在关键步骤,顺其自然地带着题目去请教他。

两三道题下来,南迦发现……林跃不是很懂得教人。

准确来讲,林跃不是很懂得如何教底层学渣。他其实是毫无保留地在指导,但多半他从小到大优惯了,身边经常接触的也是和他差不多水平的同学,因此他无法把握基础差的学渣容易卡壳的地方。

南迦早前也不懂,后来为了扮演好后进生的角色向真正的学渣毛现同学深入取经,才摸索到要领。根据要领,明明完全听得懂林跃在说什么的情况下,她适当地提出理解不了的地方。

林跃通过她几次钻不透的点,迅速调整了教学方法,渐渐地越来越上道。两人的师生关系也越来越融洽,南迦终于轻松不少。

等勾选的重点全部讲解完毕,林跃要求南迦练习老邹昨天发的那套期中练习卷。南迦非常争气地把刚刚涉及到的题型全部做对了。

包亨达和张焱辉前来围观:"牛啊迦姐,进步神速,如果你像今天这样,选择题和填空题拿到百分之八十的分,不用再怕不及格。"

南迦微眯眼:"你们实话实说,真正想夸的是我同桌妙手回春吧,我这苗子都能救回来。"

包亨达和张焱辉打哈哈:"你俩都牛。"

林跃看看南迦,又看看她的试卷,眉宇微不可察地微拢。

"跃哥,你以前是不是也给别人讲过题?"包亨达斗胆好奇。

"没。"

所以她是第一个?

南迦暗喜:"同桌一出手,就知有没有,再'心机'的题经过你的解析都变得易如反掌。"

　　林跃睇她，神色很淡："既然易如反掌，期中考遇到同类题型，一分别丢。"

　　南迦的表情立即垮掉："你怎么得了老邹真传，连点余地也不给我留？"

　　林跃似松口："你想要什么余地？"

　　南迦举例："万一我粗心大意看错题、漏写小数点或者涂错答题卡啊。"

　　林跃说："都想到了，说明全部可以规避。"

　　包亨达和张焱辉憋笑憋得趴在桌面剧烈抖肩。

　　南迦无言以对，转向包亨达和张焱辉，幽幽警告："你们俩，不要太过分。"

　　南迦扭回头，恰恰捕捉到林跃嘴角不易察觉的弧度。

　　这次她肯定自己没眼花："同桌，你笑了哎。"

　　林跃抿一下唇，用他的面无表情否认："没有。"

　　南迦歪着脑袋笑眯眯地揭穿："可我明明看见了啊。"

　　之前为了方便讲题，她和林跃的椅子拉近许多，此刻她没控制好两人间的距离，她的左腿和他的右腿不小心碰在了一起。南迦恍惚中甚至感觉到他的体温隔着布料隐约传递过来。

　　林跃极其不自然地率先挪开腿，错开与她对视的眼。

　　"你看错了。"微妙的尴尬随着他这句如常的回应稍稍缓解。

　　"哦……"南迦端端正正坐直身体，两只腿僵硬地往前伸。

　　这一伸无意间踹了对面的包亨达一脚，包亨达以为南迦不爽他的憋笑，一激灵从桌面惊起，小声向她告罪求饶："我错了姐儿，再敢笑话你我就是小狗。"

　　南迦眼尾上扬："那要不你还是继续笑话我吧，我挺想看小狗的。"

　　张焱辉落井下石地举手："我也想看。"

　　南迦余光瞥见林跃把他的椅子拉远了些，一点想笑的心情都没有了。

　　之后，她和林跃没再讲过话，她表面平静内心浮躁地写着各科周末作业。

　　包亨达和张焱辉经由她做的表率，也开始向林跃请教问题。

　　但两人只问了两三次就不再问了，因为林跃的解题思路非常跳跃，他们跟不上，又不好意思对着林跃那张酷脸请求重讲。

　　下午六点钟左右，四人撤离图书馆。

　　包亨达和张焱辉与他们俩不同路，先行搭乘一辆公交车走了。

　　林跃问："你坐哪路？"

　　南迦摸手机："我先查一查。"

　　"还是回渔北路那一片？"

"嗯。"答完，南迦意识到自己的举动略显做作，语调含笑地挽救道，"我写作业写昏头了，身边有你这么个清荣活地图，还查手机做什么？"

林跃走在前面带路："你来的时候坐的公交车不是渔北路方向的。"

连日绵延的雨这会儿终于消停了，南迦盯着他被路灯投射在湿漉漉地面上的影子，无奈中带些讪讪然："我坐错站了，又坐过来。"

塞翁失马。若非坐错站，她不会碰巧在公交亭遇到他。

两人依旧乘同一辆公交车。南迦先上的车，上去后选了靠近后车门的两个连在一起的空座。坐进窗边的位子，她取下书包抱在身前的膝盖上，假意慢腾腾地整理书包带，心里紧张地关注林跃的动向。

林跃走过来，抓着扶杆稍稍顿一下，最终落座她身边的空位。

图书馆里他挪开椅子时带给她的那点郁闷烟消云散，她规规矩矩地并拢手脚，防止再和他产生没必要的身体接触，忍不住嘴角上扬——记，第一次和同桌在公交车上排排坐。虽然他坐下后又习惯性把耳机塞耳朵里，全程与她无交流。

今天是南迦先到站。她重新背上书包时，他摘掉了耳机起身，她以为他是让道方便她出去，笑着和他道别："同桌，周一见。"

林跃却和她一起下了车："送你一段。天黑了。"

"会不会太麻烦你？"

"我等下走回去，比公交车的两站路近。"

南迦便不再推迟："两天之内又对你累积了三次'谢'。"

现在一次，不久前的讲题一次。林跃只能数出两次："还有一次是……"

"昨天放学的时候。"

缠绵的秋雨淅淅沥沥地下着，两人不约而同撑起各自的伞并肩而行，场景仿佛重回昨天傍晚他将她从唐炜面前带走之后。那之后他没多问她什么，她也没和他多说什么，很快到了公交亭坐上了公交车如往常般分散开。

当下，林跃才斟酌着提醒她："如果遇到麻烦，及时向班主任求助。"

"不是麻烦，没关系的。"南迦似笑非笑，"你昨天也听见了，那人是我哥。"

林跃嘴角敛了敛："你不是说你不认识？"

"我确实不认识。我亲生父母家的哥哥吧。我昨天也才第一次见。"脚下的路有块松动的石砖被南迦踩出水，溅湿了她的一小截裤脚，"我和你们学校生病休学的唐欣同学，小时候被抱错了。唐欣现在去了北城，我就来清荣了。"

林跃的步子顿了一下，侧头看南迦。南迦也看向他，眼里映着路边的霓虹灯，含着清灵的笑容："同桌，你知道了我的秘密哦。"

之前的一些细碎此时得到近乎完整的拼凑，林跃嘴唇轻嚅："明白了，我不会告诉其他人。"

她并没有要求他保密的意思。她纯粹就是想告诉他这件事，暗戳戳地让他多了解她一些，或许也因为……她希望在这个新环境里身边有个能倾诉的人。

不过南迦没解释，将错就错："挺公平的，我也保守着同桌你的秘密。"

"我什么秘密？"

"郑耀说，你小时候生过一种怪病。"南迦点到即止。

林跃先是怔忪，然后整个脸色精彩纷呈。

头一回见他的表情如此生动鲜活，南迦遗憾此时此刻无法用相机记录下来，好向其他人证明他并非不苟言笑的面瘫。

脸色最终归于愠怒的林跃甚至骂了人："瞿闻宣那个傻×。"

显然，他不仅猜到了郑耀所传播的具体内容，还清楚地知道真正的传播源头。

南迦眨眨眼。要不多骂两句，她再听听？机会实属难得。

林跃转开目光，用雕刻般精致的侧脸为自己辟谣："郑耀胡说八道的。"

"哦……"他的难堪简直无所遁形，南迦努力忍住不笑，"那我也不会告诉其他人的。"

林跃看向她，没说话。

南迦："我的意思是，谣言止于智者。我虽然成绩差了点，但不笨。那天郑耀告诉我的时候，我就怀疑哪有这么奇奇怪怪的病。"

林跃的眼神仿佛在说：既然如此，你刚刚还拿来当作秘密要帮我保守？

南迦对他的质疑感到雀跃。好像，她和同桌的关系又亲近了些！

两人在酒店门口分道扬镳。

南迦缓步走进酒店大堂，确认自己离开了他的视野之后开始狂奔，奔回房间后，灯也来不及开，她径直跑到窗户前，偷偷撩开窗帘的一条缝。

林跃从人行道穿回马路对面，稀落的灯光将他打着电话的影子拉得长长的。

打给谁的？找传播他谣言的人算账吗？

南迦再也藏不住笑。她突然觉得同桌特别可爱。

当然，正在电话里被林跃骂成狗的瞿闻宣一点也不苟同！

第三章 / 如黑夜拥有寂静与繁星

秋雨从周末延续至新的一周。

在万众期待着这场雨继续下，好推迟即将到来的为期三天的校运动会时，它却在运动会前一天被爽朗的晴天驱逐走了。

如若不是后面无缝衔接期中考试的话，校运动会毋庸置疑是受欢迎的。

现在的情况是，既期待运动会，又担心运动会后的考试。

因为开学初刚经历过军训，所以比起高二和高三年级，高一年级的开幕式方阵彩排快速且顺利。

只是比起军训会演时的方阵，如今班上多出一个南迦。彩排结束后，体委提醒大家需要统一穿班服时，才记起来南迦没有。

班服是军训期间全班定制的，每人一件，所以没有多余的能给南迦的。体委不得不将此事汇报田英。田英看了一眼还在主席台上的林跃，有了解决办法。

清荣一中每年校运动会由三个年级各推出两位同学担任主持人，林跃以其优越的形象被王主任举荐为高一年级的代表之一。因此林跃不参加开幕式上的班级方阵表演。而他身为主持人有学校另外提供的服装，也无须穿班服。

田英的解决办法便是："林跃，你的班服先借给南迦，可以吗？"

和林跃一起被田英单独留下的南迦闻言傻了。还有这等好事？她原本想申请退出班级方阵的，现在立刻将话咽回肚子里，悄悄期待林跃的回应。

林跃好几秒没吭声。南迦见状开了口："班主任，要不——"

林跃此时答复道："可以。"

南迦的心跳又炸开，回去的路上人都有点晕乎乎的，连在公交车上林跃走到她身边问她话，她第二遍才听清楚。

"你明天几点到学校？"

南迦反问："你希望我几点到？"

林跃一手举高握着上方的扶手，眼睛盯着车窗外："进校门前我把班服给你。"

"我也是这么想的。否则被其他同学看见,误会了什么,对你的名声不好,我压力也大。"南迦揶揄。

林跃无语地看向她:"不是因为这个。"

南迦歪头:"那是因为什么?"

林跃抿一下唇:"郑耀容易口无遮拦,回头我耳根子不清静。"

还有瞿闻宣,肯定也得抓住这事儿说他。

南迦恍然,比了个"OK"的手势。

吃过晚饭,林跃从衣柜翻出班服。班服被压在底下,有些皱,也沾染了一股樟脑丸的气味,他放到阳台的洗衣机清洗。

折返进客厅时,他看到翁云在打扫客卧,他轻轻皱起眉:"奶奶又要来了?"

负责饭后刷碗的林明理在厨房抢答:"别怕,不是你奶奶。你妈还没来得及告诉你,她一个远房表哥的女儿可能下个星期要来我们家寄住。"

"就你话多,扰乱我的计划。"翁云不满林明理的多嘴。

林明理识趣地闭了嘴。林跃疑惑:"哪儿来的远房表哥?"

"你不认识。他女儿不知道为什么转来清荣上学,托我帮忙照顾。听他的意思春节就回去,寄住半学期而已。"翁云简单地解释。

"转来清荣"四个字让林跃的脑海里不自觉闪过南迦的名字。最近他的生活中恰有她这么一位也是刚转来清荣的学生。

翁云觑着他的脸色迟疑:"你是不是觉得不方便?要不我找个借口推了。"

"没有。我无所谓。我说过,你们的事情你们自己决定,不用在意我。"林跃表情寡淡地回了房间。

翁云忐忑地去厨房:"我怎么总感觉儿子每次讲这句话都意有所指。他是不是发现了什么?"

"别风声鹤唳、草木皆兵。"林明理将洗好的碗筷码进消毒柜,"我们儿子从小到大就这样,你又不是不了解。"

翁云默了默,半是自言自语:"了解吗……我们儿子好像连个叛逆期都没有……"

房间里,林跃看到南迦又在 QQ 上敲他:"同桌,我们好像没有商量 Plan B,万一明天又下雨?"

林跃截图天气预报发过去。

璃莹殇·邪儿:"行,那明天不是晴天也得是晴天。"

南迦等了一会儿，确认林跃没有再回复，也放下手机，在床上翻了两个滚，重新拿起笔，愉悦地在草稿纸上画了只穿班服的加菲猫。

翌日，果不其然大晴天。南迦虽然比平时早起，但还是为了保证不迟到，又改回打车。原本这两天早上她把上学的交通工具换成公交车，指望能在上学途中遇到林跃，然而两天来希望全落空。

和林跃约定的时间是六点四十五分，南迦抵达校门口是六点半，校门口冷冷清清的，还没有太多学生进校门，连督导队都尚未站岗，只断断续续有些早起的住宿生出来买早餐。

校门口的早餐十分丰盛，刨去几家固定商铺的快餐店，斜对面的巷子里更有许多个体商贩的移动摊车。

南迦这几天进门之前常光顾各家移动摊车，吃不重样的早餐。发现今天新出现了一家"鸡蛋灌饼"，摊车前暂时没有学生排队，她感兴趣地上前。

老板正弯着腰整理车底下的食材，一边吞云吐雾，一边讲电话："鸡蛋只有十个，让我卖个鬼？"

耳熟的声音。南迦突然觉得自己应该换一家。

然而没等她付诸行动，对方直起了身，与她打了个照面。

南迦定在原地。

唐炜一愣，迅速把烟头丢到地上踩灭，电话挂得急乱，问："要吃什么？"

南迦心道，这儿除了鸡蛋灌饼也没其他东西了吧。

唐炜也反应过来了，立刻上手摊饼："你吃火腿吗？里脊肉呢？培根也来一片？等下调味你想刷什么酱？需不需要加辣椒？"

眼瞧他打了两个鸡蛋还欲打第三个，南迦制止道："你不是只剩十个鸡蛋了？"

唐炜依她所言收起第三个蛋："没关系，等会儿有人给我送来。"

"生菜帮我稍微煎得半熟再盖上去。"上周的奶茶引发她肠胃的不适，饮食不得不比之前谨慎。

唐炜点头："好。"

南迦摸出手机消磨时间，避免和他的尴尬无言。

她打开 QQ 里和林跃的对话框："同桌，你早饭吃了没？要不要也来份鸡蛋灌饼？"

这个时间，他怎么会在线？南迦好笑地准备关掉。

"Y。"用户的头像却亮了:"可以。"

南迦惊喜,马上对唐炜说:"再要一份。"

她立马拍一张配料的菜单过去:"你要吃什么样的?有忌口没?"

Y。:"和你买的一样。"

南迦便对唐炜补充:"和我的那份一样。"

唐炜两块饼一起摊起来。

南迦忍不住拍了张照片,发动态:"美好的一天,从鸡蛋灌饼开始!"

记,第一次帮同桌带早餐,第一次和同桌吃一样的早餐。

毛现出现得神速,点赞并留言:"你一个人吃两份?"

南迦:"胃口好。"

回复完,思及所有人都能看见,南迦连同毛现的留言一并删掉。

毛现立刻私戳她:"不是吧老大,我哪儿讲错话了?"

南迦:"有损我的正面形象。"

毛现嗅觉灵敏:"难道!迦妃你有新欢了!"

南迦也不否认:"你猜?"

"你来多久了?"林跃的声音倏地在她耳边响起,南迦手一抖,快速把手机塞进衣兜里,莫名生出一种做贼心虚感。

"不久。问你鸡蛋灌饼的时候刚刚到的。"

她说完,清楚她在撒谎的唐炜看了她一眼。

林跃也在这时注意到唐炜的存在。

"要不要辣椒?"唐炜问。

南迦看林跃。

林跃:"我的不要。谢谢。"

南迦跟在后面:"我的要。谢谢。"

林跃把拎在手里的购物袋递给她。购物袋印着某知名运动品牌的 logo(商标),南迦记得他的球鞋就是这个牌子的。接过时,她心里又涌现一丝隐秘的欢喜,嘴上却淡定而平常地说:"走完班级方阵,我晚上回去洗干净,明天早上还你。"

林跃告知:"最后一天闭幕式也要穿。"

"这么麻烦啊。"南迦克制暗喜,假装无奈,"那只能下周再还你。"

"炜哥!"金瘦猴开着辆老旧的电动车冲进巷子。

电动车后座的黄瘦猴一手搭着金瘦猴的肩膀站起来,一手朝唐炜用力挥动

"你的蛋来了!"

两人柔顺的洗剪吹发型于风中肆意飘舞,不失为一道亮丽的风景,吸引巷子里其他摊主和学生的目光。唐炜的表情很尴尬,等电动车停在摊位前,他往两只瘦猴脸上丢两片烂菜叶:"喊什么喊?叫魂?"

两只瘦猴搬着鸡蛋下车,颇为殷勤:"炜哥你去休息,我们来摊饼。"

"不用。"唐炜努嘴示意他们搁鸡蛋的位置,手里将刷完酱的第一个饼装进纸袋,又套了只塑料袋,递向南迦,"这份辣的。袋子别扎紧,饼软掉不好吃。"

南迦伸手时,唐炜又提醒:"小心烫。"

两只瘦猴这才看清楚人:"是你!"

一样的脸一样的表情还异口同声,南迦被他们逗乐:"啊,是我。怎么了?"

"有你俩什么事?"唐炜瞪过去。

两只瘦猴言听计从地闭嘴。

唐炜将另一份鸡蛋灌饼也起锅装袋。林跃问:"多少钱?"

南迦根据摊车挂的菜单计算出金额,掏出二十块钱:"我请你吃吧,同桌。"

没等林跃回答,南迦先行堵住他的退路:"不能又拒绝。我会很没面子。"

"我请你们。"

南迦的视线落向插话的唐炜。

唐炜背过身去后面的小桌子调饼浆。等他转回身,南迦和林跃已经离开了,又有两个学生结伴走来买饼。唐炜脱掉围裙扔给黄瘦猴:"你摊。"

同样得到解封的金瘦猴举着二十块钱请示唐炜:"炜哥,我帮你装钱袋里。"

点着烟的唐炜嗓音含含糊糊:"哪儿来的?"

金瘦猴:"刚刚你妹妹放鸡蛋筐里的。"

唐炜一个趔趄,怒目圆瞪,差点把打火机砸他脑门上:"你看见了现在才告诉我?"

金瘦猴委屈:"不是炜哥你不让我们说话……"

进了校门,南迦便和林跃分道扬镳。她需要先到教室和同学们如常上早自习课,林跃则要去学生会办公室和其他主持人会合,为上午的校运动会开幕式做准备。

学生会办公室在喷泉池旁边的行政楼里,林跃走到门口,记起自己手里还拎着香气过于洋溢的食物,又折返出来。

他的早饭其实在家里吃过了。在公交车上时,他原本正隐身登录手机

QQ，查看主持人群里通知的集合时间和地点，南迦的消息恰好跳出来。

不知道为什么，他当时回复她"可以"。

鸡蛋灌饼的香气吸引得张焱辉放下课本："迦姐，吃这么丰盛？"

的确太丰盛，唐炜把所有配菜每样加一份给她，饼皮快被撑破，饼的个头非常大，南迦得双手抓着，还一口咬不上去。

"哪一家店买的？"张焱辉被勾出馋虫，"我让包亨达带一个。"

"校门口，'唐门灌饼'。"有那么点武林门派的味道，怪"中二"的，南迦很难将其和唐炜的形象联系在一起，倒特别像那俩杀马特双胞胎的手笔。

吃完早餐，南迦虽没能沐浴焚香，但仔仔细细洗了两遍手，才郑重取出购物袋里的班服。班服叠得整齐，摸上去非常柔软，散发薰衣草洗衣液的幽香。她在拆开之前，先研究清楚了折叠方式。

包亨达一来就问："姐，什么高兴的事儿说出来让我和焱辉跟着高兴高兴呗。"

南迦否认："没啊。"

"没有你笑得这么开心？"

她头都没抬他能瞧得见？南迦狐疑地摸自己的脸："有吗？"

包亨达抓来张焱辉："没有吗？"

张焱辉证明："有。"

包亨达形容："笑得我以为现在是春天。"

南迦："现在难道不是春天吗？"

包亨达和张焱辉被她认真的表情和语气哄住，问走来的体委："现在是春天？"

体委也一时愣了愣："春天在哪里？"

南迦乐不可支地接腔唱道："春天在那小朋友的眼睛里。"

众人沉默。

体委回过神，记起自己的目的："南迦同学，你的班服解——解决了啊。"问到一半，他看清她身上所穿的，不禁好奇，"哪儿来的？"

南迦含糊其词："不知道。班主任给的。"

体委竟还绕着她周身观猴般地观察起她来："这得是男生的码数吧？"

南迦岔开话题："我参赛的几个项目都安排在什么时候？"

体委当即被转移了注意力："等我帮你看看。你的号码牌还在我这儿。"

南迦笑眯眯继续抄广播稿。

广播稿是田英布置给全班的任务。运动会各班的积分除去体育项目的比赛成绩之外，广播稿的数量也占据一定比例。因为担心大家积极性不高，届时交不出稿子，所以田英硬性规定每人至少写三篇。其余的再能者多劳。

南迦不在能者的范畴内，但她凑了六篇。三篇自己用，另外三篇备用——进校门的途中闲谈时，同桌说他的广播稿还没写。

八点半，全部人从教学楼下去运动场集合。

今天的天气晴朗得过分，运动场里没有任何遮阴之处，南迦站了五分钟就深深感受到太阳的恶意。

等主席台上一排主持人亮丽登场，终于令人神清气爽——总共六人，三男三女，林跃走在第三个，下身为深蓝色西装质地的裤子，上身为配套的深蓝色阔领毛衣，毛衣里的白衬衫扣子扣紧至最上面一颗，红蓝条纹领带系得规规整整。

寻常的英伦风制服，活生生被林跃穿出一身的清贵。

南迦个头高，排在女生队列的最后，紧跟着的便是班上的男同学，于是包亨达骄傲地惊叹："跃哥真给咱们高一长脸。"

可不，南迦此刻特别想送王主任一记飞吻。

站南迦前面的文艺委员黄卉转头看斜后方的包亨达："你不对劲。"

包亨达困惑："我哪里不对劲？"

黄卉眼神古怪："你一男生首先注意的不是女主持人而是男主持人。"

包亨达说不出话来。

南迦没忍住，扑哧笑出声。

十点半左右，运动会开幕式结束，林跃和学生会会长打了声招呼，不继续参与后面的播报。学生会会长和他商量："给你安排今天也不行吗？"

林跃："王主任批准我只走开幕式流程。"

"行吧，那我抓个广播站的播音员来。但要点时间，学弟你先等会儿。你上午应该没参赛项目吧？"

"没有。"林跃应下，暂且回到主席台。

和他搭档的是同年级的一位女生，这会儿独自一人接稿分稿，手忙脚乱。林跃袖手旁观片刻，到底还是上前揽过各班纷繁的广播稿："我来收，你播报。"

女生非但没有轻松下来，反倒越发紧张："不用了林同学，学长说你有事要先走。你忙你的。"

林跃恍若未闻，沉默地把刚送上台的赛事预报单递给她。女生微微红了脸，鼓起勇气拿起手边的小蛋糕："林……林同学，你要不要吃点？"

"我早饭吃得很撑。"说着，林跃正在分稿的手顿住。面前一沓恰好全是高一（4）班的稿件，其中三篇的投稿人赫然署了他的名字。

这边女生被他凉飕飕的语气吓得不敢再搭讪，连忙凑到话筒前播报："请参加女子 1500 米长跑的同学前往检录处进行检录。"

林跃应声抬头，望向隔着运动场的主席台对面。

高一年级没有看台座位，全体同学搬了教室的椅子以班级为单位分布在主席台对面，运动场的跑道边哪里有空坐哪里。

南迦混在角落里，用校服盖在头顶上遮挡热情的秋阳，悄悄抽出口袋里的复习资料。没看两眼，冷不防听见广播的播报，她有点蒙，体委不是告诉她，她明天才有比赛？

想曹操，曹操出现——体委叉腰在人群里搜寻她的身影："南迦同学呢？南迦同学在哪儿？"

"这儿。"南迦重新折叠起复习资料塞口袋里，高高举手。

体委走过来："不好意思，我看错了，1500 米在今天上午。走，我现在陪你去登记弃权。"

南迦无语："我说我要弃权了吗？"

体委惊异："你要跑一会儿再弃权？"

南迦无语。

行吧。她顺着他的话："对，跑一会儿再弃权。"

体委面露为难："这样的话我没办法陪你了，你得自己过去参赛。"

南迦表示理解："你看书吧，我不需要人陪。我自己跑完自己回来。"

包亨达和张焱辉仗义起身："迦姐，我们陪你。"

南迦潇洒地挥挥手，往跑道里走："你们准备好矿泉水和毛巾，终点等我就行。"

包亨达转头问张焱辉："我没听错吧？"

"没听错。"张焱辉非常肯定地点头，"迦姐跑到哪里弃权，哪里就是终点。"

南迦在起点准备时，田英过来做赛前叮嘱："一会儿跑不动了不要勉强，能跑到哪儿跑到哪儿，我们重在参与。"

"明白、明白，英子你放心吧。"南迦拉着腿热身，顺嘴说出了私底下对田英的亲热昵称。田英怔了下，没来得及反应什么，就被清场出跑道外了。

很快，伴随枪响，南迦和其他班的参赛选手一起出发了。

清荣一中的运动场塑胶跑道一圈四百米，1500 米的长跑就是将近四圈。

包亨达和张焱辉在草地里的内圈慢悠悠追寻南迦的身影，百无聊赖地打赌南迦跑到第几圈会放弃。张焱辉弱弱地说："第……第二圈吧。"

话音未落，跑道里的参赛选手少掉一半的人。

包亨达提议："……不如我们改赌迦姐什么时候下场。"

张焱辉怯怯地说："再等一分钟？"

然而，一分钟过去，三分钟过去，五分钟过去……

主席台上，林跃第三次看见南迦经过。她原本高高扎起的马尾缠成丸子头，下半身换了条白色运动裤，身上还穿着他借给她的那件班服。

班服的款式特别简单，普通的白色 T 恤下摆晕染一小片水彩，胸口处印着"高一（4）"，背后印着"怀梦想，致远方"。他的码数之于她偏大，在她身上显得非常宽松，她将下摆揪起打了个结系于左侧腰的位置，很不规范地别了她的号码牌。

学校发的参赛号码牌统一的白底布料上面印红色的数字，她分到的号码是 505，"0"这个数字的中空处被她涂鸦成一只笑脸加菲猫。

和其他也在继续比赛的选手不同，三圈下来，南迦的体态没有明显的变化，挺拔笔直如初，几乎看不出疲累的痕迹。从他正前方跑过后，她开始加速做最后的冲刺，如风的身影掠出去的一瞬，林跃看见她漫不经心的眼神陡然坚定而势在必得。

他的目光不由得追随她的背影，亲眼见证她超越跑在她前面的两人，拉开距离保持第一，朝终点方向飞速移动。

下一瞬，她跑出他的视野范围，跑道内圈的草地上拥着的观赛学生遮挡住了她，他只能根据人群的骚动判断她的位置。

学生会会长带着替补的播音员回来，林跃终于得以从主席台脱身。

南迦第一圈从高一（4）班前面经过时，没有人发现。

南迦第二圈从高一（4）班前面经过时，黄卉喊了体委。

南迦第三圈从高一（4）班前面经过时，耳朵快被他们的呐喊声震聋了。

终点恰巧靠近高一（4）班所在的位置，所以最后三百米是南迦第四次从大家伙面前经过。这时她已经感觉不到周遭的加油和呐喊，全副身心只有冲冲冲，冲过那条越来越近的彩绳。

田英抱得她快喘不上气来时，南迦飘忽的灵魂方才回笼，意识到自己成功拿到第一。不只是四班，其他班的一些同学也将她围起来，激动的欢呼声不断。

南迦有些耳鸣，听不清楚声音，喉咙又干又辣，一时说不出话。越过田英的肩膀，越过大家雀跃欣喜的面容，她看见了人群之外本该在主席台上的林跃。

他双手抄兜，一贯冷冷淡淡没有什么表情的样子。

但她非常确定，此时此刻他视线的落处是她。

南迦面朝他的方向，放任笑意从眼睛里冒出，胸腔越发膨胀又热烫。

这个第一太值了。

一堆人众星捧月般地将南迦接回四班阵营。四班阵营因为南迦的比赛空了一大半人，剩余的一小半人在南迦回来时也行了注目礼。

等南迦坐回椅子，张焱辉为她换了一条新毛巾擦汗，体委重新送了瓶葡萄糖饮料取代矿泉水，包亨达给她捶肩。黄卉最贴心，把伞挪过来和她一起撑，还共享了小电风扇。

南迦依旧热得慌，因为源源不断地有其他班的同学来围观她。

她请教包亨达："我跑的成绩破纪录了吗？"

包亨达摇头："没有。"

南迦撇嘴："那有什么好看的？"

体委讶然："迦姐，你不知道你是女神吗？"

从十分钟前开始，班上几乎没人喊她"南迦"，全部随了包亨达和张焱辉的称呼。连田英都顽皮地跟着叫，也不知是不是报复南迦没大没小唤她"英子"。

南迦不羞不臊："知道，我来第一天就是达儿和辉儿的女神。"

达儿和辉儿面上倍有光地捣蒜般点头。

体委科普道："迦姐，你现在可不仅是他俩的女神，是四班的女神，还是其他班许多男生的女神！"

南迦已然心不在焉，因为林跃也回来四班阵营了。

他换掉了主持人的制服，穿回校服白衬衫。

包亨达意外林跃的归来。

"我不参与播报。"

林跃不知道他一句话粉碎了在场不少女生的小心思。

获知今天负责播报的主持人里有他之后,她们写稿的劲头剧增,希望自己的稿子能被他拿在手里并被他亲口读出来。

南迦也不免遗憾。她以为她刚刚的比赛成绩有机会由他播报给全校师生。

由于椅子的另一半此时坐着黄卉,林跃去了包亨达的位子。他没有看比赛的打算,塞上耳机隔绝外界,兀自攥起笔做题。

南迦意兴阑珊地从校服外套口袋里掏出零食啃。

很快到中午放学时间,来找林跃一起吃饭的郑耀也对着南迦一通夸:"你好猛啊华夫饼,看不出来你这么有耐力。"

南迦懒得谦虚:"小意思。"

由于妈妈的先天性心脏病,南向东十分重视她的身体健康,从小培养她运动的习惯。她跳高、跳远不行,跑步方面从小到大都不吃力。

谁料到头来笑话一场,他的亲生女儿真的遗传了心脏病……

片刻的岔神间,南迦收到郑耀发出的共进午餐的邀请。

有林跃在,南迦自是满口应下。

结果却听林跃说:"你们去,我不饿,还有题没算完。"

郑耀劝道:"别啊,吃完饭再接着算。"

林跃天生自带冷意的白眼一掀,气温陡然下降三度。

郑耀忙道:"行,你做题,我们自己吃。"

卷子垫在书上枕于膝盖,林跃低垂着头,额间落下一片刘海的阴影,他似乎遇到难题了,眉宇轻锁,直至离开运动场南迦也没见他松开。

伴随一道人影的笼罩,林跃的脚尖被踢了踢。

"滚。"林跃头也不用抬就知道是谁。

"去你的。"瞿闻宣抢过他手里的考卷瞟一眼,嘲笑道,"郑耀说你不吃饭还在做题,我就知道你卡住的是这道的第二小问。"

林跃冷眼轻嗤:"怎么,难道你做出来了?"

被看穿的瞿闻宣倒也不尴尬,毕竟自己没输:"是啊,我也没做出来,但能比你多算出一步,怎样?"

林跃抢回考卷:"五十步笑百步。"

瞿闻宣:"对,你五十步,我百步。"

林跃没理会他发起的幼稚斗嘴游戏。

瞿闻宣又踢了踢林跃："走不走？今天我高兴，请你吃大餐。"

林跃暂且放弃较劲，将考卷和笔一并夹进书里，卷起书起身。

瞿闻宣被一张椅子腿不小心绊了个趔趄："谁啊，走了椅子也不摆好？"

林跃帮着一起把翻倒的椅子扶起。

瞿闻宣从地上捡起一页折叠的纸："你们四班素质真差，垃圾随地乱丢。"

林跃一眼瞧出："不是垃圾。"

瞿闻宣摊开仔细一瞅："还真不是。这是复习资料啊？"

像专门整理过的精华，就是字印得特别小。下一秒，瞿闻宣又觉得不对："上面在算题——等等，怎么这么眼熟？"

林跃拿到眼前，从头扫到尾，确认这是刚刚他在算的题。虽然跳了几个步骤，但明显人家已经解出了完整答案。

瞿闻宣同样反应过来了："谁啊这是？你们班什么时候卧虎藏龙？"

不说字迹一目了然，这张纸掉落的位置之前坐着谁，林跃一清二楚。林跃垂着眼，把纸重新叠起塞进裤兜，随口道："我下午问问。"

林跃不在场，午饭吃得比预计的无趣，饭桌上几乎是郑耀在说，南迦有一句没一句地听，权当促进友谊。

下午她自己没比赛，林跃也没比赛需要她观看，她计划认认真真地看书，结果校服外套口袋死活摸不出早上塞的那张复习资料。

包亨达关心地问："姐，找什么？东西丢了？要我帮忙吗？"

"没事，不要紧。"南迦不露声色，起身，"班长如果点名，说我去厕所了。"

离开运动场，南迦出校门找了家打印店，从邮箱里下载资料重新打印一份。折返时，南迦意外地在校门口碰到林跃："同桌，你怎么也出来了？"

"随便走走。"林跃瞥了眼她方才进去过的打印店。

南迦无端感到紧张。早知道不赶时间，走远点。不过他不是个喜欢多管闲事的人，应该不会好奇。

下一秒，她便听到林跃问："打印东西？"

同桌这不正常啊。南迦的脸有点疼，糊弄道："我问问搞不搞缩印，期中考方便打小抄。"

林跃无语。

南迦笑道："你可别向英子告发我。"

林跃嘴角微敛,又问:"你丢的东西找到了?"

南迦眼皮猛地一跳。他这是听到她和包亨达的对话了,还是……

这时,两个保安架着个中年男人从学校里出来。

中年男人吵吵嚷嚷:"我说了我没有鬼鬼祟祟,我是来找我女儿的。你们应该都认识我,学校给我女儿捐款那段时间我每天在校门口的,我不是坏人。"

保安不耐烦地说:"我们是认得你,就是认得你才知道你在撒谎。你女儿不是生病住院了吗?你来学校找哪门子女儿?"

中年男人着急解释:"不是,那个女儿是生病了,我另外一个女儿回来了,也在一中上学。高一(4)班的学生,叫南佳,真的,我没骗你们。我来找她的。"他并不清楚他亲生女儿的名字具体是哪两个字,只知道读音是这个。

没等说完,中年男人就被保安推出校门,恰恰推到南迦和林跃的面前。

南迦一脸无奈。

中年男人原本还想回头,现在猝不及防见到南迦,他表情有点呆。

虽然已经面对过唐炜,但哥哥和爸爸毕竟是两种身份。想到他才是真正带给她生命的父亲,南迦不由得带了丝好奇和探究。

光就外表形象而言,他和南向东几乎一个天一个地。南向东走到哪儿都是精致的,眼前这位似乎几天几夜没睡好觉,眼圈发黑,下巴冒出长长的胡楂,脚下的凉拖鞋邋邋遢遢的。

才第一面,南迦不予过多主观上的判断,神色和语气皆平常:"你找我?"

唐国强有些局促,想看着她又不敢看她似的,眼珠子一直乱转,期期艾艾否认:"没……没有,没有……"

"哦。"南迦朝林跃点了点下颌,"那我们快进去吧,出来太久要被记旷课的。"

唐国强却又重新开口:"你……你……你叫佳佳是吗?爸……爸爸是来找你的。"

"嗯,你说,什么事?"南迦态度依旧平常。

这段时间她没想清楚该怎么去见唐家的人,但现在发现好像无须纠结。她根本感受不到任何特殊之处,和走在马路上偶遇一位问路的叔叔毫无区别。

电视剧里有血缘关系的亲人之间那种神秘的感应果不其然是艺术化的处理。

唐国强的眼珠子定在她脸上,两只手来回不停地搓:"听说你回清荣来了,但一直没见你来找我们,我就来学校看看你。"

南迦问:"上次在班级后门问我同学的人也是你吧?"

"被你发现了。"唐国强笑,"我闺女就是聪明。"

南迦莫名猜测,他从前应该常用同样的话夸唐欣。

"现在看完了?"

出口后,南迦意识到话不太妥,好似她非常不待见他,巴不得他赶紧走。

如她所料,唐国强面露尴尬:"我不耽误你,你回学校。"

"你现在有空没?"南迦问,主动提出,"有空的话我们可以多待会儿。"

唐国强忙不迭点头:"有空有空,爸爸有空!"

南迦回头:"我和我……我和他再讲会儿话,麻烦同桌你回去后帮我请个假。"

林跃掏出手机:"你的号码。"

南迦一时没反应过来。

林跃抬眼,说道:"你上课期间外出,如果有事,我作为帮你请假的人要负责任的。"

"你别咒我啊。"南迦笑道,然后还是将数字报给他,并说,"为了不让你负责任,我等下也会发条短信报备给英子。"

林跃略略颔首,摁着手机往学校里走。

很快,南迦收到一串陌生号码发来的短信:"林跃。"

她扫一眼,当场把数字背下来,既没有存进电话簿也没有添加备注。

林跃一走,面对和唐国强的独处,南迦变得不自在起来。

她素来的健谈失灵了,似乎先前的几句已经耗尽了她和唐国强之间的所有话题,现在她苦思冥想找不出能再聊些什么。

好在唐国强是个话多的,他说看到她长这么高这么大又这么漂亮特别高兴:"……和你妈妈真像。"

南迦反应了两秒,他口中的"你妈妈"指的是她的亲生母亲。

唐国强又问:"你在北城见过她了吧?我本来也想跟去,但有她照顾欣欣就够了,我再去既费钱又干不了活。而且听说你回清荣了,我得留在家里等你。"

事实是,南迦此刻才知晓,原来那位亲生母亲也在北城。她离开北城前并未见到,南向东也不曾提起。

唐国强又关心她如今的住处:"你北城的爸爸是不是在清荣给你买了房子?"

南迦莫名感到一丝微妙。她照实回答："没有。"

"没有啊？"唐国强表情意外，"那你每天住哪里？"

"远房亲戚家。"

唐国强的神色难掩失望，没追根究底什么亲戚："哦，有人照顾就好。"

无言片刻，唐国强指着一家店问："要不要喝奶茶？"

南迦想说不用，可唐国强已经擦着汗走进去："来，爸爸请你喝奶茶。"

南迦不得不跟在他身后。

唐国强仰头看着上方的菜单展示牌："你喜欢喝什么？"

未及南迦回应，他又问老板："你们店里最好喝的是什么？"

老板介绍了一款芝士奶盖，唐国强惊叹："这么贵。"

不过，他马上瞥了一眼南迦，对老板说："就这款。我闺女从小在大城市生活，好吃的好喝的好玩的什么没见识过。"

南迦的心情难以形容。

她上前，指着最简单的珍珠奶茶说："我喜欢喝这个。"

唐国强连忙道："你别和我客气，这一点钱爸爸付得起。"

南迦眨眨眼："我没客气啊，我喜欢喝的就是这个。"

"真的喝这个？"唐国强向她确认。

南迦点头："嗯。喝这个。"

"好，听闺女的。"唐国强喜气洋洋地重新报给老板。

老板问唐国强要不要再买一杯，店里做活动，第二杯享受半价。

唐国强兴高采烈："半价好，那我和我闺女一人一杯，亲子奶茶。"

老板打出小票递给唐国强："两杯珍珠奶茶，共七块五。"

唐国强开始摸口袋。

他的手指粗糙，指腹的茧子非常厚，指头发黑，南迦判断多半是烟熏黑的，南向东的朋友里不少老烟枪的指头也这样，就是长年抽烟抽出来的。另外……他身上的烟味浓重，她一直闻得到。

半晌，唐国强只摸出一张皱巴巴的五块纸币、一个一元硬币和一个五角硬币。

"我来吧。"南迦掏出小钱包，取出张十块钱。自从在"卡西莫多"的书店被拒绝电子付款后，随身携带纸币成为她新养成的习惯。

"你别拿十块，一块钱补够就行。"唐国强解释，"我出门太急了，忘记多带点钱。"

南迦照顾他的心理，塞回十块，重新翻找钱包。唐国强挨近，瞄着她钱包里的东西，手指就差直接伸进去："那儿，右边有个一块硬币。"

　　南迦摸出来递给唐国强，唐国强连同他手里的六块五一起交给老板，嘴里唠叨她："你一个学生怎么带那么多钱在身上？不小心丢了或者被同学偷了怎么办？"

　　"不会的。"南迦笑眯眯，心里又一阵微妙。

　　唐国强碎碎念："你北城的爸爸有钱，肯定把你养出大手大脚的坏毛病。"

　　说着，他叹气："怪我没本事，连给欣欣治病的钱都凑不齐。"

　　随即，他话锋一转："不过这十几年我们家也没亏待过欣欣。欣欣从小身体不好，如果不是一直花钱在欣欣的医药费上，我们家的日子会比现在好过很多。欣欣能被你的有钱爸爸认回去，对我们两家人都好。"

　　南迦不予接腔。她不确定他这是否在抱怨，又是否夹杂什么言外之意。

　　唐国强轻轻抽他自己嘴巴子："我和你一孩子讲这些做什么。"

　　南迦默不作声。

　　唐国强从收银台取过做好的两杯奶茶，南迦带上他漏拿的吸管，将先插好吸管的一杯递给他，他再次笑出几分弥勒佛的神态："我闺女就是孝顺。"

　　走出奶茶店，唐国强喝第一口就皱眉："甜得我牙要掉了。"

　　南迦说："这是半糖。你下次可以试试无糖的。"

　　"不试了，"唐国强边摇头边吸了第二口，很大的一口，嚼着嘴里的珍珠说，"今天陪你一起喝我才尝尝味道。每天看满大街的小年轻喝奶茶，我以为多好喝，原来就这样。"

　　话落，唐国强用力吸了第三口，大半杯没了。

　　南迦笑笑，双手捧着自己的奶茶杯，也吸了一小口。手机在这时响了，来电显示是林跃的号码，她立即接起："同桌。"

　　"你现在在哪里？"林跃的语气听不出具体情绪。

　　南迦报了奶茶店的名字："怎么了吗？"

　　"你一个人还是……"

　　"不是一个人。"

　　"你先回学校，校门口见。"林跃的口吻略严肃，像发生了什么要紧事。

　　南迦挂断电话便告诉唐国强学校老师找她。

　　"好、好，我们现在回你学校。"说着，唐国强将喝空的奶茶杯随手扔在路边。

　　南迦无奈。

虽然他扔的位置已经有了一小袋垃圾,但还是看着碍眼,她没忍住上前捡起,打算等一会儿经过垃圾桶再丢。

唐国强见状从她手里抢了过去:"我来,我来!我闺女的素质比我高。是我不对,不该随地乱扔垃圾。以前欣欣也教训过我,我没长记性。"

南迦顺口问起:"我是不是还有个哥哥?"

唐国强脸色蓦地异常难看:"那个狼心狗肺的不孝子。"

父子俩感情不好?南迦轻轻咬吸管。

唐国强告诫她:"你哥不是个东西。现在人关看守所里。以后他出来如果找你,你千万绕开他远远的。你是一中的好学生,别跟他学坏了。"

南迦寻思着要不要告诉他,她早上刚吃过唐炜摊的鸡蛋灌饼。前方倏地传来一记堪比惊雷的怒骂:"唐国强,你个龟孙子竟然敢找来一中!"

唐国强第一时间就掉头跑,边跑边回骂:"我要是龟孙子,你就是龟孙子的龟儿子!"

南迦愣在原地,目睹唐国强把手里的垃圾朝唐炜兜脸丢过去。

唐炜刹车在南迦面前,捡起唐国强跑丢的一只拖鞋回掷唐国强,脸红脖子粗地质问她:"你给他钱了?!"

面目狰狞,好像只要她点头,就会被他撕碎。

南迦算是见识到他社会青年的气势。

"嗯,给了。"一块钱当然也是钱。

唐炜没撕碎她,但两只眼睛烧得怒火腾腾,劈头盖脸破口教训:"亏你大城市来的!我以为你长得一脸精明相能聪明点!结果也没脑子!谁让你给他钱了!"

吼完,唐炜就继续去追唐国强。

很快,金瘦猴也从她面前跑过去,边跑边喊:"炜哥,炜哥,你等等我!"

南迦转头,想确认后面是不是还套娃似的跟着黄瘦猴,倒先看到林跃。

林跃打量她:"没事?"

南迦即刻猜测:"电话是唐炜让你打的?"

林跃的瞳孔在阳光下泛着琥珀色:"你还没回答我的问题。"

"我看起来像有事的样子吗?"南迦摊开手臂,心底克制不住冒泡的欢喜:担心了吗?很担心吗?

林跃便也回答她:"嗯,他来找你,碰上我。我告诉他你和叔叔在一起,他非常紧张,说你会出事,要我立刻联系你。"

南迦促狭道:"很遗憾,没机会让同桌你负责任了。"

速度最慢的黄瘦猴推着电动车上气不接下气地赶来。他放弃追逐唐炜和金瘦猴的脚步，用他们根本听不到的声音说："炜哥，我帮你留在这里保护妹妹！"

南迦心道，他喘得好似下一秒就会断气，更像需要保护的人吧！

黄瘦猴替唐炜解释道："妹妹，你别怪炜哥凶你，炜哥是听说你被你爸爸带走了太着急。你刚回来还不了解你爸爸是个什么样的人。他为了赌钱连学校老师同学筹给唐欣治病的捐款都动，你可一定把你的钱看紧了，一毛都别被他骗走。"

南迦先前是接连感到微妙，但也没料到唐国强不堪至如此。错愕之余，她稳了稳心神："唐……他刚刚告诉我，唐炜进过看守所，不是好东西，要我离唐炜远点。"

她不知道该如何称呼唐国强，"爸爸"两个字是无论如何喊不出口的。

黄瘦猴气得长至鼻梁的刘海帘子从他眼皮上飞起来："他有脸在你面前反咬一口？如果不是他动了给唐欣的捐款，炜哥怎么可能因为卖盗版碟进局子！"

和林跃回到学校后，南迦的思绪依旧沉浸在刚刚的事中难以自拔。

知道身世之后，她从未设想过亲生父母的家庭状况，如今被动获知的信息令她的心情难以言喻。

"你觉得清荣怎么样？"林跃突如其来的开口拉回南迦的心绪。

"这好像是我上次问你的？"而且没得到他的回复。

"是。现在我反问你。"如果说上次他就隐隐感觉她更像在问她自己，那么眼下林跃可以肯定，他的感觉没错。

南迦道出她当天已经有了的答案："挺好。"

两人从秋日快晴的薄蓝天空之下穿行过车棚滚落在地面的暗绿阴影，林跃出色的五官在这几秒钟内被加深了轮廓。

他一贯冷感的音色也似被午后的艳阳带上几分温度："嗯。这里很嘈杂，每天身边都是各种各样的嘈杂。一些嘈杂让人愉悦，一些嘈杂让人厌烦。愉悦的时候会忘却那些厌烦，厌烦的时候塞上耳机同样会把愉悦一起屏蔽在外了。"

显然，他的第一个字在回应她的回答，后面的话则填补上次留下的空白。

他在认真地对待她的困虑——刹那间，南迦不知该感叹他的敏锐，敏锐地触碰到她的心事，还是该感叹她有幸，有幸窥见他主动朝她摊开了一角他的心底。

少年疏离冷硬的外壳下静谧细腻的柔软，她并非第一次察觉，但此时此刻，她彻底臣服。南迦想告诉他：你就是我在清荣最大的愉悦，遮盖全部厌烦的愉悦。

思及每天冷面寡言的同桌戴着耳机时都在清醒冷静地旁观纷扰的世俗与百态，她又被脑子里的画面逗乐，于是抑制不住嘴角上扬。

林跃困惑地看着她。

南迦连忙从她的小钱包里抽出两张迷你卡片递给他。

"什么？"

"你又累积了我的二十次'谢谢'，兑换两张感谢卡。"

林跃沉默地拿在手里。

卡片是她亲手画的，两张卡片上各有一只加菲猫，两只加菲猫的体态迥异，一只优雅地提拎裙摆，一只帅气地脱帽鞠躬。

南迦笑言："给点面子啊，不许嫌弃幼稚。我就是觉得吧，只是口头上和你说'谢谢'太轻了。所以，每十次'谢谢'，我送你一张感谢卡，你可以用感谢卡提出一切我能力范围之内的要求。"

"不要说你不需要，你不需要我需要，我不喜欢欠别人的。"南迦严密地堵断他拒绝的余地，"还有，每张感谢卡的有效期三个月，三个月之内你如果不主动使用，就被动接受我的安排。"

林跃："这是你感谢我，还是我感谢你？"

"好同桌，你就勉为其难接受我的感谢嘛。"她弯起眉眼。

林跃无奈。

不过他没有退回卡片。

南迦率先一步往运动场轻快地小跑去："出来太久了，我们快回去吧！"

她跑开的一瞬，晃动的马尾轻轻扫过他的脸颊。林跃又一次闻到她发丝的淡淡馨香。

直到下午场的比赛全部结束，林跃搬着椅子随大部队从运动场转移回教室里，包亨达、张焱辉、体委等人拥着南迦，表示已经为明天的女子800米长跑冠军准备好礼炮了。全班同学都指望南迦再拿下个第一名，将四班下午后劲不足的积分拉回前五。

体委觑见林跃的视线，挨过来说："跃哥，礼炮也给你准备了，男子跳高组的冠军你肯定能拿下！"

林跃："不需要。"

包亨达接茬道："那我给跃哥你吹唢呐庆贺吧！我明天把唢呐从宿舍带下来！"

林跃的表情俨然在警告他最好不是认真的否则后果自负。

张焱辉小声在南迦耳边咕哝:"跃哥今天好像心情不错……"

"怎么说?"南迦惊讶。她以为只有她看得出来。

"啊?"张焱辉稀里糊涂的,"具体说不上来,就一种感觉。"

郑耀从后门冲进来:"林跃,你还没走真是太好了!我看其他主持人都直接走的!"

林跃说:"搬椅子。"

郑耀反应过来:"哦,对,你同桌是女生,不好让她一个人搬。"

南迦超级想敲开郑耀的脑袋送进研究所里研究,研究名称就是"低情商没眼力的人由怎样的脑回路构成"。他怎么总要在林跃面前强调"女同桌",替她找负面的存在感?关键是他看起来还不是故意的!

林跃倒没变脸,拎起了书包。

郑耀:"快!瞿闻宣在下面球场热身,等我们到齐就开战!"

前座的包亨达转过来问南迦:"哎,迦姐,你东西找着没?"

"找着了。"南迦整理着书包随口答。

答完,她猛地记起她和林跃在校门口被唐国强打断的对话,她转头看着林跃。见林跃也正看着她,她再给他回答一次:"同桌,我的东西找着了。"

她抽出昨天老邹发的数学复习卷:"原来我自己没带下去,还以为丢了呢。"

林跃嘴角隐约牵扯出一抹弧度:"哦。"

他这是又笑了吗?比前两次正大光明,让南迦措手不及,反应过来时林跃已经和郑耀消失在了后门。

晚上,林跃洗完澡,把换下来的脏衣服送去洗衣机时,从裤兜里掏出了那两张感谢卡和那张折叠起来的复习资料。

林跃全部摊开,又看了两眼,随后打开书桌的抽屉,和上次她贴在英语听写本的道歉便笺放一起。等从阳台回来卧室登录 QQ,他刷到南迦两分钟前发的动态。

照片是她坐在运动场的四班阵营里的自拍,不过没露脸,只露了一截她身上的班服,还在她的号码牌旁比画了个剪刀手。另配文字:"不拿第一怎么可能?"

酒店里,南迦趴在床上愉悦地往后一下一下勾着脚,边玩扫雷边听毛现在电话里抱怨:"照片左下角的那一双球鞋就是你在甘露寺的'新欢'对不对?"

南迦夸张地咯咯笑:"眼神挺好,这么隐秘都被你发现了。"

她拍照时特别担心被察觉,又实在按捺不住想和林跃合影的念头,于是退而求其次,暗戳戳地在角落里给林跃的球鞋留了点位置。发照片之前,她谨慎地又截掉了一些,最后连她自己也必须放大照片才能看清球鞋的 Logo。

毛现:"你赶紧发张正脸照我瞅瞅长啥样。"

重新打开 QQ 的南迦惊呆了——用户"Y。"刚刚给她这条动态点赞了!

第四章 / 旷野漂流的尽头贩黄昏

第二天早上睡醒,南迦摸出手机,确认昨晚林跃的那个点赞还在,清清楚楚夹杂在其他人的点赞之中。

不是做梦。南迦忍不住抱着被子在床上翻滚了两下。

所以同桌是会刷动态的,她以后发东西得更加深思熟虑。

乐极生悲的是,她又感冒了。

进校门前,南迦再次见到两个人。

金瘦猴和黄瘦猴是专门在等着她:

"妹妹,早饭吃过没?"

"要不要炜哥给你摊个饼?"

南迦二话不说,过马路拐进巷子里的唐门灌饼摊车前:"你找我啊?"

唐炜立刻把手里的烟掐灭:"老东西真的只从你手里拿走一块钱?"

这是昨天南迦托黄瘦猴转达的,免得闹出事。她无奈又好笑道:"被骗了巨额还假装无事发生,那我才真是没脑子了。"

唐炜面露尴尬:"我昨天的话你别放心上。"

南迦叹气:"现在可以给我摊饼了吗?"

唐炜连忙开始打鸡蛋:"很快就好!"

南迦生怕他又搞出个巨无霸:"只要加培根和生菜。"

今天唐炜坚决不许她给钱:"一个饼而已,我请得起。"

南迦也没退让自己的原则:"好啊,别家的早餐也不错,我明天去尝尝。"

"你——"

"明天见。"南迦笑眯眯地放下钱。

不过其实她今天没什么胃口,进教室后,她把鸡蛋灌饼送给张焱辉。

包亨达发现她带了一个水杯泡感冒冲剂,忧心忡忡:"完蛋,出师未捷身先死!"

南迦抽着张纸巾擦鼻水,幽幽警告:"讲清楚?谁死?"

包亨达火速改口:"我是说今天比赛还没开始就先折损一位大将!"

听着仍然不对。南迦忙着打喷嚏,没空再纠错。

啃着鸡蛋灌饼的张焱辉见缝插针:"迦姐,七班一个同学托我问你,你为什么不通过他的 QQ 好友申请?"

南迦吹了吹水杯里腾腾的热气:"哦,对,我也想问,为什么昨晚突然冒出那么多人加我好友?"

四班的同学她都认不全,申请消息里其他班的同学她更不认识,所以她统统不予处理。纵使她平易近人,也没随便通过陌生人添加好友验证的毛病。

张焱辉讪讪交代:"我只给了我七班的同学,他和我初中同桌,关系不错,我没好意思不帮忙。"

包亨达表示:"我也只给了借我去年期中考试卷的学长。"

冲剂有些苦,南迦边啜边蹙眉:"好啦,没有怪罪你们的意思。"

说完,南迦捂住嘴连打两个喷嚏。

喷嚏把体委给招来了。体委一副天塌了的表情,提醒她身旁的林跃:"你离迦姐远点,小心被传染,跳高还指望你。"

南迦无语。她就在旁边听着呢,能给点尊重吗?

林跃脸上挂着大写的不爽:"手拿开。"

体委平时不混这片角落,因为昨天跟着南迦、包亨达和张焱辉谈笑风生,才刚觉得林跃不难打交道,这一下被吓得忘了反应,还是包亨达快速起身帮他把"咸猪手"从林跃的肩膀上推开。

体委识趣地回自己的座位,包亨达和张焱辉也转回前面不敢再出声。

南迦枕着手臂面朝林跃,好奇地问:"同桌,现在是让你厌烦的嘈杂吗?"

林跃:"我今天忘记带耳机了。"

南迦:"我带了,需要借你吗?"

林跃凉飕飕地瞟她。

南迦险些笑出鼻涕泡。

上午的比赛四班稀稀落落拿了两分,排位名次又往后掉了一位。昨天上午南迦的第一名所带来的士气大振已然再而衰三而竭。

阴沉的天气也不如昨日的晴空给人以激情,连南迦都因为感冒而精神萎靡。

中午午饭前,郑耀照旧前来四班阵营呼朋唤友,问起怎么不见南迦。

包亨达告知:"迦姐说她今天没有世俗的欲望,不吃了,回教室睡觉。"

郑耀咕哝:"那我到群里通知他们都散了,中午不聚餐。"

包亨达狐疑："什么群？聚什么餐？"

"还不是华夫饼昨天一战成名，漂亮又惹眼，一群小年轻不仅向我讨要她的 QQ 号，听说我昨天中午和她一起吃饭，今天也想跟着来。"南迦的 QQ 是郑耀在昨天中午的餐桌上拿到的。

包亨达恍然："原来你也有份。怪不得迦姐说好多陌生人加她。是你干的。"

发现林跃突然自己走了，郑耀喊："哎，你去哪儿，吃饭往这边走！"

林跃很是冷漠："做题。"

教室里另有七八个为期中考复习而放弃吃食堂只啃面包的同学，显得第二组最后一桌那颗黏在桌面上的橘色脑袋格外突兀。

今天气温比昨天低，她又穿了橘色卫衣，现在卫衣的帽子也再次将她裹得严严实实。冬季的校服外套披在她的肩上，松松垮垮，摇摇欲坠。

她睡得沉，林跃坐下时稍稍移动了椅子，她也没像上回有所察觉。须臾，眼角余光瞥见她的校服外套就要掉到地上，他到底还是伸出手，帮她拉高外套。

不消片刻，她的校服外套又往下滑。

林跃索性将外套盖到她头顶，一劳永逸地固定住。

瞿闻宣发短信问："我在买关东煮，你吃不吃？"

林跃："来点。"

瞿闻宣："叫声哥哥我听听。"

林跃："滚。"

瞿闻宣："饿死你！"

扬言要饿死他的人最终还是多带了一份关东煮，但拒不给送货到四班门口，表示他并非外卖员。林跃不得不亲自下去八班取。

瞿闻宣记着昨天的事："问到没？你们班究竟谁解出来的题？"

"没。"林跃话尾音刚落下，酝酿了一上午的阴沉天空开始倾倒呼啸的雨水。

瞿闻宣顿时骂骂咧咧："下午男子 400 米跑的风头我还没出！"

林跃毫无情绪地眺望教学楼下飞奔躲雨的无数身影，带着关东煮回四班。

这次没等他坐下，旁边那颗橘色脑袋就在校服外套底下动了动。

林跃转头，看着她坐直身体后迟钝了约莫两秒才掀开校服，旋即她从帽子里露出的眼睛精准地定位在了他的手上。

"关东煮啊，怪不得我睡觉都闻到香味。"南迦薅掉帽子，"同桌，你没吃午饭？"

因为头发睡乱了，她拆掉马尾，抬手梳理漆黑蓬松的秀发，收缩的袖口露出她的两节伶仃白皙的腕骨。

　　黑色的细皮筋被她咬在嘴里，一绺弯曲弧度的发丝自然垂落在她的唇边。她面朝他仰着脸，明亮澄澈的双眸里映着他的身影。

　　林跃有两三秒钟没吭声，在她从嘴里把皮筋抽走扎头发时，他敛回目光，将装着关东煮的纸杯放到桌面："想吃自己拿。"

　　南迦笑道："这怎么好意思。"说着，她扎完头发的手就特别好意思地取了一串豆腐干。

　　咬上一口，南迦惊叹："也太好吃了吧，同桌你哪儿买的？"

　　林跃咽下嘴里咀嚼的贡丸："校门口一家快餐店。"

　　见他的视线没离开他的语文课本，南迦不再出声，安安静静地吃关东煮。

　　林跃又吃了一串蟹肉棒和牛肉丸就没继续吃，南迦把汤也喝得见底。

　　纸杯丢垃圾桶之前，她恋恋不舍地拍了张照片留念——记，同桌第一次与她共享食物。拍完，南迦用它配图发动态："近期最美味！"

　　远在宿舍午休的包亨达评论："姐，你的世俗欲望又有了？"

　　南迦眼角偷偷瞄林跃的侧脸，笑着回复："可不是嘛。"

　　美好的心情却很快被田英带来的通知破坏：雨太大，下午的比赛推迟到明天。

　　纵使南迦不喜欢清荣的高温，也从未如此企盼过晴天，不是因为她想跑800米梅开二度为班级争得荣誉，而是下午原本有林跃的跳高。

　　天不遂人愿，雨延续至第二天，校方不得不取消本届校运动会，全体师生恢复正常教学。记挂期中考的同学们乐意接受这样的结果，南迦则闷闷不乐。

　　为了期中考试的顺利安排，学校调整了下周四、周五两天的课程到本周周末，上完周末的课程，直接连着三天考试。

　　考试座位统一依据上次的月考成绩从高到低排序，南迦作为中途转来的借读生完美错过月考，没有成绩，所以被安排在最后一间教室的最后一张课桌。

　　第二天考试结束的傍晚，包亨达和张焱辉在四人小群里问南迦，晚上要不要留学校自习。这次包亨达还大胆@了林跃："跃哥，你要不要也来？数学在明天，考前最后帮姐姐加一把油。"

　　前天的数学课课间，老邹可是又专门溜达到南迦跟前询问复习情况，并暗示南迦，她身边就坐着个班级第一，别浪费求教资源。

　　林跃半个小时后出现："不去。"

仅从字眼上看，拒绝得那叫一个冷冰冰、毫无人情味。南迦盯着这两个字琢磨了半个小时，再假装刚刚上线见到消息，说："不用啦，回头你们如果因为分出精力帮我考前突击而影响成绩，我怎么负得起责任？心意我领了哈！"

包亨达和张焱辉便一起在群里为她打气，甚至把群名进一步修改为"迦姐明天数学一举60分"。

数学考试在最后一天的下午，也是此次期中考的最后一门。

南迦很顺利地把该做的题都做完。

填涂答题纸的过程中，她发现隔壁组两位女同学背着监考老师传字条。

这两人眼熟得很，恰恰是此前她和包亨达、张焱辉下馆子时有过小摩擦的那两位。

南迦睁一只眼闭一只眼。然而两位女同学的业务技巧不太娴熟，字条没扔准，不小心丢到南迦旁边桌的女同学手边，被监考老师抓个正着。

无辜的女同学忙不迭澄清说字条不属于她。

"不是你的是谁的？"监考老师追问。

无辜的女同学不得不硬着头皮指认真正作弊的人。

那两位女同学却狡辩她们没有。

三人争执不下，扰乱考场秩序，为避免影响其他考生，监考老师允许她们先继续写卷子，等考试结束如果仍然无法自证清白，三人一律按作弊处理。

无辜的女同学委屈得直掉眼泪。南迦于心不忍，她不确定其他了解真相的同学是否会私下帮忙证明，谨慎起见，交卷后她单独找监考老师说明情况。

出校门时，南迦被后面追上来的人喊住："同学！南迦同学！你等等！"

考场里那位无辜的女同学气喘吁吁地停在她面前，牢牢抓住她的手臂："谢谢你！谢谢你帮我！如果不是你，我这次就完了。"

南迦无语又无奈："老师怎么不给我保密呀？"

女同学解释："你放心，其他人不知道。是我缠着监考老师告诉我的。"

南迦语气轻快："我不是担心被打击报复。我只是想'事了拂衣去，深藏功与名'。做好事还留名，多没雷锋精神。"

女同学展颜："认识一下吧，我是七班的，叫文念念。"

"我的名字你刚刚都喊出来了，就不用介绍了吧？"南迦笑笑，"班级是——"

"四班对不对？"文念念接过话茬，"我知道，女子1500米长跑你在我前面。"

"幸会幸会。"南迦讪讪，"很不好意思，我对当时其他参赛同学没有印象。"

倏忽，有第三个人从旁出声："念念？"

"唐炜哥？"文念念惊讶地问，"你怎么来一中？是唐欣有什么事需要你办吗？"

"不是。我最近在你们学校门口做点小生意。"唐炜下意识地觑觑南迦。他每天来一中，卖鸡蛋灌饼是一方面，重点是防止唐国强再来骚扰南迦。

文念念关心地问："唐欣现在怎样？她去北城以后很少和我联系。"

原来和唐欣是朋友啊……没必要留这儿听人家聊唐欣，南迦默默地准备开溜。

两只瘦猴骑着电动车姗姗来迟。

坐前头负责开车的黄瘦猴嚷嚷道："炜哥，你怎么也不等我们拿车自己先过来了？"

坐后头负责耍帅的金瘦猴问："妹妹，你考完了？走，撸串去！我们还没尽过地主——地主什么来着？"

黄瘦猴的唾沫喷飞金瘦猴的刘海帘子："没文化！让你多看点书吧！'地主之情'都不懂！"

南迦无语，不是地主之谊吗？

那边文念念怔怔："妹妹？"

烤串最后没吃成，南迦以感冒为由，谢绝了唐炜和两只瘦猴的盛情。

但她并未马上回酒店，她拐去了"卡西莫多"的书店。

运气不赖，今天书店有开张。空气里弥漫清醇的茶香，收银台后面"卡西莫多"一如既往晃动着他的摇椅，捧着茶壶直接对着壶嘴喝茶，好不惬意。

南迦目标明确，直奔高中教辅区域。

不期然，她见两列挨挤的书架间，身形舒展利落的少年侧身斜倚。

手里翻着书页，他清清淡淡地抬起头。南迦先打招呼："同桌，好巧。"

林跃若有似无地"嗯"了声，垂下眼帘，一副没空搭理她的样子。

南迦收回临到嘴边的"考得怎样"，放弃强行搭话，兀自浏览书架，心里特别矛盾。她是悄悄来淘书的，既然遇到他，现在她应该改去旧书区，装模作样、不务正业地看闲书，可她也想留下来和他多待会儿。

岔神间，南迦随手抽出一本书。

林跃三步并作两步陡然跨过来，将她从书架前拽离，拽到他身前。

盯着差之毫厘就能贴上的他的胸膛，南迦两眼发直，心跳好似雨天撑着伞打树下经过时树枝猛地被人一扯，无数豆粒大的水珠急乱地砸落伞面，噼里啪啦。

此刻,身后倒确实传出重物砸落的急乱声响。

南迦转头,只见她先前站的位置,一摞书散落满地。

别处搬来的旧书,不知为何胡乱垒在书架上面,她刚刚抽出底下的一本,它们的支点不稳,失去平衡。

"先出去。"林跃松开她,示意她从另外一侧绕开。

南迦没走远。看着林跃和听闻动静寻过来的"卡西莫多"一起整理,她的右手轻轻摸左手手臂。方才他拽她时握住的地方,他掌心的触感和温度似乎隔着衣服永久地烙印在了她的皮肤上。就像公交车上,他托住她后背的那一下。

离开书店前,林跃买了本《30天把控阅读理解》。

南迦笑问:"你每天雨露均沾得过来吗?"

"比赛。"辅导书被林跃卷成筒。

南迦不解。

林跃解释道:"我一朋友——就是瞿闻宣。他数理化成绩和我不相上下,我想保持总分比他高,语文和英语是突破口。"

南迦强忍笑意:"男人间该死的胜负欲?"

林跃凉飕飕地睇她,但没否认。

"同桌你肯定能赢。"南迦为他加油,心底窃喜,同桌竟然愿意与她聊起他和他朋友的琐事?

窃喜延续至又能和他同乘公交车。考试的三天里,由于考场不同,南迦总和他碰不上,能见到他的时间只有早自习的短短二十分钟。

待林跃即将到站,南迦递出一张新感谢卡:"同桌,你该开始使用了,照我这发卡的速度,很快得通货膨胀。"

林跃把感谢卡夹进辅导书:"我不如考虑以后见死不救。"

南迦捧腹:"同桌,你的冷笑话比我讲的好笑,哈哈哈。"

"走了。"林跃下车。

"周一见。"南迦挥挥手,悄悄计算,距离周一还有四天。

这个假期还不如不要。不仅因为四天见不着同桌,也因为……她该搬家了。

她敷衍南向东结束期中考试再搬是拖延之策,架不住南向东的较真,他已经和表姑定下了搬家时间。如果她不自觉,麻烦的就是表姑。

住酒店的最后一夜,南迦忙于收拾行李。

转日上午,在服务生的帮助下,她将三只行李箱带到酒店门口拦出租车。

不想劳烦表姑,她问南向东要了地址,打算自己过去。

出租车没拦着,南迦意外看到林跃。

林跃是早上刚好有空,所以被林明理喊来一起接人的,除了知道要接的对象是翁云那个远房表哥的女儿,其他一概不清楚。

路上,他一直在玩手机,跟着林明理下车后才发现这里是南迦住的酒店。而一下车,他便和站在酒店门口的南迦碰个正着。

"你怎么来这儿了?"一如既往是南迦先开口。

见林跃遇到认识的人,林明理让林跃在外面等着,他进去接人。

林跃瞥了一眼南迦的三只行李箱和一只背包,福至心灵地想到某种可能,喊住林明理:"要接的人叫什么?"

"我瞅瞅,"林明理翻出手机里不久前翁云发过来的信息,"叫'南迦'。"

林跃和南迦一愣。

林明理从两人的表情反应过来:"你就是南迦?"

"啊……是,我是南迦。"南迦蒙蒙的。

林明理笑道:"我是你表姑丈,你表姑今天出差没空,交代我来接你。"

南迦乖乖巧巧地问候:"表姑丈好。"

林明理扬手一指林跃:"这是你表哥。"

南迦:"表哥好……"

林跃仍一脸蒙。

直至坐着他们父子俩的车来到传闻中的表姑家,南迦都没能从这份不知是惊喜还是惊吓的情绪之中缓过神来。

林跃将她的最后一只行李箱搁到墙角:"你检查看看东西是不是齐了。"

南迦匆忙做了个清点,点头:"嗯,齐了。"

林跃退出她的卧室:"那你收拾吧。有事喊我。"

南迦:"好……谢谢。"

林跃走进对面卧室,关上门。

南迦也关上自己的房门,晕乎乎地走到提前铺好的床前,猛地扑进被子里。做梦吗?是做梦吧?否则她怎么可能和同桌同住一个屋檐下?

须臾,振动的手机令南迦如梦初醒般蹦起来:"爸!"

她的语气因激动而显得着急,南向东吓了一跳:"怎么了?"

"没!"南迦难以平复自己膨胀得几欲爆炸的心情,她从来没有这么兴奋地接过他的电话,"我住进表姑家里了!你放心吧!一切都好!"

南向东总算感觉出来了:"你好像很高兴?"

南迦不予否认:"嗯,是啊,这次期中考我数学能及格。"

南向东不认为这是值得高兴的事:"你现在对自己的要求只到及格了?"

南迦打开免提,任由南向东开启教训模式,她偶尔应两声,兀自开开心心地拆行李。今天,纵使南向东一怒之下飞来清荣揍她,也破坏不了她的好心情!

等南向东终于口干舌燥愿意挂电话了,南迦道歉道:"对不起,爸,我错了,我应该听你的话,早点搬来表姑家。"

房门被叩响时,南迦刚刚将空行李箱推到桌底。

林明理接完她就去单位了,家里除去她只有林跃,所以敲门的人是谁不言而喻。她飞奔到衣柜镜前确认自己的形象得体,才开门。

门外,林跃单肩斜倚着墙,低头盯着指尖滑动的手机页面:"你午饭要怎么吃?"

南迦记得林明理离开前交代过他带她解决午饭,反问:"你平时怎么吃?"

林跃:"小区外,餐饮店。"

南迦:"你怎么吃我怎么吃。"

林跃眼皮没抬:"五分钟后出门,可以?"

"可以!"她只用取个手机,根本花不了五分钟。

林跃从她房门口走离后也没回他的卧室,直接去玄关换鞋,等在玄关继续玩着手机。南迦迅速前来和他会合,两人乘电梯下楼。

林跃一路无声地专注手机屏幕,到小区外面他才又开口:"想吃哪家?"

南迦还是那句话:"你平时怎么吃我怎么吃,我不挑食。"

林跃就近带她走进一家面馆。

口口声声不挑食的人,在和他点的相同的海鲜面送上桌之后,面没吃几口,尽和碗里的配料作斗争。

林跃瞟了瞟,被她细致挑出的分别有芹菜、蒜头、葱花、姜末、胡萝卜丝。

好不容易挑完,南迦又往碗里倒许多辣椒油。放下辣椒油瓶,她看向对座。

林跃碗里的汤水维持原样的清透,与她这边的油光湛湛截然不同。他低头吃着面,额前碎发垂落,腾腾热气氤氲得他的面部轮廓比平时柔和。

南迦嘴角扯出一抹笑。记,第一次和同桌一起吃饭。而且只有他们两人。她没想到,之前落空两次的小心愿,竟以今天这种意外的方式达成。

林跃先吃完后,边玩手机边等她。南迦不想他等太久,剩半碗就说饱了,但她并没有浪费粮食，问老板要了打包盒打包。

回去的路上，林跃和出来时一样，默不作声地走在前面。支付宝倏忽提醒他有钱到账，他点进消息，然后转头看后面亦步亦趋的人。

"刚刚的饭钱。"南迦解释。他不说话，她也没问他，自行尝试使用他的手机号作为转账账户。好在没出错。

不出两秒，她的支付宝也提醒有钱到账，转账人正是林跃，金额和刚刚一样。

"你爸爸托了一笔你的生活费在我妈这里。"林跃说。

南迦明白了："好。"

电梯里出来的一位邻居阿姨认识林跃，热情地打招呼："今天没上课啊？"

"嗯。"

"这是从哪儿刚回来？"

"吃饭。"

"哎，这小姑娘瞧着眼生，林跃你认识？"

"嗯。"

"谁啊？长得真水灵。"夸完，阿姨就八卦，"不会是你的小女朋友吧？"

林跃："我……表妹。"

南迦的心跳恢复正常。

两人前后进电梯，电梯门关上后，南迦忍俊不禁，未加掩饰地笑出了声。

林跃的视线落到她脸上，神色一贯的"冻人"。

南迦用手肘轻轻撞一下他的手臂："表哥，想笑就笑吧。"

林跃别开脸，压沉嗓音咳了咳，像在强行克制着什么。

南迦又戏谑："表哥放心，表妹不会告诉其他人的。"

林跃终于绷不住，抿紧的唇缝间泄露出低低的闷哼。

南迦见状笑得越发肆意开怀。

电梯抵达楼层，林跃觑了一眼眼角溢出星点泪花的南迦："没完了？"

南迦抹了抹眼角，眼神促狭："尴尬是不是都笑没了？"

不只是被阿姨误认为男女朋友的尴尬，主要是从早上酒店门口开始的、一直延续到刚刚的莫名其妙多了层远房表兄妹关系的尴尬。

林跃用钥匙打开门，侧身让路给南迦，没什么情绪地说："谁想到会是你。"

"就是，谁想到会是你家。"南迦换上家居鞋，弯身将外穿的鞋放进鞋柜里，"我长这么大没见过比这更巧的事了。"

林跃紧随其后往鞋柜放入他的球鞋，和她的鞋是并排摆的。

南迦悄悄瞄一眼，飞快敛回目光，拎着打包盒边走边张望："厨房在……"

"这儿。"林跃为她带路。

打开冰箱，南迦寻了个角落塞入打包盒，听见身后林跃的嗓音传出："冰箱里有的东西，你都可以吃，不用问过我们。"

南迦关阖冰箱回过身来，朝倚靠门边的林跃笑眯眯点头："好的，我不会客气的，表——"

"差不多行了。"林跃白她一眼。

这个白眼南迦瞧得真切，同桌在她面前进一步暴露真性情了啊。第一次被人白眼还这么开心——哦，他本就是第一个对她翻白眼的人。

林跃补上早上就该有的一项流程，依次为她介绍道："这里是我爸妈的卧室。这是饭厅，这是客厅，这是卫生间。这是我的卧室。这是阳台，洗衣机在这里。"

他像个不称职的房屋中介，南迦跟着他随意转悠一圈："你们只有一家三口人住？"

"大部分时间是。逢年过节我奶奶会来，住在你现在的房间。"

"怪不得我在房间衣柜看见老人家的衣服。"南迦恍然。

"挤的话，可以把我奶奶的衣服收拾去我妈的卧室。"

"没有，不挤。"南迦脚步轻快地随他从阳台进来客厅，"我衣服不多。"

林跃关上落地窗："还有什么问题？"

南迦想了想，摇头："暂时没有。"

"有问题再找我。"说罢，林跃要回他的卧室。

南迦唤住他："同桌。"

林跃驻足，侧脸逆着窗外的秋光。

南迦的眼尾弯出比秋光更明媚的弧度："没什么，我在家里适应一下学校里对你的称呼，免得再喊错。"

下午，南迦独自窝在卧室里刷题，时不时分心留意房门外的动静。

然而什么动静都没捕捉到，对面那扇门悄无声息的。她忍不住猜测林跃在他卧室里做些什么，和她一样刷题是肯定的吧？刷题之余呢？

约莫下午四点半，终于有细微的声响传来，南迦第一时间从题海中潜出，竖起耳朵屏息倾听，却是她的手机率先进来一条新短信。

短信来自林跃那串她没有存进通讯录，也没有备注名字的电话号码："我出门打球。我爸一般五点会到家。"

"好，你忙你的。"回复过去三四秒左右，她听见外面家居鞋和地板摩擦的闷声渐远，旋即停一会儿，最后随着玄关的门关上，一切归于安静。

南迦从床上爬起来，打开房门走去客厅。四下里落针可闻，阳台上高高晾晒的被单随风拂动着影子，将西沉的金乌摇曳于沙发上。

明明中午她还能对这儿脱口而出称之为"家里"，适应性极强地接受了新住所的环境，现在其他人全不在，剩她一个，她反倒莫名地拘束。

心底泛出久违的孤寂。和妈妈刚去世那阵子，一模一样的孤寂。

南迦不太能琢磨出所以然，独自住酒店都没有这种感觉。推开落地窗走到阳台，她趴着栏杆往楼下看去。没准能目送同桌的身影？

然而一无所获。

倏地，玄关处又传来开关门的动静。南迦以为林明理下班回来了，一转身，看见的却是林跃："你忘带东西了？"

"郑耀他们今天不打了。"林跃垂着眼帘摁手机。手机里，他在篮球小分队群发完"我临时有事，你们打"，然后重新点开林明理最新的短信，回复"好"。

"所以你也不打了？"南迦小心地按捺期待。

"嗯。"收起手机，林跃驻足落地窗边，问她，"站在外面干什么？"

"看日落黄昏啊。"南迦抑制不住心底汩汩冒泡的喜悦，指向天际金灿灿的夕阳，"多美！"

林跃也走向阳台，站到她身旁。

他没吭声。南迦摸出手机拍了两张照片，沉默不语。

市嚣渐息，徐徐下沉的夕阳很快被几幢更高的大楼遮掩彤彤的面庞，空隙间铺陈的绮丽霞彩似给大地镀上一层橘色的颜料。

暮色四合之下，万物别样静谧温馨。南迦惬意得不自觉微眯眼，嘴角的弧度更因与她并肩而立的少年久久消散不去。

秋日的晚风徐徐送还盛夏欠下的凉意，眼前日落温柔，人间浪漫。

最后一抹余晖被初上的华灯取代，天边透亮着一颗星。

南迦轻轻舒展懒腰："怎么还不见你爸爸？"

林跃举步往里走："他今天加班，八点后才回来。"

"哦。"南迦跟在后面，"他什么时候通知的？"

林跃没答，只补充道："他嘱咐我们自己先解决晚饭。"

"好啊。"南迦笑眯眯，学他中午那样问，"你晚饭要怎么吃？"

两人没再出门，点了肯德基的外卖，南迦还顺便把中午剩的半碗面吃完。

各回各的房间之后，南迦翻出傍晚拍的照片，将她和林跃的私有浪漫暗暗公之于众："最美的不是日落黄昏。"

动态发布的一瞬，她心跳如擂鼓。她斟酌了有小半个小时，一会儿觉得暗示太明显，一会儿认为不至于令他产生联想，一会儿又在想，被他发现蛛丝马迹并非坏事。

评论区迅速涌现一波点赞和留言。

以包亨达和张焱辉为首的新同学基本在夸风景美、问她在哪儿拍的，过去熟悉的老同学则有人问她："最美的不是日落黄昏，是什么？"

毛现是第一个点破的人："最美的不是下雨天，是曾与你躲过雨的屋檐！"

南迦做贼心虚地把毛现的留言删除。

毛现敲她 QQ 委屈哭诉："大哥，我错哪儿了？"

南迦："没让你多嘴。"

毛现："不是你自己以前告诉我'谁没听过几句周杰伦'？"

南迦索性把整条动态删除。删完，她又懊恼，万一同桌已经看见了呢？她岂非此地无银三百两？

不，应该不会看到吧，动态前后也就发了五分钟。

冷不防用户"Y。"敲来一条消息："日落的照片你拍了几张？"

脑子空白了一秒钟，南迦全凭本能回复："两张。"

Y。："能发我？"

南迦："当然。"

她将两张图片都送他。

Y。："拍得不错。"

南迦发了个"耶"的剪刀手表情过去，脑筋纠结得快拧成麻花。

他究竟是看到了她的动态所以问她要照片，还是只因为他记得她在阳台上对着夕阳拍过照片？

不管了！南迦决定同样的照片重发一条动态："最美的不是日落黄昏，是日落黄昏下油画般的清荣。"

毛现又敲她的 QQ，没字，一个捂嘴笑的表情代表一切。

南迦的颜面荡然无存，她丢开手机，卷着被子翻了两滚，有把自己闷死在被子里的冲动。

晚上八点半，林明理是和到邻市出差的翁云一起回来的。

南迦听闻动静，礼貌地出去和他们打招呼，总算见到传闻中的表姑。

比起林明理，翁云和林跃的五官存在更多的相似之处。

夜里将近零点时，南迦困顿地合上练习册，打着手机屏幕微弱的光，轻手轻脚出去上厕所，途经林明理和翁云的卧室门口，不小心听到两人隐隐约约的对话。

她原本没想停下来，可她捕捉到了自己的名字，无法不好奇。

翁云正在责骂林明理："……南迦第一天来住你就让她吃肯德基，我怎么好意思向亲戚交代？"

林明理不以为意："小孩子喜欢吃什么就让他们过过嘴瘾，偶尔一两次，不会怎样。"

翁云的音量不自觉拔高："你单位不是一向很闲？怎么偏巧今天没法按时回来做饭？你让儿子整天吃不到家里的热乎饭菜，是不是你当父亲的失职？"

林明理少许不耐烦："小点声，小跃听见了怎么办？家里现在还多个小孩。"

夫妻俩又争论了些什么南迦没能再听清楚。她也不打算继续听，她连卫生间都不去了，摸黑穿过客厅迅速走回来。

刚到卧室门口，对面房门毫无征兆地打开，映出里头的灯光，她吓得心跳猛地落空。

"干什么？"滞在明暗交接处，林跃看着她，眉头轻轻皱起。

南迦转动手里握着的门把打开门，将他整个人也曝光在她这边的卧室映出的灯光里，淡定地回答："去洗了个手。同桌你也还没睡啊。"

"喝水。"林跃走出来，摁亮客厅的灯，前往厨房，又摁开厨房的灯。

他的大大方方更衬得她刚刚的偷偷摸摸。

南迦讪讪地摸摸鼻尖，趁机重新去卫生间。

也大大方方的。

她上完卫生间，林跃还在厨房里。

翁云开门出来："几点了你们怎么都还没睡？"

南迦乖巧道："马上就睡！"

林跃这才离开厨房，口吻淡漠："刚做完题。"

翁云关怀："注意身体，别太晚。"

林跃点点头。

回到自己卧室，关上门前，南迦最后瞄一眼少年挺拔的背影。同桌和他父母的相处，也没有比学校的同学热忱多少啊……

次日上午，南迦起床时，翁云和林明理早已去上班，家里依旧只有她和林跃。

两人中午没再出门吃饭，翁云上班前为他们提前做好了午饭。

奈何南迦没什么胃口，小半碗饭往嘴里塞得特别勉强。

林跃吃完后端起碗筷起身说："我妈本来想问你喜欢吃什么，你还没起床，她就先照我家的习惯做了些。"

南迦忙道："不是，表姑做的这些我挺喜欢的。只是我今天……不太舒服。"

林跃脚步顿一下："客厅电视机柜左边的第二个抽屉有感冒冲剂、咳嗽药水、退烧丸，自己拿。"

"好……我知道了。"南迦点头，没多解释。

她洗了自己用的那副碗筷从厨房出来时，发现刚刚林跃提及的那些药已经全部醒目地摆在客厅的茶几上。

丝丝暖流顿时涌动胸腔，南迦恨不得自己真的又是感冒，却只能遗憾地把东西收回抽屉。

下午做了会儿题，实在没精神，南迦索性痛痛快快去睡觉。

她一觉睡到傍晚，天都黑了。不过她小腹的酸痛减轻了许多。

揉揉肚子，南迦准备再去卫生间，发现卫生棉用光了。

林明理正在厨房炒菜，听闻玄关的动静，他探出身："南迦，这个点你上哪儿去？马上要吃饭了。"

"我到楼下便利店买点东西，很快！"

"那你顺便带瓶酱油回来吧。"林明理嘀咕，"我以为等得及小跃打完球给我买。"

"好的，表姑丈！"

便利店是昨天中午跟林跃到外面吃午饭的途中她注意到的，就在小区正门进来的第一个分岔路口。南迦先拿酱油，随后挑了卫生棉，前往收银台。

自动门打开，伴着"欢迎光临"，又有一个人进了便利店。

林跃是个无论走在哪儿都自带追光灯的人，南迦想不看见他都很难。

南迦站的位置靠近门口，林跃自然而然也看见了她。

想到自己手里正堂而皇之地拿着女性用品，南迦下意识便要藏起来。

然而，收银员已经直接对着产品嘀嘀扫码。

林跃的目光从她的手上掠过去，略微不自然地转到旁边的货架上。

南迦连招呼都忘记和他打，耳根悄然发烫。就是这么不讲道理，她无所谓陌生人围观，甚至现在换成包亨达或者张焱辉在场，也绝不会如此尴尬。

结完账，收银员周到地用一只黑色塑料袋帮她将卫生棉单独装进去。

迅速调整回心态的南迦转头找林跃。

林跃刚结束在货架间的穿行，手里拎了一瓶酱油。

南迦示意："我拿了，你不用再买。"

林跃点点头，放回酱油，经过冰柜时取出一瓶青柠味脉动，折返收银台。

打球流的汗还没干透，他黑色的短发看上去潮潮的。球衣是她在学校篮球场上见过他穿的白色短袖11号，黑色紧身打底衣勾勒出他小臂的流畅线条。南迦稍稍垂落眼皮，转换了的视野里，是他修长的手指捏着凝结朦胧雾气的饮料瓶身。

很快，他踩着白色球鞋来到她跟前，顺走她手里拎的酱油："走了。"

清淡的两个字如同沾染这秋日弥漫的寒霜一般。

南迦却丁点儿没感觉冷，步伐轻快地与他并行。

家里，翁云也下班回来了，扎在厨房里。

餐桌前的林明理摆着碗筷，喊他们道："五分钟后可以开饭了！"

南迦边换鞋边应和："好嘞！"

头一回在家里听到欢快又响亮的声音，林明理微微一怔，而后笑开："精神头很足，看来南迦你的感冒不严重了。不过一会儿药还是得吃。"

林明理怎么也以为她感冒了？

南迦转头小声问林跃："你说的？"

林跃没否认："你下次讲清楚你不是生病。"

南迦挠挠脸："哦……好。"

林跃抿紧唇一声不吭地往里走，大概又觉得尴尬。南迦莫名想笑。

转眼迎来新的一周。一早，林跃到阳台取回周末晾晒的校服时察觉不对，翻看了里衬的尺码，眉心皱起来。

听见敲门声，南迦迅速套好毛衣奔去应门，没想到会是林跃："嗯？"

林跃靠在门边，避开和她卧室的直视，递出校服外套，惜字如金："错了。"

南迦脸上大写的蒙，回屋摊开她昨晚从阳台收进来后丢在椅子上的那件校服外套，才发现比她平时穿的要大。

糟大了！她连忙和他换回来："抱歉抱歉！夜里黑，眼神不好！"

少时，林跃收拾停当再出来，南迦正抱着洗漱用品神情焦急地直往卫生间的方向探头。见到他,南迦问了一句:"你已经好了?"

"我爸每天早上这段时间要用半个小时的厕所,你不去催他是不会提前出来的。"林跃提醒她。显然,林明理忘记现在多了个南迦等着用卫生间。

"啊?这样啊?"南迦顿时犯愁。她怎么好意思催促?

瞧出她的顾虑,林跃前往卫生间替她叩了叩门:"爸。"

卫生间里播放的红歌串烧被调低了音量,林明理的问话传出:"怎么了小跃?"

"你还要多久?我落了东西在里头。"

"再等我五分钟!我马上——你早饭还没吃吧?你先吃早饭!"

闻言,林跃抬腕看手表,在直接点破南迦在等和另一种方法之间,选择了效率更高的后者——他走回南迦跟前,打开他的卧室门,示意道:"先用我的。"

他的卧室是这套房子的主卧,单独带一个卫生间,不和他们共用客厅的卫生间。

"什么?"南迦愕然。

"你想等我爸出来也可以。"

南迦制止他要关门的手,忙不迭冲进去:"大恩不言谢!我速战速决!"

林跃垂眸,视线落在方才一瞬被她按住的手上。皮肤有点热热的。

南迦没有食言,仅仅五分钟就从他的卧室退出来了。

不光因为赶着上学,她没空慢吞吞,更因为她太紧张了,根本不敢趁机四处乱瞄,全程完美地身体力行了古人恪守的"非礼勿视"。

她早饭吃到一半时,先吃完的林跃已然拎上书包准备上学。

晨跑回来的翁云纳闷:"今天你爸开车顺路送南迦去学校,你不一起?"

林跃蹲在鞋柜前系鞋带:"过几天如果又下雨,单车要发霉了。"

翁云扯起毛巾擦汗:"行。你自己路上小心。别学宣仔单手松车把,很危险。"

南迦闷头喝粥,囫囵地想:不一起去也好,否则在校门口碰到同学,不好解释为什么他们从同一辆车里下来。

在校门口和林明理道别后,南迦又听见有人喊她:"妹妹!烀哥妹妹!"

这声音,不用回头也知道是那两只瘦猴之一。

果不其然,黄瘦猴从马路对面跑过来:"妹妹,你今天比平时来得迟。"

南迦抢先婉拒:"我今天在亲戚家吃过早饭来的,吃不下鸡蛋灌饼了。"

黄瘦猴嘿嘿笑:"不是找你吃鸡蛋灌饼。"

"那是？"

"你不猜一猜吗？"黄瘦猴卖关子。

南迦无语也无奈："没事我先进学校了，马上要迟到了。"

黄瘦猴拉住她："这个！你的校徽！没校徽你进不去学校！"

"我的校徽怎么会在你这里？"南迦狐疑。她都不用检查自己的口袋，没有人的校徽会比她从王主任小盒子里精心挑选来的这个更丑。

"就经常和你一起的那个男同学，到摊饼车来让我们把校徽转给你——不过你的校徽怎么在他那儿？"

南迦进教室的第一句话也是问林跃："同桌，我的校徽怎么在你手里？"

林跃手中整理假期作业的动作没有停，眼神也懒得给她一个："校服口袋。"

是的了，昨晚她习惯性将校徽塞进了校服口袋，防止自己隔天早上丢三落四忘记戴，而她昨晚错收的是他的校服……

南迦干干地笑，摸出一张新的感谢卡："没存货了，我晚上回去得再多画几张才行。"

包亨达倏地从后门飞奔而入："迦姐！迦姐！老邹夹着数学期中试卷正往这边来！数学成绩要公布了！"

报信的人比当事人还激动，整得南迦莫名紧张。虽然她控分向来准，但凡事总怕个万一。

好在这个万一并未发生。

其他人的试卷都是自己去老邹手里领的，只有她的试卷由老邹亲自送来。

南迦哪受得起此般特殊待遇，接哈达似的两只手恭恭敬敬地接过："使不得，邹老师，折煞学生我了。"

老邹一脸淡定："你期末争取提升到班级平均分。"

南迦一瞅自己的卷子，鲜红硕大的"66"打在分数栏处——完全在她考试当日瞄准的射程。

"班级平均分多少？"她问。

老邹："78.9分。"

包亨达竖起大拇指："姐，你这分数考得，不多不少'牛牛'啊，忒吉利！"

张焱辉也活泼地手动为她撒花："恭喜迦姐，贺喜迦姐。"

南迦表示："为了这分数，我快被掏空了。"

控在60分，过于精准了，假如运气不好出了意外哪儿额外丢分，她完犊子，于是索性来个六六大顺。

转头,南迦将试卷呈给身边的人:"林老师,验收你的教学成果。"

林跃没理她。南迦瞄了眼他的试卷,98分,他依旧是四班的最高分,且据老邹反馈,也是和其他班的另外两位同学并列的年级最高分。

他丢的两分,是最后一道大题的最后一小问漏掉了一个答案,而看他在答题区域的标注,并非他不知道有两种答案。南迦记起自己当时也被第二个答案难住,但后来她用高三的知识点计算出结果了。

当然,她没填到试卷上。

"你什么想法?"林跃忽地问她。

南迦从他的试卷抬眼,跌进他漆黑的瞳仁里:"啊?什么'什么想法'?"

广播里奏响音乐,提醒同学们该前往运动场集合,准备参加今天的升旗仪式。

林跃没再吭声,兀自起身,混在其他同学之中走出教室。

南迦感到不对劲,伸手进桌斗里掏出养乐多狠狠地吸两口,脑中忽然想起之前运动会他在校门口一反常态地多管闲事问她进打印店打印什么。

数学的66分,成为南迦这次期中考试各科之中最高的分数,其余科目除去语文,统统亮红灯。而语文能卡在60分是南迦失策了,没想到阅卷老师给她胡诌的作文打了高分。

南迦倒没因为考出清荣一中建校史上活久见的低分而扬扬自得。

相反,她特别愧疚。她的个人行为严重拉低了四班班级平均分和全年级的排名。

几天下来,不仅每位科任老师分别找她聊天,班主任田英找她唠嗑,王主任也找她促膝长谈。每一次谈话都加深一分她的愧疚感。偏偏清荣一中没有按成绩高低分班的传统,否则南迦一定像在之前的学校时一样,麻溜地滚去最差的班级。

现在她非但不能滚,还压力山大——听说她这次数学是在老邹的军令状下进步神速的,其他老师依样画葫芦,分别给南迦制订了期末考目标。

田英从包亨达的大喇叭似的嘴里了解到林跃是南迦此次数学成绩进步的大功臣,竟私底下叮嘱林跃抽空继续帮帮她。

并且这件事被反馈到了南向东的耳朵里,于是南向东去拜托翁云,翁云便也对林跃一番交代。

南迦严重不满南向东的行为:"我每天够麻烦表姑他们了,怎么还要强迫人家牺牲自己学习的时间来辅导我？爸，你不如给我请家教。"

她的语气算不得差，过去南向东再如何严厉教训她，她也尊重他的父亲身份，从未正面激烈地顶撞他。这次也不例外，但她的语气也算不得多好。

南向东隐忍着火气："我从前给你请过那么多个家教，哪一个让你的成绩起色了？现在好不容易碰上个有办法的。我都和你表姑讲清楚了，前提是不影响你表哥的学习。人家说了没问题。"

"你怎么知道人家不是因为客气才说没问题的？"

"你表姑不会拿你表哥的成绩开玩笑，如果影响到你表哥，她肯定第一个跳出来反对。所以商量好了，先试一段时间，如果你表哥被你拖累，或者你的成绩没起色，就算了。"

她是不可能让林跃受她拖累的，那么结果只能是她的成绩没起色。

南迦伤脑筋的恰恰是如何在林跃的教学事业受挫和她的烂泥成绩之间寻找平衡点。他可太难应付了。而且，最近林跃似乎在怀疑她。

几个因素加在一起，南迦的心情矛盾又复杂，根本无法开开心心地享受求之不得的同桌独家小课堂。

南向东最后追加叮咛："不想太麻烦别人，你就自己多努努力。"

南迦腹诽，他又利用人情世故来拿捏她，他是发现这个方法屡试不爽吗？

挂断电话，她查看时间。再过十分钟，她就该去林跃的屋里和他一起写作业了。

这是不久前在饭桌上翁云询问林跃之后协商约定的。

这十分钟里南迦什么也没心思干，磨磨蹭蹭地翻出试卷、作业本以及林跃先前带她挑的那两本辅导书，准时上门报到。平时严严实实紧闭的房门今晚大刺刺地敞开，但她还是礼貌地先敲了敲门："同桌。"

"进来吧。"林跃的声音传出来。

万万没想到自己这么快又能进他的卧室，南迦迈出了朝圣般的步伐。

冷不防卫生间的门打开，林跃一手拎洗衣袋，一手搭一条毛巾擦着头发，宽松的浅灰色T恤领口和肩膀洇着少许水渍，浑身裹挟着刚洗完澡的潮气。

潮气扑得南迦紧张地缩了缩脑袋，她愣在原地，盯着他，无端端感觉口干。

"自己坐。"林跃指了一下书桌前并排摆好的两张椅子，离开卧室去了阳台。

悄悄咽了一下口水，南迦才走过去，坐在原本不属于这个卧室的那张椅子里。这也符合他们俩在学校教室里的位置。

她依旧秉持非礼勿视的原则，不过近在眼前的他书桌上的陈设不在此范畴。

物品不多，主要是书，还有就是精致的 NBA 明星球员的手办。

在把乔丹、科比、詹姆斯等人一一辨认的工夫，林跃也空手回来了。甩了甩未干透的短发，他落座她旁边。

南迦十分不好意思地致以歉意："我爸事先没和我商量，我已经严肃批评过他了。你随便糊弄糊弄吧，过阵子他确认我是扶不起的阿斗，就不会再麻烦你。"

林跃貌似接受了她的提议，丢给她他写完的各科作业，看意思是让她自便。

南迦面露欣喜："果然同桌你懂我，知道我最迫切的需要是什么！今晚提前抄，还能节省我明天早自习的时间！"

林跃瞥她一眼，未置一词。

对照着科目分别翻开两人的作业，南迦撸高袖子准备大刀阔斧地开始干，突然发现自己忘记带笔了，尴尬地起身要回自己的卧室拿。

林跃率先丢过来一支，手法娴熟得那叫一个精准。毕竟在学校她已经不知道问他借过多少次文具了。

但南迦必须澄清，平时借文具这事儿绝非她故意。她的文具一般家里备一份学校备一份，省得成天装书包里来回捣腾。可不知怎的，她备桌斗里的那份经常莫名其妙失踪。

南迦照旧嘴上不道谢，心里默默画上一笔，累计感谢卡。

接下来，两人应该各忙各的互不干扰，然而不消片刻，林跃轻轻皱起眉头问："椅子不舒服，还是你有多动症？"

"抱歉。"南迦讪讪地摸着鼻子解释，"椅子没不舒服，我也没多动症，只是在家里，我习惯趴床上学习。"

以及……与少年在他的私人空间里独处，她十几年来一秒钟进入学习状态的天赋惨遭滑铁卢。

说完，南迦从他神色间读到——你哪儿来的这么多毛病。

"不趴床上你脑子转不动？"林跃吊着眉梢，"现在是要我把床给你趴的意思？"

南迦一愣。

南迦的心跳再次作乱。凭借着本能的反应，她接茬："如果你愿意，我也不是不可以。"

如她所料，林跃冷血地赏了她俩字："做梦。"

南迦端正自己的坐姿："行吧，我努力想象这里是学校教室。"

林跃侧目，就见她闭上眼睛，两只手并拢食指和中指，指尖分别抵在她的两侧太阳穴上，嘴唇轻嚅着，像模像样地念念有词，跟作法似的。

他觉得此时此刻她神神道道的，但事实上，占据他情绪上风的是不自觉地想笑。

林跃没笑，他的视线定格在了她的眼睛上。

她的眼尾蜿蜒得细长，眼皮很薄，台灯打在上面隐隐透光，清晰地看见她眼珠的细微转动。她的睫毛长长的，簇于下眼睑处的阴影凝淬晶晶亮的光。

顷刻，晶晶亮的光里，少女倏地睁眼，如同鸿蒙初辟，抖出她眼里的澄澈，洒落混沌的人间。林跃来不及收敛目光，霎时与她偏转向他的双眸对视上。

窗外浩渺的秋夜无尽地舒展更深露重的触角，月色朦胧，树影婆娑，一只趋光的小爬虫黏在模糊的磨砂玻璃上悄然窥探灯火明亮的室内。

灯火明亮的室内宛若时间骤停，谁也没出声。

南迦不知道他看她做什么、看了多久，她尽力克制住自己的浮想联翩。

林跃极少有发蒙的状态，当下，他甚至平生第一次出现干坏事被抓现行的心虚。

心虚迅速掩盖在此之前如同被什么东西轻轻挠了一下的感觉。

他的面色未改，但他的脑子莫名一热，说不上来自己具体怎么想的，鬼使神差般，喉结轻轻滚动，开口："眼屎。"

情势转变得太快就像龙卷风，暧昧和悸动统统戛然停止，南迦心里暗骂一句，立刻搓眼睛："哪儿呢？"

林跃抓起手机起身："没了。"

南迦在他走出卧室后回过味儿："你耍我？"

晾完洗衣机里洗干净的衣服，林跃没有立马回卧室。

就没遇到比同桌更难的题，还是道她不曾积累过练习经验、毫无准备被拉上考场直接面对的题，并且谁也不确定得考多久才能结束。南迦简直抓心挠肺。

翁云送夜宵来时，林跃才回来，携满身清寒，为此翁云帮他们打开了空调。她唠叨林跃怎么跑阳台吹风，感冒了怎么办。

翁云一走，南迦一手抓着笔写字没停，一手叉着水果往嘴里送，模样散漫："作业还差一点，我抄完就走，不多耽搁。"

林跃斜睨她："你作法没成功？"

南迦咽下嘴里的食物，嘟嘟囔囔："我这都把你逼到外面去了，不识趣点主动滚蛋，死乞白赖等你轰我吗？"

"想多了。"林跃说，"瞿闻宣闲得找我撩架，我打了他两回合。"

南迦："游戏？"

林跃："不然？"

不是因为嫌弃她就好。

南迦心里的褶皱熨平了，埋头继续抄作业，遮掩嘴角的弧度。抄完作业，她又装模作样地写那本《30天搞定高一物理》。

林跃专心干他自己的事，没再给过她半个眼神。

南迦不确定他是真打算放养她，还是一会儿要检查她做的题，斟酌之下终究不敢放肆地在他眼皮子底下开展她正常的学习计划。

时间不能浪费，她索性到班级QQ群里参与讨论今年元旦文艺会演的节目。

根据规定，高一高二两个年级每个班至少出一个节目，可以是集体节目，也可以是个人节目。届时各班表演的节目将进行评选计分，分数累加进之前运动会各班的得分里，总分以百分之四十的比例纳入本学期先进班级的评选之中。

周一的班会课上，田英发动大家毛遂自荐展示才艺。南迦寻思着自己在学习成绩上给班级拉低分了就在文艺上尽力补偿，所以报了名。

哪料原来除了她，没其他人自告奋勇。

南迦特无语："这就尴尬了，我成全班唯一的希望？"

同学甲："迦姐，四班靠你了！"

同学乙："迦姐，四班靠你了！"

同学丙："迦姐，四班靠你了！"

一伙人早串通好似的，齐齐复制粘贴刷屏。

南迦："你们都不问问我能表演什么，就把班级荣辱系我一个人身上？"

同学甲："迦姐，我们相信你！"

同学乙："迦姐，我们相信你！"

同学丙："迦姐，我们相信你！"

"……"

南迦发了个"弱小可怜无助"的表情包。

文艺委员黄卉跳出来安慰："哈哈，迦妃别害怕，无论你表演什么节目，我们都给你提供最大的支持和帮助。"

黄卉在运动会和她熟识之后，没随大流喊她"迦姐"，正好瞧见毛现在她的动态评论区称呼她"迦妃"，于是另辟蹊径随了毛现。

南迦问:"找大家和我一块表演也行是吧？"

本来打一开始她就没想一个人表演。她向田英报名的意思是，她愿意出份力。

黄卉只能说:"我可以配合你。其他同学，得凭你本事看能说服几个人。"

南迦即刻@包亨达和张焱辉，一句话没说，让两人自行体会。

包亨达和张焱辉了然地被迫积极响应:"好的迦姐，我们听候你差遣。"

黄卉私戳她:"你先告诉我你准备的什么节目，我好帮你一块找人。"

南迦伤脑筋:"没准备。还等着看大家有什么节目，我随便凑个数帮忙呢。"

黄卉:"不管你准备什么节目，如果带上你同桌，我们班的赢面绝对不会低！"

南迦:"你和我开玩笑呢？"

黄卉:"你觉得像？"

南迦:"像！"

黄卉:"哈哈哈！反正你懂我的意思吧？"

转头看一眼身边的冰块人，南迦坚决表示:"不懂！"

翌日，南迦一进教室就被黄卉找到跟前:"迦妃，靠你了！"

"你是文艺委员，你和他商量比较有排面。最好把英子、班长、体委、课代表全请来。"南迦笑着出主意。

"迦妃——"黄卉晃动她的手臂，娇滴滴地撒娇。

南迦满身鸡皮疙瘩如雨后春笋纷纷冒起:"我是正经人，你也正经点。"

黄卉改为西北大汉粗犷音色:"女侠，请仗义相助！"

眼角余光瞄见戴着耳机的林跃被郑耀拦在后门外面说话，南迦掏出书包里的作业:"你顺路帮我交去物理课代表那里。"

黄卉欣喜，双手捧着作业举高过眉后退着离开。

林跃进门来，放下书包便道:"物理作业。"

南迦一头雾水:"物理作业怎么了？"

黄卉这时捧着作业折返:"不对啊，你的物理作业怎么写着你同桌的名字？"

南迦一愣。

林跃从他书包里把另一本物理作业丢到她跟前，这本才是她的。

显然，昨晚拿错了。南迦连忙和他换回来。

黄卉惊恐地捂住嘴:"我是不是无意间撞破了什么秘密？"

南迦泰山崩于前而色不变地将作业重新交予她："不就我昨天放学前借走我同桌的作业回家抄。算哪门子秘密？"

　　黄卉没多想，接受了她的解释，走之前小声提醒："记得你的任务。"

　　任务是南迦在大课间做完操回来找机会执行的："同桌，元旦文艺会演你也会参加的吧？"

　　"帅气冻人"的酷哥头都没抬："我为什么要参加？"

　　听听，说的是人话吗？

　　南迦鼓动："你是四班的一员啊。集体节目，人人有份。"

　　林跃吝啬地赐了个眼神："不是你的个人节目？"

　　南迦噎一嗓子："原来你看到班级群消息了。"

　　下午，体育课最后十分钟自由活动，黄卉向南迦验收任务进度："怎样？搞定你同桌没？"

　　南迦惟妙惟肖还原彼时林跃的冷漠无情。

　　黄卉："你有没有和他讲清楚，他只需要上舞台站在那儿当人形广告牌，其余什么都不用做。"

　　这话南迦认为林跃听到更得翻脸，她反过来劝："你还是放弃吧。"

　　身旁忽然传出一起上体育课的隔壁班女生兴奋的尖叫。南迦的两只眼睛正不动声色地盯着篮球场，所以知道她们的尖叫是因为林跃又进球了。

　　球场上，林跃没穿球衣，但脱掉了校服外套，只着单薄的长袖T恤，他跳起来投篮的时候裹着风，在阳光的穿透下，他腹腹间精瘦的线条若隐若现。

　　黄卉遗憾极了："这尖叫，元旦会演那天如果不抢过来，肯定全属于八班了。唉，其他班级可是也在指望我们四班派出林跃抗衡八班的瞿闻宣。"

　　南迦托着腮，突然不太爽。她欣赏的少年才应该是最耀眼、最受瞩目的。

　　晚饭时，南迦向翁云确认家里的寄件地址。翁云说："你缺什么东西告诉表姑，表姑帮你买现成的，怎么还要你爸爸千里迢迢寄过来。"

　　南迦解释是寄的乐器，元旦会演的节目要用。

　　林明理兴致盎然地关心道："你们班表演什么节目？小跃也参加的吧？"

　　林跃："没。"

　　翁云好奇为什么他没参加。

　　林跃："无聊。"

　　南迦无奈地把冷下来的场子重新烘热，向两人说明，节目并非集体参加，全凭个人意愿——虽然事实是，目前在她和黄卉的共同努力下，大半个班级的同学都愿意配合，也快和集体节目差不多了。

林明理听说排的节目是民乐演奏，提了一句："小跃小时候报兴趣班学过笛子。他的笛子现在还在我们屋里。"

南迦微诧："这样吗？"

林跃冷冷淡淡地掀起眼皮："早忘了。"

不知哪儿来的直觉，南迦认定他撒谎。

晚上八点钟，她又准时到林跃卧室里"补课"。

林跃明天要上数学竞赛班的课程，一直在刷题库。

到点离开前，见他终于合上了书，南迦觑着空隙再次尝试："我觉得吧，为了你们男人之间该死的胜负欲，你元旦应该上台。"

林跃不解。

南迦："否则风头就被你的朋友抢光了。"

林跃无语。

南迦尴尬地笑道："我讲得有错吗？"

林跃不屑道："无聊的事情，我从不和别人比。"

南迦懂，同桌已经尽最大努力给她留面子了。

林跃往后倚靠椅背："你为什么参加？"

南迦挑起一边眉梢："因为我想出风头。"

赶在他翻脸前，南迦收起玩笑，如实回答道："我成绩太差，严重拖班级后腿，心里过意不去，想补偿大家。"

林跃双眸微微动一下。

南迦依据事实对他展开客观的吹捧："这不是我个人能力有限嘛，不足以大杀四方。你人气高，到时候肯定能为我们班拉来不少票，增加我们班的胜算。"

林跃仍旧不为所动的样子。

"无论如何都不可能上台吗？"南迦诚恳地与他商量，"你可以拒绝得委婉些嘛，比如，开个条件为难为难我们？"

林跃轻嗤："有区别？"

南迦感觉有戏："至少让我们见识见识你能开出多苛刻的条件。"

林跃确实对"开条件"产生兴趣。沉吟片刻，他屈起手指轻轻一叩桌面，说："下周数学周考，你考过我。"

南迦的神经敏感地动了一下。某层薄薄的窗户纸似乎濒临捅破的边缘？

林跃惯常淡漠的眉眼间隐约透出挑衅。

南迦坚决维护住窗户纸，扶额干笑："你这何止是苛刻，简直是天方夜谭。"

林跃微微挑一下眉，兀自翻开另外一本书看起来。

南迦郁闷地绷起脸和他讨价还价："进步得一点点来不是吗？我从66分一下冲得比你的分数还高，老师能信这是我的真实水平？"

林跃十分熟练地当她是透明人。

南迦偃旗息鼓，不再自讨没趣，默默收拾东西滚回自己的卧室。

然后，南迦自闭了整个周末。

周一，她重整旗鼓："同桌，你能不能换个条件？"

林跃无视。

周二，她锲而不舍："同桌，我考70分可以吗？"

林跃没理她。

周三，她垂死挣扎："同桌，你这次周考能不能交白卷，成全我？"

林跃开启他尊贵的金口："我没逼你。"

南迦还能怎么说？

是啊，他没逼她，他只是从善如流，提出一个所谓委婉些拒绝的条件，成功让她搬起石头砸了自己的脚。而她并非没有选择，她可以放弃鼓动他，便也不必为难自己。

夜里睡觉前，南迦暗暗下决心不再纠结。隔天下午，数学老师开始发试卷时，她却又犹豫了。这两天她和林明理聊过，林明理告诉她林跃以前笛子吹得非常不错，还悄悄给她看林跃和兴趣班上的其他孩子一起参加比赛的集体照。

这诱惑，谁顶得住？思来想去，一次数学成绩的高分，换一次林跃亮闪闪的舞台，完全是笔划算买卖。

未再迟疑，南迦转头问："同桌，你说话算话？只要我这次数学考过你，你就带着你的笛子，加入我们的演奏。"

林跃高挺鼻梁下的薄薄嘴唇抿出一丝傲气："我不会输。"

"我会尽我最大的努力。"南迦露出"友谊第一"的神色，"也请你手下留情。"

三十分钟的考试时间紧锣密鼓地流逝。

数学老师喊停笔时，林跃堪堪写完最后一道题，他下意识地看向身旁。

南迦的表情略凝重，卷子被收走后她还在草稿纸上验算。

包亨达难得一次考完是笑的，回头关心南迦："怎么，姐，没做完？"

将草稿纸揉作一团毁尸灭迹，南迦埋怨："好不容易遇上简单的卷子，老邹怎么就不能把最后一道大题的难度也放宽。"

包亨达吃惊："你还去算最后一道大题了？"

"嗯？"南迦的双眸眯出警告的气息，嗓音压得幽森森，"你瞧不起我？"

"没有！没有！"包亨达连忙找补，"我就是觉得反正最后一道大题一般留给跃哥的，我肯定算不出来，不如把时间拿去检查前面的，确保全对，也能得个80分。"

张焱辉和包亨达握手。

南迦掏出桌斗里的一瓶养乐多一口气喝光，让自己的脑子冷静冷静。难以想象，她竟然真的在考场上把一张试卷正常地填写答案并上交。

现在后悔还来得及吗？要不赶紧去老邹手里把自己的试卷要回来吧？

南迦噌地起身。

林跃朝她递过来他的草稿纸："不用等明天公布成绩，我们现在对答案。"

南迦的脚又钉住了。他用红笔在草稿纸上将他算出来的每道题的答案全部醒目地圈出来，她扫一下便尽收眼底。

于是，她意识到一个问题："如果我们考一样的分数，能不能算我赢？"

林跃预先也没考虑到这种情况，稍一愣，很快回神："等于和大于能一样？"

南迦反驳："可题干本身给出的条件不严谨。"

林跃收起他的草稿纸，似不想理会她。

南迦据理力争："同桌，你不能无视漏洞的存在，否则和耍赖皮没区别。"

话落之际，她发现不知何时已经上课了，教室里回荡着她一个人的声音。本就与她不对付的物理老师站在讲台上，强忍着额头暴跳的青筋，饱含怒火地瞪她。

南迦自觉起身道歉："对不起，老师，我错了。"

物理老师没有批评她，但也没有回应她，直接开始上课。

不言而喻，就是又要罚她站到下课。

林跃一声不吭地站起来。

物理老师和颜悦色道："什么事林跃？"

林跃不冷不热道："她刚刚讲话的对象是我。我也有错。"

南迦终于得以亲眼见识包亨达曾向她描绘过的"物理老师气得那个脸都绿了"究竟是什么模样。

不过比起物理老师的绿脸，她更在意的是，这种事他有必要同担责任吗？

全班同学瞳孔"地震"，个个如智能操控的机器人，从四面八方不同角度整齐划一地朝林跃投注诡异的目光。

独独南迦没有看林跃。不是不想看他，而是不敢看他。

他算是在维护她吗？浮想联翩的念头疯狂作祟，她怕一看他，就从眼睛里泄露自己根本无法控制的悸动。

被最喜欢的学生拂了面子，物理老师挂不住脸，拍得讲台上的粉笔盒都震了震："行！那就一起站着！"

南迦非常确定，物理老师并没有因此不再喜欢林跃，而是更讨厌她了。

果不其然，放学后南迦和林跃在教师办公室写检讨时，物理老师质疑田英把她和林跃安排成同桌的合理性。

"老实巴交的包亨达被她带着上课传字条！安安静静的林跃被她带着上课聊天！她这样的最适合一个人一张桌！"

物理老师的音量丝毫没压着，从窗户外面飘进办公室里，生怕南迦听不见似的。

南迦左耳进右耳出，不放在心上。

觑觑对面沉默的林跃，她口吻故作促狭："要不要我教你怎么创作检讨书？"

林跃头也不抬："鲁迅先生的棺材板会压不住。"

南迦窃笑。该夸他幽默还是毒舌呢？

气氛既然如她所愿是轻松的，她心定不少。

斟酌间，她忍不住试探道："其实你不用讲义气，物理老师还能少生点气，我一个人罚站到下课，我们俩的检讨都省了。"

林跃由外到里温度骤降，冷冷地丢下一句："嗯，我多此一举，给你雪上加霜了。"

回味过来自己的言辞存在歧义，南迦想澄清。可她何时受过他这种嘲讽，又记起她白写一张卷子，心里闷着难受。

时逢田英和物理老师回来办公室，掐断两人继续讲小话的机会，南迦不想闭嘴也只能暂时闭嘴。

田英向物理老师重提南迦期中考数学的进步，以证明安排他们成同桌完全利大于弊。物理老师语气比方才好些，可意见仍然很大。她的资历比田英老，不免带几分高高在上的姿态："一次进步能说明什么？你这个班主任真是目光短浅！"

夹着沓卷子刚刚进办公室的老邹听闻她们的对话，插腔："南迦可不只是进步一次,也不只是进步一点——哟,南迦你在?快,过来!"

老邹本就不大的眼睛笑得眯成缝,直招手。南迦心道这什么惊人的评卷速度,愣是鸵鸟般地埋起脑袋,没挪步:"邹老师,我犯错误在写检讨呢。"

老邹抽出两张满分卷,招呼田英观看。

一张属于林跃,另外一张的学生姓名赫然写着"南迦"。

物理老师凑上前,短暂的错愕之后提出:"邹老师,你仔细检查过没?会不会是——"

"杨老师,"老邹猜到她想说南迦考试作弊,适时打断,"虽然我比你大上两岁,但还没老眼昏花。"

物理老师将信将疑地凝眉,拿起林跃的考卷和南迦的考卷对比相似度。

这边,老邹吹了一口保温杯里的枸杞茶,又和南迦搭话:"南迦,你最后一道题的解题思路挺独特,写完检讨和我说说你从哪儿学的。我可不记得我教过你们这么超纲的内容。"

"邹老师,你饶了我吧。虽然我很想假装自己一飞冲天厉害得一塌糊涂,但为了长远的发展,还是老老实实向你坦诚:我这回纯属运气好,考前做了套我过去学校的同学发给我的练习卷,上面一道题和今天这最后一道简直就是双胞胎。前面 80 分你上节课才讲过,后面二十分我也才做过,这都不考满分,怎么对得起老师你对学生我的看重?"

闻言,林跃撩起眼皮,目光掠向南迦。

南迦两手肘撑在桌上,姿态散漫,脸上堆砌无奈的笑。

半个小时后,林跃从教学楼下来,以郑耀为首的篮球小分队成员在篮球场内一起鼓掌欢呼吹口哨,恭贺林跃喜提平生头一回的罚站与检讨。

瞿闻宣虽然现在没有参与其中,但林跃还在教师办公室时,就收到过瞿闻宣发来的一篇检讨书范文,是瞿闻宣曾在升旗仪式上当着全校师生念过的那篇。

伤害性不大,侮辱性极强。林跃冻着张冰块脸走进篮球场,撂下书包,二话不说抄走郑耀手里的球,直接开打。

不爽全撒在球上,战况激烈胶着。

林跃唯一一次岔神,是听到郑耀喊:"华夫饼!你才写完检讨啊?"

南迦确实才写完检讨,她故意慢吞吞的。写完之后,她又分别和老邹、田英聊了会儿,加固她此次凭运气考满分的可信程度。

郑耀的叫唤使得她的视线得以光明正大投进球场。

停下脚步，南迦隔着铁丝网叹气："好事不出门，坏事传千里。"

"你上课拉着我们跃哥聊什么了？"没敢在林跃面前满足的好奇心，郑耀迫不及待想从她的口中撬出答案。

南迦听着牙酸："怎么就成我拉着他聊？聊天可是两个人的事。"

"跃哥那么惜字如金，怎么可能上课和你聊天？"郑耀哈哈笑。

南迦不服气："你没听说是他自己主动站起来向老师承认他也有份的？"

"听说了啊。"郑耀没停下笑，"因为这个我们才发现，原来林跃也不喜欢那位物理老师，他干了我们其他人一直想干的事儿，连高二高三的学长学姐都在论坛的帖子里夸他干得漂亮，替大家出了口气。"

南迦一愣。

郑耀解释："那位物理老师总偏心成绩好或者家里有背景的学生。"

南迦明白了，意思是林跃并非讲义气和她有难同担，纯属看不顺眼物理老师。她被罚站顶多算整件事的导火索。

郑耀拍拍铁丝网，拉回她的思绪："你还没告诉我，你究竟拉他聊什么？"

"很重要吗？"南迦浮出笑意，掩饰眼底的落寞，"你不是说了我单方面和他讲话，他又没和我聊。"

球场里有人问郑耀到底还打不打了，郑耀飞奔回场内。南迦觑一眼挥汗如雨的林跃舒展利落的身形，轻轻拉紧书包背带，兀自走往校门口。

今天负责站岗盯梢的是金瘦猴，他纳闷："妹妹，你今天这么迟放学？一直没等到你，我以为我看漏眼，发愁该怎么跟炜哥交代。"

"所以你到现在还杵着？"南迦好笑，把自己的电话号码报给他，"以后如果等不到我放学，你们又不放心，直接问我。"

金瘦猴手忙脚乱地掏手机："我没记住！你重新说！"

充满烟火气的巷子里，唐门灌饼的摊车上正在摊饼的是黄瘦猴，唐炜站在后面抽烟。

金瘦猴高声通报后，唐炜望过来，手里的烟立刻撤灭："还没回去？"

"在老师办公室写检讨。"南迦驾轻就熟拉过小板凳落座。

自从住进林跃家，她基本是吃过早饭再来学校。但她偶尔还是会带个饼送给包亨达和张焱辉，或者午休期间前来摊车旁坐一坐。

"饿吗？"唐炜问，"要不要先吃点什么？"

"不用啦，我和同学讨论会儿事情就走。"南迦低头滑动手机屏幕。

民乐小群里，黄卉催促大家投票决定元旦会演的演奏曲目。

这个"大家"目前除去她和黄卉，也就包括了包亨达和张焱辉。

包亨达会吹唢呐这件事，上回运动会他自己提过。南迦意外的是，他的唢呐吹得非常专业，更惊喜张焱辉深藏不露，弹古筝的一把好手。四人凑成此次表演的主力成员。

南迦快速投出她的一票，旋即在网页搜索清荣一中的校园论坛。郑耀方才提到的帖子飘于论坛最上方，格外醒目。她点进去，津津有味地翻看帖子底下的楼层。

一切如郑耀所言。南迦还发现之前有过其他帖子讨论她和林跃成为同桌这件事，一拨人抱着看好戏的心态打赌，以后她和林跃会不会发生点什么。

底下回复什么的都有，最受拥趸的是两条——

一条："'冷淡'这个词认识吗？就是专门为林跃这样的人造出来的吧？"

另一条："你们看看林跃那副样子，像会对什么人产生世俗的欲望吗？"

别说，南迦不能更认同。虽然她清楚，他的内心远比他的外表温热柔软，但要说他会喜欢谁，听起来便相当可笑。

南迦彻底冷静下来。

曾经看到一本书上写过：喜欢一个人之后，内心潜意识希望对方也喜欢自己，所以对对方比较在意，容易错将对方一些无意的行为和言语当成一种暗示。

关闭网页，南迦回到 QQ 群。投票结果出来了，大家怪默契的，选的都是同一首曲子。她捡着从前在校学生乐团的经验，贡献想法，和黄卉操持起曲谱编排事宜。四人三言两语，初步敲定构思。

趁唐炜正好在身边，南迦抬头问："你知道这个季节，清荣哪里还有没收割的稻田吗？"

以往一般是林跃因为打球而迟归，这次反倒是南迦回去时，林跃的球鞋已经摆在鞋柜里。她独自吃完饭回卧室，他的卧室房门紧闭，她没和他打上照面。而他们在教师办公室里的小摩擦，犹待解决。

时间摇摇晃晃临近晚上八点，南迦还在犹豫要不要继续过去"补课"。数学考试的赌约，她输得非常郁闷，郁闷到现在也无法跟自己和解。

犹豫间，一不留神，等从卫生间洗澡出来，都八点过一刻了，她这才感到着急，带着洗漱用品和换下的脏衣服迅速往卧室方向冲。

不期然地，她看见林跃站在阳台的洗衣机前，像准备晾晒衣服。

听闻动静，他隔着透明的玻璃门，目光冷淡地落到她身上。

南迦觉得时机还算合适，主动先发送和解的信号："抱歉，我不小心洗太久，等我吹干头发，五分钟左右吧，就向你报到。"

林跃别开脸前，轻轻点了点头。

得到回应，南迦暗暗长呼一口气。

林跃下意识打开洗衣机，里面空空如也。他不记得自己为什么站在这里。

重新关上洗衣机，他原本抿直成一条线的嘴唇不自觉松弛。

五分钟不早不迟，南迦又是准准地带上她的物品走进他的卧室。

台灯暖黄的光线一如先前的每个夜晚，温柔地覆盖在林跃的头发上，而他的作业本大剌剌摊开搁于他的手边。

南迦轻手轻脚取走他的作业本，继而前往飘窗，铺上她的毯子和抱枕，舒舒服服地趴着，开始看他的作业。

最近，她把他的书桌归还给他一个人使用，她独自享受他这间卧室的飘窗，各得其所，互不干扰。

十点半，南迦离开前把他的作业送还原来的位置。

林跃一眼瞥见作业本上又贴了张便笺。

简笔画的加菲猫表情委屈："全世界最好的同桌，我为我在教师办公室里不恰当的言辞致以最真诚的歉意。我嘴上要你不用讲义气，其实心里乐开花，并希望下次我再被老师揪到错处，你也能救救我；如果救不了，被我牵连下水也不错。哈哈哈！总而言之，超级超级感谢你今天和我有难同当！——全世界你最好的同桌留。"

"喂。"

南迦半个身体都出去了，他一喊，她只得又探回头，干干地笑："你不会是还想当面点评吧？"

林跃嘴唇微微翕动，像在迟疑，隔两秒，出声："怎么安排练习时间？"

南迦不明就里："什么练习时间？"

林跃："元旦节目。"

反应过来他的意思，南迦惊愕得有些语无伦次："你愿意……不是，你怎么——你没听老邹说吗？我们俩分数一样。"

林跃垂着眼帘："'耍赖皮'三个字太难听。"

南迦一怔。

林跃没什么表情："不需要的话，还是算你输。"

"等等！"南迦激动地招呼出手，"我这就把你拉进群里！"

第五章 / 月亮转动着齿轮般的梦

第二天，亲眼见到林跃的点头确认，黄卉才敢相信，昨晚第五个入群的人真的是林跃。

"我都已经放弃了你知道吗？没想到你竟然闷不吭声办成大事！你是我们班的大功臣啊！我一定上报英子！让她给你评个奖！"

黄卉夸张得热泪盈眶。和南迦待久了，她也偷偷喊"英子"。

南迦挑眉笑得喜庆："不敢当不敢当。"

包亨达向她请教："姐，偷偷告诉我，你怎么说服跃哥的？"

"是啊，你怎么说服的？"黄卉也万分好奇。

连张焱辉都往后靠来她的桌子，竖起耳朵。

教室外的过道，有蓝天，有阳光，有微风，还有塞着耳机单只手肘倚靠栏杆而立的冷面少年。

南迦歪着脑袋，散漫地翘起嘴角："我同桌其实挺好说话的。"

黄卉、包亨达和张焱辉面面相觑，丝毫不予认同。

林跃加入表演有个要求，就是暂时不许对其他人透露他参与元旦会演。南迦表示理解，和借她班服一样的顾虑，他图个耳根清静呗。

黄卉答应得爽快，但误会了原因："我懂的！我懂的！你同桌现在是我们的秘密武器，保密到登台那天，给所有人一个惊喜，效果炸裂！"

行吧，这么将错就错也没问题，南迦索性省去口舌。

虽然林跃参与演出的消息今天没爆，但南迦数学周考的成绩在全班炸开花。南迦再不愿意高调，也架不住老邹非要当众表扬她，更架不住田英拿她当正面教材激励大家。一天下来，她像个观光景点，迎来送往无数同学，即便她再三说明自己靠的是外挂，也阻挡不了包亨达和张焱辉转过来八百多回膜拜她。

晚上，林跃也问她借试卷，学习她最后一道题所谓独特的解题思路。

好在除此之外，林跃没对她此次的成绩发表任何看法，南迦得以继续装傻充愣，维护破得可怜的窗户纸。

群里在讨论明天的外出采风，黄卉和他们确认会合的时间与地点，只差林跃迟迟没上线回应。

南迦便帮黄卉问："明天早上八点，纪念碑广场公交总站集合，你没问题吧？"

林跃头也没抬："可以。"

南迦往群里回："我同桌说他可以。"

黄卉："哎？为什么是你替他回答？"

南迦惊觉不妥，慌乱着心跳解释："我刚私戳他的。"

黄卉："哎？既然他在线，为什么他不自己往群里回复？"

南迦胡诌："他把群消息屏蔽了，没看见。他看我既然问他了，就让我转达。"

黄卉："他这样，进群里还有什么意义？要不，干脆以后所有的通知我不算他的，只问你就成。"

南迦的脸莫名微微发起热。

林跃恰于此时走来飘窗归还她的试卷，看着她说："你的脸很红。"

南迦接过试卷，心虚地摆手，给自己扇风："空调的温度太高。"

"遥控器在书架上。"林跃转身走回书桌前。

南迦装模作样到书架前拿遥控器，一时被上面的笛子包吸引了注意力："我能看看吗？"

"随便。"林跃不咸不淡。

南迦打开包，取出笛子。

黑色的笛身修长匀称、沉稳古雅，透着股和它的主人如出一辙的气质。

南迦细细端详："你爸妈说你小学毕业后就没再吹了。"

林跃："嗯。"

南迦提议："你现在要不要练练，找找感觉？"

林跃装聋作哑。

南迦凑到他跟前："万一笛子的音不准了呢？"

林跃："半夜扰民。"

"随便试几个音？"南迦不死心。她想先一睹为快。

林跃撩起眼皮，看她两秒，接过。

南迦满心期待。

结果，林跃真的只随便吹了几个不成调的音，笛声更是充满刺耳的杂质。

南迦气笑："你又戏弄我。"

林跃隐隐翻白眼:"还没贴笛膜。"

南迦撇嘴,为他盘算道:"那明天早上集合之前,先去黄卉家的乐器行?"

"不需要。"林跃指示,"客厅电视柜右边第一个抽屉有把剪刀。"

明白他的意图,南迦帮他跑这趟腿。

她折返时,林跃已经不知从哪儿翻出笛膜和笛膜胶,一切准备就绪。

林跃伸手,南迦会意,把剪刀放进他手里。林跃埋着头,开始比画着笛子,对笛膜进行裁剪。南迦拖过椅子坐他旁边,双手枕着下巴趴在桌面观看。

窗外的树影摇晃,拂动玻璃的光斑点点。她的目光从他的手指,慢慢往上挪,掠过他的喉结、下颌、嘴唇、鼻梁,停在他沉静又专注的表情上。

不同于他做题时的另一种沉静与专注。

而无论哪一种,都深深吸引得她移不开眼。

她无意识地舔了舔唇,忍不住摸出手机,咔嚓咔嚓拍照。

林跃黑白分明的眼瞳即刻转动过来,死亡凝视。

南迦笑得坦坦荡荡:"绝不外传,现在可以发给你过目。"

林跃一副没得商量的表情:"删了。"

南迦据理力争:"别这么小气,你爸爸妈妈也说你好久没拍过照片了。"

林跃丢话:"我可以随时退出。"

南迦:"这么威胁就没意思了吧。"

林跃将手里的东西一撂,以示自己没开玩笑。

"好!好!好!我删,我现在删。"南迦不情不愿地当面操作给他看。

半个小时后,南迦回到自己的卧室,第一件事就是从云备份里把那几张照片重新下载到手机相册。

夜里睡觉,她都是笑着的。

转日,星期六,五人按计划顺利于公交总站会合,乘上开往城关外郊区的专线公交车。除去张焱辉的古筝,其余四人均携带各自的乐器。黄卉对南迦的乐器包尤为好奇,因为截至目前,就差南迦演奏什么,大家一无所知。

南迦还故意卖关子:"反正吧,我的乐器特别符合我的气质。"

包亨达第一个跳出来:"能比我和我的唢呐配适度更高?"

黄卉乐得不行:"你可别'抹黑'迦大小姐的形象。"

张焱辉也没忍住发表想法:"符合迦姐气质的乐器,应该是西洋乐器。"

黄卉摊手:"我很确定我们搞的是民乐。"

南迦将自己背的一大包零食分享出去："来，谁吃得多，重重有赏！"

四人跟出门郊游似的，热热闹闹，显得独自坐在最后的林跃孤零零的。

南迦可以陪他安静，就像每天晚上在他卧室里写作业时那般。但眼下她只想把他一道拽进这热闹里。遂和黄卉打了声招呼后，她暂时换到他身侧的空座，将拆开的一包薯片、一瓶青柠味脉动一并递到他跟前。

林跃从车窗外收回视线，微微蹙眉，摘掉一只耳机，拒绝："不用。"

南迦压低声："给个面子吃一点吧，我的书包实在太沉了。"

林跃不近人情："活该。"

南迦抖了抖薯片："对啊，我可太活该了。好同桌，你就帮帮我吧。"

目光触及她的笑脸，林跃微抿一下唇，接过饮料。

"不喜欢薯片？"南迦打开她的书包，"你瞧瞧有没有其他合你口味的？"

似是为了让她闭嘴，林跃把薯片也接过。

南迦赶忙朝他抱拳："救人一命，胜造七级浮屠啊。"

这之后，南迦也没回去黄卉身边，黄卉就坐她前面，能转过来和她说话，一点也不影响她和他们仨继续喋喋不休。

林跃依旧不主动插话，但她发现，他没再把耳机塞耳朵里。

看来，这对他来说是愉悦的嘈杂？南迦悄然判断。

五人一直坐到末站。

乡野的小车站杂乱无序，好几个开黑车的大叔过来车门口问他们上哪儿。

南迦翻出金瘦猴的手机号码，刚拨通，便听有人高喊："妹妹！妹妹！这里！"

两只瘦猴的发色惹眼而招摇，循着动静一眼能瞧见他们土霸王似的气焰嚣张地开道，原本熙攘的人流自觉让出一条路，人高马大的唐炜径直朝她而来。

黄卉兴奋地抓起南迦的胳膊直晃动："哇，原来传言是真的吗？你以前真是'社会姐'？每天等在校门口的真是你的小弟啊。"

包亨达和张焱辉的脑海中浮现第一次见南迦的遥远记忆，猛一激灵，紧张地挨一起，牢牢抱住各自的包。

南迦笑喷了，索性抖落出大姐大的桀骜架势，问唐炜："等多久了？"

"不久。"唐炜的反应巧合地接住了南迦的戏，"包给我，我帮你拎。"

紧随唐炜身侧的两只瘦猴也朝黄卉伸手："同学，你的包也给我们。"

包亨达和张焱辉觉得他们像打劫的团伙，拉着黄卉退避三舍。

南迦弯唇，不再逗他们："走啦，他们是我哥和我哥的朋友，来接我们的。"
　　唐炜拎包的手一顿。这是他第一次听她在外人面前介绍他是她的哥哥。
　　林跃闻言亦轻轻瞟南迦一眼。
　　唐炜专门借了辆面包车，他开车，黄瘦猴坐副驾驶座，金瘦猴守在后面的车门处，整个布局仿若五位学生遭遇三位社会青年的绑架。
　　身为社交能手的黄卉很快和金瘦猴聊上。包亨达和张焱辉的神经则松弛不下来，即便南迦告诉他们，他们经常吃的鸡蛋灌饼，就是她从唐炜的摊车买的。
　　手机里进来短信，南迦划开屏幕。见显示的是林跃的号码，她下意识地转头，和后座里林跃的视线无声地碰撞在一起。旋即，她低下头，点击短信。
　　林跃只发了个标点符号："？"
　　南迦懂得他的意思，回复道："对，我们采风的村庄是唐炜他们家。他说他家附近还有没收割的稻田，我就和他约好今天带你们过来。"
　　那天她问完唐炜，唐炜回答时稍微犹豫，先告诉她哪里有，隔一会儿唐炜才补充，村庄所在正是他家。她顿时明白唐炜为何犹豫。
　　既然都见过了唐炜和唐国强，自然没必要再去唐家看一看。可当时的状况，她总不能因此就问唐炜还有没有其他地方。
　　于是，南迦爽快地定下了采风的地点，并主动拜托唐炜给他们五人当向导，才有了今天唐炜和两只瘦猴的全员陪同。
　　唐炜其实已经不太回这个家。而他昨天回来是为今天的行程提前做准备，确认唐国强不在村里他才放心。
　　一行五人直接被拉去田野，路况变得不好，唐炜带他们下了面包车，换乘一辆拖拉机，由两只瘦猴负责在田间的小路驾驶，其余人统统坐后面的露天车厢。
　　晴空万里的冬日，冷冷的风将小路两边成片连天金灿灿的晚稻吹出此起彼伏的稻浪，谁也不觉得冷，只觉得不能辜负眼前的美景。
　　包亨达和张焱辉甚至忘记了对唐炜的忭意，张焱辉取出单反相机拍照片，包亨达吹起了唢呐为大家助兴。
　　"百般乐器，唢呐为王"委实不假，吵得黄卉直捂耳朵："你能换首曲子吗？不知道的还以为我们这辆车办红白事。"
　　南迦也忍不住手痒，打开乐器包的拉链。
　　黄卉首先发现，立刻招呼大家安静："我们迦妃终于要揭晓她的神秘家伙了！"

霎时，所有人的目光集中到她身上，包括林跃和唐炜。

南迦不再吊大家胃口，故作隆重地咳了咳，摸出口袋里的黑色圆片墨镜戴上，然后亮出乐器包里的……二胡。

在他们万万没想到的眼神中，南迦架起琴弓，手指按着弦，当即拉了两个音。

黄卉惊喜："这是在喊我的名字？"

南迦笑笑，又拉动两个音。

包亨达开心举手："我的！我的！这回是我的名字！"

继而张焱辉也等来了南迦用二胡拉出他的名字，紧接着是唐炜。

最后，南迦弯着唇，透过墨镜的黑色镜片看着林跃，同样拉了两个音。

包亨达狐疑："哎？听起来怎么不像跃哥的名字？"

黄卉也困惑："好像也不是'同桌'？"

南迦从林跃脸上明晃晃挂出的"无聊"两个字，确认他听懂了，是："表——哥——"

前面的金瘦猴倏忽转过来好奇地说："我听着像是'老公'？"

唐炜气汹汹地一巴掌呼上金瘦猴的脑门："再胡说八道我抡你到地里起不来！"

包亨达和张焱辉吓得又抱作一团瑟瑟发抖。

黄瘦猴帮着教训："炜哥消消火。这小子最近在 QQ 炫舞里和一女的打得火热，天天'老公''老婆'地喊来喊去，连昨晚老鼠的吱吱叫都能听成人家喊他'老公'。"

黄卉快笑趴下了，一点不给南迦面子，只因顾忌林跃的冷脸所以伏在南迦的肩上憋得颤抖。

南迦庆幸自己整了副墨镜，多少能遮掩她眼里的情绪。她迅速又拉出好几个音，配合她自己学机器人的讲话："怎样？二胡是不是特别符合我的气质？"

这下包亨达和张焱辉禁不住跟着黄卉一起笑。

刻板印象中，二胡一般拉出的都是凄凄惨惨戚戚的音色，可在南迦手里，没有一首曲子不是悠扬欢乐的。拖拉机开一路，她用二胡演奏的流行乐曲也流淌一路，黄卉挽着她的臂弯，清亮甜美的歌声沿途飘荡。

天气好晴朗，处处好风光。

拖拉机停下后，几人去到田野，走在乡间的田埂上。

南迦帮黄卉一起拿收音器材，收集鸟叫蛙鸣、细涓淅沥、风过林梢吹麦浪等大自然灵动的声响,包亨达帮张焱辉带着三脚架陪他四处拍照和录像。

林跃则和唐炜及两只瘦猴留守大本营——一块已经收割过的地里。

两只瘦猴搭土灶烤红薯和叫花鸡,林跃偕同唐炜串烧烤串。

"不介意我抽根烟?"唐炜烟瘾重,方才忍了一路。现在说是征询林跃的意见,实际上问话的同时,他已经掏出烟盒和打火机。

林跃却不冷不热道:"介意。"

唐炜狠狠噎住,看在林跃还是个学生的份上,忍气吞声地蹲到远离林跃的下风口处再点烟。等抽完,走回去,他问:"南迦一直说的亲戚家,是不是就是你家?"

林跃置若罔闻。

唐炜冷笑:"不用否认。虽然南迦没透露过,但我两只眼睛不瞎。"

林跃不予理会。

唐炜直言:"像你这种小小年纪装深沉,成天自以为能招小女生喜欢的人,我从前见一次揍一次。因为南迦我才没动手。不过我警告你,别欺负南迦,更别对南迦有非分之想,否则我打断你的腿。"

林跃终于转头看他:"没人对她有非分之想。"

撂下手里的烤串,他扭头就走。漫无目的地七拐八绕,不知不觉穿行到成排的凤凰木间,林跃回过神,放眼往田野间张望,想找找包亨达的方位。

耳朵里忽然捕捉到细微的二胡的乐声。他寻过去,发现了南迦的身影。

她面朝河水独自坐在一株凤凰木下的草地上,周边纷纷扬扬掉落凤凰木红艳的花瓣,而她拉的是《虫儿飞》。

今天唯一一首舒缓的曲子。不算轻快,林跃也没听出伤心难过,他感受到的是浓浓的思念。思念谁?他莫名记起,翁云曾不经意提过一嘴,南迦的妈妈几年前心脏病去世了。

一曲终了,南迦未再演奏其他曲目,又用她的二胡说话,边说,她自己边笑。

林跃静静靠在树后面,不知道她在说什么,更不知道她在笑什么。

他只是觉得,如果她刚刚真的是在思念她的妈妈,那么现在可能也是在和她的妈妈对话。

"迦妃!迦妃!迦妃!"黄卉的叫喊隐隐传来。

南迦停下和二胡讲话,起身往声源处跑:"来了!来了!来了!"

她今天穿的又是那件橘黄色卫衣,卫衣帽子这会儿估计因为河边的风吹着冷她戴起来了,使得她跑起来的样子更像一只蹦跶的橘色加菲猫。

林跃在南迦跑远之后准备原路折返,冷不丁注意到不远处另外一株凤凰木的后面,张焱辉对着南迦的背影腼腆地收起单反相机。

半个小时后,全部人汇聚在大本营野餐。

两只瘦猴的叫花鸡非常受欢迎,最先被大家分干净。唐炜的烧烤手艺也大受好评。南迦啃得停不下来,建议唐炜可以在清荣一中校门口多加一个烧烤摊车。

黄瘦猴点头道:"妹妹的主意好,鸡蛋灌饼的生意不太好,烧烤能再补贴点。"

南迦早就发现唐门灌饼的生意比起巷子里的其他摊位要差,此时她借机委婉地道破天机:"问题绝对不在你们的手艺。我觉得吧,你们如果能换个形象,生意应该会比现在好很多。"

包亨达和张焱辉在心里默默认同。唐炜和两只瘦猴的模样过于社会,让人看着怪害怕的,生意能好才有鬼。

黄卉一心盯着肉,说:"我现在相信他是你哥了,烤的串大半偏心到你的盘子里。"

南迦笑着给黄卉、包亨达和张焱辉分去些:"来,本宫雨露均沾!"

林跃低声问张焱辉:"单反相机借我看看。"

素来冷面寡言的林大神难得主动和他搭腔,张焱辉受宠若惊,毫不迟疑地奉上。

南迦恰巧正分肉到他的盘子里,张焱辉忙着接,也一时顾不上留意林跃看了些什么。等吃完南迦给的串,突然想起今天的许多镜头都非常具有偏向性地集中在某个特定的人身上,他才有些慌乱。

不过林跃还回单反相机时,并没有特殊反应,张焱辉打开相机确认照片的翻看记录停留在田园风光上,长松一口气。

唐炜最新烤的一盘肉,南迦补送给刚刚没能雨露均沾到的林跃。

林跃发现唐炜的目光立刻飘过来。之前的那句警告浮上心头,他轻轻地皱起眉。

南迦晃了晃盘子:"怎么了?"

"没什么。"林跃垂眼,没接盘子,"我饱了。"

饭后的安排主要是采集大家入镜的照片,用作后期素材。

摄影师自然依旧是张焱辉。

若非包亨达的疯狂爆料,谁也想不到平日里胆子小小、总爱抱本高中语文基础知识手册的张焱辉，课外业余活动十分丰富，不仅是摄影爱好者，而且是古风爱好者，活跃于清荣市学生群体的摄影圈和古风圈。

南迦很难不对张焱辉刮目相看。她当初在群里随手一呼，竟招来个宝。

既然专业摄影师在场，黄卉便不客气，抱着琵琶拍完后，又拜托张焱辉额外给她拍几张个人写真。

排在黄卉后面的南迦不着急，等着黄卉慢慢拍。这是临时决定加的，她担心林跃不同意，忙着和林跃打商量："同桌，要不给你设计个背影的造型怎样？"

不露脸，他总行吧？

以为得多磨几轮，哪料林跃直接点头："可以。"

南迦惊喜，趁他现在口风松，又说："你笛子给我一下。"

"干什么？"林跃朝她伸手。

南迦一通捣弄，须臾，将笛子还他，笛尾处多出一串红色的笛穗。

昨天晚上看他贴笛膜时，她觉得光溜溜的笛身缺个伴儿。回屋后，她从一枚书签上把流苏吊穗拆解下来。现在系到他的笛子上，正合适。

"这样看起来醒目多了。"南迦越瞅越满意自己的杰作。

林跃无奈。

南迦预先为自己找台阶："你不喜欢的话，拍完照片再取下来。"

林跃不置可否。

而拍照结束后，南迦留意到，林跃直接把笛子塞进包里，也不知是不是打算等回家后再处理——无论如何，吊穗能在他的笛子上多待一会儿，她很开心。

拖拉机载他们从田野间离开时，晴朗的天气转了阴，风刮得人脸疼。南迦裹着薄薄的毛呢外套，将卫衣帽子的帽绳拉得一紧再紧，仍瑟瑟发抖。

本以为南方的冬天怎么都不可能比北方的冬天可怕，清荣却再一次残酷地教她做人，原来南方的冬天更恐怖，湿冷是深入骨髓地一股脑往人身体里钻。

张焱辉弱弱地说："迦姐，我的外套借你吧。"

林跃的目光比南迦的眼睛更快地飘向张焱辉。

紧紧依偎着黄卉的南迦摇头："可别，你冻着和我冻着没区别。"

唐炜今天穿的是套头衫，没法脱下来给南迦穿。两只瘦猴想立个功，唐炜嫌弃他们的衣服脏，只催促他们加速。

幸而路程不长，很快一行人从拖拉机换回面包车里。

驶往车站的途中，唐炜停车为他们每人买了一杯热奶茶。

碰巧，奶茶店是文念念家开的，这会儿负责看店的人正是文念念。

两只瘦猴嘴快地说了南迦在车里，南迦只得摇下车窗和文念念打一声招呼。

"你们这是……"文念念见到满车的人十分惊讶，尤其发现传闻中孤傲冷僻不合群的林跃也在时。

"来郊游！"黄卉抢答，悄悄扯南迦的衣角，生怕暴露"秘密武器"。

南迦附和："嗯，郊游。"

文念念笑笑："我以为你回唐炜哥家。"

南迦确实猜测过唐炜今天会不会带她去家里坐一坐。

唐炜闻言接过茬："我家那破房子有什么好去的。"

抵达车站，唐炜送她至车门口才把她的书包递还："回到家里记得发条消息。"

南迦接过书包："今天谢谢你们。这里特别漂亮。"

唐炜的神色有丝复杂："当作观光景点就够了。你没生活在这里是好事。"

话虽如此，南迦并未感受到他对这里的厌恶。

唐炜扬下巴："快上车，别杵着吹风。"

南迦欣然道别："星期一见。"

返程时这辆车的空座不如来时多，也比较零散，为方便聊天，大家占了最后一排，恰好五个位子，彼此不用分开。

但事实上，大家都累了，车子开动没多久一个个陆续睡着，根本没精力再说话。

林跃一如既往塞耳机靠窗而坐，盯着窗外不断掠过的风景，偶尔低头刷个手机。右边肩膀有重物压上来时，他正被瞿闻宣质问今天为什么没和他们一起打球。

熟悉的淡淡馨香再次涌入他的鼻息，他的右边脸颊也突然被撩得微微发痒。

他扭头，少女蓬松乌黑的发顶映入他的眼帘，翘起的碎发充满稚气。

林跃陷入几秒钟的愣怔。愣怔过后，他转回视线到车窗外，什么也没做。

南迦是因为右边肩膀酸痛，所以睁开困顿的眼皮查看情况。

确认酸痛的缘由在于黄卉歪斜到她的肩膀上，她闭眼继续睡。顷刻，迷迷瞪瞪地意识到自己也舒舒服服靠着什么东西，她又好奇地稍稍往自己的左手边仰头。

这一看，南迦整个人顿时清醒，浑身僵硬得不敢轻举妄动，独留狂乱的心脏在胸腔蹦跳。她紧紧闭上眼睛，假装自己只是睡梦中无意识地动了一下。

等待心跳平复的过程是漫长的，但她的决定是果断的，果断地就这么继续靠着他睡。虽然，她已经完全睡不着了。

直至公交车报出他们要下车的终点站，南迦察觉黄卉从她的肩膀上起来，才借机揉着眼睛佯装刚醒，瓮声问黄卉是不是到了。

"好像是到了。"黄卉人还迷糊着，打着哈欠，去推同样还在熟睡中的包亨达和张焱辉。

南迦也顺其自然地转向自己左手边的林跃。

阴影半遮住他的眼，他侧脸的弧度如同精雕细琢的石膏像，冷白皮在车厢内的灯和车窗外炫彩霓虹的共同作用下仿若会反光。

第一次目睹他的睡颜，南迦一时间舍不得唤醒他。

林跃倒有所察觉似的，自行睁开了眼。

南迦莫名感觉心虚，道："我正想喊你，马上到站了。"

下车后，五人分道扬镳，包亨达和张焱辉回学校，黄卉回乐器行。

迟迟等不来回家的公交车，南迦躲到公交站牌后："车来了喊我，我避避风。"

林跃脱下外套丢给她："我打电话给我爸了，他会来接我们。"

南迦抱着他的外套，手里感受着暖意，想还他："别了，你穿得也——"

"我比你抗冻，也没你体质弱。"林跃垂眸刷手机，屏幕荧光映照他寡淡的表情，"你如果生病，首先受累的是我爸妈。"

南迦不再推托，利索地穿上他的外套，为自己辩白："我体质不弱。"

林跃："嗯。不弱。也就一个月内感冒两次。"

南迦噎了噎，嘟哝："不是我身体的问题，是清荣的天气和我有仇。"

林跃朝她掀一下眼皮："拉链。"

"怎么还带检查的……"南迦边嘀咕，边从善如流地将他的棉服拉链一拉到底。

外套宽大，立起的领子不仅能遮住她的下巴，她稍稍一缩脑袋，她的嘴巴也能藏进去。嗅着鼻息间满满属于他身上的清冽味道，她包裹在卫衣帽子里的耳根悄悄红了个透。

然而南迦还是不可避免地感冒了，感冒还和她缠缠绵绵至平安夜都没能痊愈。

平安夜时逢周六，当天下午他们如常在黄卉家的乐器行集合。

黄卉家的乐器行除去售卖乐器，也对个人开办乐器入门的课程，因此有个小房间留作练习室，这段时间被黄卉征用。

学校里没有专门的音乐室能供他们排练，即便有，揣着林跃这个"秘密武器"，也不适合公然排练。他们干脆平时认认真真上课学习，到周末两天再集中抽时间为会演做准备。今天只排练了一个小时，黄卉便提议要不要一起过节。

"这个可以有。"南迦积极附和。方才一路走来，满大街浓郁的圣诞氛围，她非常心动，本就盘算好等排练结束四处逛一逛再回家。

张焱辉举手同意后，包亨达也没有犹豫了。

最后，四人齐刷刷地看向林跃，由南迦负责开口："同桌，你不要缺席。这是我们的团建，和之前外出采风一样的性质，有助于加深我们相互之间的了解，合奏的乐曲会更默契。"

林跃毫无波澜的表情仿佛在说"我就静静地看着你还能胡诌出多少鬼话"。

黄卉憋住笑带头捧场："对极了！"

包亨达："就是！就是！"

张焱辉："嗯！嗯！嗯！"

南迦看回林跃。林跃默不作声地朝他的包迈步。南迦失望，以为他这是要自己先回家，却见他将笛子装进包里之后，转头看向他们："还不走？"

几人回神，迅速收拾各自的乐器。

南迦的动作最快，第一个跟随林跃走出练习室。

他们五个人之中，林跃的笛子携带最为方便，所以只有林跃没有把乐器留在乐器行，每次排练带着来又带着走。此时他的包拉链没拉严实，系于笛尾的红色笛穗吊在包外面，随着他的步伐轻盈地晃动，看起来倒成了他包上的挂饰。

南迦的心好像被吊穗的流苏轻轻扫动，嘴角抑制不住地愉悦上扬。那天系上之后，他没有再摘下来，她没问他是忘记了，还是觉得继续挂着也不错。

她怕一问，反倒提醒他处理掉。

离开乐器行所在的六楼，五人乘电梯下到最热闹的一楼。

许多商家在搞圣诞活动，有些只需扫个码就能免费拿到小礼品，南迦和黄卉很快一人领到一只圣诞专属的鹿角头箍。

包亨达感兴趣的是投篮赢奖品，一分钟内进球数量最多的人可以挑选商家准备在奖台的任意一件奖品。

他和张焱辉想赢得其中一棵圣诞树装饰宿舍，助力本学期文明宿舍的评比。

南迦和黄卉凑个热闹，没进几个球，包亨达和张焱辉的投篮技术也一般，同样遗憾地被同组的参赛群众杀个片甲不留。包亨达和张焱辉锲而不舍第二次参赛时，南迦将目标锁定在始终旁观的林跃身上。

"同桌……"她笑眯眯地凑到他旁边。

林跃连开口的机会都没给她："不去。"

"为什么？"南迦尝试说服，"你不是最喜欢打篮球吗？最近你周末总和我们排练节目，减少了打球的时间，现在补偿给你。"

"能一样？"林跃轻嗤，"无聊。"

南迦叹气："你帮帮亨达和焱辉吧。"

林跃微抿一下唇："你很在意他们？"

南迦觉得他这话问得古怪："都是友好亲切的同学，我当然在意他们。而且亨达和焱辉从我第一天来一中就特别照顾我。"

说着，她将私心不动声色地夹杂其中："凡是待我好的人，我都在意。包括黄卉，包括表姑和表姑丈，还包括同桌你。"

林跃的思绪落在"凡是"和"都"，心里起个小疙瘩。

小疙瘩出现不过一秒，又随南迦的下一句话消退："同桌你是最好的。"

南迦头上箍着鹿角，背后是商场装饰的一株足足五米高的巨型圣诞树，满树悬挂的繁复彩灯闪闪发光，映得她眼瞳亮得分明，笑靥别样灿烂。

林跃静静注视她，薄薄的嘴唇微微翕动，最终抿回成直线。

眼瞧他默不作声地走到新一组参赛群众的队伍末端排起号，南迦欢欣至极，迅速打开手机的摄像功能。

虽然她料定林跃毋庸置疑将胜出，但能打破截至目前全部参赛人员的最高投球纪录，依旧是大大的惊喜。从他百发百中的第二十个球开始，连经过的人都驻足观看，还有人给林跃吹口哨，甚至怀疑林跃是专业选手。

黄卉揪着南迦的手臂忍不住随在场的几位小女生一起尖叫欢呼，南迦也一度激动得手机拿不稳。

其间，出球速度赶不上林跃的投球速度，篮球数量也太少，林跃被迫停下来等球滚回他的面前才继续投。最后统计出林跃一分钟内连续进球48个，南迦没好气地吐槽商家："你们的投篮机有问题，否则我同桌能拿到更好的成绩。"

商家特许林跃可以挑选两件奖品。

包亨达和张焱辉兴高采烈地把小圣诞树领走："感谢跃哥！跃哥威武！"

南迦摩拳擦掌，做好帮林跃跑腿领取奖品的准备："同桌，你喜欢哪个？"

林跃表情淡淡地道："都没兴趣。"

"可还有一个奖品的名额，不要白不要，别浪费啊。"

"送你们。"丢出话，林跃兀自循着标志牌前往厕所洗手。

等洗完手折返，他发现黄卉抱着圣诞老人公仔蹦蹦跳跳，再瞥一眼两手空空的南迦，他微不可察地皱了皱眉。

黄卉开开心心地学着包亨达向林跃道谢："谢谢跃哥！跃哥威武！"

南迦察觉他好像不如方才高兴，在大家乘手扶梯前往商场二楼时，她故意落后面，站在比他高一级的梯级上侧过身问他："洗手的时候遇到厌烦的嘈杂了吗？"

林跃否认："没有。"

难道是直觉出错了？南迦不再追问，决定说点有趣的事情："你不觉得黄卉抱的那只公仔长得和她很像吗？我们刚刚选择困难症，不知道该兑换哪件礼物，主持人向我们推荐了圣诞老人。当时主持人举着圣诞老人挨在黄卉的脸旁边，真的就像是照着黄卉的样子黏上白胡子和红帽子，全部人笑得肚子疼。"

林跃丝毫不感兴趣的样子，轻扬下颌示意她电梯到顶了："看路。"

他不提醒还好，一提醒，南迦条件反射地盯着脚底下逐渐收缩变平的梯级，眼睛突然有点花，愣是在踏板上绊了一下。

林跃抓住她的手腕，带着她一起平稳地走出梯级后，迅速松开："让你看路。"

被抓的明明是手腕，发烫的却是南迦的脸，她语气故作无奈："等下回家，我又得发你一张感谢卡。"

林跃："嗯，快集齐九张了。正好够我用。"

南迦愣怔住："你终于要用了？"

林跃睨她："不用，等着满三个月，丧失我的主动权，接受你的安排？"

南迦突然生出些许紧张和忐忑："我怎么有种不祥的预感？要不你先给我透个底，让我有个心理准备。"

林跃竟然吊她胃口："你猜。"

二楼和三楼的活动比一楼少，多是商家做的圣诞促销，对于他们这样的学生而言吸引力并不大。而黄卉的爸妈有事打电话喊黄卉回家，所以五人又晃荡了半个小时，便不得不遗憾地结束"团建"。

包亨达和张焱辉带着小圣诞树从商场东门出去打车。南迦和林跃要去位于商场西门的公交亭。途经先前投篮机的活动区域时，林跃打算再参赛。

南迦不明就里："为什么又玩？"

林跃没回答。

由于他已经赢过一次，主持人不允许他再报名。

林跃沉吟片刻，想出办法："你还没赢过。你去。"

"我水平多烂你没瞧见吗？"南迦怀疑他故意想看她笑话。

林跃："瞧见了。"

南迦无语，不带他这么损人的。

林跃："没到无法挽救的地步。我教你。"

南迦："啊？"

但林跃的教学很快宣告失败，因为主持人盯他很紧，他没有手把手教南迦的机会，而他口头上的讲述南迦根本无法掌握，毕竟这不是做题，讲清楚解题思路她就能无师自通。

见他似乎非常执着要再玩一次，南迦心里生了主意，单独拉主持人到一旁商量："小哥哥，我花钱向你买一次投篮的机会可不可以？"

主持人倒抽一口凉气："你还是学生吧？小小年纪就学大人花钱解决问题？"

南迦腹诽，诚恳地双手合十："拜托拜托，我也是实在没办法了。要不你说怎样才能允许我同学再玩一次。"

主持人眨眨眼："那不仅仅是你同学吧？"

南迦干巴巴地咳嗽："不不不，他只是我同学。"

主持人的神色充满意味："那就是你喜欢他。"

南迦坚决否认："没有。"

"那算了。"主持人扭头要回去控场。

南迦忙不迭拦住他："拜托拜托。"

主持人笑道："好吧。"

林跃倏地绷着他一贯的冷面走过来，拽她的卫衣帽子："算了，回家。"

南迦捉住帽子上他的手："同意了！可以投了！你快再去玩一次！"

林跃轻轻皱起眉，似想说什么。

南迦怕主持人反悔，迅速将林跃往投篮机的队伍推。

结果毋庸置疑，林跃又是第一，而且比他之前一次多投出两颗球。

南迦笑着迎上前："怎样？过瘾没？"

林跃没吭声，主持人喊他们挑选奖品，他说："名额送你。我去洗手。"

南迦乐得不行。人家是为了奖品参加投篮比赛，他倒好，只为多玩会儿篮球。

奖品比起刚刚增补了新东西，眼花缭乱，南迦再次陷入选择困难症。主持人殷勤地向南迦推荐一对情侣陶瓷娃娃,南迦直摇头,恳求主持人别再乱讲话。
等林跃洗手回来,她也没挑出个结果,只好求助:"同桌,你快帮我选一样吧。"
林跃看着满台面的物品,少时,目光锁定一颗水晶球。
水晶球本身没有多特别,球里镶嵌一座白雪皑皑覆盖的烟囱小木屋,屋后种两棵圣诞树,屋前堆一个雪人,门口延伸出的石子路上圣诞老公公驾着麋鹿雪橇。
林跃关注的是,水晶球的底座画着小木屋里的情景:壁炉照亮的温暖室内,一只辨不出品种的猫咪蜷缩在地毯上慵懒又怡然地呼呼睡觉。
南迦追寻他的视线,当机立断将水晶球收入囊中:"就它了!"
等公交车的空隙,林跃问:"你怎么说服主持人的?"
南迦圆圆的脑袋裹在卫衣帽兜里。闻言,她挑起眉尾,眨巴眨巴眼睛:"我说我身患绝症,命不久矣,死前最大的心愿就是看你再玩一次投篮机。"
林跃无言以对。

回去后,两人发现家里的客厅也安装了一棵圣诞树,点缀着许多圣诞元素。
原来下午林明理在超市采购时中奖,奖品便是这些圣诞物品,秉持着物尽其用不浪费的原则,林明理全部装饰起来。
翁云不太能忍受家里乱七八糟的,说了两句,要求林明理过了周末必须把家里还原。林明理好脾气地一一应下,然后背对着翁云,朝南迦和林跃无奈地摊手耸肩。
虽然林家没有过圣诞的传统,但南迦为他们准备了圣诞礼物——送林明理的按摩椅和送翁云的家用跑步机,按照她早些天的预订,准时在晚饭后的七点半钟由快递员送货上门。
南向东资助的,同时也代表南向东的心意。
林明理和翁云喜出望外,打电话给南向东,责怪南向东太客气。
南迦啃着林明理专门买的平安果,将她用积攒的零花钱买的礼物悄悄交到林跃手里。林跃拒绝接收:"我没给你准备。"
"怎么没有?"南迦弯起眉眼,"水晶球就是你送我的圣诞礼物。"
没等他再反应,她迅速走人:"别辜负我爸爸的一片好意。"
林跃带着礼盒回他的卧室,坐到书桌前拆解包装。
两款耳机,一款无线蓝牙,一款头戴式。

他捡起夹于礼盒中的卡片。简笔画加菲猫笑脸盈盈:"全世界最好的同桌,圣诞快乐!祝福你永远拥有享受嘈杂和安静的自由!"

对门的房间里,南迦趴在床上,轻轻倒转水晶球。

细碎的雪花纷扬飞舞,映衬她清甜的笑容。

元旦文艺会演在 30 号,星期五。

全班大部分同学都会参与表演。因为要彩排,下午的课基本废掉,南迦和黄卉教同学们晚上如何在台下与台上的他们进行互动,田英从旁拍照,记录继运动会之后的又一次大型集体活动。

感冒尚未痊愈,南迦很快嗓子发哑,只好让黄卉继续带大家走流程,她去休息。班里的桌椅全部往墙边整合,留出中间的大片空地便于活动,她和林跃的桌子因此紧贴教室后面的黑板。回到座位看见林跃的胸口被桌子抵着,南迦感到有些好笑,帮他把前面包亨达和张焱辉的桌椅移出去些。

正在刷物理卷子的林跃抬眼看她一下。

南迦拧开保温杯喝几口水,疲倦地趴在她叠于桌面的小沓书堆上,面朝林跃的方向。自从发现这种姿势非常利于偷看,她经常干。次数多了,她胆子越发大,偶尔连眼睛也不眨,假装望向他那边的窗户。

干净、清隽而优秀的少年,什么都不用干,只是坐在那里,她便心动不已。

林跃写完一张试卷,如常递到她面前,兀自换下一份。

南迦抓起林跃那边的一支笔,人也不坐直,漫不经心地用下巴抵着桌面,懒洋洋地开始抄。抄得太投入,连田英驻足在她桌子旁边都没发现,田英说道:"做物理啊。"

南迦惊得笔尖在卷面刺了个小口,她强装淡定:"是啊,物理,贼难,不参考我同桌的答案,我连题目都看不懂。"

田英大概天生不忍心严词厉色批评学生,只轻轻拍拍她的后脑勺,就回去继续为大家拍照。

田英一走,南迦立刻扭头:"英子过来时你是不是看见了?"

林跃承认:"嗯。"

南迦幽怨道:"你的仗义哪儿去了?怎么能不提醒我?"

林跃说:"你不是喜欢加深老师对你是学渣的印象?"

不带他这样动不动要戳她窗户纸的……南迦被噎得灰溜溜不敢再接茬。

窗外冬日暖阳正盛,林跃嘴角隐约泛笑。

临近下午四点钟,南迦和黄卉、包亨达、张焱辉先去礼堂参加会演前最后的彩排。

彩排结束约莫五点半,四人前往后台。后台很小,且乱哄哄的。高二年级的学长学姐们有去年的经验,根本没在这时候来挤,各自找其他地方化妆、换装。而高一年级参演人数多的班级也在教室自行解决服化道。

南迦和黄卉见状也打算带包亨达和张焱辉另寻他处,正巧碰见文念念。

文念念是学生会的干事,今晚被分配到后台负责维持秩序。她瞧出他们的难处:"不介意的话过来和我们班同学一起吧。我们这里已经化好妆了,有空位。"

南迦用目光询问黄卉的意见,黄卉点了头,她便应下。

文念念所在的七班准备的节目是三位女生的舞蹈,他们一行人过去时,三位女生的表情看起来有些不满,但到底没说什么,腾出座位给他们。

南迦先给黄卉化妆。听到文念念被七班的三位女生呼来唤去不断跑腿,南迦心里不太舒服,将文念念喊到自己身边。

文念念抹着汗问:"要我帮什么忙吗?"

南迦朝一旁的沙发努努嘴:"你坐那儿就行。"

领悟她的好意,文念念小声道谢:"其实没关系的,她们穿着演出服不方便,我不是在帮她们,只是在帮我自己的班级。"

正被南迦画眼线的黄卉睁开单只眼睛:"我们迦姐说什么就是什么。"

南迦敲黄卉脑壳:"别乱动。也不怕我把你弄成花脸猫。"

文念念忍俊不禁:"你们感情真好。"她的口吻带着少许落寞,"以前我和唐欣还能一起上学时,也像你们,喜欢相互开玩笑。"

两人接触以来,文念念第一次在她面前主动提及唐欣,南迦不知该如何接茬。

不知情的黄卉补了南迦沉默的空当:"唐欣?谁?也是你们七班的?"

文念念意识到不妥,飞快地看了一眼南迦,转移话题:"我给你们买几瓶水吧。"

但文念念刚走出两步就被迎面的人撞得跌倒在地,南迦连忙去扶。

撞人的女生阴阳怪气地道歉:"对不起哦,我们不是故意的。"

呵,老熟人,正是期中考作弊的那两位。南迦还注意到,她们道歉时看的不是文念念,而是朝着她,神色间挑衅的意味昭然若揭。

不难猜测,她们恐怕已经知晓,当初为文念念做证的人是她。

换完演出服的包亨达和张焱辉走过来:"迦姐,怎么了?"

南迦轻哂:"没什么。"

两位女生去到其他位置和她们的同班同学会合。

黄卉担忧地问:"你不会和她们结梁子了吧?"

"别管她们。"南迦面色不豫,旋即瞥向文念念,"你手擦破皮了,去处理一下吧。"

文念念和那日在考场里一样,抹眼泪的速度赶不上掉眼泪的速度,笑得很努力:"没关系,等会儿找个创可贴就行。不好意思,又给你添麻烦了。"

南迦并不想多管文念念的闲事,然而黄卉嘴快:"你是不是经常被她们欺负?"

"没有。"文念念否认,离开后台。

南迦摁着黄卉回椅子里继续化妆,黄卉小声和她聊起来:"你可能不太了解,刚刚那两位是留级的学姐,是出了名的刺头,和她们结梁子没好处。"

南迦戏谑道:"我自己就是'社会姐',还怕她们俩刺头?"

黄卉也玩笑道:"对啊,你哥还是'社会哥',再不济你向你哥告状。"

须臾,文念念重新出现,手臂贴了创可贴,并帮他们每人带了一瓶矿泉水。

南迦正由黄卉帮她化妆,眼睛没睁,问文念念多少钱。

文念念的声音硬邦邦的:"不用给,几块钱而已。"

南迦不强求:"那谢啦。"

黄卉、包亨达和张焱辉也纷纷道谢。

文念念低声与南迦澄清:"不是我告诉她们的。"

南迦当初选择帮文念念时也没在意这些,闻言她只是礼貌地笑笑:"嗯。你也别放心上,我不怕她们找我麻烦。"

田英来后台时,南迦刚化完妆。

田英竟细心地记挂他们四人的晚饭,带来了小面包和牛奶。黄卉感动得不行:"压根儿忘记吃饭这回事,差点饿死,还想着该打电话喊谁帮我们买。"

田英没揽功:"我不知道你们没吃饭,是林跃提醒我的。"说着,她分别扫过南迦、包亨达和张焱辉,既欣慰又高兴,"看来林跃和你们挺熟的。"

南迦心头一暖,手机里点开和林跃的消息框:"呼叫全世界最好的我的同桌。"

各班同学现在已经全部入场,就坐礼堂的观众席,她估计林跃也正在观众席里无聊地刷手机,所以他才回复得很快:"?"

南迦："舞台的打光会让人面色惨白，为了效果，我要求亨达和焱辉化点妆。"

不用她讲明白，林跃便明白她的言外之意，冷漠拒绝："做梦。"

南迦完全能想象他此时此刻的神色。

"怎么笑那么开心？"田英忽然望过来。

"刷到一则冷笑话！"南迦低调地收敛自己的面部表情。

她故意回复："不用做梦啊，亨达和焱辉都同意了。"

紧接着，她再次发："咦？同桌你该不会以为我想让你也化妆吧？"

林跃不搭理她了。

打趣够了，南迦见好就收："你已经很帅啦，给亨达和焱辉少点伤害吧。对了，我们班是第五个节目，最迟第二个节目结束你就要溜来后台。"

林跃："嗯。"

关掉对话框，南迦拍了张小面包和牛奶的照片发动态："救命粮！"

郑耀以为林跃在和瞿闻宣聊天，从后座往前倾身，趴到林跃座椅的靠背上："怎样？瞿闻宣是不是在后台紧张得快尿了？"

林跃及时熄灭手机屏幕没让郑耀看清楚，随口道："已经尿了。"

郑耀顿时笑得前仰后合的。

晚上七点半，元旦联欢会准时拉开帷幕。

前两个节目分别是诗歌朗诵和民族舞蹈，民族舞蹈一谢幕，林跃便起身。

郑耀好奇地问："你上哪儿？"

林跃："给瞿闻宣送裤子。"

郑耀又大笑起来。

过道拥挤着刚下舞台的同学和候场的后两个节目的同学，林跃根据指示牌的标识，逆行穿过人群，往后台方向走，发消息问南迦："在哪儿？"

南迦没反应。等待回复的这点时间里，林跃自行进入后台的区域范围。他抬头四处环视一圈，很快精准地捕捉到某道熟悉的身影——一袭蓝紫色一字肩长裙、头发编成两股鱼骨辫的南迦。

林跃也没想到自己能熟悉到一眼就认出。

南迦低头抓着手机，手指飞快地摁屏幕。

林跃终于等到她说："我刚刚在换衣服没看见，你现在过来后台了吗？"

看见她朝后台的入口处过来，林跃立于原地没动，等她发现他，抬臂挥手高喊"同桌"，他才迈步过去。

大家的目光全被他吸引，交头接耳奇怪他为什么出现在后台。

包亨达被黄卉推出来演戏，拔高至周围的同学能听见的音量："跃哥，你代表全班同学来为我们加油打气？放心吧，我们都不紧张。"

嘴里说着不紧张，他迎向林跃的几步路却走成了同手同脚。

黄卉一边乐，一边帮南迦披上汉服。

他们五人分别有两套演出服，穿在里面的一套是自由选择自主准备，外面一套穿的是由张焱辉借来的汉服：包亨达青色道袍，张焱辉书生长袍，黄卉齐胸襦裙浑然高门贵女，南迦则化身行走江湖的侠客，红黑色的外袍束上腰带，飒气十足。

南迦咬着皮筋，将鱼骨辫留余的头发扎起，提醒包亨达偷偷带林跃去换装。

第四个节目上台后，自诩从小到大舞台经验丰富的南迦也不免有些紧张。紧张结束在准备就绪的林跃站到她身后一起候场时。因为林跃未曾试穿过，现在她才第一次见到林跃的扮相，她完全怔住了，根本没有感官再去在意紧张与否。

黄卉之前夸过张焱辉为南迦挑的侠客服特别贴南迦的气质，眼下不禁再夸一次张焱辉为林跃挑的这身也相当精准。张焱辉不居功："我问跃哥喜欢什么风格，跃哥说随便，迦姐就帮忙给了参考意见，我根据迦姐的参考意见为跃哥选的。"

黄卉转头又给南迦竖大拇指："不愧是我们跃哥的同桌，最了解我们跃哥。"

南迦努力平复着快速跳动的心脏，神情略骄傲："那还得夸我同桌，传闻中行走的衣架——对吧？"最后两个字，她朝林跃轻扬下巴。

林跃不接受她的吹捧："我不是瞿闻宣，没那么厚的脸皮。"

南迦轻笑："没事，我替你厚，厚在我脸上。"

黄卉伏到她耳边揶揄："不觉得你的侠客外袍和你同桌的笛子像情侣搭配？"

南迦愣了一下，伸手轻轻拧黄卉的腰，也压低声："要是被他听见你瞎编派，他一个不高兴不上台了，我看你找谁哭。"

"当然还是找你哭。"黄卉笑着躲闪，"哭着求你再哄哄你同桌。"

"高一（4）班！到你们了！"彩排时的那位老师来通知，发现多出一个人，有意见，"你们班的节目不是四个人？现在道具都提前安排好了，上哪儿去给你们临时再整张椅子出来？"

黄卉连忙道："老师你别操心，不需要多张椅子，我们这位同学吹笛子，和吹唢呐的同学一样站着就行。"

舞台上的大合唱结束，乌泱泱的人从舞台的另一侧谢幕离开。

隔着紧闭帷幕的外面，主持人在过场串词，帷幕的里面，负责道具的人员根据彩排时的定位迅速搬上椅子、麦克风和古筝架，将张焱辉的古筝抬上去。

随后，一行五人一道进入舞台。南迦和黄卉以张焱辉为中心分别落座两侧，黄卉的手边站着包亨达，没有参与舞台彩排的林跃站在南迦这边。

"接下来请欣赏高一（4）班为大家带来的表演——《民乐也疯狂》！"

稀稀落落的掌声停止五秒之后，林跃得到南迦的示意，举起手中的笛子。

悠扬的笛声一开始从帷幕后面如流水般淌出来时，观众席里大半的同学还在玩手机，一部分人觉得怪空灵的，一部分人寻思曲调怪耳熟的。

约莫十秒后，伴随帷幕徐徐拉开和灯光的逐渐亮起，吹笛人展露真面目，整个礼堂陷入今晚的第一次沸腾。

郑耀简直不敢相信自己的眼睛，狠狠揉了揉，转身问坐在他斜后方的虞晓羽：“我没看错吧？是林跃在吹笛子？”

直愣愣盯着舞台的虞晓羽回过神，生气极了：“林跃参加他们班的表演你怎么没告诉我？！”

胜雪的飘逸白衣与林跃的清冷百分之两百契合，即便其他什么修饰都没有，也足以令林跃看起来如同独居深山的世外高人，也像超凡脱俗的天庭上仙。他细长的手指按在黑色的笛身上，笛尾的红色流苏吊穗与笛声的韵律同步轻晃。

南迦想起几分钟前黄卉的玩笑话，庆幸此时落到她身上的光线不亮堂，否则定让她发烫的脸无所遁形。

笛声独奏的最后一个音符无缝带出背景音乐，同时连接的是黄卉的琵琶和张焱辉的古筝，再是南迦的二胡，舞台的投影屏幕播放的是他们采风剪辑的田园风光。

慢悠悠而舒缓的民乐版《稻香》，有种涤荡人心的安宁感，全场不自觉地静默聆听。四种乐器各一小节，一段终了，唢呐忽然强势传出，宛若高声吆喝什么。

这当口，观众席里四班的同学身着班服齐刷刷地站起来。

唢呐停止，前四种乐器开始合奏，调子恢复《稻香》原本的速度，四班的同学们一边打节拍，一边合唱，还有一部分同学负责高举荧光棒随节拍摇动身体。

由于是耳熟能详的流行歌曲，其他班不少同学忍不住跟着一起唱：

　　追不到的梦想，换个梦不就得了
　　为自己的人生鲜艳上色，先把爱涂上喜欢的颜色
　　笑一个吧，功成名就不是目的
　　让自己快乐快乐，这才叫作意义
　　……

　　互动结束，强势的唢呐再次响起，这回像喜庆地祝贺什么，又像纾解的呐喊。
　　南迦已经脱掉外袍露出里面的一字肩长裙，皮筋也摘掉抖落松散的马尾。继而，她重新架起二胡在她腰间，边拉着弦边带着麦架行至舞台最前方。
　　无论是进一步加快的节奏还是她的举止神态，均令人错觉她手里的乐器不是凄惨的二胡，而是热烈的贝斯。全场氛围再次被点燃，陷入第二次沸腾。
　　沸腾于中间陡转直下倏地衔接自然地插入的一小段二胡版说唱"我会使用双节棍哼哼哈兮"之际达到顶点，甚至一部分同学因此哄笑。整个礼堂简直要炸开。
　　今晚专门混进来的唐炜都怀疑南迦的二胡弦会不会迸出火花。
　　两只瘦猴高举着为南迦定做的横幅激动地摇晃，指着舞台上的南迦不断地向旁边的同学炫耀："那是我们妹妹知道吗？那是我们妹妹！"
　　二胡极致的喧哗戛然，笛子极致的空灵收尾。
　　南迦汗津津地回归原位。林跃收尽她神色间的尽兴，并在她的视线撞上他的一瞬，看见她满怀清明与欢喜，笑眼里露出的光，纯真且灿烂。
　　仿佛环游整个宇宙，也找不出比她更耀眼的存在。

　　在比开场多出一丝绵长的笛声收尾中，舞台灯光渐暗，帷幕也拉阖。
　　道具组人员迅速上来搬走东西，南迦跟在张焱辉和黄卉后面依次从旁侧下舞台，下一个班级的二十几号表演者已然着急地分流从两侧拥上来。
　　混乱与昏暗之中，不知谁撞了南迦一下，她条件反射地抱紧怀里的二胡，又有人用力拽一把她的裙子，细微得像布料被刺开的声响入耳，她便感觉自己的后背到腰间整片发凉。她脸色一变，果决地腾出一只手摸到腰间及时攥紧裙子。
　　察觉那人再次拽住她的裙子，她毫不犹豫一脚踹过去。二胡嘭地掉落地面，

她也顾不得了,剩余一只手抓起滑落的布料紧紧捂住胸口。

这成为南迦最后的镇定,仿佛是她的身体出于本能的最快反应。这之后,她的脑子陷入宕机般的嗡嗡作响,眼前不断来回走动的绰绰人影晃得她眼花。

其中一道人影拨开其他人影跨到她的面前。

很熟悉,所以南迦没躲。

但他好像因为跨得太猛,出于惯性一下子抱了上来。

只一瞬,他就松开手臂,用他的身体帮她挡开外人的视线。

南迦愣在原地,他的体温和呼吸是与他的清冷相悖的热气腾腾。

跑得太急,林跃微微喘着,将他的那件白色长袍披到她身上:"你自己裹好。不够的话,还有我的衬衫。"

抵着林跃的胸口,南迦声音不由自主地颤抖:"先带我离开这里。"

舞台准备就绪马上要开始新的节目了,她没法继续磨磨叽叽整理衣服。

况且现在光线太暗,她不清楚裙子被刺破的具体情况,万一只是快速松个手裹长袍的工夫就使得她的境地更糟糕该怎么办。

林跃也意识到此地不宜久留。他一只手臂从她后背伸过,揽住她肩膀的同时将长袍拢紧她的身体:"这样可以吗?"

南迦点头,别别扭扭地亦步亦趋,堪堪在他们走到下舞台的阶梯时,身后的帷幕惊险地拉开,哪怕迟半秒,她便狼狈不堪地暴露在众人的视线里。

"等一下。"

"走不了?"

"不是。"南迦呼出一口浊气,"出血了。"

"哪里?"林跃问。

南迦想说手臂,这时身后的舞台灯光大亮,他们所处的位置也被照得通明,她才发现自己捂在胸前的手并未阻止两侧布料的滑落,忙将手掌尽可能再撑开。原本笼罩着她的影子顿时往外偏移。她抬头,看见林跃的脸回避向另一侧。

他的鬓边凝结细细的汗珠,突起的喉结轻轻动一下,颈侧有根青筋微微浮起,而他的耳根到脖子全部红了。

南迦尴尬极了。她相信她此时的脸肯定红得一点不比林跃少。

"南迦?"黄卉的出现简直如救命稻草。她是下了舞台之后没找着南迦,也没见南迦在另外一边阶梯出现,这才折返回来寻人。

跑上阶梯,冷不防见到南迦的惨状,黄卉吓得脸都白了:"怎么会这样?"

林跃提醒黄卉接手后,放开了南迦。

黄卉是女生，能帮南迦整理身上的衣服。

林跃脱下衬衣交给黄卉，径自快步下阶梯，顺手拦住后面寻过来的包亨达和张焱辉，前往四班的席位。

半个小时后，南迦妥帖地穿回了下午换装前的衣服，也包扎好了手臂的伤口，坐在医务室里向田英详细说明情况。

伤口不深也不大，是她察觉裙子快脱落而伸手攥住时不小心碰到对方刺她裙子的工具弄到的。血也没流太多，由于林跃披在她身上的长袍是白色的，所以视觉效果唬人，导致黄卉第一反应以为她被人捅了一刀，这种说法还传到了各个班级。

南迦能提供的线索不多，只能确认对方是女生。

林跃也说他当时和南迦之间堵了上舞台的同学，看见有个人影推搡南迦，等他走到南迦身边时那人已经混在人群里了。

黄卉则把他们在后台时有两个女生挑衅过南迦的事告诉田英。

南迦不得不向田英解释她和那两个女生之间的过节。虽然南迦也认为她们俩的嫌疑最大，但暂时没证据。

田英表示会汇报给王主任，又问南迦要她家里人的电话，想让她现在回家去。

"我又没大问题。现在晚会没结束吧？我还想看下表演呢。"没等田英再劝，南迦和黄卉联手推她一起离开医务室，"走吧英子，我们跟着你回礼堂！我必须到大家面前蹦跶一圈，否则同学们真以为我被人捅刀子进了医院。"

南迦的戏谑之色在见到医务室外的林跃时，不自然地收敛。

比起羞涩与害臊，她更多的是感到丢人。裙子险些掉落当众走光，绝对排得上她十六年人生的第一窘境。当然，她最该感谢的人也是林跃。

同样等在医务室外的还有包亨达和张焱辉。两人关心南迦的伤情，南迦嬉嬉笑笑地安抚他们，一行人回到礼堂。

礼堂里依旧热热闹闹，现在舞台上正好进行着八班的节目，男生集体跳广场舞，中间领舞的帅哥就是林跃的那个朋友瞿闻宣。

大帅哥跳广场舞，不得不说八班的创意既有笑点又养眼，也亏人家帅哥愿意牺牲形象。这要搁林跃身上，她恐怕门门考第一都不可能拉他加入。

"你朋友这节目效果不比我们的节目差啊。"南迦表现出危机感，"怎么也没个拉票环节呢？你和你朋友往舞台上一站，人气高低立刻直观地见分晓。"

林跃一如既往评价了两个字:"白痴。"

他的评价不仅仅基于此时舞台上的节目,更基于瞿闻宣发现他瞒着他们参加今晚的演出之后对他手机的狂轰滥炸,全是骂他的。

现在瞿闻宣人在舞台上,他的手机才消停。

南迦幸灾乐祸道:"你可以接下来几天都不和他们打球,保住你的耳根子清静。"

林跃凉飕飕地瞥她一眼。

"你看见唐炜和两只瘦猴没?"南迦求生欲旺盛地转移话题。她在舞台上表演时还看到两只瘦猴为她做的亮闪闪的应援,现在她四处瞧不见他们人。

林跃挑起眉梢:"他们知道你这样喊他们?"

南迦轻笑的尾音上扬:"只要你不告诉他们,他们就不知道啦。"

林跃几不可闻地哼一声,告诉她:"唐炜来过一趟医务室,被我先劝走了。"

听前半句南迦牙疼,听后半句南迦放下心:"你劝得好。"

然后,她摸出手机准备给唐炜他们发条消息报平安,被林跃拦下:"我刚刚已经通知他们你没事。你的手可以安分点了。"

她伤的是右手手臂,确实还有点疼,现在用手机才感觉到些许不便利。南迦笑道:"我怎么有你这么好的同桌。"

"举手之劳。"林跃轻描淡写。

南迦却无法平静,脑海中无尽地回荡彼时他似无意的拥抱,以及随后十几秒里她因他的帮助而获得的依靠和消除的慌乱。

他闯进她的眼里、扎在她的心里、搅翻她的世界,一天天的,她越来越不能想象往后他会不会又将像陌生人一样消失在人海中,再无交集。

林跃低头查看新进来的短信,确认不是来自瞿闻宣,他点开。

唐炜:"行。我也已经问到是哪两个女的了。这事我处理,你别告诉她。"

熄掉屏幕,林跃转头,用眼神询问她盯着他干什么。

冥冥之中老天爷阻止了南迦心头的那股子冲动——毛现给她打来电话。

礼堂里太吵,她和林跃打了一声招呼,出去外面接。

"我是问,你的节目表演完了?"毛现重复。

"早完了。我们班是第五个。"南迦闷闷的。

"行吧。"毛现遗憾,"不过听声音晚会还没结束?"

"嗯,还没。"

"还要多久？"

"干吗？"

"有要事启奏。"

"不能现在就说？"南迦吐槽，"你什么时候变得磨磨叽叽的？"

"你有空？也就是说你现在就能离开？"

南迦感到古怪："你到底是……"

毛现故作神秘："你现在起驾你们学校门口。"

南迦语气欣慰："你小子很有孝心啊，给我送元旦礼物？"

毛现夸张惊叹："天哪，你能不能为你自己留点惊喜？"

等来到校门口，南迦发现不是快递，她低估了这份惊喜——只见毛现悬着两条腿坐在路边的栏杆上，朝她舒展开手臂："Surprise（惊喜）！"

愣了愣，南迦冲上前隔空给他一拳："你能耐了啊！现在戏这么好！刚刚在电话里居然一点没露馅儿！给我演得真真的！"

毛现从栏杆上跳下来，神情骄傲道："有你这么个老大，我的戏能不越来越好？"

南迦超嫌弃："不经夸啊你，这会儿就演得太假了。"

毛现哈哈大笑，习惯性地勾上她的肩。

南迦嘶一声，手肘横过去撞开他："小心点，我负着伤。"

毛现关心道："咋回事？您老人家还真在这儿混成校霸了？"

"所以你有空招待我吧？"毛现笑得了然，兴奋地搓手，"快走，快饿瘪了，就等着敲你这一竹杠！"

自然是得招待的，南迦立刻带他去学校外面最好的馆子。

礼堂里，林跃收到南迦的消息："同桌，北城一老朋友来清荣，我现在和他在一起，就不再回礼堂了。我已经发消息向英子请假说我提前回家。我的包还在座位上，你离开时能不能帮我捎上？"

林跃注意到她用的是"他"而不是"她"："然后？"

南迦："如果不方便帮我把包捎回家，等下要走之前告诉我，我先去跟你拿。"

林跃的双眸微微动一下："你会晚回家？"

南迦："应该是的。反正明天不是放假嘛。我一会儿会和你妈妈报备的。"

林跃："大概几点？"

南迦："不确定。但肯定不会超过零点的啦。"

"你今年几岁"——输入后,林跃顿住。

他无权管她和朋友玩到什么时候,删除,他重新输入:"嗯,可以捎。"

回复过去后,斟酌数秒,林跃又发了一条:"注意安全。管好你的伤口。"

他摁下发送的同一时刻,南迦也发过来:"我会注意安全尽早回去的,也会保护好我的伤口,不给你爸爸妈妈添麻烦(笑脸)。"

元旦联欢会落下帷幕后,林跃成功避开瞿闻宣回家去了,手机却也因此遭到瞿闻宣越发猛烈的攻击。

他暂时拉黑了瞿闻宣的号码,瞿闻宣又改为在 QQ 上骚扰他。终归今晚集中不了注意力刷题,吃过翁云做的夜宵,林跃索性拿瞿闻宣打发时间。

瞿闻宣最新发的一条是:"凸。"

林跃照旧回敬他一个:"凸。"

瞿闻宣:"呵,怎么不继续装瞎了?"

林跃:"闲着无聊。"

瞿闻宣:"凸凸。"

林跃:"反弹。"

旋即两人展开了长达一个小时的幼稚互骂游戏。

如若不是隔着电脑没能面对面,绝对已经拳打脚踢一百回合。

瞿闻宣:"等着,爷爷我先去冲个澡,回来再继续教训你个孙子。"

林跃:"嗯,知道你年纪大了,体力跟不上,需要休息。"

瞿闻宣:"是我体力跟不上,还是你浪费我时间?什么屁事憋得你到现在还不爽,能不能痛快点放出来一了百了?"

离开学校时,他避开瞿闻宣还有一点原因便是不乐意遭瞿闻宣看穿他不太美好的情绪。然而瞿闻宣还是发现了。

没等到他的回应,瞿闻宣试探性又问:"别是你爸妈又……"

林跃愣了一下,阻断瞿闻宣的揣度:"不是。"

不怪瞿闻宣往这方面想。他自己也是因为瞿闻宣这一问忽然意识到,以前能让他和瞿闻宣打完架依旧堵在心里的事情,只和翁云、林明理有关。

林跃重新翻到动态。这一个小时里南迦没有再发新的内容,还停留在他吃夜宵时刷到的那条:"帅不帅?"

配图是个男生走在大街上笑着回头,一只手朝镜头伸来,像招手让拍照的人快点跟上,更像要和拍照的人牵手。

不仅评论区一撮人留言，群里包亨达和黄卉也夺命连环@南迦，问对方是谁。南迦估计玩得正嗨没留意手机，所以都没回复。

林跃关掉电脑，决定现在就去睡觉。

瞥见飘窗上她的书包和乐器包，他又转过去，打开她的乐器包。

她的二胡虽然捡回来了，但磕了不少刮痕，当时摔到地上之后还被舞台上来往的同学们不小心踢到，弦断了一根，没断的也松了。

南迦气咻咻地伸手："一个小时了！该还我了！"

毛现信守承诺："快看看他有没有什么表现，我帮你一块分析。"

"我说了这招很老土！也不准！我才不要这么干！"南迦摆冷脸，拿回手机点开屏幕，又确实感到紧张。

结果自然在她的预料之内。同时，她要说完全不失望，也是假话，多多少少有点落寞。

毛现制止她现在就删动态的行为："你别着急行不行，可能他还没看到，也可能他还在考虑要不要问你，或者他在悄悄等你怎么回答别人的。"

因为他的话，南迦突然犹豫不决。

然后她决定，多留它一会儿，等回去后就辟谣。

偏偏在她要将手机塞回口袋之际，林跃的一条短信进来了。南迦的心吊到嗓子眼，屏住呼吸鼓起勇气点开："我妈问你在回来的路上没，十一点半了。"

毛现凑过来瞄一眼，发表观点："他可能在试探你。实际上是他想问你回去没，却拿他妈妈当借口。否则他妈妈又不是没有你的电话，为什么不亲自打电话。"

南迦用眼神抽他："我要你帮我解读了吗？"

还净给她解读出无限的希望。

南迦兀自回复："再五分钟后就到小区楼下了。"

毛现又提议："明天找他一起出来玩吧。"

"他很难约，"南迦蹙眉，"我试一试。"

毛现再次进谏："你先别在他面前澄清我们的关系。这种情况下，很难约的他还是被你成功约出来了，挺能说明情况的。"

南迦不置可否。出租车靠边停，她推开车门："你到酒店了给我发消息。"

毛现打个"OK"的手势，目送南迦平安进去小区后，他才让出租车开走。

家里静悄悄的，大家似乎都睡了，不过玄关留了盏灯。

南迦换了鞋子，熄灭玄关的灯，点亮她的手机电筒，轻手轻脚穿过客厅。

走到她的卧室门口时，对面卧室的门猝不及防打开，林跃拎着洗衣袋的身姿挺拔，映照出的灯光悉数融进他的眼里。场面似曾相识，区别在于今天她没有做贼心虚："你还没睡啊？这么晚洗衣服？"

"嗯。"林跃走去阳台。

南迦转转眼珠子，跟到落地门边："清荣有哪些好玩的地方？我朋友让我明天带他四处转转。"

林跃："百度搜得到。"

"百度肯定不如抄同桌你的答案好啊。"扒着玻璃门，南迦探出脑袋，"你明天有空吗？一起玩吧？我把黄卉他们也喊上。我朋友来玩，我得帮他攒个热热闹闹的局。"

林跃微不可察地一顿。摁下洗衣机的启动键，他转回身："我看看。"

根据经验，没有一口拒绝基本等于同意。南迦笑逐颜开："好嘞。明天放假，我肯定不会早起的，我朋友也比较随意，我们什么时候去找他都行。"

"你的包还在我这里。"林跃阖上阳台门，进他的卧室取了出来。

南迦也快速回一趟她的卧室。接过自己的包之前，她把两张感谢卡递给他："这次其实值三张。但我总预感，你以后还会帮我比今晚更大的忙。"

林跃指着系在她书包背带上的塑料袋提醒："记得擦药。"

回屋后，林跃重新登录QQ，看到南迦不久前转发了她之前那条动态，写道："（抠鼻）谁发发善心领走我这铁瓷？他空虚寂寞冷，在线征友。"

南迦给自己的手臂涂药膏，听着免提那边毛现一直在惋惜："功亏一篑啊，你太沉不住气。跟我纠结半天，我给你出主意了吧，你又这么快破功。通过这事我刷新对你的认识。"

"刷新什么认识？"

"我以为你的性格，肯定是把对方拿捏死死的那一个。现在你八字还没一撇，却先自己陷到坑底。"

南迦短促笑一声："你别在我面前像专家一样卖弄。"

毛现哑口无言，半响叹气："明天去拜佛吧，去个灵验点的求姻缘的庙。"

南迦："你要求姻缘？"

毛现："我要在佛祖面前帮你求。"

南迦无语。

她以为毛现不过随口一说，怎料隔天上午她睡醒就看到毛现一早发了好些寺庙的介绍给她，让她选一个作为今天的主要行程。

南迦无语至极，转手发给对清荣更熟悉的黄卉，由黄卉负责规划。

家里又剩南迦一个还没吃早饭。

一开始南迦是不好意思的，坚持周末也早起，可第二周她就失败了。

一次失败，次次失败，她脸皮在失败中越挫越厚，现在完全能心安理得地每逢周末睡到自然醒。翁云也习惯了她周末的作息，帮她单独温着早饭和午饭。

学校里发生的事情南迦和林跃约定好不告诉大人，然而南迦最近自由多了，竟忘记南向东和王主任时常联系。

王主任向南向东表示学校将严肃处理此次恶性事件，南向东便了解到昨晚的小插曲。

怪不得南迦手机里有三通来自南向东的未接来电。

南迦没接到的电话，南向东转而打给翁云，于是南迦在餐桌上被翁云和林明理又关心了一遍，两人坚持送她到社区卫生院打破伤风针。

打完针，翁云还建议南迦元旦假期别出门。

"我和我朋友都约好了。"南迦赶紧拉林跃出来当挡箭牌，"表哥昨晚答应今天陪我去。我只要有不舒服一定告诉表哥，让表哥带我回家——对吧，表哥？"

林跃脸上的表情分明在反问她：我昨晚什么时候答应了？

南迦悄悄扯他后背的衣服。

林跃总算对翁云点点头："嗯。我一起。"

林明理开车送他们去毛现住的酒店。

下车告别林明理之后，林跃面无表情地说："你再叫一次？"

南迦愣怔："再叫一次什么？"

"算了。"林跃面无表情地走向大堂的沙发落座，"我在这里等你们。"

南迦一知半解反应过来，跟着过去问："你说'表哥'吗？"

林跃实打实送她一个白眼。

南迦见好就收，停止玩笑："可当着你爸妈的面，叫你什么？'同桌'吗？那不是非常奇怪？"

林跃垂眸刷手机："所以我说算了。"

南迦好奇:"你非常不喜欢这个称呼吗?"

林跃素来冷淡的语气多出一丝硬邦邦:"一般。"

这个答案在她听来就是承认了。南迦不禁探究:"为什么?"

翁云和林明理在场时总得装装样子,她也尴尬,但她不至于讨厌,偶尔私下用这个称呼打趣他,怪有意思的。倘若他不喜欢,她以后避开便是。

林跃抿一下唇,似在思考,顷刻,回答:"没为什么。"

"迦妃。"毛现从楼上客房下来,喊的是南迦,视线投往的是林跃。

林跃应声撩起眼皮,不冷不热地打量毛现。

南迦起身为二人做介绍:"这是我铁瓷,毛现,我一般喊他大毛。大毛,这是我同桌,林跃,我们班同学一般喊他'跃哥'。"

"跃哥好!我是大毛!迦妃的小弟。"毛现的友善是正常发挥,后面那句为她抬面子的话就略显刻意做作。

林跃惯常那般对谁都热情不起来的神色,不失风度又疏离地回应一个"你好"。

毛现凑拢南迦,与她耳语:"还真是够酷的啊。"

南迦:"那又怎样?"

毛现:"帅是真的帅。"

南迦:"又帅人又好。"

毛现暂时没法接茬。人好不好,她口说无凭,犹待他观察。

林跃在酒店门口拦下一辆出租车,转头瞥见他们脑袋挨脑袋亲昵无间的画面,顿了顿,问:"去哪儿?"

南迦报出黄卉为毛现精选的寺庙,林跃的表情有点无语,南迦朝毛现扬下巴,一脸纯良无辜地解释:"他想求个姻缘。"

毛现配合她点头,意味深长:"是,求姻缘。"

毛现原本想将后座留给林跃,结果林跃先选择了副驾驶座,毛现便没推让,继续腻在南迦身边。

南迦和毛现以前待在一起话就多,如今分开两个多月,昨晚那点儿时间根本没聊够,于是两人一路讲个不停,一个细数自己在清荣这阵子的光辉事迹,一个带来北城老同学们的问候。

林跃沉默地刷着手机,捕捉到他们的交谈内容涉及不少南迦过去的生活。

南迦边听毛现说,边发了林跃几个搞笑的表情包。

一分钟后,林跃:"无聊。"

南迦:"就是怕你无聊啊(笑脸)。"
紧接着,她收到毛现的消息:"老大,能不能别在我眼皮底下腻歪?"
南迦恼得恶狠狠地回复:"不能!"

路程不远,黄卉直接在寺庙门口和他们会合,包亨达和张焱辉各有安排,没能来,所以南迦今天只攒到个四人局。
黄卉和毛现曾数次在南迦的动态评论区对过话,当下见面无异于网友奔现。
黄卉看着毛现,满目惊喜:"原来你就是'道明寺三里屯分寺'!"
毛现看着黄卉,满眼惊艳:"原来你就是'小栗旬得不到的女人'!"
黄卉:"幸会幸会!"
毛现:"久仰久仰!"
南迦少不得戏谑:"大毛,要不你姻缘别求了,问问黄卉收不收你。"
黄卉示意手里的香:"万一佛祖已经为毛现同志安排了一段好姻缘,我毁他桃花可罪孽深重。"
这香相当于寺庙的门票,黄卉利用早到的十分钟帮他们一起买的,每人三块,捐予寺庙作为香火钱,兑换成每个人三炷香。
南迦把她和林跃的两份香送给毛现:"来,助你在佛祖面前祈愿成功。"
毛现问:"你们俩真不顺便求一求?"
南迦啐他:"我们又不求姻缘。"
黄卉说:"这里不是只能求姻缘,还可以保学业、问前程。不过跃哥肯定不需要。迦妃,你和我一起去保学业呗!"
毛现笑劈叉:"迦妃也不需要保学业。"
黄卉不明就里:"为什么不需要?"
南迦踩一脚毛现,糊弄过去:"我知道我的成绩烂得连佛祖都拯救不了。"
一转头,撞见林跃的目光,南迦用笑容掩饰自己的心虚:"同桌,来都来了,要不你也保个学业?虽然你的成绩很好,但能为你锦上添花。"
林跃淡淡地说:"不用。"

寺庙的香火平时便旺盛,今日撞上假期,人流愈加络绎不绝。南迦往里走时倒没怎么被挤到,因为她跟在林跃身边,林跃有意无意间帮她挡开了些冲撞。
南迦抱歉:"不好意思同桌,明明找你一起出来玩的,却一直给你添麻烦。"
林跃充满冷调质感的嗓音浮于她的头顶:"本来就是出来被你麻烦的。"

南迦的心脏猛地一跳,听林跃又说:"你在我妈面前不就是这个意思。"

浮想联翩的火苗没来得及蹿起就熄灭,南迦咕哝:"别小气嘛,我真的找你一起出来玩的,在你妈妈面前说的那是借口。"

"我说的不是借口。"林跃的眉峰带着几分严肃,高挺的鼻梁下唇线抿直,语气也认真,"伤口有没有疼?"

南迦最怕他的关心。他的关心总能令她的心暖得一塌糊涂,这会儿暖得比熙攘人群焐出来的汗还要热乎乎的:"不去关注,就没感觉。"

林跃却非常较真:"也就是说,我现在一问,你反而感觉疼了?"

南迦可不希望他这趟行程的注意力全在她的伤口上,忙道:"没有,你一问,我确实感觉到了伤口的存在,但不疼。放心吧,我一点事儿没有,健健康康地和你出来,也一定健健康康地和你回去,保证你完成你妈妈交代给你的任务!"

"迦妃!迦妃!这儿!"先抵达大殿门口的黄卉和毛现在阶梯上朝他们挥手。

"我们快点!"南迦拉着林跃一道跨上去。她揪住的是他手腕处的衣袖。

她的脑海中浮现出不知曾经在哪里看过的一句话:爱是想触碰又收回的手。

在黄卉和毛现的联手撺掇之下,南迦到底还是亲自往香炉插了那三炷香。

插完香,一行人来到侧殿写祈愿书。

黄卉带着祈愿书躲到一旁。

南迦揶揄:"你不是保学业嘛?"

黄卉红着脸,嘴硬:"保学业也是秘密。"

"哦,那我求财运也是秘密。"南迦借用她的理由,脸不红心不跳。

毛现给她看他的祈愿书内容——"南迦和林跃终得圆满。"

当着佛祖的面,南迦不方便抽他:"这样写你想死?"

"这样写佛祖才看得清楚。"

南迦飞快地瞟一眼不远处等候他们的林跃:"我的愿望可没这么小的格局。"

毛现吃惊:"不是吧?您老人家真的求财运?"

南迦搪塞:"不行吗?"

毛现模仿鲁豫的腔调表示质疑:"真的吗?我不信。"

将祈愿书系上许愿台后,南迦没有再跟着黄卉和毛现继续求签,径自先去和林跃会合。

林跃的身后是笼罩于烟香缭绕之中的雄伟厚重的大殿，身前是个王八池，池里没有活王八，仅一尊石头王八，王八的身上和四周落满硬币，一位没有硬币的游客正往池中投掷纸钞。

　　此情此景，比起沾染世俗的王八，林跃干干净净沉沉静静的模样，更像不容亵渎的神明。

　　似察觉到南迦的视线，林跃转头，南迦方才跳到他身边："我好啦。"

　　"为什么不求签？"林跃问。

　　南迦弯身在提供水龙头的水池前洗手："我的愿望不迫切啊，也不需要求个吉签为自己定心。在漫漫时光中一点点验证自己的愿望成真，更有趣，不是吗？"

　　林跃淡漠的眉目微垂："不怕失望？"

　　南迦回头，弧度温和的眼睛望向他："有一句话是这样讲的：'你向神许愿，因为你相信神；神没有回应，因为神相信你。'我也相信我自己，相信我的愿望一定会成真。"

　　亲爱的佛祖啊，如果你真的存在，请保佑我喜欢的少年一切尽意、百事从欢，倘若日后我与他生生不见，也希望他岁岁平安。

第六章 / 荒脊土地上最后的玫瑰

黄卉和毛现折腾了一个多小时才结束，不仅仅因为求签的人多，更因为黄卉抽到了一支下下签，所以毛现又陪黄卉找寺庙的师父寻求化解之法。

而化解之法是——黄卉买了一只福囊。

南迦悄悄拉毛现到一旁："你怎么不拦着她？"

毛现特无辜："人家那是花钱买个心理安慰，要我怎么拦？"

黄卉猜到他们的对话内容，笑着挽住南迦的手臂："谁让我运气不好，偏偏抽到下下签。反正福囊就五十块，捐给寺庙我也转个运，不亏。"

话虽如此，之后吃饭的时候，黄卉的情绪明显比先前低落。

见状，毛现提出接下来想玩的地方是游乐园。一行四人进入游乐园，毛现尽挑些诸如过山车、海盗船、跳楼机等惊险刺激的项目。

林跃终于不再是一个人等他们三个人，破天荒地每个项目都一起参加。

可是，无论哪个项目，林跃都没反应！

从跳楼机下来后，毛现脸是白的，黄卉腿是软的，南迦因为连续几个项目尖叫得太猛导致嗓子快冒烟，独独林跃毫无变化！

非要说的话，也只有林跃的头发被风吹乱了。

接过林跃帮他们仨买来的饮料，南迦分外不服气："你真的不是人！"

毛现搀着尚站不稳的黄卉坐到石椅里，接茬附和："机器人吧！"

闻言，林跃的眉尾挑出一分傲气。

他细长的手指捏着饮料瓶身拧开瓶盖，然后突然把南迦手中的饮料换走。

本来还在和饮料瓶盖抗争中的南迦蓦地愣住。

林跃一句话没说，仿佛刚刚只是他实在看不过眼的举手之劳。他轻易拧开了她死活拧不开的瓶盖，喝两口后，侧头对上她的视线："你不喝？"

南迦无所适从地揭掉松弛的瓶盖，低头含着瓶口啜，胸腔里充塞饱满又活跃的情绪。即便她瞄见毛现同样绅士地帮黄卉拧了瓶盖，也压不下去那股说不清道不明的情愫——毛现可没把他的那瓶先拧开，给黄卉。

休息过后，四人前往他们购买的联票上的最后一个项目——鬼屋。

和他们同一批的还有一对情侣，女生胆子小，进去前就由她男朋友搂在怀里，两人的姿势似连体婴儿。

南迦和黄卉非常尴尬。毛现低声骂了句："现在的成年人能不能照顾一下我们这些未成年人的纯洁心灵。"

南迦揭他老底："你？纯洁？"

"大哥，你停停停——"毛现着急忙慌打断她，"某些话不是能从你这种青春靓丽美少女嘴里说出来的。"

经他提醒，南迦记起这会儿林跃也在场。

黄卉在一旁笑得咯咯叫。

所幸鬼屋里的光线特别昏暗，那对情侣再腻歪，他们也眼不见为净。

长长的过道串联起来的各间屋子时而闪红光时而闪绿光，闪得南迦的眼睛难受，根本顾不上留意镜子里突然冒出的女鬼或者上方突然垂吊下来的人头，倒是那对情侣吓出的高分贝尖叫震得她有些惊骇。

林跃误会了她的惊骇："害怕？"

问话轻轻落于她耳侧，语气听不出他是关心还是嘲笑。

南迦想回答"并没有"，她对人为制造的恐怖效果从小不怵。然而不待她开口，四周陡然陷入伸手不见五指的漆黑，先前忽闪忽闪的光也消失。

而那对情侣越发尖厉的叫声比黑暗带来的未知感更为恐怖。

南迦无语又无奈，停在原地静静等待这鬼屋接下来要闹什么名堂。

这时，她垂落于身侧的手被一只手抓住。

四根手指贴着她的手背，大拇指抵着她的手掌心。不是很用力，也没有很松。南迦清楚地知道，绝非是鬼屋的扮演者。她的手指下意识地蜷一下，手便若有似无地包围住掌心里的他的拇指，指尖硌在他曲弯着的骨节处。

"站过来些。"林跃的音色似河面化冻的浮冰，指节收紧，完全抓牢她。

黑暗之中，其他感官放大了敏锐度。他微凉的体温和清冽的气息，她失去节奏的呼吸和错乱的心跳。她心潮翻涌，忘记站过去些，但他靠近了过来。

不远处的毛现出声："能不能别再瞎叫！又没东西！"

那对情侣不知是被镇住还是平静下去了，分贝呜呜呜地降低。

黄卉也喊："迦妃、跃哥，你们在这里吗？"

"在。"南迦和林跃同时回应。

毛现揣测："半天没出来鬼东西，我怀疑是这鬼屋出故障了。"

黄卉认同："我也觉得。"

那对情侣的声音抖得厉害："现在怎么办？我们被困在这里要死了吗？"

毛现故意吓唬他们："死不会死，但等着鬼来吸走我们的魂魄。"并开始模仿，"还……我……命……来……我……死……得……好……惨……"

黄卉捧场地哈哈笑，因为下下签而低落的情绪似乎完全高涨回来。

她配合毛现，佯装恐惧地描述道："你的舌头怎么那么长？你的眼睛怎么没有眼珠？你的心怎么是空的……"

那对情侣的尖叫再次抑扬顿挫。

南迦和林跃仿佛与他们隔有一道结界，悄无声息。

南迦一动不敢轻易动，呼吸也不由得放缓，生怕惊动了时间，连个梦都做不完。

十分钟左右，工作人员终于找过来，向大家致歉。

手电筒的光线照亮整个空间时，南迦和林跃不约而同松开手。

黄卉飞奔来挽住南迦，一起跟在工作人员后面往外走。

南迦的掌心是热的，手臂是僵的，黄卉和她讲了些什么，她一个字都没入耳，注意力悉数集中在紧随她们后面的属于林跃的脚步声上。

鬼屋突发故障，无法继续营业，门票钱退还一半。

黄卉今晚有另一场约会要赶，意犹未尽地在游乐园门口和他们告别。

南迦和林跃、毛现到附近的商场吃晚饭。

昨晚南迦带毛现下的馆子，点的主要是清荣当地特色菜，毛现吃不惯，嫌弃味道寡淡，今晚想进川菜馆，遭到南迦的否决："不行，我容易爆痘。"

毛现看着她光洁白皙的脸，连颗明显的痣都没找出来。

南迦做主选了火锅，双拼鸳鸯自主搭配。

定下锅底后，林跃去洗手间，南迦这才放轻松不少。

毛现啧声："我们俩以前吃火锅，什么时候点过清汤了。"

南迦翻动着菜单："清荣人普遍吃不了辣。"

毛现瞅着空隙将中午在庙里帮她求的签告知她："大吉大利上上签，恭喜恭喜。"

南迦无语。

毛现起身："我去调酱，你应该没受清荣口味的影响，还是老样子吧？"

"大毛……"南迦喊住他，神色踟蹰，想说什么，又咽回去，转而摸起手机。

毛现点开她发过来的消息:"我感觉……他也是有意的。"

毛现抬眸觑她一眼,也用短信问:"发生了什么我不知道的事?"

南迦可没打算向他透露。她微微一弯眼:"秘密。"

就在这时,毛现身后的玻璃外面,林明理的身影冷不防闯入南迦的视线里。

而林明理并非一个人,身边还有个比他稍年轻些的女人。

两人刚从楼上乘手扶电梯下来,林明理拎着三四只购物袋,女人正从其中一只购物袋中取出围巾为林明理戴上,继而兴高采烈地挽住林明理的胳膊。

南迦的头皮瞬间炸开。眼瞧林跃从洗手间走回来,她噌地起身,奔过去拉着林跃掉转方向:"同桌!我们先去调酱!"

此时此刻,她只有一个念头:不能让他看见林明理!

林跃莫名其妙:"酱不在这边,在那边。"

"是吗?"南迦假装没认清路,又说,"我想换张桌子。那边靠着玻璃,外面商场人来人往的,总感觉像在被围观吃饭。"

她不确定林明理是否还逗留在商场里,为以防万一,必须避开再撞见的可能。

林跃没意见:"随便。"

南迦立刻让服务员调整座位。

这顿火锅,南迦吃得心不在焉。她给林明理发了条消息,谎称自己和林跃现在身处游乐园,假意问林明理,如果晚些时候让他过来接,方不方便。

林明理间隔约莫十分钟才回复她。他表示今晚到处在搞跨年活动,游乐园附近格外拥堵,最好他们能多走几步改到另一条街口。

南迦与他约定,等快回家再联系他。

毛现等她放下手机,问:"什么重要的人,值得你冷落我们两位大帅哥?"

南迦抬眸,恰恰撞入对面林跃漆黑的眼底。

她心虚扯谎:"我查查吃完饭能再去哪里。"

事实是,火锅结束后并没能再安排活动,因为毛现拉肚子了,不停地跑厕所。第三趟从厕所出来时,毛现生无可恋,只想回酒店,南迦不厚道地笑话他一路。

毛现一走,出租车里又只剩她和林跃两个人。不过林跃还是坐副驾驶座。

窗外车水马龙灯火璀璨,彰显这座南方小城迎接新一年的姿态。南迦靠着后座的车窗,脸上不断掠过斑驳光影,脑海挥散不去黑暗中角落里的那十分钟。

是单纯照顾而已?还是……

纠结是很纠结的,开心也是真的开心。

无人知晓的，只属于他们两人的秘密。

路况很堵，被光铺满的柏油马路笔直地延伸，仿佛没有尽头。

南迦轻轻呵一口气，指尖悄悄往朦胧的玻璃上勾出一颗小爱心。

抵达小区门口，两人下车，四面八方的冷风兜了南迦满脸，即便她早有准备地戴了顶毛茸茸的白色针织帽。

她缩着脖子，主动找话："浑身都是火锅味儿，同桌你也一样吧？"

林跃双手抄在衣兜里："嗯。"

保安亭的大叔隔着小窗和南迦打招呼："没在外面跨年就回来了？"

"是啊，太冷啦！"南迦笑眯眯地挥挥手。

她每天进出小区都喜欢问候他们，一来二去小区保卫处每次轮班的人几乎没有不认识她的。林跃住在这里七八年，都没她两个月混得熟。

大叔拉开小窗，又问她外面是不是很热闹，南迦不得不驻足多唠嗑几句。

林跃没和她一起，先进去了，但也没走远，站在路边刷着手机等她。

结束交谈后，南迦快速走到他身侧："大叔太热情了。"

林跃将手机塞回衣兜，和她继续往里走。

冷寒月色静谧地铺陈地面，他们的影子恰好紧挨一起，南迦微不可察地轻轻侧歪脑袋，于是影子就像贴在一起。只一下，她便做贼心虚地别开头。

耳朵里忽然捕捉到猫咪的声音，她循向转头，只见窝在花坛上的白猫身上有点脏，湛蓝的眼珠子盯着他们，喵呜喵呜的叫个不停。

南迦摸出包里的小鱼干，拆开包装袋朝白猫伸手："喵。"

林跃数不清楚她究竟有多少种不重样的零食。

白猫停止叫声，继续盯着南迦。

南迦又"喵"了一声，白猫也"喵喵喵"，跳下花坛，体态优雅地朝她走来。

林跃见状，轻皱一下眉，往后退两步。

"嗯？你怕猫？"南迦意外。

她蹲下身，揉揉白猫的脑袋，将小鱼干喂给它，白猫乖巧地蹭她的小腿。

林跃否认："没有。"

"那你怎么避之不及的样子？"南迦困惑，"你讨厌猫？"

"不算。"林跃解释，"只是单纯不想接触这些宠物。"

南迦不解。

林跃："会麻烦。"

南迦:"什么？"

林跃表情冷漠:"养宠物和养孩子一样，一旦决定养，就要承担起责任。"

"是这样没错。"南迦笑，"但你也突然太严肃了吧！我们才多大，养孩子可和我们没关系，养宠物那也是家里的大人承担责任，轮不到我们。"

"嗯，家里的大人承担。"林跃的语气带丝轻嘲，"如果生活发生变故，责任超过他们的负荷呢？"

南迦心里一咯噔。他分明意有所指，指的是什么？她慎重斟酌该如何接话。

清冷的月光下，少年的肩膀有些单薄。

短暂的安静过后，林跃重新开口，似扯出不相干的题外话:"瞿闻宣的妈妈很早就和他爸爸离婚了，他从小在我面前骂他爸爸对家庭没责任心。他妈妈和第二任丈夫生了个女儿后没两年又离婚，重新想起这个儿子，暑假邀请瞿闻宣过去住，去到那边，瞿闻宣大多数时间在帮忙照顾他妹妹，他妈妈交了新男朋友。"

南迦无语至极:"那这……他妈妈同样对家庭没责任心。我都怀疑他妈妈对他到底有没有感情了。"

白猫不知是不是听到主人的召唤，从南迦手底下跑了。

林跃的视线从白猫消失的方向收回，又前言不搭后语似的，说:"对有些家庭来讲，过深的情感和过强的责任反而是种束缚。不如从头到尾都没有任何羁绊，对大家都轻松。"

可他看起来更像和那只猫一样有羁绊，就像他并非完全不喜欢嘈杂，有时候他甚至也想融入进嘈杂里吧。南迦对他这番饱含深意的话感觉特别不妙，不禁想起商场里撞见林明理的事，还回忆起曾不小心听到的翁云和林明理的只言片语。

"走了。"林跃兀自迈开步子，"那只猫不是第一次出现。小心它赖上你。"

"赖上就赖上嘛，大不了多送它几次小鱼干。我可不害怕人和人之间的羁绊，不会因为担心以后成为负担、被束缚，就拒绝人家的亲近。要是没人亲近，显得我多不招人喜欢啊。"南迦追上他，朝前倾身，故意歪头看他的正脸，"我没在内涵你，我只说我自己。"

林跃没理她。

南迦短促笑一声:"今晚我才知道，原来我同桌还有成为哲学家的潜质，思考的问题都这么长远和深奥的，承受了我们这个年纪不该承受的深沉。"

林跃冷哂:"我今天话太多。"

南迦跟进电梯："别小气嘛，我巴不得你天天话多些。欢迎同桌以后再和我分享你的各种思考。不仅可以像今晚，还可以像之前运动会那一次一样。"

林跃："不会再有下次。"

南迦："那你小心我用'表哥'攻击你。"

林跃没理她。

南迦懒洋洋地挑眉："表哥。"

林跃无奈。

南迦："表哥、表哥、表哥、表哥。"

她觉得他可能张口就要丢出一句"傻×"。

林跃的嘴唇确实微微翕动，然而最终并未出声，只静默地和她对视。

南迦反倒有些不自在。当然，不自在悄悄藏在她淡定的皮囊之下。

他们像在玩游戏，谁先躲开谁就输。

她和他这……已经快二十秒了吧……

电梯抵达楼层，叮地打开，但他们谁都没动。南迦听到电梯门正缓缓关上。这时，他朝她走近一步，她一瞬间的心跳仿若停止，呼吸也凝滞。

林跃的手臂越过她身侧，摁住开门键，阻止最后缝隙的阖起。

"到了。"他的语气听不出情绪。

"哦。"南迦稳住心神，转身，当先走出轿厢。

林跃跟在她身后，和她的步调恰好重叠。

到门口，南迦懒得摸钥匙，侧去一旁等林跃开门。

看着他优越的侧脸线条，她低低笑道："你真奸诈，害我输了。"

玄关的灯照出林跃唇边极其细微的弧度，这回，他堂而皇之面朝她，没再刻意遮掩他的笑意："可以算你赢。"

南迦走进去换鞋："我才不要'算'。等我找机会再和你比。"

客厅里的林明理调低了电视机的音量："小跃、南迦，回来了？不是说会玩到半夜让我去接你们吗？"

林跃的脸又恢复成平时没表情的样子。

南迦和林明理解释缘故期间，翁云也从卧室出来，南迦便跟他们分享今天在游乐园的趣事。林跃冷眼旁观这个家里每次只有她和他们说话时才会出现的欢快又响亮的动静。

南迦要回自己卧室时，林跃也离开客厅。

南迦问:"你今天累吗?"
林跃:"还可以。"
南迦:"所以你不会马上去睡觉?"
林跃:"嗯,写张卷子。"
南迦:"我也觉得不踏实。昨晚没补课,今天一整天没学习。"
林跃:"门不会锁,自己等下过来。"
南迦心道这话怎么听着不太对劲,好似她有什么不轨的企图。
"不轨"两个字去掉。她的企图不过就是,想和他一起跨个年。
差不多十点,南迦照常叩两下他的门,不用等他回应便自行拧开。
林跃也照常坐在书桌前,今晚还戴了她送他的头戴式耳机。
南迦愉悦地吹出一声口哨调侃:"同桌,很适合你哦。"
哪知林跃转过身来,死亡凝视。
南迦:"你……不是应该听不到?"
林跃:"我还没打开听力音频。"
南迦:"哦……"
她当作无事发生走向飘窗,仍旧没逃过林跃的质问:"什么叫'同桌'?"
南迦干巴巴地笑:"夸你呢。"
林跃挂出"你觉得我很好糊弄"的表情。
但他到底没追究,估摸不想浪费时间在计较这无聊的事情上。
飘窗比起之前多铺了一层软垫,比床还舒服,勾起少许困倦,画完卡片后,南迦寻思着小眯一会儿再起来抄卷考。结果,她重新睁开眼是被林跃喊醒的。
"我怎么睡着了……"南迦打着哈欠,迷迷瞪瞪地摸自己的手机,"几点了啊现在?"
林跃直接报给她:"零点零一分。"
南迦瞬间坐起:"怎么会这样?"
林跃说:"你可以回去睡觉了。"
南迦连忙从书里抽出新画好的感谢卡:"新年快乐!"
林跃接过。这次卡面上画的加菲猫比以往的色彩更鲜艳。
南迦蹙眉:"你没早告诉我你嫌小动物麻烦,现在已经改不了了。"
林跃微抿唇,一声不吭走回书桌前,拉开抽屉,取出了东西,再递到她面前。
是截至目前她送他的所有感谢卡,一共九张。
南迦抬睫:"一次性全部用掉?"

"嗯。"林跃看着她，说，"期末考试，正常发挥。"

人家集齐七颗龙珠召唤神龙，他集齐九张感谢卡要求她期末考正常发挥？

怪不得他上回说等集齐九张正好够他用，敢情"语数英史地生政物化"九门课程，他严谨地一门没落下。南迦一言难尽。

而且她刚发现，与九张感谢卡放在一起的，还有运动会上她丢失的那份复习资料，原来被他捡走了。那天他的诡异总算得到解释。

但，她并非完全没有狡辩的余地。

南迦张张口。

熹微的光线下，林跃的眼瞳流露出期待："不行吗？"

南迦的话顿时卡在嗓子里，忽然讲不出来了。

她静默地跪坐着，盯着他攥在手里的每一张她精心画给他的卡片。

他的身影整个笼罩她，一动不动地、极其耐心地等待她的回答。

半晌，南迦眨眨眼，重新对上他的视线："行的。"

是她自己当初承诺，他可以用感谢卡要求她做任何她能力范围内的事情。她不耍赖，她说到做到。而且她没办法拒绝他，她不希望他的期待落空。她也想给他特殊的偏爱，她愿意为他正常发挥一次。

然后一瞬间，南迦感觉自己非常松弛。残破不堪的最后一层窗户纸终究还是捅破了，她不用再像个小丑一般拙劣地遮遮掩掩。

南迦笑了笑，抱起她的物品爬下飘窗："我回去睡觉了。晚安。"

林跃的口吻也似带着笑意："新年快乐。"

快乐，自然快乐。南迦步伐轻快。

虽然零点被她睡过去了，但年依旧是和他一起跨的。

元旦每年都有，而他不是每年都在她身边。

假期转瞬即逝，同时送走的还有毛现。

因为肠胃炎，后面两天毛现根本没精力出门玩，闷在了酒店里。

离开那天，毛现吐槽他和清荣犯冲："我能理解你多么健康的一个人，到了清荣之后为什么总小病不断。"

南迦不清楚她是不是也和清荣犯冲，但去过游乐园的第二天，她的感冒确实又加重了，声音哑得像被掐住脖子的鸭子叫。

包亨达和张焱辉贡献出抽纸给她："姐，你们玩跳楼机和过山车给整的吧。"

他们看见黄卉发的照片了，而且这回黄卉也中招，就是症状比南迦轻。

南迦难受得吸吸鼻子，下巴抵桌面上，摇摇脑袋，表示自己一句话也不想说。从开水房回来的林跃将刚装满热水的她的保温杯搁她手边。

"谢谢。"南迦朝他张口型。

见她没动，林跃帮她拧开保温杯的杯盖，倒出一杯晾着。

五分钟左右，林跃眼睛依旧盯着语文课本，手肘轻轻碰一下南迦的手臂。

南迦会意，抓过杯盖将水喝光。他计算得很准，温度正合适。

包亨达正好瞧见林跃又帮南迦盖杯盖，酸溜溜道："原来和跃哥当同桌这么好的，我悔得肠子都青了。"

南迦朝张焱辉轻扬下巴，意思是他把张焱辉置于何地。

包亨达连忙抱住张焱辉的胳膊澄清："我同桌也不比跃哥差。"

张焱辉看一眼昏昏欲睡的南迦，又看一眼孑然冷淡的林跃，沉默得有点异样。

大课间，南迦没下去做操。不是因为感冒，而是王主任找她。

也没说具体什么事，以至于南迦不免忐忑，再三确认自己今天校徽和校牌都戴了。毕竟上一次和王主任面谈，源于校徽。

等进到办公室，看见某两位女生也在，元旦会演舞台的记忆才在南迦脑子里勾起。她竟然差点忘了个干净。

她可不是个宽宏大量的人。打起十二分精神，她做好和她们交锋的准备。

始料未及的是，王主任告诉她，两位女同学主动来向他承认错误，现在要她过来这一趟，就是给她一个交代，让她接受她们的道歉。

办公室的门这时被叩了叩，王主任望向门口，狐疑："林跃？有事？"

林跃已经走到南迦身侧，淡淡地说道："她嗓子坏了，不方便说话，我来帮忙。"

林跃转头看向她，表情像在问："有什么不对？"

没，没有不对，绝对没有。南迦猜他估计就是想了解来龙去脉，借口旁听——不过他这借口也太绝了，把王主任都给整得无语。

南迦没让他帮忙。他也帮不上忙。

她哑着嗓子继续和王主任对话："如果我不接受呢？"

未曾预测到这种回答，王主任一时噎住。

南迦没想啥呢，她就是不解气。

捺着气性，她问："除了跟我道歉，学校对她们的处罚是什么？"

王主任表示，会记处分。她们期中考试作弊已经记过一次处分。另外等下周一的升旗仪式,也会要求她们念检讨。

南迦表示:"我不在乎她们记不记处分,也对她们的检讨没兴趣。我想公平点,她们剌我的裙子想我当众出丑,那我也剌她们的裙子,一报还一报。"

王主任以为自己幻听:"你在说什么?"

没等她重新说一遍,林跃一字不漏地帮她重复原话。

南迦一愣。

王主任愣怔,在林跃问"主任你还是没听清"之后,快速喝了两口茶压惊。

两位女生没忍住出声:"你别太过分。"

"这就过分啦?"南迦轻轻笑,漫不经心地嘲讽,"可我就是想以牙还牙。开除也无所谓,我是借读生,之后本来就要回我原来的学校。"

她传递的信息非常明确,无非警告她们,她绝非软柿子。南迦看得出来,她们不是真心悔过。她如果轻飘飘接受这次的道歉,万一很快等来她们新的报复呢?

两位女生的表情很难看。

林跃的思绪停留在南迦的最后一句话。

他双眸微微动一下,而后视线微垂,情绪晦暗不明。

"够了!"王主任拍着桌子,圆圆的眼睛瞪得像铜铃,等高线地形图一般的抬头纹气得更密集了,"都先给我回去上课!"

南迦又恢复乖乖巧巧的模样:"好的,主任。"

和林跃一起走出办公室时,南迦压低声:"我发誓,我绝对不是故意气他。反倒你,"她促狭,"你叫主任开眼了吧?"

林跃没给她反应,她察觉到一丝不对劲:"你怎么了?"

林跃斜瞥她:"省着点你的嗓子。"

转移话题?南迦挑眉。

注意到两位女同学也从教师办公室出来了,南迦叫住她们:"喂,你们为什么要自首?别说什么良心发现,你们如果有那玩意儿,能干得出那些恶心的事儿?"

其中一个女生脾气暴躁些,气汹汹地要冲过来,另一个女生立刻将其拉走。

南迦遗憾:"怎么也不给我解疑答惑的。"

林跃又说:"你嗓子不要的话,可以捐出去。"

南迦笑着抬起手指,往自己嘴巴前打了叉表示这就闭嘴。

其实不用那两个女同学回答，南迦心里已然有所猜测。

傍晚放学后，她出了校门就去找唐炜和两只瘦猴。

早在半个月前，他们就采纳了她的建议，头发染回黑色，并新增一辆摊车，一辆继续卖鸡蛋灌饼，一辆开始卖烧烤。

两只瘦猴统一发色后，南迦几次认不出谁是金瘦猴、谁是黄瘦猴，唐炜要求他们各自在鬓边挑染一绺金发和黄发，南迦才重新区分开。

这会儿南迦跟着今天负责站岗校门口的黄瘦猴进去巷子里时，两个摊车前竟然都只有一个金瘦猴。生意不错，金瘦猴忙得不可开交，急忙喊黄瘦猴搭把手。

黄瘦猴问："炜哥人呢？"

金瘦猴快速指了个方向："接电话。阿姨从北城打回来的——哎，炜哥妹妹，也就是你的妈妈，好像在讨论回不回得了清荣一起过年的事情。"

"用你多嘴！"黄瘦猴狠狠拍金瘦猴的脑袋，旋即踢出凳子给南迦，"妹妹你先坐着等会儿。"

南迦想了想，说："我没什么要紧事。你们帮我转告他吧，谢谢你们教训了那两个欺负我的女生。"

金瘦猴向来是最先藏不住的："哎，你怎么知道了？不会是和你关系好的那个男同学告诉你的吧？他嘴巴怎么那么大？"

黄瘦猴捂他嘴都来不及。

南迦乐得不行。管不住嘴的到底是谁啊。

不过，怎么原来同桌知情的？

晚上，翁云专门为南迦炖了冰糖雪梨汤。

"表姑手艺一般般，昨天刚问人学的，你尝尝，如果觉得味道不好，就搁那儿。"

林明理接茬："对，就搁那儿，表姑父来解决。我的肚子什么都能回收。"

翁云嫌弃："还挺骄傲？也不管管你的肚腩。"

搁以往，南迦只会觉得两人老夫老妻恩爱和睦，如今南迦默默地尴尬，连假笑都装不出来。她不清楚他们之间出现了什么问题。她想的是，林跃知道真相后，回忆起曾经的一幕幕，该感到多么讽刺啊。

而某个惊惧的念头在这之后倏地闪现南迦的脑海。同时闪现的还有跨年夜当晚林跃意有所指的话——不会吧……他不会早已察觉出端倪吧？

这种可能性令南迦心生凉意。

玄关传出开门的动静，林明理转头问："小跃打完球了？"

"嗯。"林跃趿着家居拖鞋进门来。

翁云招手："今天炖了冰糖雪梨汤，小跃你也喝一碗。"

林跃丢下书包，阻止了要进厨房帮他盛的翁云："我自己来。"但翁云还是跟去厨房。

林明理从饭桌上的电饭煲里为林跃盛好米饭。

林跃出来时，把碗里的米饭倒回去一半。

林明理皱眉："怎么吃这么少？"

林跃说："和瞿闻宣在外面吃了点东西，不太饿。"

翁云不高兴："你不如喊宣仔到我们家来一起吃。他爸爸不会做饭，他总在外面吃快餐，营养怎么跟得上？长身体的年纪，每天还费脑子学习。"

林明理聊起："那天带南迦到社区医院打针，我在医院门口碰到瞿警官了，有人要给他介绍对象。"

翁云又从锅里添足半盘红烧排骨："他是该再组个家庭，现在他都不当警察了，没以前忙，也没了借口。不为他自己考虑，他总得为宣仔考虑。他和他前妻离婚后，家里连个照顾宣仔的人也没有。"

林明理笑笑："人家爷俩自有爷俩过日子的方式，我瞧着宣仔挺好的。照你的说法，瞿警官雇个保姆照顾宣仔就行了，还组建家庭做什么。"

翁云隐隐恼火："你说的'挺好'就是宣仔从小学叛逆到现在，离家出走来找小跃？保姆和妈妈能一样？一个完整的家庭对孩子的健康成长多重要你懂什么？"

南迦下意识地看向林跃。

林跃好像自动屏蔽了他们的声音，面无表情地低头喝汤。

林明理告罪求饶："我错了，是我错了。你什么都是对的。"

外人眼里他这兴许是怕老婆、让着老婆的表现，落翁云眼里却堪比火上浇油，但翁云也在林明理的眼色中意识到自己有些不受控，愣生生憋住情绪。

南迦适时插腔："表姑丈，罚你今晚跪遥控器给表姑赔罪。"

林明理点头："洗碗拖地倒垃圾我也全包了。睡前再给你表姑人工按摩。"

翁云颇为嫌弃："让你按摩，我还不如自己去坐按摩椅。"

林明理唉声叹气："我在家里的地位现在是连按摩椅都不如。"

南迦表现得和平常一样，笑话林明理："该！"

林跃默不作声地端起空碗筷往厨房走。

翁云连忙问："这就吃饱了？"

"嗯。"将空碗筷放入洗碗池，林跃折返出来，从沙发上捞起书包径自回卧室。

南迦快速喝掉碗里最后一口汤："表姑、表姑丈，我也吃饱啦！"

关上她的房门前，南迦捕捉到林明理和翁云不知在小声嘀咕什么。

大抵是方才那场险些没控制住火候的夫妻拌嘴的真正后续？她一点都没兴趣探究。她一心记挂林跃。这两天她在家里待得挺难受的。她无法想象，如果他真的已经察觉翁云和林明理之间的端倪，他的难受该是她的几千倍几万倍？

今天南迦提前半小时去敲林跃的卧室。因为门没锁，她基于以往的经验默认可以直接进去，怎料林跃正巧洗完澡从卫生间出来，T恤才套到脖子上。

少年精瘦的腰身裹挟潮湿清爽的水汽暴露得淋漓尽致。

南迦一怔。

林跃亦顿住。

两人面面相觑两三秒，抑或更长时间。

南迦后退："对不起，打扰了。"

林跃也一声不吭继续穿T恤。

退出去、关上门、消失在他视野里之后，南迦的从容不迫再也维持不住。

她落荒而逃般回到自己的卧室，扑倒在床上用枕头埋住滚烫的脑袋，分不清"丢人"和"要命"哪种情绪更占上风。

间隔半小时，南迦当作无事发生，重新过去"补课"。

翁云送来一盘水果之后，南迦才啃着梨坐到林跃身边佯装好奇地聊起："你那个朋友是不是因为他父母离婚，所以身心成长不健康？"

林跃的语气超级损："没人比他更健康。"

南迦心道：确实，人家看着可比你这尊冷面佛阳光开朗。

她字斟句酌："但表姑好像认为他父母的离婚给他造成特别大的负面影响。"

"你怎么看？"林跃转眸，反问她。

"什么怎么看？"

"我妈说的，一个完整的家庭对孩子的健康成长很重要。"

南迦静默地与他四目相对，觉得她得到确认了。

心底倏地酸胀，她庆幸自己的嗓子本就是哑的，不至于泄露难以抑制的心疼："大人们以为我们年纪小承受能力差，但又低估我们的敏感和观察力。影

149

响我们的不是家庭的完整性，是他们的情绪。"

"像你说的，对某些家庭来讲，过深的情感和过强的责任反而是种束缚。"她终于明白他这句话真正的意思了。是他想告诉翁云和林明理的吧？与其勉为其难地维持家庭表面的平和与完整，三个人都难受，不如痛痛快快地分开，各自轻松。

林跃低垂视线继续看书："你可以回去抄作业了。"

"哦。"南迦走回飘窗，却抱起她的书又折返，"今天觉得书桌更舒服。"

林跃疑似翻了个白眼。他搬动他的椅子稍微往旁边挪，让出多些空间给她，预先警示："别乱动。"

南迦只能说："我尽力。"

然后，她这个"尽力"不出十分钟便破功，窸窸窣窣的响动比她待在飘窗那边发出的次数还要多。

林跃掀眼皮。只见她刚刚换了个新姿势，两条腿交叠盘进椅子，身体前倾趴在桌面上，乌黑蓬松的长发由肩膀两侧披散，后颈的碎发在灯光下毛茸茸的。

她没有在抄他的作业，她在做题，题目似乎很难，她眉心微蹙着呈思索状，噘起的嘴唇将笔托在她的鼻子底下。

察觉到他的目光，南迦转头，取下鼻子和嘴巴之间的笔，笔头轻轻点点她的题，说："大毛带来的我原来学校的自主命题，挺有意思的，你要不要一起做着玩玩？"

林跃先是挑眉，旋即勾勾手指。南迦便将卷子挪过去。

每晚的补课，就这么变了样。有时候一起研究难题，有时候拿当天各科老师布置下来的作业比赛，谁用时短谁就赢。

南迦充分怀疑他借此机会试图摸清她的真实水准，但既然都答应他期末考试正常发挥，她也无所谓被他摸清。可以在一个人面前毫无保留，她挺爽的。还能和他交流，再不用独自躲在卧室偷偷刷题，连战胜一道难题的成就感都无人分享。

至于那两位女同学，王主任和南迦沟通不成之后，没再找南迦去气他自己，越过她直接和南向东谈。

南向东自然是同意了王主任的和平解决方式，打电话来批评南迦不懂事。

"……小小年纪怎么报复心那么强、戾气那么重？我和你妈妈以前是这样教育你的吗？"

南迦当时赶着去林跃卧室学习，好好的心情不乐意被他破坏，随口堵他道：

"不怪你和妈妈,是我天生基因遗传自带的报复心和戾气吧。我这边的爸爸把女儿做手术的救命钱都拿去赌了,哥哥也进过看守所。"

南向东突然没了声音。南迦匆匆挂掉电话。

这之后再次和南向东通话,是期末考试的前一天。

饭桌上,南迦听翁云和林明理说她过几天要回北城去时,蒙得咬在嘴里的鸡翅都掉了出来:"我怎么不知道我过几天要回北城?"

翁云愣怔:"你不回北城过年吗?"

林跃看向南迦。

南迦挠挠头,问:"表姑,我如果过年留在这里,会给你们添麻烦吗?"

林明理笑开:"傻孩子,说什么呢,怎么可能给我们添麻烦?你在我们家里热热闹闹的,我们巴不得你继续住。"

这是他的真心话,也是他切身的体会,自从南迦住进来,整个家说不上有特别大的改变,但氛围较之过去多出一丝轻松。

他甚至感受到林跃的性子没以前冷了。而且过去林跃出门不是和瞿闻宣几个打球就是独自到书店,这几个月不仅被南迦带出去扩大同学间的社交圈,还参加了学校里的元旦会演。

翁云也说:"表姑这里你想住多久住多久。和你处久了我都后悔当初没趁年轻给小跃添个妹妹。"

冷不防林跃参与进来,煞风景地道:"我不需要妹妹。"

南迦脑子一热,未经深思熟虑地问:"那你需要表妹吗?"

林跃一噎。

回过神来的南迦捺着尴尬笑嘻嘻地圆场:"表姑和表姑丈都同意我在这里过年,表哥你的反对无效。"

饭后一回卧室,南迦就给南向东发消息,通知他,她将留在清荣过年。

南向东的电话很快打过来:"机票已经帮你买好了。"

"退掉吧。"南迦把玩着林跃为她赢来的那颗水晶球,"爸爸,今年对你意义特殊,你应该和唐欣好好过个年。"

第一次,她主动且直接地在他面前点出唐欣的名字。至于唐欣今年春节留在北城这件事,是她从金瘦猴的嘴里获知的。

南向东安静了数秒,道:"迦迦,如果是因为欣欣,你没必要不回来——"

"不是的。"南迦扯谎打消他的顾虑,"我和我这边的哥哥相处得挺好,我也想和他过个年。"

　　去到林跃卧室里"补课"时，南迦发现十五分钟前田英在群里公布，元旦会演的投票结果学校终于统计出来了，四班和八班的节目均一等奖。

　　黄卉开心地在群里拼命给她发亲亲表情包。

　　南迦则对这个结果愤懑不平："怎么这样？明明我们班的节目更出色。"

　　林跃不予置评。南迦侧过脸颊贴到桌面上觑他，激将道："你的胜负欲呢？我们两个班级的比拼无形中等同于你和你那个朋友的人气比拼，你甘心你们被评定在一个水平上？"

　　林跃瞥她："你参加元旦会演的目的是什么？"

　　南迦当然记得："补偿我在成绩上给四班拖的后腿。"

　　林跃说："期末加油。"

　　南迦一愣。

　　可让大家看到你是最闪耀的人也很重要——南迦腹诽着，递出自己预先画好的卡片："期末加油。"

　　林跃收进抽屉里，嘴唇微微翕动，欲言又止，但最终开口道："确定了吗？"

　　南迦："啊？确定什么？"

　　林跃："春节在哪儿过？"

　　南迦心脏猛地一跳，克制紧张，问："你还没回答，你到底需不需要表妹。"

　　林跃嘴角微敛："我需要的既不是妹妹也不是表妹。"

　　南迦谨慎而迟疑："那是……"

　　林跃："自己想。"

　　南迦无语，这要她怎么自己想？解题思路是什么啊？

　　林跃却戴起耳机，低头继续刷题，浑然不打算再和她聊下去。

　　南迦本就不平静的心更乱了。

　　一码归一码，被林跃撞乱的心倒没影响南迦期末考试的发挥。

　　期末是五市联考，难度比期中考试大，每一门结束后群里的同学们叫苦连天，考场的气氛也偏压抑。

　　南迦和期中考一样，在最后一个考场，但不再是最后一张桌子，最后两张桌子的主人是那两位女同学。可和她们的距离也不远，她就在她们旁边一组，仅相隔一个过道。好在井水不犯河水，前两天的考试相安无事地度过。

　　第三天早上，南迦来到考场所在的教室，文念念又帮她带了块巧克力。

文念念这回的座位就在南迦的前桌，这两天中午她还邀请南迦一起吃午饭，向南迦表达歉意，因为她认为南迦在元旦会演上的遭遇是由她引起的。

　　南迦开解不了她，索性接受她的好意，免得她一直记挂在心。

　　巧克力则是文念念昨天分给南迦一小块，南迦随口夸一句味道不错，没想到文念念今天特地再送来。

　　"你也太客气了。"南迦照旧收下了。她察觉文念念是个特别敏感的女孩，她的拒绝非常容易让文念念感到沮丧和自卑，好似她的拒绝代表对对方的讨厌和轻视。

　　"怎么是客气？我们是好朋友，相互分享是应该的。"文念念的音量略略拔高，说得稍显牵强和刻意。

　　这种牵强和刻意，之前已经体现在了找南迦一起去吃饭时，自作亲昵地挽南迦的胳膊。南迦笑而不语，眼角余光瞟着坐在旁边两张桌子前的人。

　　她看得出来，文念念是故意和她套近乎，在那两位女同学面前表现得和她关系好。如果能间接帮到文念念免受欺负，南迦愿意默许文念念的行为。

　　教室里正在抓紧时间看书的同学们好些个突然都朝门口望去，略有骚动。

　　南迦反应过来时，林跃已经站在她的桌子前，没什么情绪地说："又拿错了。"

　　他朝她递来的是她的错题本。

　　他们俩的错题本都直接使用学校统一发的作业本誊的，外面还都没写名字。

　　南迦连忙从书包里抽出错题本和他交换回来。

　　林跃一句话不多讲，带上他的错题本快速离开。

　　教室里全部人的视线跟随林跃的身影消失之后，又齐刷刷集中到南迦身上。

　　南迦挥挥手提醒大家："再过十五分钟就要开考啦。"

　　他们的目光这才陆陆续续散去。

　　南迦翻开错题本，心想着，他不是总怕耳根子不清静，怎么还高调地亲自跑来她的考场？打电话不方便，给她发条消息也可以。

　　结果，她随手摸出手机，发现五分钟前林跃发过消息，但她才看到。

　　行吧……

　　中午，黄卉打电话问南迦，南迦才知晓，林跃早上来找她的事情被好事之人拍下照片，发到论坛里八卦他们俩的关系。

　　"你不会又想说你借了跃哥的作业？我可没那么好骗，考试期间我们都没课，你们又都没上晚自习，不是私下见面怎么拿错错题本的？迦妃，你不老实哦。"

南迦觉得黄卉近朱者赤近墨者黑，越来越受毛现的影响，措辞和语气渐渐出现向毛现靠拢的趋势。她费劲解释自己确实找林跃帮忙考前突击过，然后假装信号不好和黄卉结束掉通话，继续乐此不疲地在论坛里保存照片。

如果不是今天上论坛，她都没发现，元旦会演那天有人拍了些照片发帖子，各个班级的演出都有，高一年级以四班和八班的数量最多。虽然像素有点差。

田英其实也拍了不少照片，但架不住她强烈的仪式感，非说等找个时间召开主题班会，再把这学期记录下的全班同学的点点滴滴回放给大家看。

"你的面快坨了。"坐在对面的文念念提醒。

"啊？好！我现在就吃！"南迦的午饭依旧是受文念念的邀请。

文念念拖着迟疑的语调说："你和林跃好像很要好。"

南迦笑笑："我要好的人很多，不止我同桌。只是我同桌比较受学校里女生的关注，所以大部分人的注意力都在他身上。"

文念念像生怕她误会一样，急切澄清："我没有关注林跃，我不是那个意思。"

南迦一开始根本没误会，但文念念这会儿脑袋栽到胸口，脸也红得近乎滴血，大有此地无银三百两的意味。

意识到自己可能不小心戳了人家隐秘的小心思，南迦递台阶道："是啊，不是所有女生都一定会关注林跃。我们学校除了他还有很多优秀的男生。"

南迦的位置靠近店门口的边缘，背对外面，所以她毫无察觉原本一只脚已经迈进店里的人恰好听到了她的话。对方身形略略一滞，默不作声地退出去。

瞿闻宣买完奶茶，发现林跃等在路边，踹他一脚："你不是说先进店点餐？站这里干什么？"

林跃："没位子。换一家。"

结束午饭出来，文念念说她生理期，卫生棉不够用，南迦便陪她去买。大概因为害臊，文念念拉南迦去了比较远的一家小超市，人少，撞见同学的概率小。

南迦玩着手机在门口等她，没想到会等来唐国强："佳佳。"

他出现得太突然，还鼻青脸肿浑身是伤，南迦吓得一激灵："你被谁打了？"

"爸爸没事。"唐国强的手背在腿侧的裤子布料上蹭了蹭血迹，冲她笑得一脸慈爱，"佳佳，你有没有钱？"

南迦心中警觉，面色不改："没有啊，我没带钱。只是陪同学来买东西，马上要回学校，下午还有考试呢。"

"你的钱包呢？没有带身上？爸爸之前看你有很多零花钱，还有银行卡。

爸爸现在有点急用，你先借给爸爸，不耽误你回学校考试。"唐国强向她伸手。

南迦本能地后退，拉开和他的距离，撒谎："我北城的爸爸已经不管我了，他现在只管唐欣，他没再给我钱，我之前的钱早就花光了。"

南迦趁其不备拔腿往学校正门方向跑。哪料没跑出两步就被人从身后薅住头发一把拽回去，头皮麻得她险些飘出眼泪。

拽住她的是个和唐国强一般年纪的中年男人，身量不高，气势挺足。唐国强喊他李哥："李哥，你手劲轻点！你别伤到我闺女！"

李哥不耐烦："不想我伤到她，你就赶紧让她把钱拿出来！"

唐国强拉住南迦的手臂："佳佳听见没有？你把钱拿出来我们就没事了！"

南迦愤愤地甩开他："我没钱！我也不是你女儿！你自己欠的债你自己还！"

"你身上流着我的血，怎么不是我闺女？你不能见死不救！"唐国强跪在她面前，掏她身上的口袋，一下把她的手机摔到地上，"钱包呢？你的钱包呢？"

"你——"南迦忍住一脚踹开他的冲动，借着头皮被扯得疼，硬生生挤出眼泪，抖着声音问李哥，"李叔叔，我把钱给你，你就信守承诺放我回学校考试是不是？"

纯良无害的柔弱女高中生，在李哥眼里不过是个小孩，否则他也不会一个人跟着唐国强来学校，他说："拿到钱我就放你。别怪叔叔，要怪就怪你有个嗜赌的爸爸。"

"我知道。这种爸爸我也不承认。"南迦吸吸鼻子，红着眼睛，"我跟你去取钱。我直接把钱取给你，不要经过他的手。我不想看见他！"

林跃今天食欲欠佳，没吃几口就放下筷子，桌底下的脚轻轻踢还在慢吞吞玩手机的瞿闻宣："快点。"

"你赶着投胎？"说着，瞿闻宣将手机页面递到他跟前，"既然你吃好了，那和我聊聊，论坛上是怎么回事？"

早预料到当众去找南迦换错题本的后果，林跃看也没看，直接拍开瞿闻宣的手："白痴。"

"你大爷！我手机！"瞿闻宣眼疾手快用身体一起去接。

林跃冷眼旁观他跟耍杂技似的将手机夹在两腿间，成功拯救。

"就你这样，有人喜欢才有鬼！"瞿闻宣骂骂咧咧。

林跃嘴角抿出一抹轻嘲，没再管瞿闻宣，起身先走了。出去店门口，他冷不丁瞧见快急哭了的文念念，但之前和文念念在一起的人并不在。他走上前："南迦呢？"

受到惊吓的文念念猛地摔倒在地，语无伦次地哭道："我不是故意的。我不知道唐叔叔还带了其他人来。唐叔叔说她想念女儿，好久没见女儿，求我把人带去和他见一面，其他我什么都不知道。我也不知道为什么会变成这样。怎么办？我现在找不到唐炜哥——"

听清楚其中的关键字眼，林跃冷煞着脸厉声打断她："南迦人呢！"

文念念被吼得打了个寒战，如梦初醒般看着他，指了指某个方向："那边——"

"喊老师！"林跃第一时间跑开。

他恨自己不会飞。跑到一半，他又意识到自己太着急，知道个方向但根本不清楚具体方位，可也没办法再回头问文念念。

他摸出手机尝试给唐炜打电话，脚下步子不停，急匆匆拐过分岔路口。

然后，林跃猛地刹车。

小超市门口，南迦咬着细皮筋利索地扎着松散的头发，看着倒在地上痛苦捂着裤裆的中年男人，语焉不详地问："李叔叔，我给你打电话找救护车好不好？还是先打电话给警察叔叔处理你和唐国强的债务纠纷？"

地上的男人自然顾不上回答她。唐国强抱着路边的树，瑟缩着脑袋。

南迦从嘴里抽走皮筋，口齿恢复正常，声音软软的，又说："那就救护车和警察叔叔一起叫吧。不过我赶着回学校考试，没办法陪你在这里一起等警察叔叔来了。"

冷风吹得脖子凉飕飕，她松开绑牢实的头发，将羽绒服的帽子罩起来。刚罩起来就被人从后面重新拉开，她转头，见是林跃，颇为惊讶："同桌？"

林跃微微气喘着端详她。猜到他是专门跑来找她的，她弯起眉眼，轻轻拍一下他的手臂示意自己没事："我打个电话马上出来。"

走进超市，她问超市老板借电话，老板小声说："帮你打过报警电话了。"

南迦笑："谢谢阿姨。"

超市老板神色充满歉意："我一开始没注意你们外面怎么回事，不清楚你们的关系，所以没敢轻易出去插手。对不住啊，小姑娘。不过小姑娘你也太厉害了，看起来纤纤弱弱，竟然能把个大男人撂倒。"

南迦表情无辜："阿姨你看错了，那个叔叔是没站稳自己摔倒的。"

超市老板被她整糊涂了："这样吗？"

"嗯！是这样的！"南迦确定，以及肯定地用力点头，"我一个小姑娘纤纤弱弱的,怎么可能撂倒一个比我壮的成年人呢。"

林跃并没在外面等,他跟着进来了。他不知道方才究竟发生了什么,但他见识过她唬人的神情和语气,就是现在这个样子。和她当初对着包亨达说"我这么单纯的人,怎么斗得过玩弄心机的数学题"时,如出一辙。

南迦指着收银台上的一桶徐福记棒棒糖:"阿姨我要四根。"

超市老板:"喜欢什么口味?"

南迦:"两根酸奶,两根巧克力。多少钱?"

超市老板:"阿姨送你了。"

"谢谢阿姨。"南迦笑眯眯的,抽出一根酸奶味的剥开塞给林跃,"吃点甜的心情好。"

林跃因为她这句话没有拒绝。

南迦又剥开一根巧克力味的棒棒糖,走出超市,蹲在地上的中年男人面前,塞进对方嘴里:"叔叔,以后站稳,别再平地摔。还有,冤有头债有主。"

继而,南迦转向躲在树后的唐国强。

唐国强立刻和南迦拉开距离,南迦便不再靠近,将手中剩余的一根巧克力味棒棒糖丢过去,心平气和地道:"你请我喝奶茶,我请你吃棒棒糖。两清了。"

林跃站在她的后侧方,没有错过她脸上稍纵即逝的难过。

裹紧帽子,南迦冷得跺了跺脚,回头看慢了两步的林跃:"快走吧,同桌,还要赶着回去再看几道题呢。"

她嘴里含着一根酸奶味棒棒糖,右边腮帮子鼓鼓的,讲完立刻舔了舔溢到唇瓣上的奶渍。

林跃只是想确认唐国强没有继续跟着。他也没具体问她怎么解决的,闻言微一挑嘴角:"考完等我一起回家。"

南迦短促地笑一下:"好不容易考完试,你不去痛痛快快地打球,我多内疚。"

林跃的步伐加快:"没看出你脸上有'内疚'两个字。"

南迦跟上他,抬起手指隔着空气往自己的脸上比画:"这不就立刻写给你。"

林跃无语。

进校门口没多久,两人在阶梯上迎面碰到着急忙慌的田英。

见南迦毫发无伤,田英放下心,暂且来不及了解情况,叮嘱南迦先好好考试,考完试再去趟教师办公室。

在楼梯口分手前,林跃强调一遍:"等我一起回家。"

南迦扯了扯书包背带，皱出一张苦瓜脸："现在不是我等你，是你得等我从英子的怀抱里脱身。"

林跃迈上上楼的阶梯，有点幸灾乐祸的意味："嗯。祝你好运。"

南迦故意嘎吱嘎吱响地咬碎嘴里剩下的那点棒棒糖，显得好似咬牙切齿，唇边的弧度则完全压不下去，开开心心地进了考场。

直至行至他的考场门口，林跃抄在裤兜里的手才松弛开攥紧的拳头，缓缓长呼一口气。虽然现在看起来安然无恙，但事发之际她是否有过害怕？他记起她眼尾残留的那点轻红。

从厕所走回来的瞿闻宣单手勒住他的脖子："搁这儿凹造型？"

"滚。"林跃的手肘用力顶他。

被顶到之前，瞿闻宣率先松手，这才瞧见林跃嘴里的白色棒棒糖棍，瞿闻宣微一怔："你没毛病？"

林跃径自走进教室："晚上我没空。球场放你一马。"

"南迦。"文念念红着眼睛，视线追随南迦进来教室的身影。

南迦到垃圾桶前将棒棒糖的棍子丢掉，然后回到自己的位子坐下。

文念念怯怯地问："你还好吗？"

南迦掏出书包里的笔袋和错题本，眨眨眼："我们很熟吗？"

文念念愣住，眼睛越发红，泫然欲泣："你能不能听我解释，我——"

"打住。"南迦笑得和和气气，"同学，我还想临时抱个佛脚，时间宝贵，求放过。有事考完再说。"

场面话，事实是考完后，南迦直奔教师办公室，根本没理文念念。

田英哪儿都好，唯一的缺点是唠叨起来特别容易刹不住车，连她这种脸皮厚的人也顶不住，明里暗里打断了三次，田英才后知后觉时间差不多，该放人回家了。

"英子我提前给你拜个早年祝你新春大吉财源滚滚富贵平安我们下学期再见！"南迦气都不带喘的，迫不及待冲下楼找林跃。

等在教学楼楼下的却不只是林跃，还有黄卉、包亨达和张焱辉。

后面三位一见到她，整齐划一地朝她深鞠躬："迦姐、迦哥、迦爷、迦老大好！请受小弟们五体投地一拜！"

南迦被他们"尬"到了，询问唯一看起来正常的林跃："整啥呢这是？"

包亨达两眼放光亮出手机："牛啊姐！你身上到底还有多少宝藏？"

南迦凑上前观看，只见手机界面播放的视频里，少女一个翻腕压肘再一个飞踢，眨眼间把一个中年男人撂倒在地起不来。

"是挺牛，哈哈哈。"南迦也没想到自己在画面呈现上竟如此帅气。

"超牛的好嘛！"黄卉模仿毛现看过视频之后向她炫耀的骄傲语气，"那是，我们迦妃没两把刷子，我能拜她做老大，跟着她混？"

包亨达急吼吼打听："迦姐，你跆拳道练到什么段位了？黑带吗？"

"嘘——"南迦故作神秘，"真正的高人不可轻易泄露自己的底。"

黄卉被逗乐，笑声回荡在此时空荡荡的一百零三级阶梯上空。

南迦抱着黄卉的手机来回反复观看自己的英姿，庆幸道："亏得英子不玩我们学生的论坛，否则我现在肯定还在她跟前挨唾沫。"

张焱辉走到她身边，指出："拍视频的人不厚道，明明看见你遇到麻烦，不仅没去帮你，反而忙着拍视频。"

闻言，林跃看一眼张焱辉。发现论坛里流传开这个视频时，他首先想到的也是这个问题。

南迦拍拍张焱辉的肩膀："算了啦。见义勇为的前提是保护好自身安全。别人在不了解情况的时候不好贸然来帮忙，情有可原。"

大家都正在下阶梯，南迦转头和张焱辉讲话一时没看清楚脚下的台阶，滑了一下，张焱辉迅速抓住南迦的手，南迦出于本能也回抓张焱辉。

黄卉调侃："焱辉，你怎么耳朵都红了。"

虽然天色昏暗，但路灯照得清清楚楚。林跃不动声色的目光亦扫见得分明。

张焱辉尴尬地松开南迦，有点结巴："太冷了，冻的。"

南迦凑耳朵到黄卉眼前："你光注意辉儿没注意我？我耳朵也冻红了，怎么不关心？还是不是好姐妹了？"

黄卉往南迦耳朵上哈气："这就关心！"

"迟了，现在的迦姐儿你高攀不起！"南迦笑着快速往下跑。

深寒的隆冬飘散开淡淡的雾气，挟裹暖黄的光线，勾勒她生动鲜活的身影。

林跃双手抄着兜，微微勾一下唇。

和黄卉打闹到校门口，南迦又见到了唐炜。

早上城管来清荣一中突击了一趟，巷子里好些个摊贩没跑成，被城管连人带车扣走，唐炜和两只瘦猴未能幸免于难，这会儿才缴了罚金出来。

他们每天守在校门口，偏偏今天没有防住。或许唐国强也是偷偷观察了好些日子，才抓到这个机会。

唐炜的脚边落满烟蒂，全是等待南迦期间抽的。

他靠着路边的栏杆，看起来有些颓靡，上下打量南迦两眼，张口第一句倒并非道歉，而是问："什么时候回北城？"

事情他已经通过林跃全部了解了，包括那个视频林跃也转发给了他。

但林跃转发的目的并非让他知道南迦如何自己解决的，看完那个视频他只觉得被打了一个辣辣的耳光，自责和羞愧无以复加。

南迦踩着栏杆坐上去，两只手抓着横杆勉强稳住身形："明天开始放寒假，我不来学校，唐国强想找也找不到我。而且经过今天，他应该不敢再来找我了。"

她轻笑："不是只有你会对他见一次打一次。"

唐炜皱眉："谁教你打架的？"

"我没打架好不好，我很文明的，从来不打架。今天那是自卫。"南迦辩白，"以前我妈妈怕我受欺负，给我报过几年跆拳道班。"

她学得还可以，但远没有黄卉他们以为的厉害，主要架势唬人。中午，她慎重掂量过对方的身形和力量才敢动手的。

唐炜在她的眼神里捕捉到一道温柔的光，"妈妈"两个字于她唇齿间的咬字也特别柔软。他心情复杂，说："你早点回北城吧。这里的一地鸡毛不适合你。"

南迦记起，她从两只瘦猴口中听闻唐炜近来奔波着帮唐欣四处开证明，似乎是唐欣的学籍打算转走。不难猜测，唐炜往后极大可能要留在南向东身边。

她没向南向东确认过这件事，但她现在问唐炜："唐欣是不是不回来了？"

不只是春节不回来，是要彻底脱离清荣的生活吧。

唐炜转身，背对清荣一中，望向马路对面因为学生放假而比平时萧条的商铺："不再回来是好事。没人希望她再回来。"

南迦沉默数秒，轻轻喊他："哥……"

唐炜错愕，眸光沉沉注视她。

"一地鸡毛也不适合你。既然唐欣有了托付，你最大的牵挂没了，就别继续把自己拴在这一亩三分地。赵耳他们可说'炜哥是有大抱负的人'。"却因为唐欣的病，拖垮了他本该拥有无限可能性的人生。

南迦跳下栏杆："下学期开学，别再让我在校门口看见你们了。虽然你们摊的饼味道是好，但吃多了真的腻，我都不好意思拒绝你们的好意。"

"走了。"她迈开大步，背对着他挥挥手，"大年初一你再约我吃饭。记得准备好压岁钱。五百以下我不收。"

林跃、黄卉、包亨达和张焱辉还在路口等南迦。黄卉为了庆祝期末考的结束，在她家乐器行楼上的KTV订了个小包厢，除去他们，黄卉还找来初中同学。

　　男男女女加起来约莫十个人，半数和黄卉一样是麦霸，南迦不和他们抢麦克风，被黄卉邀请一起合唱两首情歌之后就躲回角落里和包亨达、张焱辉猜骰子。

　　林跃则坐在南迦身边，遗世独立般塞着耳机自顾自玩手机。

　　张焱辉见南迦吃光了面前的那盘爆米花，起身打算帮她把桌子边缘的另外一盘移过来。没等他行动，却见林跃快一步端起盘子叠放到南迦的手边。

　　看似刚刚的举动完全是林跃顺手为之以方便他人，但张焱辉瞧得清清楚楚，林跃在整个过程中眼皮都不曾抬起过，南迦也不曾拜托过林跃。

　　只能说明，林跃一直有在留意。

　　"焱辉，发什么愣，该你了。"包亨达推他一把。

　　张焱辉回神，报出个大小，又看到南迦极为亲昵地凑近林跃不知在说什么。

　　南迦其实没说什么，就是问林跃会不会无聊。

　　林跃摘掉一只耳机。

　　包厢里太吵，他第一遍没听清楚，不得不侧过耳朵朝她倾身。而这一倾身，她的碎发挠得他鬓边发痒，她一呼一吸间的温热气息悉数喷洒在他的耳郭。

　　"我说，玩完这一局，我们就回去吧。"

　　林跃反应了四五秒，思绪才回拢到她的话上，喉咙有些干地回应："随便。"

　　他把耳机塞回耳朵里，热气没散开，反倒像全堵在里面，越发烫。

　　包亨达和张焱辉跟着南迦和林跃一块走，黄卉恋恋不舍地送他们到电梯口，说她春节要回乡下老家过年，只能开学再见。

　　乘电梯到一楼后，张焱辉将三张光盘分别给了南迦、林跃和包亨达，里面的内容是之前他们采风以及排练的照片，他为每个人刻录了一份作为新年礼物。

　　南迦格外惊喜："辉儿你也太有心了。这得费不少精力吧？找人刻录是不是还花钱了？"

　　"没有。"张焱辉摇头，解释道，"有朋友专门做这个，免费帮我的，我只是整理了照片。"

　　光盘的外包装虽然一样，但标注了各自的名字。包亨达问："是不是代表每个人盘里的内容不一样？"

张焱辉飞快看了一眼南迦,说:"没有太多不一样。就是有的人单人照片少点。像黄卉,她的几张写真我只放在她的盘里。"

"明白了。"南迦轻轻晃晃光盘,"我回家后马上观看。"

张焱辉突然有一丝不自然,小声应:"嗯……好……"

二十分钟后,回到小区,南迦和林跃再次在楼下的花坛遇见那只白猫。

已经数不清是第几回了,好像真被林跃说中,这猫赖上她了,隔三岔五蹲守。

南迦倒没嫌烦,又摸出书包里的小鱼干。自从发现它经常出没,小鱼干变成她的固定零食,即便她不吃,也会装一小包随身携带。

林跃依旧保持三步开外的距离,等她喂完白猫,和她继续走。

南迦揶揄:"你这么抗拒,万一以后你喜欢的人想养猫猫狗狗,可怎么办?"

林跃问:"你会想养吗?"

"我还没——"南迦下意识要回答,话没讲完陡然蒙住。

等等!他是不是没听清楚,她问的是"你喜欢的人想养"?或者他只是单纯地顺口反问她一句,并没有察觉和前文联系起来会产生歧义?

南迦停在原地,心绪乱麻成团。

林跃回头:"怎么?"

南迦克制内心的星河翻涌:"你问我干什么?"

昏黄的路灯下,林跃浑身透着一贯冷淡的利刃感,他的眼里枕着朦胧的月色,嘴唇微微翕动。

没等他出口,林明理的声音打断了他们:"小跃!"

林跃望过去,眉头顿时皱起。

南迦只觉一道健步如飞的人影迅速掠过她,掀起一阵浓重的清凉油的风。

风中扬起高亮的嗓门:"我的命根子哟!又长高了!怎么好像还瘦了?你妈没给你做好吃的?今天刚考完试是不是?怎么还背着书包?这个点才回来?天气这么冷你怎么只穿这么一点?我去年给你织的毛衣呢?秋裤你穿几条?"

老人家的个头仅及林跃的胸口,两只手臂努力伸长去够林跃的脸,掌心分别捧在林跃的面颊两侧,挤得林跃的脸略微变形。

何曾见过有人如此大胆地冒犯冷面同桌,南迦几乎惊掉下巴。还有对方刚刚喊他什么?命根子?没搞错吧?

林跃的额角隐隐抽搐,捋开曾梅宋的手:"奶奶……"

林明理左手拎着鸡、右手拎着鸭,身上还背个大布袋,气喘吁吁地赶来:"妈,这里风大,有话上楼再说!"

曾梅宋攥紧林跃的手:"对!冻坏了我的命根子可怎么好!走走走!我们赶紧上楼!奶奶给你带了好多好吃的!你得好好补一补!"

林跃摆着张明显不爽却无法反抗的臭脸被架在身边听她喋喋不休。

南迦默默跟在最后,帮林明理扶着背上的大布袋,偷偷憋笑。

曾梅宋一心扑在林跃身上,对其他人都爱搭不理,包括林明理和翁云。

南迦在翁云做介绍时和她打过招呼,就先回自己卧室。

不多时,翁云敲门进来和南迦商量,这个春节她得和曾梅宋一起睡。

南迦没忘记林跃告诉过她,她的房间以往是他奶奶逢年过节会来住的。

现在反倒更像她一个外人鸠占鹊巢。

南迦当然同意,帮翁云搬出衣橱里的备用棉被和床单枕套为曾梅宋铺床。

然而,曾梅宋意见很大:"我习惯一个人睡。我年纪大睡眠浅,很容易被吵醒,而且和陌生人一个屋我会失眠。你爸以前还在世,我们都分开一人一个房间。"

林明理为难:"妈,不是我们故意亏待你,现在情况特殊,你理解理解。"

眼瞧翁云要发火,南迦忙道:"没关系的,我可以睡沙发,客厅沙发很大也很软,躺着很舒服。卧室还给奶奶睡吧。"

翁云忍气吞声:"委屈你了南迦,表姑对不住你。原本今年春节轮到奶奶到小跃他叔叔家过年,但他叔叔家临时有事。她这人非常刁钻,难伺候,你别理她。"

"我睡沙发。"林跃抱着他的被子和枕头出来,看着南迦,"你睡我的卧室。"

南迦:"不——"

林跃:"就这么定下。小点声,别被奶奶听见,听见她又该反对了。"

曾梅宋此时正由林明理陪同着在卧室里整理行李和床铺。

翁云同意林跃的做法,一锤定音:"今晚先这么着。"

南迦便抱着她的被子和枕头去了林跃的卧室。

停在林跃的床前,她记起"补课"的第一天晚上,彼时的对话尚历历在目,如今她不仅可以趴在他的床上,还可以在他的床上睡一个晚上。竟然美梦成真?

林跃见她不动,问:"干什么?"

南迦说:"怕你规矩多,我等等看你有什么要交代的。"

林跃:"别尿床就行。"

南迦无语。

林跃带着浅薄笑意走到书桌前："我看会儿书，奶奶睡了我再出去。还有，你明天早上起床的时候，先发消息和我确认奶奶在不在，别被她发现你睡我屋里。"

南迦丢下被子和枕头，跟过去："我借你的电脑用一用，行不？"

她从书包里取出张焱辉送的那张光盘。

林跃眼神幽微，安静一瞬，帮她打开电脑主机，她拉过椅子坐下。

很快，屋里回荡起她的惊叹："我的天，什么时候抓拍我的？好多照片。辉儿肯定帮我P图了吧，我都不知道我能这么漂亮。太厉害了，能赶上专业摄影师了吧！"

林跃没吭声。南迦以为自己影响他看书了，止住话，转而登录QQ，到小群里戳张焱辉，发表欣赏完光盘的感受。

包亨达表示自己今晚还在学校，要等明天回家后才有电脑。他提到他回学校时听说的八卦："迦姐，你不是认识那个文念念？她有点惨，下午考完试后被人反锁在厕所里，冻到刚刚才有人救她。"

南迦眸光轻轻闪烁，冷淡地在群里回："哦。"

不消片刻，林跃合上书，准备出去睡觉。

"同桌。"南迦喊住他。

临到嘴边，南迦犹豫了一下，她原本想问他之前在楼下，为什么问她养不养猫？

有些话错过时机之后重提，就失去了当下那股情绪冲动，变得瞻前顾后。她害怕是她自作多情，害怕失望，害怕影响她和他接下来的相处。

还是算了吧，她再多观察观察，总会再遇到合适的机会探究。

"晚安。"南迦弯唇。

林跃："嗯。"

他一离开，南迦立刻摸出手机，对他的床展开各个角度的拍摄。

铺好被子和枕头，她躺上去。床单没换新的，隐约嗅得出和他身上一样的味道。她整个人藏在被窝里，给毛现甩去一张照片。

毛现："床？"

南迦："嗯。"

毛现："看起来不像你的风格。"

南迦："嗯。"

毛现："你跃哥的？"

南迦:"嗯。"

毛现的电话直接打过来:"别告诉我你——"

"打住你丰富的想象力!"南迦脸微烫,挂断电话,从床头钻到床尾,对着飘窗拍一张照片,发动态:"晚安。"

第二天早晨,南迦五点钟就被曾梅宋的声音吵醒。她心下感叹老人家起得真早,便困倦地又睡过去。再醒来是九点半,南迦谨记林跃的叮嘱,先摸出手机。

林跃七点钟发过一条消息,说奶奶出门采购年货,不在家。谨慎起见,洗漱穿衣之后,南迦还是重新问一次林跃。

不瞬,房门被从外面叩了叩。南迦猫着身体小心翼翼打开一条门缝。

南迦:"奶奶还没回来吧?"

林跃:"你也不用跟做贼似的……"

南迦:"我做贼的样子不有趣吗?你怎么也不赏脸笑一笑让我有点成就感。"

林跃白她一眼。

南迦走向厨房:"你爸妈也一起去采购年货了?"

"嗯。"林跃回客厅的沙发里刷题。

南迦盛了留在锅里的早饭,坐到饭厅的椅子里,透过鱼缸看他:"英子说我们期末考成绩什么时候能出来?"

林跃:"下周一。"

因为五市联考,各所学校的老师统一密封阅卷,否则这两天就能出来。

而寒假之于他们,与平时没太大区别,同样被满满的考卷充塞。

南迦吃完早饭也开始做题,和林跃一起去他的卧室。毕竟她现在没有个人空间了,必须由林跃分给她。

平静的状态只维持一个小时,曾梅宋采购年货回来之后,南迦就被喊出去干活。翁云阻止曾梅宋:"南迦还要写作业,干什么活?"

南迦主张以和为贵,而且她觉得帮忙做点事情无所谓。

结果只听曾梅宋说:"她是你亲戚我才帮你管一管。以后嫁人谁看她上学成绩好不好,要懂得把家里打理得井井有条才行。你看看你,你也得跟我再学学,我半年没过来,你又不像样,我如果今天没说去买年货,你打算等到什么时候?越接近年关东西越贵,你不替明理省省钱?"

曾梅宋连带翁云一起批评上了。

南迦头一回在现实生活中见识如此古板的老人家,有点蒙:"奶奶,您是从古装剧里走出来的吗?"

曾梅宋绕不过弯,没明白她的意思,但觉得她肯定没说好话:"你一个小姑娘才多大年纪,就顶撞长辈?"

南迦无语。

翁云将南迦拉到身后,压低声:"妈,南迦尊敬你喊你一句'奶奶',不代表你真是她的长辈,她有她自己家的长辈,轮不到你教训她。还有,我有自己的工作,我挣我自己的工资,我的工资还比你儿子的高,没到要为你儿子省钱的地步。你适可而止吧,小跃在屋里,你是想把家里搞得乌烟瘴气让小跃不得安宁吗?"

林跃从卧室里走出来,冷眼问:"你们在干什么?"

曾梅宋笑着上前:"我的宝贝孙子,在做作业?吵到你了是不是?奶奶买了很多东西,一会儿给你送进去。中午给你炖鸭汤补一补,乡下土鸭营养可好了。"

林跃不着痕迹地躲开曾梅宋又往他脸上伸来的手,淡淡应了个"随便",旋即喊南迦:"进来做题。"

曾梅宋转脸对南迦也和颜悦色:"两个孩子有个伴,去吧,饭点你们再出来。"

南迦立刻开溜。她现在是即便被视作不礼貌,也绝对要厚脸皮地好吃懒做。

两人重新回到书桌前,南迦抓起笔,冷不防收到他的道歉:"对不起。"

林跃手里已经在继续写字,眼睛也没抬,盯着考卷。

南迦愣怔好几秒,心头涌上浓浓的心疼。他是同桌啊,怎么可以因为他无法自行选择的奇奇怪怪的亲人向她道歉?根本错不在他,也无须他承担责任。

她摸出手机,做话筒状递到他嘴边:"你再说一次,我录个音。"

林跃转头无语地看着她。

南迦趴着桌面笑:"不录音的话,我明天一觉醒来肯定以为我在做梦。你的朋友肯定也没听过你说这句话吧?我不得留下这宝贵的时刻。以后如果再有事拜托你,就不是你提苛刻的条件,而是我拿录音威胁你,不答应我就曝光你。"

林跃:"无聊。"

南迦指着他嘴角:"无聊你还笑。"

林跃捉住她的手指按到桌面,强行恢复面无表情:"做题。"

南迦:"你不松手我怎么做题?"

林跃:"忘了……"

贴合的皮肤顿时分开。南迦带着他掌心留下的凉意收回手,非常流畅地填着 ABCD 选择题，半晌回过神，发现一个都没对。

午饭十分丰盛，曾梅宋专门给林跃装了满满一碗鸭腿、鸭翅膀。

搁昨晚她肯定又该对林跃幸灾乐祸，可今天南迦只觉得沉重。她不禁记起南向东以前对她造成的压力。

在林明理的劝服之下，曾梅宋最终没逼林跃，南迦暗暗为林跃松一口气。

曾梅宋一整天在家里没事找事做，能洗的不能洗的统统拖到水池里手洗一遍，嫌弃洗衣机和洗碗机洗不干净，同时，硬是手动把家里的地板也来回拖三遍。

晚上，南迦又接到南向东的电话。

"机票我帮你重新订，你收拾好行李，准备赶回北城。"

"不是说了我今年留在清——"

"留什么留？你那边的爸爸要钱要到你身上为什么没告诉我？还打架？你以为你学了几年跆拳道就厉害了？山高皇帝远我管不着你了是不是？"南向东恼火，态度强硬，"再这样下去你得堕落成什么样？我就不该一时心软同意你到清荣上学！"

南迦不做任何辩解。因为林跃在卧室，她现在一个人躲在阳台接电话。她的手指轻轻戳纱窗，非常艰难地将最近考虑出的决定告诉南向东："爸爸，既然唐欣回到你身边了，我以后就在清荣生活，不回北城了。"

南向东彻底被她激怒："你明天就回北城！"

南迦垂着脑袋默默站了会儿。她的手机前天被唐国强摔到地面，还没拿去修，屏幕裂开的一小朵碎花将她的脸也映照成四分五裂。

她以为怎么着都不可能真的给她买明天的票，结果次日清晨她醒来，发现南向东凌晨转发过来一条出票信息：今天下午的飞机。

南迦无法接受，心神烦乱。更烦乱的是，林跃睡客厅沙发被曾梅宋发现了。

曾梅宋对"霸占"了她宝贝孙子卧室的南迦非常不满，即便南迦起床吃早饭时曾梅宋已经被翁云稳住了，南迦也能感受得到空气中曾梅宋通过眼波向她传递的怨怼。

而翁云之所以能成功稳住曾梅宋，是因为翁云告诉曾梅宋，南迦下午就回北城。翁云是一早接到南向东的电话的，她一直不清楚南迦来清荣的真正原因，这通电话南向东只说家里有事，必须得让南迦回北城过年。

正巧翁云也认为南迦回北城过年比较好："表姑确实很希望你能留下来，热热闹闹的。但表姑也见不得你因为奶奶受气受委屈。你几个月没见你爸爸了，还是和他开开心心过年吧。我们等你开学再见。"

可一旦回去，南向东就很难同意她再来清荣上学了啊……南迦难受得紧。深知自己若坚持留在这里过年，会给翁云添麻烦，她沉默地去收拾行李。

她打开衣柜，首先入目的是林跃的那件班服。

运动会第一天结束的那个晚上她就亲手洗干净了，等着运动会最后一天的闭幕式再穿一次，结果没机会。

后来他没问她要，她也没主动还，假装自己忘记了，能拖一天是一天。

南迦摸了摸班服，厚重的衣服和书全没带，只简单收拾两套换洗衣物、寒假作业和笔记本电脑，以及那颗水晶球。

房门被轻叩，坐在书桌前恍惚出神的林跃收回思绪。他没动，听着门打开的响动，继而传来南迦的声音："同桌。"

他这才转头望过去。南迦探个脑袋进来："同桌……我走了。"

"嗯。一路平安。"耷拉的刘海于他额前落下阴影，林跃的语气听不出情绪。

南迦从他的表情也瞧不出他有任何不舍，心中不由得愈加沉闷。但她的口吻依旧轻松，轻松地冲他眨眨眼："很快会再见的。"

林跃以为她指的是开学。林明理开车送她离开之后，他走去对面卧室，看到她没有收拾走的那些东西，确实像会再回来的样子。

晚上，林跃却获知，南迦下午根本没上飞机——她发短信告诉南向东，她找了个酒店住，让南向东放一百二十个心，她很平安。但南向东怎么可能真的放心，打电话给翁云，翁云担心地来问他是否知晓南迦的去向。

"你在哪儿？"林跃会在 QQ 上敲她，在南迦的预料之中。所以，她给南向东发完短信之后虽然把手机关机了，但一直开着电脑，登录 QQ 隐身。

"不好意思，帮我和你爸爸妈妈道个歉，我已经让我爸爸不要再去打扰你们了，但他还是打扰了。"南迦也预料到自己的行为会给翁云和林明理添麻烦，可她这回实在想不出其他办法。

林跃重复："你在哪儿？"

南迦："你告诉你爸爸妈妈，我一点事情没有，我只是和我爸爸闹别扭。"

林跃："现在是我在问你。"

南迦："你还是别知道比较好，否则你夹在中间会为难。"

林跃："我帮你保密。"

南迦："过几天吧。过几天我爸爸拿我没辙，我就找你，再给你爸爸妈妈当面赔罪。我困了，今晚想早点睡，晚安。"

她的头像熄灭变灰，好像真的下线了，他发过去的"注意安全"也没得到回应。

林跃便去和翁云说明情况。

凌晨一点，南迦忽然打来电话。

林跃恰巧失眠，接起得非常及时："怎么了？"

"别紧张，我很好。"三更半夜的，任谁都会以为有急事，但南迦还是将他透露出的关心纳入她的私有。

"你怎么接这么快？"因为整个人缩在被子里，显得她的嗓音闷闷的。

林跃："在做题。顺手。"

南迦："还做题？平时你没这么迟吧？"

林跃："瞿闻宣今天心情不好非拽我玩游戏，占用掉我原来做题的时间。"

南迦："哦。"

林跃："你到底怎么了？"

南迦："没怎么了。"

林跃："那我挂了。"

南迦："等等！"

林跃："说。"

南迦轻轻叹气，坦白："这个酒店的隔音效果不太好，刚刚隔壁有人喝醉酒吵架，还摔酒瓶子，我有点害怕。"

她其实是想打给毛现的，但手机开机之后不自觉地就拨了他的号码。他还接得特别快，让她连反悔的机会都没有。

下午，她在机场附近的ATM机取走卡里所剩的余额，现金带在身上，以免之后南向东通过卡上的记录获知她的位置。余额不多，她也摸不准南向东什么时候能妥协，她必须精打细算，所以选了几十块钱一晚的酒店，现在后悔不迭。

林跃皱眉："防盗链锁挂了吗？"

"挂了。"南迦语气上扬，带着求夸奖的意味，"我还拉了张椅子堵在门后。"

林跃发出一记细微的气音。

南迦眉尾挑起："你在笑？"

林跃不置可否，叮嘱："明天早上起来立刻换家酒店。"

南迦："嗯。"

林跃："可以换到我家附近。"

"你当我傻？"南迦低笑。他家附近全是小区居民楼，仅一家酒店。

"你不傻？"林跃轻嗤。

南迦无法反驳，她这种闹失踪的做法确实非常不明智。

"如果换成你，你会怎么做？"她咕哝。

林跃关掉床头的灯，房间陷入黑暗，盯着飘窗处映进来的淡淡月光，他眼神有些飘忽："我会回北城……"

除了黄卉，今晚他还联系过唐炜，抱着微茫的希望试探唐炜是否知情，反被唐炜质问他是不是帮南迦隐瞒。

在林跃之前，南向东因为着急找南迦，已经辗转和唐炜通过电话了。唐炜非常明确地向南向东表态，他从未怂恿过南迦留在清荣。林跃通过唐炜才知晓，南迦竟然想和唐欣交换回人生，留在清荣和唐炜一起生活。

"你如果知道南迦在哪儿，一定要告诉她爸爸，不能任由她任性。你们年纪小，看事情不全面，容易冲动，容易情绪化。她现在因为心理上的落差做出错误的决定，会毁掉她的一生。"

"我家是什么样，你这段时间跟在她身边也看得一清二楚，她来，就是跳进火坑。唐国强不可能戒赌的，南迦现在就是他眼里的摇钱树，那天学校外面发生的事情绝对不会是最后一次，我们谁敢保证能把她保护得天衣无缝？"

"最重要的是，她根本不属于清荣。"

彼时，唐炜讲了一大段话。

林跃听完，只道："我没帮她隐瞒，我确实也和你们一样不知道她在哪里。"

唐炜非常暴躁，忍不住爆了几句很脏的粗话，愈加不客气："那你和她说得上话你就劝劝她！你敢用你的小白脸骗她留在清荣的话等着我打断你的腿！她想留在清荣一定不只是和她爸爸赌气，也肯定被你给骗的！"

"我从不干涉别人的选择，我也无权干涉。"林跃直接打断了唐炜不讲理的话，挂断了电话。但挂断以后，唐炜的话无论如何都挥散不去，直至现在他的心情也无法平静。

"清荣不值得你留下吗？"南迦疑惑于他的回答，"为什么要回北城？"

林跃淡淡地说："因为我是个理智的人。"

南迦轻笑："是哦，你是冷面同桌，光看着就理智。"

何止理智，许多人形容他无情冷血不像人，否则论坛里也不会有人说根本无法想象他会有世俗的欲望。

林跃对她的调侃置若罔闻，继续道："我很清楚自己还是个需要依靠家人的学生，无法养活自己。谁都想快点成年早点独立，自己有能力做主选择自己想要的生活。可到达未来之前，漫长和萧索在所难免。九月的花不应该在五六月落地。"

南迦很开心再次听到他分享他的思考，但如若可以，她不希望他过于清醒地拘在他疏离冷硬的外壳里。

感受过他安静与温柔之下内敛的热烈与张狂，她盼他恣意永随。

没等她回应，林跃兀自结束了深沉："隔壁还在喝酒吵架摔酒瓶？"

南迦："没有是没有了，可——"

林跃："睡了。手机充足电，不用挂断。"

南迦一时没反应过来："啊？"

林跃："你想挂也可以现在就挂掉。"

南迦："没有，我巴不得整晚不要挂，万一一会儿又闹出动静。"

林跃："嗯。"

然后，他没再说话。南迦抱着被子，手机贴紧耳郭，四下里安静得落针可闻，他的呼吸声平缓均匀而清浅。

南迦闭上眼睛开始尝试入睡。

越是想入睡，越无法入睡，脑海中反复回放林跃的那些话。她不能说百分百理解他的想法，但她确实有着同样清醒的认知：长期留在清荣生活，根本不现实。

如果和南向东脱离父女关系，她无法独立生活；不和南向东脱离父女关系，她如何心安理得花着他的钱却不陪在他身边老老实实当他的女儿？

况且，感性上讲，南向东是她的爸爸，他们之间十六年来的父女情难以割舍。

什么时候睡着的，南迦毫无知觉，醒来时天已大亮。记起夜里和林跃一直通着电话，她摸出手机。

屏幕显示了无数通未接来电，有南向东的，有唐炜的，她都没打算回，点掉的时候却无意间打开了最新的一条短信："迦迦，你在哪儿？——外公。"

外公前两年随大姨一家定居意大利，现在不可能用一个国内的陌生号码突然给她发短信。南迦的第一个念头是南向东冒充外公，她很生气地回拨过去要骂人。

结果电话接通后，那头传出的竟然真是外公的声音："迦迦？外公好不容易回家过年，你怎么反而不在家？还不接外公的电话也不回外公的短信。是不是最近几个月没和你视频,你生外公的气了?"

他似乎非常委屈。南迦只觉得比他更委屈,瞬间没绷住,哭了起来。

她极少哭鼻子。被唐国强带来的李哥薅头发的那回不算数,是她为了迷惑李哥假意示弱而故意挤的眼泪。真正意义上距离上一回哭,是妈妈去世。

她哭得惨兮兮,外公却一直笑。她鼻涕泡都出来了:"你好过分。"

外公越笑越开怀:"那你要不要亲自回北城教训外公?教训外公怎么可以在你哭的时候笑得这么开心?"

南迦撇嘴:"哼,我才不上当。"

外公也哼:"那外公只好亲自去清荣向你赔礼道歉。"

南迦仍旧难以置信:"你真的回国了?"

外公的语气颇有一丝无奈:"要不要我现在让你爸爸帮忙开电脑,你和我视频,确认我是不是在家里。"

南迦吸吸鼻子:"你……肯定是因为唐欣,所以回国的。"

这样的话她不该讲。既显得她不懂事,又容易让听的人难堪,而且潜台词仿佛在和唐欣争宠。

她在南向东面前就没讲过。每每南向东强调无论如何她永远是他的女儿,她都认为南向东没必要,她根本不在乎,即便南向东不要她了,她也无所谓。

可现在面对外公,她不自觉脱口而出,而且连她自己听着也觉得非常像在指责外公。明明外公为了亲生外孙女专门回国是无可厚非的事情,她哪儿来的情绪?

一定是从小到大外公太宠着她了,她习惯在外公跟前没大没小,才口无遮拦胡言乱语。

南迦琢磨着跟外公道歉。

只听外公比方才还要委屈:"你爸爸之前没告诉我家里发生的事情,我昨晚上才知道的。太伤心了,我故意不提前通知,一把老骨头千里迢迢坐了十几个小时飞机回来想给你个惊喜,你却误会我。"

南迦哽咽。她擦了擦眼睛,不愿意继续掉眼泪。

她堂堂迦姐、迦妃、迦太后,怎么可以轻易掉眼泪?被毛现知道的话,她还要不要江湖地位,还要不要面子了?

偏偏电话那头的人又说:"快回来吧,迦迦,外公特别想你,你别不要外公。"

南迦止不住啜泣,心里恍然有块堵塞数月的地方骤然得到疏通。

原来不是的,她不是不在乎、不是无所谓,她其实很害怕,害怕她从小生活的那个家庭不要她了……

南向东要为南迦订最快一班航班。

南迦借口行李还没收拾好,改到今天最迟一班,晚上九点钟的。定下回去的时间后,她给林跃发消息:"同桌,你下午有空吗?我们能不能见一面?"

林跃估计没看手机,所以她没有第一时间等到他的回复。

早上七点,她还在睡梦中时,林跃曾发过一条"起床后换了新酒店记得告诉我",险些淹没在南向东和唐炜的一堆短信里。

整理完物品,南迦背上书包、拖上行李箱退了房,出来酒店,拐进巷子里。她第二次走这条巷子,第一次是跟着林跃从新华图书城过来。

那天,她大部分的注意力在他身上,没有刻意去记路线,所幸凭借她模糊的记忆和超强的直觉,还是非常顺利地抵达了巷子深处的书店。

但书店门没开。书店平时就随老板心情营业,如今附近学校全都放寒假,更没营业的必要。来的途中,南迦想到过这点,现在证明,果然她今天运气不佳。

点开手机屏幕,林跃依旧没有回复,南迦打算走人,换个地方。

书店的门这时从里面打开。

"卡西莫多"带着惺忪的睡意出现。他外凸的嘴巴打着哈欠,好像没有看见她,出来门口挂上"今日营业"的牌子,又进去了。

南迦见状立刻跟进门,给林跃发了条消息:"同桌,你什么时候有空了,什么时候来卡西莫多的书店找我吧。我在书店里等你!"

"卡西莫多"站在收银台前给他的紫砂大肚茶壶泡茶,旁边的老旧收音机里播放着慢速英语。他不理人,南迦便也没和他打招呼,径自去到旧书区域,寻了个角落,随手抽出书架上的一本书,坐在地上边翻阅边等林跃。

其间,南迦回复了唐炜的消息,向唐炜报平安,同时也跟唐炜道别:"红包你先帮我留着,以后再向你讨。"

唐炜:"非常厚的一包,等着你。"

下午三点左右,忽然下起瓢泼大雨,书店里的安静反衬得外面的雨声噼里啪啦如粗大的豆子砸落,一度令南迦怀疑在下冰雹。清荣的天气永远这么变化多端无规律可循,来的那天问候她,走的这天还搞送别,气氛格外不融洽。

南迦走到门口去看了会儿雨,尝试给林跃打电话。

然而无人接听,显然是有事吧,极大可能手机没带在身边。那她再等等,忙完事情他肯定能看到了……南迦耐心地回到书店里头。

转眼五点钟，南向东打来电话确认南迦去机场没有，南迦撒谎自己已经在出租车里，愣是又等了一个钟头，等来"卡西莫多"轰人，说要闭店了。

"可现在才六点。"到机场一个小时足够，再预留一个小时过安检和候机，南迦掐点计算好时间，预估自己七点再出发来得及。

"卡西莫多"熄灭教辅区域的灯："如果不是看你在等人，我三点就该关门。"

南迦秉持笑脸："开都开了，为什么有生意不做？"

"卡西莫多"走过来："从头到尾只有你一个客人，算哪门子生意？"

"怎么不算生意？"南迦抱起她今天打发时间翻看过的几本书，"这些，我一会儿全部要买，你现在先帮我算算多少钱。我再继续选几本。"

"卡西莫多"妥协，允许她再待一个小时。

然而，这一个小时里，林跃还是没任何音信。迫不得已，南迦只能前往机场，在出租车上再次给他发消息："同桌，我走啦。"

直到坐进机舱，她才终于接到林跃的回电。

"你现在在哪儿？"他微微气喘，背景里有车子摁喇叭的响动。

乘务员恰恰这时走来提醒南迦手机关机，飞机即将起飞。

于是，南迦紧接着听林跃平静地说："一路平安。"

和昨天道别时一模一样的四个字，连语气都没有变。

南迦却无法像昨天那般笃定地告诉他，他们很快会再见。

她舌尖酸涩，能保留的只有两个字："再……见。"

会再见的。南迦坚信，一定会再见的。

"还走不走了？"出租车师傅探头。

林跃敛回神思，塞手机回口袋，松开车门把手："不好意思，不走了。"

被耽误了时间，出租车师傅黑了脸关上车窗，迅速把车开走。

林跃折返小区。

门卫大叔从保安亭里打开小窗问："早上就是你们家发生火灾吧？"

林跃没什么表情："嗯，我奶奶在家煮饭，灶台忘记关火。"

门卫大叔感叹："原来是老人家啊，怪不得。太危险了，你们以后小心些，今天如果发现得再迟些，可是整栋楼都要跟着一起烧起来。哎，你们家里人现在怎么样？不是有人受伤吗？经常和你一起进出的小姑娘没事吧？"

林跃已然径自走远，不予回应，仿佛并未听见后面的问话。

上了楼,家里的门保持着打开的状态。

翁云见他回来,才有机会问:"去哪里了?怎么突然跑那么急?"

"没事。"林跃微抿唇,跨过地面破碎的鱼缸和翻了肚皮的死鱼,拿走翁云手中的拖把,"我收拾,你去休息。你明天不是还要早起到医院换爸爸回来。"

翁云站在原地。周围一片狼藉,满地湿淋淋全是水。厨房整个烧得黑漆漆,客厅的天花板也被蔓延的火势熏黑一大片,水晶吊灯在地板上砸得支离破碎。即便窗户全打开通风了,空气中也隐约残留着焦味。

她到现在还在后怕。早上事发时,她和林明理都已经去单位了,是物业先联系他们的。得知家中失火而且有人受伤,林跃的电话又一直无人接听,她以为林跃出事,险些吓晕过去。

翁云去到医院,确认林跃安然无恙,只是林跃当时背着曾梅宋离开得过于匆忙,手机落在卧室。后来赶到的消防员把家里封锁,谁都进不去,母子俩也才刚回来。

"都不要收拾了。你也去睡觉。"翁云按住林跃的手。

林跃点点头,将拖把放回客厅的卫生间。

他朝卧室走去时,下意识地望向对面的房间。

翁云要帮曾梅宋收拾换洗衣物明天早上送到医院,便走过来打开房门开了灯。

看到南迦留在屋里的几摞书,翁云记起:"南迦爸爸告诉我找到南迦了,也已经说服南迦回北城了。剩下这些东西过些天抽个空帮她寄回北城去。听她爸爸的意思,她以后不会再来了。幸亏她回去了,今天她要是在,她爸爸肯定也得吓死。"

林跃注视着书桌上那本《同桌,不可以上课睡觉》,自喉间若有似无应了个干涩的"嗯",沉默地转身。

23点20分,坐在书桌前的林跃刷到南迦最新的一条动态,定位北城的机场:"回来啦!"

短短两分钟,南迦的评论区被攻陷,个个惊讶。

毛现在评论区连发数问,又QQ、短信、电话全方位呼叫她。

南迦暂且没理会,低垂眼帘只盯着林跃给她的动态点的赞。

机舱里的乘客陆陆续续起身,挨挨挤挤在狭窄的过道里慢慢往前挪动着。

南迦一直坐到最后,乘务员前来关心,她才用袖口擦拭滴落在手机屏幕上的眼泪,收起手机的同时,她合起膝头的书。

书是她从"卡西莫多"的书店唯一带走的一本,《卡明斯诗选》。
页面停留在一句诗上:

> 暮色像一头小熊,笨拙漂亮地攀爬天空的梯子。

南迦的眼前很难不浮现某幅人间温柔的画面。
她想,她大概再也见不到比那个傍晚更美的日落黄昏了。

第七章 / 在这个路遥马急的人间

到学校领取期末成绩的那天早上，断断续续的冬雨依旧不停歇，将湿冷进行到底。林跃进教师办公室时已经中午十一点，除去有事请假的同学，仅剩林跃尚未领取成绩条。

田英抽出他的各科考卷，夸他各科成绩非常均衡。坐在对面桌子里的八班班主任插话，数落瞿闻宣成天和林跃混一起，怎么就不能学一学林跃。

瞿闻宣偏科严重，只算数理化的成绩年级前三，刁钻的难题他一道没放过，可九门成绩加起来这回才年级五十名开外，比期中考还差劲。

八班班主任问林跃，瞿闻宣为什么不能自己领。

料到会被唠叨，所以瞿闻宣今天没来，交代林跃代领。

"他长痔疮，屁股疼。"林跃说。

八班班主任无言以对。

林跃拿完两人的成绩条走到门口，又折返，问田英能不能告诉他南迦的成绩。

"你是不是知道南迦这次考得非常好？"田英笑着，抽出南迦的成绩条。

林跃迅速扫过，比他的总分要高5分。

出了学校后，林跃拐去某条巷子里。

他并没有东西要买，潜意识觉得应该补一趟行程。

书店处于营业状态，但店里只有老头一个人。林跃进门时，老头从收银台后面的躺椅里坐起身，抱出一摞旧书："来得正好，把你同学的东西带走。"

林跃第一次见这些书："你认错人了。"

"没认错，那女生和你一起来过两次。30号，她在店里等的人就是你吧？"老头说着，指向旧书区域的一处角落，"她带着行李坐那里等的。书全是她看的也是她买的，买完她又不要，说送我。她付的钱，她的书，她不来，你帮我还她。"

这天下午，林跃坐在书店相同的角落里，将书一本接一本地翻阅。《张三丰墓穴武功秘籍》《如何解读微表情》《语言的艺术》诸如此类，可以想象完全是她闲着无聊打发时间，多半没有用心挑选，更没认真阅读。

傍晚，林跃回到小区楼下，再次见到那只白猫。它淋了些雨，缩车棚下面抖落浑身水珠，似乎认得他，蓝色的眼睛盯着他，喵呜喵呜地叫唤。

林跃也注视它，停在原地没动。白猫误会了他的目光，以为他想亲近它，主动跑过来。林跃没有避开，看着它一点点越靠越近，最后窝在他的脚边。

半晌，他从口袋里抽出一张卡片。

卡片是夹在那摞书里的她的涂鸦，背着书包、拎着行李箱的加菲猫撑着小花伞显得忧伤，旁边写了字，但又涂掉。

涂得非常严密，叫人怎么也无法辨别究竟是什么。

太阳每天照常升起，生活并未因为某个人的离开而停止运转。

新学期开学后，南迦的成绩虽然没被算进年级红榜排行之中，但田英和几位科任老师都在班里提过，引起不小的轰动。风声小范围地传到其他班级，瞿闻宣为此嘲讽林跃，原来他班级第一的位子没保住。

四班综合评分拿到"先进班级"荣誉的那天，田英非常有仪式感地召开了她筹备一学期的主题班会。

班会的幻灯片分享了上学期田英镜头里捕捉到的全班同学的点滴。林跃看到了南迦参加女子1500米长跑的照片，看到了他们元旦会演舞台的高清合影。

还有田英不知何时偷拍的南迦趴在桌子上睡觉，而他坐在南迦的身边写卷子。

稀疏平淡的日常，但第一次以第三视角的画面呈现在林跃眼前。

他下意识地朝右手边转头，但座位上空空如也。

他忘了，他已经恢复一个人，没有同桌了。

这个班会，是大家对南迦的最后一次大规模讨论，"短暂地待了三个月的借读生"是她留在大多数人记忆里的标签。并且这份记忆于繁重的学业和时间的洪流中逐渐褪色，林跃再没听身边有谁提起她的名字。

好像只剩他的记忆里，她永远闪耀。

即便他和她的联系，也仅仅靠着逢年过节她发来的祝福维系，以及偶尔给她发布的动态点个赞。而随着微信盛行，使用QQ的人变少，她的动态也慢慢消失。

或许所有事物都抵抗不住距离和时间的侵蚀。

那三个多月，恍惚间成为少年时期夏夜晚风吹散的没做完的一场梦，徒留遗憾。

没有同桌的状态维持到高考结束，林跃如愿以偿拿到 A 大的录取通知书。

重逢南迦，却是大二的事情。

升入大二之后，瞿闻宣的女朋友章遇宁修了第二学位，课余时间越发紧张，她暑假接手的一个家教兼职需要人顶替，临时找林跃帮忙，林跃那个周末正巧有空，于是应下。

补课的时间在下午两点，但早上八点开始，每隔一小时瞿闻宣就发消息来提醒一遍。林跃懒得回复瞿闻宣，瞿闻宣变本加厉直接打来电话。

"你没忘记吧？出没出发？别给我迟到。章遇宁每次可都提前十分钟到人家家里。你是代替章遇宁去的，如果表现得不好，影响的是章遇宁。"

"要不你自己来？"

"我如果出得了学校还轮得到你？"

"那就闭嘴。"林跃冷笑。

这半年多来，随着和章遇宁的爱情生活日益甜蜜，瞿闻宣的不要脸也精进到令人发指的地步。

林跃选择挂电话："我不去了，你自己想办法。"

瞿闻宣迅速再次打过来，林跃不接。

瞿闻宣为了章遇宁拉下脸向林跃道歉，被林跃拉黑号码。

不多时，章遇宁亲自打来电话，林跃刚下公交车抵达目的地，正好接起来，问章遇宁确认地址。

章遇宁说："瞿闻宣和我嘚瑟，你虽然被他烦得不行，但肯定不会放鸽子。"

林跃轻哂："他今年都不用从我的黑名单里出来了。"

瞿闻宣就是仗着和林跃关系铁，才使劲折腾，章遇宁没瞿闻宣那种厚脸皮，所以还是表达感谢。

从小区的地段来看，章遇宁这位学生的家境不错，在门卫处林跃被门禁卡住了，他报出对方的单元楼层，保安打电话去确认这个时间段有家教上门才放行。

在楼下，林跃遇上第二道门禁，通过可视门铃和一位中年女人确认信息后，他得以乘上电梯。一梯一户的入户式电梯，直达学生家所在的楼层。

林跃走出电梯，刚刚在可视门铃里见过的中年女人正在门口等着他。

她笑容可掬地拎着一双灰色的家居拖鞋送到他的脚边："你就是章老师介绍来的代课老师吧？请问怎么称呼？"

"谢谢。"林跃不着痕迹地避开对方欲帮他脱鞋子的举动，疏离而不失礼貌地回答，"我姓林。"

"那林老师和我是本家啊。"中年女人察觉到他的不适应，站开些，等他换好鞋，她带他进门，请他到客厅，"天气热，林老师你坐着歇会儿，这边是冰饮，这边是热茶，你随意，我去屋里把人喊出来。"

林跃点头，避开空调口的位置落座，轻轻扯一下被汗洇湿的领口，伸手倒一杯热茶，粗略地扫两眼目之所及的布局。

空气里飘散着一股独特的淡淡幽香，分辨不出什么香，但他肯定自己以前闻到过类似的。他在记忆中搜寻，这时，视线猝不及防被电视机旁边一张合照上的熟悉面庞所吸引。他起身上前，拿起相框。

少女亲昵地挽着老人，两人笑得一样灿烂，目测是爷孙俩。

少女的模样比他印象里要更精致漂亮。

捕捉到身后传来的脚步声，林跃蓦然转头，望过去。

南迦刚准备问候新老师，声音倏地卡在嗓子眼。

她知道章遇宁以前也是清荣一中的学生，和林跃认识。就因为知道，她才让章遇宁当她的补习老师。可她没想到今天章遇宁找来代课的人会是林跃。

他穿着干净的白色短袖衬衫，扣子没系，敞开着，里面是件白色T恤，胸口印一排漂亮的花体字母，拼成的单词"future"意外地应景。

落地窗外是北城九月的午后阳光，倾斜着穿透玻璃洋洋洒洒打落在他的脚边，恍惚间宛若场景重现三年前她心动的瞬间。

因为见过他这三年间的一些照片，所以南迦并没有觉得他和过去有太多不同。

当下亲眼和他面对面，却又观察出照片里所无法准确体现的他的变化。譬如他的少年气里褪去了的青涩，譬如他乌黑短发下的双眼添了几分幽邃。

最明显的，是他眼瞳里浑然天成的清霜，似愈浓，也似愈冷。

两人间的安静是被紧随南迦之后的林阿姨打破的。

"怎么了？"林阿姨费解地看看南迦，继而看看林跃。

南迦别开和林跃的四目相对:"没怎么,林姨你去忙吧,我自己招呼老师。"
"好,那你有事再喊我。"林阿姨走去厨房,为今天的晚饭准备食材。
南迦暗暗吐纳一口气,牵动嘴角的笑意看回林跃:"林老师,好久不见。"
林跃微敛黑不见底的瞳眸,嗓音低沉,微微带哑:"董嘉?预科班?补习高数?"
南迦无奈。
他每吐出一句,她的脸就挂不住一分,仿佛隔空被他清寒的音色滋了满脸的冷空气,还是清荣当年毒打她的那股透心凉的冷空气。
南迦干笑:"你别站着,我们坐下说。"
林跃放下相框,从善如流,回到原位。
南迦给自己倒了杯冰水,见他端起他那杯热茶,她又干巴巴寒暄:"北城的天气确实比清荣干燥太多。"
林跃未接茬,只是看着她,特别直接,颇有审视的意味。
橘色的卫衣宽松落肩,没有帽子,和从前她总穿的不是同一件,但款式相近。米色的休闲阔腿长裤布料垂坠,因她盘腿的动作裤脚往上缩些,露出她的短袜遮掩不住的一小截纤细脚踝。
除了和刚刚照片呈现得一样,五官更精致漂亮,他暂时没发现她和三年前有太明显的变化,还像一个高中生。
南迦喝一口水,抬眼,和他的目光相碰。
她垂眸,喝第二口水,抬眼,又撞进他的视线里。
喝第三口水,她确认,他的眼睛没离开她。
南迦不由得懊恼自己素面朝天,至少抹点口红,该多好。
林跃抬腕瞥一眼手表:"两点整。"
到原本开始上课的时间了。南迦竟能读懂他的言外之意,是催促她给个解释。她手肘撑在沙发扶手上,指尖轻摩玻璃杯壁沁出的冰水的凉意与雾气,这才开口:"我今年好不容易拿到预科班的名额,得通过考试才能正式进入本科学习、分配专业,压力有点大,所以课外找老师辅导。只是我没跟章老师报真名。我叫什么不重要,补习费我从不拖欠。"
林跃眉心轻轻拢起。
南迦挠挠头继续解释:"成绩不理想,达不到想去的学校和专业,就死磕。"
林跃:"不理想的成绩是多少?"
南迦:"别这样嘛,都说不理想了,你还揭我伤疤。"

林跃:"想去的学校和专业是什么?"

南迦顿了顿,如实相告:"你们学校和北协医院合作的临床医学。"

林跃平直的嘴角微抿。

他内心无端认为,成绩退步和高考失利两种情况都不像会发生在她身上。

南迦弯唇:"现在我们可以去上课了吗?"

林跃起身跟随她去书房。

空间十分宽敞,暖色调家居给人沉静之感,放眼望去书桌干净整洁,反倒飘窗处杂乱地堆满复习资料,不同种类的零食散落在毛毯上和枕头上,还有一张矮脚桌上搁着水果和饮料。显而易见,她的习惯一如从前,坐不住,必须趴着才能专注。

南迦捡走飘窗上刚刚做到一半的考卷,折返书桌前,努嘴示意他坐电脑椅。

林跃问:"章遇宁以往怎么给你上课的?"

南迦有些心虚,捏着考卷的手指轻蜷:"我有问题就和她讨论,没有问题就做她帮我搜集的题。"

林跃:"你的补习费会不会太好挣了些?"

"是吗?"南迦眨眨眼,"一个小时才一百块,算低的。"

林跃又抛出个疑虑:"为什么不找和你未来一个专业的人当家教?"

同样的问题,暑假期间她和章遇宁第一次见面,已经被好奇过,南迦驾轻就熟地扯谎:"章老师特别合我的眼缘。"

林跃一愣。

南迦拉过一张椅子坐在他旁边。

林跃从他的电脑包里抽出章遇宁交予他的课件:"你知不知道她也是清荣一中毕业的?"

南迦挤出意外的表情:"真的?"

刹那,她在他的面容间捕捉到疑似期待落空的神色。

"嗯。同一届。"林跃的声音低了些。

"也就是说我借读的那一年她也在?"南迦摸摸下巴,口吻极其遗憾,"不应该啊,章老师这样出众的女孩,我当年在学校竟然没注意到。"

林跃翻阅她手里的考卷,随口答:"她以前比较低调。"

南迦眼尾微微一颤,喉间倏地发涩,语气却依旧轻快:"听起来你挺了解章老师?她既然让你来帮她代课,说明你和她很熟吧?"

"还行。"林跃原本想说全托瞿闻宣的福,但他不想和她刚重逢却总聊不相干的人。转瞬，他又嘲讽地意识到，时隔三年，他和她之间的交集是章遇宁，话题不围绕章遇宁，或许她认为很难维持活络。

到目前为止，她没有一句话的重点落在他身上过。

"上课吧。"林跃的嘴角无意识往下压，指节轻轻叩她的考卷，"你花钱是请人来讲课的，还是请人来聊天的？"

他的不高兴全写在脸上，南迦十分抱歉自己戳到他的痛处。不知不觉间，她就没管住她的嘴，没管住她蠢蠢欲动的探究之心。倒因此可窥见，他十分宝贝章遇宁，不仅尽心尽力来帮章遇宁代课，而且护得周周全全。

"哦，好，上课吧。"她的目光垂落，瞧见投在桌面的他的影子，悄然失神。

他的声音经过三年时光的沉淀，比以前更好听了，流水浮冰般远近不明地飘在她头顶，拉扯无数回忆。

跟做梦似的。这一年，她明知近在咫尺却一直没去见的人，毫无防备地出现在她面前，她措手不及。

两个心不在焉的人，并未发现对方的心不在焉。

两个小时，似乎很短，又似乎特别漫长。四点半左右，南迦送林跃离开书房。客厅里溢满从厨房飘散出来的饭菜香。

"林老师，要不要吃顿便饭再走？"完全出于礼貌，每次南迦也对章遇宁如此礼貌相邀，章遇宁每次都礼貌婉拒。

怎料，林跃不按常理出牌："可以。"

南迦一愣。

林跃将电脑包放在沙发上，人也坐下。

反应过来他没在开玩笑，南迦忙不迭奔进厨房交代林阿姨多备一个人的份。折返客厅，南迦帮他新烧一壶茶。

方才在书房，为了不遮挡视线，她的头发绑成马尾高高束在脑后，现在也没松，林跃再次得见她白皙的后颈。她后颈的碎发绒毛不似从前堆积，是故他第一次发现，那儿有颗淡淡的褐色小痣，映衬于她如雪的肌肤。

"红茶不适合凉饮，别喝。"南迦夺走他的杯子，新沏一杯滚烫的换到他跟前。

林跃眼神微动，目光飘向先前那张合影："那是你爷爷？"

南迦随之望过去："不是，是我外公。"

"家里只有你一个人？"虽然目前他涉足过的仅客厅和书房，但林跃见不到其他人居住的痕迹，处处只感受得到她的影子。

他的细心令南迦有点招架不住。她解释："我想更专注些学习，所以自己单独住，不和我爸爸一起。"

说着，她身体往后瘫，流露一副伤脑筋的神色："如果考试没通过，或者分数达不到我想去的专业，可不能再赖给客观原因了，真就是我太废物。我也只能认命，能去哪个专业去哪个专业。"

"不可能通不过，不可能达不到。"林跃剔透又淡漠的眸子里蕴着笃定。

南迦仿佛见到当年那个同桌，不过那时他的傲气是自信，现在他的傲气是信她。她失笑："你今天教了我一节课，为了不辱没你的名声，我也得考上。"

他在他们计算机系被称为"跃神"，她非常清楚。

"我会和章遇宁商量，以后你的课全部由我上。"林跃说。章遇宁是打算找个人接手的，但还没合适的人选，原本今天他纯属临时紧急救场。

南迦怔忡："你？以后？都来？"

林跃下颌线微微收紧："你认为我不合适？"

南迦理应马上否认，可她愣是没有。

章遇宁在电话里跟她道歉时她其实还庆幸可以顺势结束这段她有意为之的师生关系，不用自己另外想办法，却偷鸡不成蚀把米，把同桌给招上门。

同桌还特别主动地想帮她。她脑子有点乱，信口中断和他的交谈，摸出口袋里的手机："你等一下，我看个消息。"

看消息不假，微信里确实刚刚进来新的语音消息。平时家里就她一个人，当下她也一时没多考虑，习惯使然直接点开——"南迦，你今天的补课结束了是不是？我现在出发去你那边。老样子六点没错吧？"

南迦掐灭不及。虽然内容没什么，但外放出来终归尴尬。

尴尬之下，她只能顺势聊起："焱辉你记得吗？他和包亨达以前坐我们前面。他也考来北城。现在是外国语大学的学生。"

不用她说，林跃辨认出了张焱辉的声音。高二文理科分班之后，他鲜在学校碰到张焱辉，但他记得张焱辉。

"你们一直有联系？"他黑色的眼瞳幽微。

"没有。"南迦边给张焱辉回复消息，边回答，"他来北城之前才重新联系上的，他来北城之后我们偶尔约出来叙叙旧。"

"一直到现在？"

"是啊。"

"那……其他人？"林跃的声音里克制着某种情绪，"考来北城的不止他一个。"

她当然知道。她抬眼，短促地笑一下："嗯，还有黄卉。然后今天遇到你。好巧，除了包亨达都聚齐了。"

是除了我，其他人你全了解得一清二楚——林跃心道，嘴角沉下去。

窗外的斜阳懒洋洋地浮动金色的光斑，摇曳于他立体的眉目之上，他的脸臭得明晃晃，南迦想看不出来都难。

微信里，张焱辉对南迦临时要取消两人今天的见面毫无异议："好，没关系，改天再约。"

林跃拎起电脑包起身："我还有事，先走了。"

南迦一愣，不是答应留下来吃饭？

回过神来时，她已经在电梯处将人送走。盯着数字跳动到一楼停住后，南迦怅然若失。她还没回答他，可以，他可以接替章遇宁来当她的家教。

小区外，林跃乘上地铁，摸出手机发短信："章遇宁，你今天二专的课上到几点结束？什么时候能抽个空，我有点事情当面问问你。麻烦了。"

晚上，南迦胃口欠佳，书也看不进去，她没勉强自己，上线和毛现组队玩游戏。

毛现被她坑得哑巴吃黄连："大哥，你心情不好可以抽我，但别一直送人头。"

南迦毫无歉意地把游戏丢到一边，摸起手机趴在床上，登录她的微信小号。

她的微信小号上只加了一个人，昵称为"Y。"的用户，对方头像都没改，用系统默认的初始灰色人影。

南迦半年前加上的，凭空编造出一个A大其他学院某个专业某位学生的身份，抱着碰碰运气的心态，结果还真给蒙混着通过好友验证了。

他的微信和他当年的QQ一样，从不发朋友圈，但她无所谓，即便什么都做不了，光看着他占据在她的通讯录里，便心满意足。她不知道他是否保留以前刷动态一样的刷朋友圈的习惯，但她经常会在这个小号上发点东西。

她点开和他的消息框，盯着"对方通过了你的朋友验证请求，现在可以开始聊天了"发呆，这是她经常干的事。

今晚南迦又发了会儿呆，旋即切回微信大号，寻思着该和章遇宁商议之后补习的相关事宜，发现原来章遇宁十分钟前问她今天上课的反馈。

南迦:"挺好的。"

紧接着,她主动先和章遇宁聊起:"太巧了,我今天才知道原来章老师你是清荣一中毕业的。我几年前曾经在你们那一届的高一年级借读过三个多月。"

章遇宁:"所以我们第一次见面时,我觉得你眼熟,不是错觉(憨笑)。"

同桌的速度真快,已经全部告诉她了?南迦苦笑:"是哇,原来不是因为我大众脸(转圈)。"

没有闲聊太多,因为章遇宁还要听课。最后,章遇宁说:"既然你和林跃认识,如果你还是想找我们学校的学生当家教,可以问问他有没有合适的人选介绍给你。"

南迦回复一个"OK"的表情,心道某人今天连联系方式都没问她留一个。

正想着,她发现有人加她好友——用户"Y。":"我是林跃。"

南迦惊坐而起,确认了好几秒,是她小号上加到的那个账号,迅速点击添加。

林跃发来信息:"章遇宁都和我说了,我这边也会帮你物色合适的老师。你自己应该还有其他渠道?定下来的话告诉我,没定下来之前,我继续代课。"

两个人都通完气了啊……以前只有章遇宁,根本没现在这么直观被虐的经历,南迦强颜欢笑:"麻烦你们啦,感激不尽!我这就去继续学习(奋斗)。"

她匆忙结束对话,防止自己再从他的字里行间感受到他和章遇宁的情真意切。

他那边"正在输入"好一会儿,她只看见他发过来:"好。"

确认南迦没有再回复,林跃点开她的头像。她的微信头像和她的 QQ 头像是一样的,但她的微信名没有沿用从前的一长串非主流昵称,而是非常简单的一个"+"。

他又点进她的朋友圈。

她以前还在 QQ 上发动态时,他觉得自己像个上瘾的窥探者,总企图从她模棱两可的文字和意味不明的图片拼凑她回到北城之后的生活,解读她的喜怒哀乐。

以为随着她的动态的停滞,他的瘾也戒掉了,现在他的举动推翻了一切。

然而她的朋友圈是空白的。

在她从没发过朋友圈和她将他分组不可见两种可能性中,他倾向于后者。

"……跃神!跃神!林跃!"林跃的思绪被舍友的叫唤拉回。

"乌漆墨黑的你一个人坐那儿干什么?喂蚊子吗?"其实他们更想说的是,

他看起来像失恋了。

话说，林跃去年一入学就凭借出众的外形成为新生中的系草，博得许多芳心暗许，其中追他最猛的当属经管学院的章遇宁。据闻两人高中是同学，章遇宁整整暗恋他三年。小半年下来，林跃始终不答应章遇宁，直至元旦的联谊会两人的好事才成。

怎料没多久，章遇宁就把林跃甩了，似乎交了新男朋友。林跃却就此陷进去，表面上他继续和章遇宁当普通朋友，私底下从没放弃再把章遇宁反追回来。由于并没有什么人亲眼见过章遇宁的新男朋友，不少人猜测，章遇宁其实没有新男朋友，纯粹为了报复当初林跃吊她太久。

刚刚还有人看见林跃又和章遇宁约了单独见面，现在就发现林跃这副神情，所以他们一致认定，林跃是再次表白失败了。几人顿时交换眼神，上前揽走林跃："跃神，吃饭没？我们准备去撸串，一起呗！"

随着新一周上学日的到来，课程挤压得南迦没有太多闲暇记起林跃。

虽然她上的是Ａ大预科班，但校区是单独隔开的，距离Ａ大两个地铁站。林跃考来北城的这一整年，她刻意回避，从未去过主校区。

而这天周四，南迦只想对老天爷说，倒没必要又安排林跃和她巧合地碰见。

起初她没注意到他。正值晚高峰，车厢里人满为患，她躲在一个角落连半寸挪步的空间都没有，不仅狭窄得她喘不过气，每次进出的人还都挤着她。

林跃就是在新一拨乘客拥入时，站到她跟前的。他两只手臂从她身体两侧伸到车厢壁上撑着，将她圈在他身前，使得她的身体和旁人隔开，避免触碰。

跟拥抱似的。

南迦后背贴着车厢壁，抬眼发现是他，原本要推搡的手垂落回去，微微愕然。

"你怎么在这儿？"她和林跃同时问出口。

林跃先回答："有点事要办，从学校出来。"

南迦后回答："我刚下课。"

"我猜也是。"林跃说，"预科班的校区在这边。"

南迦淡笑："看来你已经把整个Ａ大混得很熟了。"

"不是，最近几天刚了解预科班学生在哪个校区。"林跃俯视她，说话间的气息全部喷洒在她的额头上。

南迦的脸有点热："了解预科班的校区做什么？"

林跃似乎认为她的问题特别奇怪："你不是在预科班？截至目前我也没收

到你解聘我为你代课老师的通知。"

"哦,对。"她还想说,她也没收到他帮她另外找到老师的通知,反正她自己这边是没打算找。她一边腹诽着,一边带着几分笑意道,"先说好,你再尽职尽责,我也不会多付你家教费,章老师多少钱你也多少钱。"

林跃嘴角轻敛:"所以后天还是我去你家?"

"嗯……"说实话,即便她真的需要一个家教,他也不合适。他会让她分心。再者,除了分心,现在她还会伤心。南迦佯装低头查看手机,错开和他的对视,也避开他的呼吸持续带给她的温度。

林跃却被身后的人挤了一下,猛地朝她贴近,她的脸猝不及防撞进他的胸膛,同时陡然感觉头发上被温温软软的东西压上来。仅半秒或者一秒的光景,她什么都来不及反应,林跃已迅速站直身体,重新和她拉开距离。

可由于身后的人抵着,这份重新拉开的距离依旧比最初的要小。他的鼻息紧挨着她头顶上方,南迦的头皮发烫,又顾不及,因为她的鼻尖与他的衣服若即若离,她往后竭力再贴紧车厢壁也于事无补。

更尴尬的是,他们身边刚挤过来一对情侣,虽然一样空间逼仄,但男孩索性抱住女孩,显得措置裕如,还能腻腻歪歪地耳鬓厮磨讲悄悄话。

南迦不自在地小声问:"你哪一站下?"

林跃反问:"你哪一站下?"

南迦方才没认真听报站,下意识抬头想看车厢里的站点指示灯,而林跃恰恰正低垂着头,于是她的鼻尖划上他的下颌,就这么和他呼吸相抵。

两人皆微微一怔,又不约而同地一左一右别开脸,他的嘴唇霎时擦过她的耳郭。她身体倏地僵住,气息紊乱,心跳如麻。

四下里拥挤嘈杂,谁也没留意他们这一方小天地间蔓延的隐秘暧昧。

暧昧在流转的沉默中一点点攀升。南迦抱紧胸前的两本书,无事发生般,却又非常欲盖弥彰地说:"我下一站下。"

下一站是哪儿她不知道,她就是觉得她该出个声,甚至她应该立马逃离。他们现在这样特别不合适。

林跃的喉结微微滚动:"嗯。"

南迦尝试放空脑子,不去在意包裹着她的他无处不在的清寒气息。

顷刻,林跃低低的嗓音于她耳畔响起:"你有男朋友没?"

南迦好不容易飘出去的思绪猛地被他拽回。什么意思?问这个做什么?

她看不见他此刻的表情,也咂摸不出他此刻的语气。她以不变应万变,挪揄："你不会不仅想帮我介绍老师，还想帮我介绍男朋友吧？我很挑的，随随便便的男生入不了我的眼。"

林跃："那就是没有？"

南迦："你现在这么八卦的吗？"

林跃竟承认："嗯。"

南迦笑不出来了："无论我有没有，你都别介绍。我现在的全部心思放在考试上，暂时不需要男朋友。"说着，她矮了矮身体，灵敏地从他的手臂下方钻出去，迅速随一大拨人群下地铁，头也不敢回，"谢啦，我到站了，后天下午两点再见。"

满池春水被搅得天翻地覆，南迦还没缓过劲，便迎来周六。前些天的秋老虎昙花一现，冷空气的降临使得整座城市正式进入最为舒适的秋天。

中午吃过饭，南迦给自己精细地化了个妆。化完后，她觉得太过隆重，便卸掉只留口红。口红的颜色她又不满意地换了好几种，最后选定稍微带点颜色的润唇膏时，已经一点四十五分，林跃都到楼下摁门铃了。

林阿姨今天不在，南迦亲自为他开的门。她没到电梯口，等在门边，他从电梯里出来后，她扬下巴示意他自己去鞋柜里取家居拖鞋，便径自折返。

林跃进去客厅，没见着她人，只听到她的声音从厨房传出来："你要先坐着喝茶或者先到书房都可以，我洗点水果，马上好。"

林跃刚把电脑包放在沙发上，就听到她"哎呀呀"几声，他即刻朝厨房走去："出什么事了？"

"哎哎哎，你不用进来！"南迦阻止不及他的推门而入。

洗碗池的水龙头断裂，水哗啦啦往外喷溅，她根本堵不住。林跃大步迈过地面的积水，抄起流理台面的抹布，走来接替她："我堵着，你去关总阀门。"

南迦松开手，找了好一会儿总阀门。等终于关掉，她一回头，只见林跃浑身湿哒哒的，脸上也挂满水珠，同样被水喷湿的头发耷拉下刘海贴着他额头。

何曾见过他如此狼狈，南迦毫不掩饰幸灾乐祸："让你不用进来吧，你非进来。走，我拿干毛巾给你擦一擦，再给你找件衣服。"

林跃没动，不自然地转移视线："你先把你的衣服换了。"

南迦低头瞧，才发现自己也没好到哪儿去，且她泅湿的衣服布料全是透的。红晕霎时爬上脸，她丢下一句"你等会儿"，飞速跑出厨房。

等她换好一身干净衣服，林跃还在厨房里，帮她把水龙头修好了。

"你厉害。"南迦双手竖起大拇指。

林跃睥她一眼："只是接缝松了而已，根本没有技术含量。"

南迦啧声："你这样不是谦虚，是另一种自夸。好比人家祝贺你考满分，你非要说考卷太简单，是只猪也不会错。"

林跃原本平直的嘴角勾起："你是猪？"

南迦被他突如其来的调侃噎一嗓子，但没落下风："猪，你喊谁呢。"

林跃白她一眼，将工具收进工具包。

南迦好奇："你从哪儿找出来的？我怎么不知道我家有这个？"

林跃指了指流理台下靠边的一扇柜门。

南迦眼里漾出一丝涟漪："哦，那肯定是我外公以前放的。"

林跃塞工具包回柜子里："你外公会到你这儿来？"

"这房子就是我外公给我的。"有酸涩不受控制地冲上鼻腔，南迦压了压，递给他干毛巾，"我带你去换衣服，小心感冒。"

林跃擦着头发跟在她身后，没错过她声音的细微变化："你外公现在在哪儿？"

南迦微不可察地一顿："他……去年过世了。"

感觉得出来，她和她外公的感情多半不错。林跃抿唇："怎么去世的？"

"生病。"南迦轻描淡写以概之，拿起沙发上她刚刚多带出来的一件T恤，"我家里没有男生的衣服，只有这件买错的大码短袖，你将就着先穿，你的衣服一会儿用洗衣机洗干净烘干，我们上完课你差不多能换回去。"

林跃接过T恤，南迦促狭："放心，我不会告诉别人，你穿女装。"

林跃无奈。

一通折腾下来，上课的时间从两点推迟到三点。

与其说是上课，不如说是和曾经一样，两人一起讨论题目。

不过林跃偶尔会不小心利用他的专业知识点解题，虽然他及时收口了，但南迦故意揪住他的错："以前我就想告诉你，你真的很不懂得教学。如果不是遇到我，你是会被辞退的。"

林跃没为他自己辩驳："只有你一个学生，我教学经验不足。"

能占走他的这个"只有"，南迦觉得自己应该开心。可事实上，她的心情反而低落下去。他又不喜欢她，无论她占走他多少个"只有"，也只能悲哀地饮鸩止渴。

五点半左右，家教时间结束，林跃收拾电脑包："你家阿姨不在？"

"嗯，她今天请假。"其实是她给林阿姨放假。

南迦很矛盾，明知现在于情于理都不适合和他单独相处，可林阿姨如果在，她会更加别扭。

"你晚饭怎么解决？"

"午饭有剩。"

"要不要一起出去吃？"

南迦一顿，望向他。

他身后的窗帘缝投进一束夕阳余晖，他平日淡漠的眼瞳里此刻隐约流露一抹期待，令她记起他拿着一摞感谢卡问她期末考试能不能正常发挥的那个夜晚。

彼时期末考试，他期待的是和她的正常水平一较高下。今天一起吃顿晚饭，他的期待是什么？老朋友叙旧吗？她控制自己不去多想："行啊，上星期那顿饭你没在我家吃到，今天补上。"

二十分钟后，两人来到附近一家烤鱼店。

"虽然你今天尝不到林阿姨的手艺，但这家的味道也非常不错。"南迦轻车熟路地点单，强调了不要辣的，然后问林跃需不需要加点配菜。

林跃说："你可以要辣。"

南迦笑笑："不用了，难得和你一起。"

下完单，她端起茶杯抿一口："还没问候你爸爸妈妈呢。他们现在怎样？"

"挺好的。"林跃抽纸巾擦干她手边桌面上的一块水渍，"我爸上个月再婚了，我妈和她男朋友也快谈婚论嫁了。"

饶是她当年已心知肚明翁云和林明理的感情破裂，眼下南迦也不免歆歙。她没有佯装诧异："那确实挺好的，终于各自自由了。"

林跃收尽她的表情，嘴角微挑一丝了然的哂意："你只在我家住两个月，他们都没瞒过你，也不知道哪儿来的信心，觉得瞒过我了。"

"还能哪儿来的？不就你给他们的。"南迦熟稔地用戏谑口吻遮掩对他的心疼，"你不配合他们的话，他们怎么演得下去？"

林跃面无表情地说："我没配合他们。只是觉得如果拆穿，太麻烦了。"

南迦问："他们是不是在你高考结束后和你摊牌的？"

林跃纠正："是高考结束后，我和他们摊牌。"

南迦尽量保持愉悦的口吻和他谈论："让我猜猜，你现在是跟着你爸爸，还是跟着你妈妈。"

林跃眉尾上扬:"你试试。"
　　南迦从他这副神态嗅到不同寻常:"总不会是谁也没跟吧？"
　　"很意外吗？"覆在额前的刘海在他脸上打落阴影，林跃眸底的情绪晦暗不明，"不就是一个人。"
　　不就是一个人……南迦眼波微微晃动，失笑，想说，好巧，她现在也是一个人……
　　服务员将他们的烤鱼送上桌来，香气四溢，又鲜又嫩，勾人味蕾。
　　南迦摸出手机选取角度拍了三张照片，笑道:"我跟章老师报备一下，我请你吃饭了，感谢你帮忙处理了我家的水龙头。改天有空，我再重新请一次，请你们两人一起。章老师应该也和你一样，不吃辣吧？"
　　林跃冷淡地说:"我不知道，你不应该问我。"
　　南迦咕哝:"这不是你比较了解她嘛。"
　　林跃轻轻皱起眉:"并不是认识就代表了解。"
　　南迦欲言又止，斟酌着开口:"别怪我多嘴。我不清楚你和章老师私底下怎么相处的，但是吧，我认为你没必要在外人面前太过掩饰，尤其像我这种同时认识你们两个的外人。我会帮你'无意间'透露到章老师那边，她不在的场合里，你也记挂她。"
　　"你在说什么？"林跃莫名其妙，很快，在神色变幻中，他反应过来怎么回事，冷沉的脸绷起，"你以为我和章遇宁是什么关系？"
　　察觉他的不对劲，南迦谨小慎微:"你对她爱而不得？"
　　林跃无语。
　　南迦发誓，她想说男女朋友的。
　　奈何"爱而不得"的版本流传最广，她印象过于深刻。
　　她没有专门去向谁打听他的事，只是时常会逛一逛清荣一中的贴吧，搜索谈及他的内容。内容不多，一般遇到大事才会更新，譬如篮球赛和运动会，总涌现无数抓拍到他的风采瞬间。
　　曾经打赌她和他关系发展的帖子随着她离开清荣而沉入无人问津的岁月里，但也一直没再见其他女生被拿去和他放在一起，直到高三，出现章遇宁的名字。
　　她看到大家讨论章遇宁的暗恋，看到他和章遇宁同为校运动会主持人并肩而立，看到他和章遇宁双双考入Ａ大。
　　他的光芒在进入Ａ大之后也没有黯淡，她很容易就获知他和章遇宁的后续。

比高岭之花被拉下神坛更刺激的，无非是跌落神坛的高岭之花爱而不得，他还栽在同一个人手中。能令昔日毫无世俗欲望的同桌放低身段念念不忘的女生，她也非常想见识，于是今年暑假，她辗转联系到章遇宁成为她的家教。

而通过接触，无数迹象表明章遇宁正处于热恋中，所以她相信另外一种说法才是真的：所谓他被章遇宁甩，不过是情侣之间的情趣。这在他来帮章遇宁代课之后，得到充分的验证。

为了前后言行一致，南迦又解释："不是我八卦，是你和章老师在 A 大太有知名度，我最近几天联系新家教，随口提到我现在的老师是你们俩，人家恰好知道你们的事，和我聊了点。"

这虚伪的谎言撒得她没敢和他对视，所以说话间她抓起筷子漫不经心地去夹烤鱼里的菜。冷不丁地，林跃问："你什么时候喜欢吃芹菜、蒜头、葱花了？"

南迦正将夹到自己碗里的菜送进嘴。闻言，她不明所以地看着他，下意识咬一口，马上她皱起五官全部吐出来，才反应过来他的意思。

他唇边的浅淡笑意清晰可见，南迦故作不高兴："差不多行了。"

"你也差不多行了。"林跃自带冷意地睨她，"以前是谁自诩'谣言止于智者'？"

遥远却又恍若昨日的回忆，南迦自然记得。当初止于她这个智者的"谣言"是他小时候只要和女生肢体接触就皮肤过敏。但现在他和章遇宁的恋情如何能和可信度那么低的怪病相提并论？

"我晓得，你'爱而不得'纯属谣言，你和章老师其实是两情相悦嘛。"

话音刚落，南迦再一次有幸得见林跃生气，他连骂人的话都和当年一模一样："瞿闻宣那个浑蛋！"

南迦眨巴眨巴眼睛，说实话，她觉得他在骂的是她，只不过出于礼貌，他才拖他的好朋友出来当替罪羔羊。

林跃可谓提前将北城的天气快进到冬天，冻着脸摸出手机打电话。

瞿闻宣立马接起："呵，不是说我一整年都别想从你的黑名单里出来？"

林跃没和他闲扯："刚才我看见又有人给章遇宁送花。"

瞿闻宣的吊儿郎当顿消，嗓音爆起："哪个不要命的敢来挖我的墙脚？你帮我警告他，章遇宁有男朋友！章遇宁的男朋友是宇宙无敌大帅哥……"

目的已经达到，林跃便掐断瞿闻宣后面的废话，重新送瞿闻宣进黑名单。然后，林跃掀起眼皮看向南迦："都听见了？"

他刚刚开的免提，音量还不低，南迦没耳聋，自然一字不漏。消化完信息，她咽下嘴里的茶，反应有些迟钝地问："你的朋友？"

林跃皱眉："重点不在这里。"

南迦把话补完："你被你的朋友横刀夺爱？"

林跃无奈。

"我继续打个电话给章遇宁。"他作势要再拨号码。

南迦拦下，既蒙圈又无辜，且着急："到底怎么回事？"

于是，这顿烤鱼的桌间话题，变成林跃的辟谣发布会，他简洁地概述他和章遇宁之间所谓恋情的来龙去脉。

南迦最后帮他总结陈词："从头到尾都是章老师和你的朋友双向奔赴，你却因为帮了你朋友的忙而被误会成章老师的对象？"

林跃用公筷把没有沾染葱蒜的一整块干净鱼肉推到她那边："我会加倍跟瞿闻宣要精神损失费。"

"必须要啊！狠狠地要！"顾着讲话，南迦一时没在意他的举动，顺手就全部夹走，"何止精神损失费，这间接地挡出去多少你的桃花？肯定有喜欢你的女生因为你和章老师的恋情谣言而忍痛放弃你。"

林跃无语："你无不无聊？"

南迦气得用力地咀嚼鱼肉，咽下之后说："不无聊。你不觉得你亏大发了吗？"

"不觉得。"林跃继续把葱蒜挑走。

谣言能传到现在不消停，一方面是他懒得澄清，一方面有他的默许在里面，以至于连他的舍友都以为他心里只有章遇宁，他反而省去很多麻烦。

南迦闻言心里一咯噔，误会解除的喜悦尚未来得及享受就憋回去："你这么不想要桃花啊？"

林跃反诘："要桃花干什么？"

南迦轻啧声："你这么讲话真的没有被你同学打过？"

林跃竟还回答她："没有。"

南迦促狭："那肯定又是你拿脸吓唬他们，所以他们想打不敢打。"

林跃挑眉："你想打？"

"没有，绝对没有。"南迦笑，故作认怂的姿态，又夹了块鱼肉塞进嘴里，咕哝，"不想要桃花是不想谈恋爱喽……"

她特别小声且语焉不详，林跃却听得清清楚楚。

"没有不想谈恋爱。"他说，"只是不需要那些桃花。"

"你自相矛盾啊，不需要桃花你怎么找人谈恋爱？"南迦震惊的是，他居然有想谈恋爱？而更令她震惊的还在后面——

"和你谈恋爱。"

南迦呆愣，以为自己幻听："你说什么？"

林跃沉静的面容神情认真，头顶洒落的暖橙灯光柔和了他一贯清冷的轮廓："我不需要其他桃花，我只想和你谈恋爱。"

南迦完全不记得自己是怎么回的家，在沙发上躺了许久，空白一片的脑袋才缓缓拢回些模糊记忆——

他似乎还说，那天地铁上她跑太快了，没听完他后面的话，他是打算给她介绍男朋友，介绍的不是别人，恰恰是他自己。

"你说你要专心准备考试，暂时不需要男朋友，我理解，所以我先预定，等你考试结束，等你需要男朋友的时候。"

"你说你很挑，随随便便的男生入不了你的眼，那么我预定的这段时间里，正好可以作为你对我的考察期。"

……

南迦的心跳又错乱了，呼吸也再次急促。他真的是同桌吗？不是一个顶着同桌脸的冒牌货？他没有在梦游吗？他知道他在讲什么吗？

抑或做梦的人是她？

南迦摸起手机，拨打毛现的号码："大毛。"

"喂！迦爷！"

"他竟然说要和我谈恋爱。"

"你说什么？我蹦迪呢！很吵！听不清楚！你大点声！"

"我竟然没有立刻答应他？"

"啊？都有哪些人？你要过来？"

"还是说，我就不该立刻答应他？我都忘记问他为什么要和我谈恋爱。"

"你是该放松放松，离考试还早着呢。你的水平闭着眼都能过。你爸绝对再干涉不了你。"

"对啊……为什么？"

"要我去接你？OK！我马上出发！"

鸡同鸭讲的对话结束，南迦发现微信里有章遇宁发来的一条消息。

"（允悲）南迦，我刚知道原来你误会我和林跃的关系了。我的男朋友不是林跃，是瞿闻宣。我从没喜欢过林跃，林跃也没喜欢过我。很抱歉，我和瞿闻宣麻烦了林跃太多事情，给他造成不少困扰。"

对于章遇宁更换对她的称呼，南迦也表示歉意："不好意思，我之前在你面前报'董嘉'，并不是故意骗你，两个其实都是我的名字，这个名字是跟我妈妈姓。"

章遇宁："（愉悦）没关系。改天等我男朋友有空来A大，我们一起请你和林跃吃饭。林跃一直是单身，南迦，你加油！"

最后一句特别灵性，仿佛参透了她不为人知的小秘密。南迦再次记起不久前林跃的那番话，心脏猛地跳快一拍。

她翻身趴着，拉过抱枕垫在下巴上，切了微信小号。

如水的月光穿透树叶于地面投落斑驳的阴影，秋寒料峭，空气开始浓稠，朦朦胧胧似隔一层薄薄的雾。

林跃拎着新买的猫粮走进商居两用大厦，乘上电梯，点开微信新进来的两条消息。一条是他告诉舍友他今晚不回宿舍之后舍友回复的"OK"。

另一条是章遇宁说，她也和南迦澄清了一遍。

这倒并非林跃的要求，而是瞿闻宣问章遇宁谁给她送花之后，林跃向章遇宁解释情况，章遇宁认为她也有必要跟南迦打个招呼。

盯着毫无动静的南迦的头像，林跃的嘴角下拉，转而点进朋友圈。

依旧没刷到南迦有任何东西，但刷到他不认识的一位校友的一句话："在这个'路遥马急'的人间，你真的在我心里待了好几年。"

接下来一周，南迦又两耳不闻窗外事，一心只读圣贤书。

她没和林跃联系。毕竟没事需要联系他，她也不知道该和他说什么。回应他吗？该如何回应？何况那天是他讲那些话，要联系也应该他先主动联系她吧？

可南迦愣是没等到他的后续动静，好像什么也没发生过一般。

周六下午，他甚至没按时出现来给她补课，这下子她不主动也不得不主动，发消息询问他缘由。

林跃没有回复南迦的消息，南迦只好再尝试拨打他的电话。

他来北城后使用的电话号码，是那天两人前往烤鱼店的途中存的。

林跃先问她的号码，她还笑了一句："你跟章老师要啊。"

"你就在这里,我为什么要跟章遇宁要?"

回想起来,彼时林跃看她的表情像看神经病。

电话响了好一会儿,在她以为无人回应准备挂断时,终于被接起:"南迦?"

他嘶哑的嗓音一听就不对劲,南迦蹙眉:"你怎么了?"

"没看到我发的消息?"

"什么消息?"南迦检查了一遍,无论短信还是微信,甚至荒废许久的QQ她都登录上去,也没见着有来自他的未读消息。

林跃那边很快呼一口气:"是我没发送成功。"

话落,他猛地咳嗽一声,虽然他离远了话筒,但依旧清晰。

南迦的心揪起:"你生病了?"

"一点小感冒。"林跃说,"今天去不了你家。"

"没关系,你休息。"南迦问,"你吃药没?"

"吃了。"

"有没有发烧?"

"没。"

"好。"

囫囵结束通话,南迦却怎么都沉不下心,索性丢下复习资料,打车去A大。

据闻A大计算机系有两个外号,一个称之为"贵系",一个称之为"酒井"。

南迦对"酒井"的由来更为上心——说是计算机系本科生所住的学生公寓一般是9号楼(9#)。她不曾求证过真伪,但这次进到A大主校区里她还是先直奔这个道听途说中的目的地,再给林跃打电话。

"怎么了?"和上一通电话一样,他许久才接起,估计又是从睡梦中被她吵醒。

南迦倏地意识到自己的冲动。

她既非医生又无特效药,根本帮不到他,究竟来干什么?瑟瑟秋风灌得她脑子恢复清醒与理智,她玩笑道:"没事,就是皮一下,打扰你休息了。"

林跃无语。

隔着电话,南迦都能想象到他的白眼。

林跃敏锐地留意到她的背景传出的声音:"你在主校区?"

南迦一愣,耳朵会不会太灵了些?

没等她否认,林跃又问:"你的具体位置。"

他那边窸窸窣窣的,像在起床穿衣服。南迦赶忙道:"你别下来,我只是刚好到这边办事，马上就走。"

林跃捕捉到关键的"下来"两个字："你在我宿舍楼下？"

南迦无奈，该恼自己不小心说漏嘴，还是该夸他细心？

林跃："你原地别动。等我。"

阻止不及，南迦默默叹一口气，手机放回衣兜，戴起里头卫衣的帽子站在路边，思绪杂乱。幸而这个时间段周围没有太多人，进出公寓的学生也少，她免去些不自在。

可等了十分钟也不见他的踪影，她摸出手机，寻思着要不还是告诉他她现在走了吧，倏地听到背后有人跑来的脚步声。

南迦预感强烈地转身，果不其然见林跃将将在她面前刹住颀长的身形。

他微微气喘不匀，刘海被风吹散至两侧，袒露他饱满的额头。

不知是跑得太急所致，还是午后的阳光过于耀眼造成的错觉，他一贯淡漠清冷的眸子里此时隐约透着罕见的热意。

因为罕见，所以显得不太真实。

她疑惑道："你怎么从那个方向过来？"

林跃拉严实脸上的口罩，鼻音和鼻息都很重："我不在宿舍。"

南迦蹙眉："生病了你还不在宿舍休息？"

而且他穿得特别少，薄薄的一件长T恤，连件外套也没有。

林跃解释："我周末一般不住学校。"

"那住哪儿？"

"跟我来。"林跃牵住她的一只手。

极其自然，仿佛下意识的动作，也极其熟稔，仿佛曾经上演过无数次。

可事实上，在此之前仅仅一次。南迦恍惚回忆起那年元旦，黑暗的鬼屋之中，无人知晓的，只属于他们的秘密。

他的手和当初一样凉凉的，她也和当初一样心潮翻涌。

南迦回握他——她发誓，她纯粹想让他暖和些。

林跃指节拢紧，完全抓牢她。

他们走出东门，往五道口方向去，没到热闹的商业区便转进一栋老旧的商居两用楼，一瞬似从白天进入黑夜，楼道又脏又昏暗，电梯的按键沾满油腻，轿厢的边角处处污垢，顶上的灯闪烁得似随时会灭掉。

"有点适合拍恐怖片。"南迦打趣，又不禁回忆起那年她问也不问他上哪儿，一路任由他带她来到小巷深处的书店。

抵达四楼，出了电梯，迎面好几个易拉宝广告，美容院、棋牌室、小学生书法班等等，以电梯为中间点，分别往左右两侧延伸出两条相反方向的走廊。

南迦跟着他走向左边，没几步停在和电梯位于同侧的一扇防盗门前。

"到了。"林跃松开她的手，摸出口袋里的钥匙，随手开门。

"好的，我现在就帮你数钱。"南迦笑着摘掉头上的卫衣帽，随着他的侧身让路，先于他跨入屋内。

屋内窗明几净，与外面的环境形成鲜明对比。

约莫十五平方米大小的空间分隔为两部分，小的部分是卫生间，大的部分目之所及可见一张简陋的上下铺木板床、一张桌子和两把椅子。

桌上有两台电脑，一台台式机，一台是她见他带去过她家的笔记本电脑。

下铺那张床的被子掀开一半，一看就是他不久前睡过，另有一件薄羽绒外套搭在床边，袖子掉落地面。

外套是出门前匆忙落下的。林跃捡起，挂回墙面的衣钩上，说："这里是我租的，方便我码代码，算我的工作室。之前收留过瞿闻宣，瞿闻宣带章遇宁来过两三次，现在瞿闻宣基本不会来，只有我一个人住。"

话落，他又咳了咳，像是刚刚隐忍了许久。咳完，他摘掉口罩端起桌上的水杯喝水。南迦上前查看他放在桌面上的药，铝箔包装空了不少格子，她猜测："你病好几天了吧？"

"两三天。"严格意义上确实是昨天晚上才觉得难受，前面几天最多鼻塞。林跃平静地坐到床上，"普通流感。"

"真的？"南迦不太相信，"不是周末你在我家被水淋的？"

"不是。"林跃朝椅子抬抬下巴。

南迦落座："你别管我。原本该干吗干吗，当我不存在。我不吵你。"

林跃："你觉得可能吗？"

"当然可能。"南迦不服气地噘嘴，"我只是在学习的时候不趴着才会吵，又不是真有多动症，三年了啊，你还冤枉我。"

林跃："我是说，不可能当你不存在。"

南迦："那我走……"

当然，她没有真的走。要走也不是现在走。她环视屋里一圈，视线锁定空调："你这儿有点冷啊。暖气还没供暖，你怎么也不把空调的制暖功能先打开。"

"坏了还没修。"顿了顿，林跃顾虑道，"你回去吧。"

南迦:"我又不是嫌弃这里的意思,我只是觉得你生病还待在这么冷的地方,病情会加重。"

林跃:"我也不是你以为的意思。我是指,你不是说到这边办事?"

自己编的理由自己差点接不上茬,而且她以为她的借口太拙劣早被他看穿,原来竟没有?南迦便圆谎:"我的事不急。"

林跃却坚持:"回去吧。你一个月内感冒两次的人。"

南迦这才明白他究竟是什么意思。

她心底倏地被柔软戳了一下,笑起来:"要我澄清几次呀,不是我身体的问题,是清荣的天气和我有仇。我回北城之后再也没病过,大病小病都没有。"

林跃本想回应什么,但被咳嗽打断了。他别开脸,脸上咳出病态的潮红。

见状,南迦觉得自己确实应该现在就走,她不走的话,他根本没法子静心休息。

"你快躺回床上。"她起身,"我不打扰你了。"

林跃没挽留:"我不送你了。"

南迦又犹豫:"要不,你到我家住两天吧?"

出口之后,犹豫反倒消散,她的想法变得坚定:"走吧,住我家。否则你一个人在这儿没人照顾,我不放心。你很久没吃家常菜了吧?晚上我让林阿姨给你多烧几道清淡的。林阿姨南方菜和北方菜都擅长,你不用担心吃不惯重口。"

林跃怔了一下,眼神静静地停留在她脸上,数秒后,他嘴唇微微启动。

南迦抢先堵他的话:"给点面子,不许拒绝。现在马上收拾两套换洗衣服跟我走,总不能要我三请四邀再用八抬大轿抬你吧?我先下去打车,你动作快点哈,十分钟够不够?"

"你等一下。"林跃喊住她。

已经开门走到外面的南迦转头,打趣:"不是吧,真需要八抬大轿?"

"十分钟不够。"林跃说,"如果我两天不过来,我必须把它妥善安排。"

"谁啊?"南迦蒙圈,愣是没从这个屋里瞧出第三个人的存在。

这时,安静的空间里传出软软一道"喵呜"的叫唤。

南迦循声望去,发现床底下有只猫羞怯怯地探了探脑袋,黑不溜秋的眼睛与她的视线产生交集后,它立刻藏回里头。

林跃蹲身,抱它出来。

毛茸茸的一只小奶猫,短短的腿,圆圆宽宽的脸,粉粉的鼻子塌塌小小的,浑身以白色为主,脑袋和两只耳朵部位不规则地分布橘色。圆滚滚的体型搭配它天生呆萌的表情，写满"可爱"两个字。

南迦惊喜得两眼直放光："居然有猫？"

"它胆子小，刚刚躲起来一直没声响。"林跃捋了捋小猫的脑袋。

小猫直往他怀里钻。

"你养的？"

"嗯……"

"你不是嫌弃小动物麻烦？"震惊不足以形容南迦此刻的心情，当初小区楼下那只白猫，他每回都站得远远的。

"没嫌弃。"林跃纠正，"是很麻烦。"然而，他脸上并没有对应"麻烦"两字的正确表情，反倒他撸猫的动作娴熟得很。

"你太过分了吧，不让我抱一抱？"南迦被勾得心痒痒，朝他伸手，"把猫先给我，你去收拾东西，你的和猫的，都收拾，然后你们一起去我家。"

"你确定？"林跃尝试将小猫转到她怀里。

因为对南迦陌生，小猫是有些害怕的，林跃继续摸它的脑袋加以安抚，南迦也轻抚它的后背："为什么不确定？我可不忍心它孤零零地留在这里。"

十五分钟后，拎着装在宠物箱里的小猫的南迦和拎着行李的林跃坐进出租车。

一路上，她忙着在手机里下订单，给小猫挑选各种生活用品，比她平时自己网购衣服还要细致认真。App超级智能地根据她的搜索记录推送了萌宠饲养指南，她兴冲冲地问林跃："你这猫的品种是加菲吧？"

典型的鼻眼一线长相，不正是加菲猫的特征？

没有得到回应，南迦转头，发现林跃靠着车窗睡着了。他又把口罩戴上了，挡住了大半张脸，但没挡住他淡淡的黑眼圈和眉宇间的疲态。

她发短信交代林阿姨提前把次卧的床铺好，房间里开上空调调节舒适的温度，于是等一回到家，她就赶林跃进次卧继续睡觉。

这一觉林跃睡得很沉。过段时间有个比赛，他最近在做准备，睡得不太好。

醒来时，四周漆黑一片，他打开床头灯醒了会儿盹，记起眼前陌生的空间是南迦家里的次卧。他捏了捏眉心，掀被下床，打开门走出卧室。

灯光明亮的客厅里，南迦在林阿姨的协助下刚刚搭建好新买的猫窝和猫爬架，地上没收拾的还有水盆、饭盆、猫砂盆、猫薄荷，不同品牌的猫粮和猫砂，以及各种零食和玩具。

见他出来，南迦颇有炫耀求夸奖的意味："怎样？装备是不是特别齐全？"

林跃仿佛看见她的猫尾巴也扬起来晃动。他嘴角微牵，泼她一盆冷水："它还太小，用不到这么多东西。"

"它又不是不会长大，以后总能用到。"南迦趴在沙发前喵喵喵地叫唤，想把钻到底下的小猫抱出来试一试新窝。

这猫如林跃所言，胆子小，加之刚来她家，环境陌生，所以她稍一没看住，它就到处躲。在躲到沙发之前，它已经躲过电视机柜和窗帘底下。

林跃眉梢挑起："以后还让它来？"

"你不会这么小气吧？"南迦抬头，下巴微微一扬，眸子里跳跃笑意，"我不管，既然被我发现你有猫，那必须多让我吸吸它。"

林阿姨的声音从厨房传出："迦迦，喊你表哥吃饭吧。都八点了，该饿坏了。"

林跃的表情一秒钟空白："表哥？"

南迦莫名心虚，趴回去继续捞猫："是啊，表哥。否则我该怎么跟林阿姨介绍你？还是代课家教林老师吗？林老师住进单身女学生的家里，不合适吧。"

林跃有两秒没声，然后说："确实不合适。"

南迦听不出他的具体情绪。她放弃捞猫，从地毯上爬起来，催促他："快去吃饭。你睡得够久的，我又不能吵你第三次，所以你的晚饭夜宵凑合成一顿。"

林阿姨已经在饭厅的餐桌上帮他将碗筷全部摆好，五只大小不一的成套木碗，有粥、有鱼、有肉、有菜、有汤、有水果，荤素搭配适宜，看起来清淡爽口。

林跃坐下时问："你平时也这样吃？"

南迦没等他，六点就吃过晚饭，此时洗干净手接过林阿姨给她榨的果汁。

她摇着头喝了一口："当然不是。我吃得比你重口你又不是不知道。这些是专门为你准备的病号餐。"

林跃微抿唇："我的意思是，你平时在家里也都这样，饭菜全部一人份？"

"是啊，我一个人吃，当然只让林阿姨准备一人份。"

说完，南迦才福至心灵，明白他的关注点在哪儿：在家里吃饭一般是烧了几道菜摆餐桌中间，一家人热热闹闹一起吃，而现在这种形式更像在学校食堂或外面的餐厅用餐。

她又被他的细心轻轻地戳一下，不禁笑容柔软："林阿姨刷碗不费工夫的吗？做多了我吃不完也浪费粮食啊。不过既然你来了，明天我们可以家常点，让林阿姨烧大盘子菜。"

林跃却不同意："你想被我传染流感？"

南迦:"那还是不想的……"

林阿姨和南迦确认明天的菜谱后,便离开了。

林阿姨一走,小猫倒自己从沙发底悄摸钻出来,蹿到餐桌下喵呜喵呜叫。

南迦抱它到自己的膝头,狐疑:"它是不是又饿了?我给它喂点零食?"

林跃提醒:"它不能吃太多。"

"你现在真的好像资深铲屎官。"从前她哪想得到,有一天居然是他教她如何养猫。

南迦忍俊不禁,并提出质疑:"你应该也才把它带回来没多久吧?"

"嗯。"林跃点头,"八月初带回来的。"

所以到现在差不多养在身边两个月?南迦默默算了个数:"那它现在的年龄没超过五个月吧?"

"刚满四个月。"

"你怎么就养猫了?"这是南迦最好奇的,也是最费解的。

林跃停下筷子,反问她一个问题:"你会想养猫吗?"

南迦一愣,如何能忘记,同样的问题在三年前期末考结束的那个夜晚出现过,她还因此咀嚼不透话里疑似暧昧的成分。

现在林跃没等她回答,兀自道:"我觉得你会想养。"

什么意思?他觉得她会想养,所以他就养了一只猫?

南迦心跳鼓噪,怕会错意,她克制住心绪:"不是在聊你为什么养猫吗?你好像偏题了?"

"没偏题。"林跃表情略微无语。

南迦也无语,正要说"你再讲明白点",小猫忽然从她的膝头滑落,扑通掉到地上,一声喵呜叫得颇为脆弱。

南迦吓了一跳,生怕它摔伤,忙坐到地板上抱起它一通问:"该不会摔疼了吧?哪儿疼?唉,对了,它有名字吧?你管它叫什么?我还不知道它叫什么,一直'小猫''小猫'地喊,勿怪它和我慢热。"

林跃:"迦……妃。"

南迦怔忡:"什么?"

"它的名字。"睡醒没多久的缘故,林跃的眸子有点湿漉漉,他眼波略略一动,看着她,重新说,"璃莹殇·安洁莉娜·樱雪羽晗灵·血丽魑·魅·J·Q·伤梦薰魅·蔷薇玫瑰泪·邪儿·迦妃。"

南迦一愣。

四目相接，陡生安静。

林跃低垂眼帘，手里的调羹搅碎汤碗表面轻浮的一层淡黄色的油，嘴角抿得平直，好似讲完后又后悔了。

回过神来的南迦十分不平静地故作淡定，问："这不是我的外号吗？"

"嗯……"林跃喉结微微滚动一下，似在做什么内心挣扎，然后，他抬起眼，大有破釜沉舟的意味，"某天在朋友圈看到有人说朋友家的加菲生了一窝猫仔，可以领养。我第一眼就看见它。最近总觉得，因为养了它，我才终于能再见到你。"

南迦心跳如擂鼓，直白地问："你很想再见到我？"

林跃不知想到什么，眸底划过一丝暗淡："但你好像并没有想再见到我？"

才没有。南迦顾不得反驳，直白地问："你到底为什么想要和我谈恋爱？"

这是一个星期来每天萦绕在她脑海中的问题，她需要一个明确的答案。

林跃却似意外她会有此困惑，一脸费解："能为什么？"

"我怎么知道你为什么。每个人想谈恋爱的理由又不一样。"南迦撸着猫，一一列举，"有的是觉得女孩子长得好看，有的是觉得女孩子性格好，有的是纯粹寂寞了所以物色一个合适的对象做伴呗。"

林跃轻轻皱起眉，倏地过来摸她的额头。

南迦的额头满是他手指的凉意，脸则因他的举动发烫："干什么？"

林跃睇她："看看你是不是也病了，脑子才突然不灵光，我已经表现得这么明显，你还没有明白。"

"明白……什么？"

"我一直就喜欢你，到现在也没忘记你，所以想要和你谈恋爱。"

完蛋，话是她自己步步追问出来的，现在他一股脑讲清楚了，她反倒招架不住。

南迦觉得心跳快蹦出胸膛。以前那些模模糊糊的感觉，原来真的不是她会错他的意！

见她愣愣的，林跃蹲身，和她平视："我表达我的心意，不是立刻索要关系，我那天晚上说过，你可以慢慢考察我。"

好一会儿，南迦眨眨眼睛："不是吧，也就是说，你既没觉得我长得好看，也没觉得我性格好？"

林跃一愣。

他的表情看起来像是想抽她。

南迦被逗乐，适可而止结束玩笑，又没忍住促狭："好的，我知道了，以前就喜欢我、到现在也没忘记我、不要其他桃花只想和我谈恋爱的，表——哥——"

她的心跳随着她的话一句一句地怦怦怦。

林跃的脸随着她的话一句一句地冻回去。

南迦弯起眼，手指轻轻戳了戳出卖他真实内心的耳朵："红了。"

上一次目睹他耳朵红，还是那年元旦会演。

林跃起身回餐桌前："我有点发烧。"

听起来像他的掩饰之辞，但她刚刚戳他耳朵时确实觉得烫，和他手掌的凉意宛若冰火两重天。

谨慎起见，南迦从医药箱取出体温枪，靠近他的额头测了一下。

38.2℃，真的发烧了。

好在南迦提前有所准备，她帮他倒了杯开水晾在一旁："你饭吃完了，正好吃药。"

"你打算开药店？"林跃捡起她摊到他面前的一堆药，退烧的、止咳的、咽炎含片和气雾剂等等，一应俱全。

"还不是看你买得少，才让林阿姨去多备点。"南迦拿着逗猫棒和迦妃玩耍，她挥动了好几下，安静乖巧的迦妃才愿意伸出它的一只爪子尝试抓逗猫棒。

须臾，林跃搁落筷子，杯子里的水温刚刚适宜，他挑出退烧药和止咳药。

迦妃在逗猫棒的引诱下比之前活跃许多，两只眼睛没离开逗猫棒上的小球，伺机而动，肉乎乎的身体腾空去扑，却扑了个空，翻倒在地板，四只脚都朝上蹬。

南迦因为迦妃奶凶奶凶的模样乐个不停："太可爱了！怎么会这么可爱！你选猫的眼光不错啊！"

林跃含住杯口吞药喝水，唇边弧度浅淡。

这之后，南迦又把林跃赶回卧室，她自己带着迦妃到书房刷题。不多时，迦妃趁她不注意，溜了。既然它待不住，她也不勉强，只是跟出去确认它的安全。

结果，她发现迦妃哪儿也没去，安安静静蹲在林跃所住的次卧门口。

"你想见同桌是吗？"正好南迦也想看看林跃的情况，她便抱起迦妃，轻手轻脚地拧动房门。

门没锁，屋里的灯也没关。南迦来到床前。林跃躺在床上，头发有些乱，以往的冷白皮在病中更显苍白，倒未影响他的帅气，就是看起来更冻人了。

他的电脑放在床头柜，进入待机状态。不难猜测他先前并没有乖乖休息，还妄图码代码，可没扛住药效，才不得不睡下。

迦妃忽然噌地从她怀里跳到林跃身上。南迦神经绷紧，迅速捞它到一旁。

林跃的眉峰微微凛起，平直的嘴角也抿了一下，不过并没有被吵醒。

南迦松了一口气，弯身将他伸在被子外面的手和脚盖住，出去把体温枪、热水壶、酒精、医用棉球，还有她的学习资料统统带进来。

迦妃似乎明白林跃在生病，没再乱跳，乖巧地窝在林跃的身边，盯着南迦又给他量体温，然后拿医用棉球沾了酒精往他的额头擦拭，进行物理降温。

林跃中途其实模模糊糊醒过一次，看到她坐在地毯上趴在他的床边嘴巴噘起拱着鼻子下的笔认认真真做题，他以为是做梦，继续睡去。

之后真的断断续续梦到一些以前的事情。

高二文理分科，班级人数不再是单数，正好成双，但他依旧独占一张桌子，新班主任没有像田英一样强行塞他一个同桌。

瞿闻宣取代张焱辉坐在了包亨达旁边。某天，瞿闻宣忘记带文具，找包亨达借，包亨达说："跃哥有很多，宣哥你问跃哥拿，以前迦姐就总借跃哥的。"

那是时隔半年，他久违地再听到身边有人提起南迦。

瞿闻宣转过来嘲讽他："看不出来你这么冷血无情还乐于助人？"

瞿闻宣没有察觉他的异样，也没有察觉南迦之于他的特殊，但他早已将瞿闻宣荡漾的少男春心洞悉得透透彻彻，之后还戳破了瞿闻宣对章遇宁的单相思。

瞿闻宣震惊之余恼羞成怒，和他大干特干了一架。干完架，瞿闻宣破罐子破摔承认了，逼问他怎么发现的。瞿闻宣声称自己明明遮掩得非常严实。

彼时，他冷哂："你太骚了，瞎子都嗅得出来。"

瞿闻宣又勒住他的脖子开打。

事实上，瞿闻宣确实并未在外人面前表现得过于明显，他能发现，一方面得益于他和瞿闻宣相识十多年的了解，另一方面，也是最主要的原因，其实在于他比瞿闻宣更早体会到……喜欢一个人的感觉。

瞿闻宣像一面镜子，对照出他身上所严重缺失的那股冲动。

后来，他尝试过的第一次冲动，是大一上学期，十二月底，他根据以前翁云帮南迦寄回东西的地址，试探性地将《同桌，不可以上课睡觉》快递过去，但快件因为查无此人被退回来。

退回来那天的日子他记得特别清楚，是元旦假期的最后一天，1月3日。

瞿闻宣嘚瑟地发消息向他炫耀："你爷爷我保存了十八年的初吻昨天交出去了。从今往后我就是个没有初吻的男人了！"

他坐在出租房里,盯着《同桌,不可以上课睡觉》,嘲弄地面对现实:有些人,真的一旦错过就不会再遇见。

可她曾经温暖又明媚地在他乏善可陈的生活中短暂留下的痕迹依旧无法磨灭,他依旧会在繁重学业的罅隙间不经意地想起她。

于是,他有了第二次冲动:领养迦妃。

迦妃的到来,如同带来运气的眷顾。

他很快有了那天在烤鱼店的第三次冲动,以及不久之前的第四次冲动。

全是冲动,却不完全是冲动,而是三年来他理性地积压在心底最深处的情感。

林跃缓缓睁开眼,首先映入眼帘的是蹲在他胸口目不转睛注视他的迦妃。

它特别喜欢这样,每回周末他在工作室里睡醒,见到的都是它一样的姿态。

一开始,他庆幸自己睡觉期间不怎么翻身,否则它很危险,不小心就会被他压到。几次后,他便观察到,它并非整晚蹲在他的胸口,只是在他起床前会过来,仿佛拥有预知他睡醒的特殊能力。

林跃习惯性地伸手,轻轻揉了揉它的脑袋。

"嗯?你睡醒啦?"

林跃怔一下,确认话不是从猫的嘴巴里传出来的,他转眸。

南迦打着哈欠从床边坐直,睡眼惺忪地问:"你现在感觉怎样?烧退了没?"

说着,她转头摸体温枪,但半夜不知道被她搁哪儿了,一时找不到,她索性放弃,跪坐起身体,凑近他,将她的额头贴上他的额头。

林跃一怔。

他的鼻息倏地加重,南迦也是这时才从刚睡醒的迷糊中清醒过来,瞳孔骤然一缩——窘迫尴尬和面热心跳,对比不出来哪个更占上风。

幸而她化解尴尬的功力已臻化境,当下也不例外。她不慌不忙地继续贴了两秒,然后重新拉开和他的距离,淡定地道:"应该是不烧了。"

"我妈妈教我的方法,她告诉我比起用手摸额头,额头贴额头更准些。我小时候她就是这样测我体温的。"打完补丁,南迦就后悔了。越解释越欲盖弥彰,虽然她打的补丁是实话。

林跃倒没什么特殊反应,若有似无"嗯"了一声,将迦妃从他身上抱开后坐起,捡起她的复习资料和笔:"你整晚在这儿?"

他的嗓音比昨天还哑,南迦也不怕被他翻白眼,取笑得肆意:"好像鸭子叫。"

林跃没翻白眼,但瘫起了脸,提醒:"你有过一次哑得比我更严重。"

南迦拿他当年的原话反击:"省着点你的嗓子。嗓子不要的话,可以捐出去。"

林跃一噎。

南迦极其过瘾地抱起迦妃和她的书:"才五点半,你可以再睡个回笼觉,我也回去继续睡。"

之后,南迦睡起,就是直接吃午饭的时间了。

林跃烧退了,但还时不时咳两声。他把她昨晚组装的猫窝和猫爬架检查了一遍稳固性和安全性,又清理掉迦妃在几处地方留下的排泄物。他上个星期才彻底教会它到固定的位置排泄,但仅限于他工作室的范围内。

因为下午还要和同学讨论课题,所以午饭过后林跃就得回学校。

南迦进一步明确地提出把迦妃留在她这里:"你们学生公寓不能养动物,把它单独留在工作室里,不合适吧。而且我觉得肯定就是因为你总没空陪它,它才胆子小。你瞧它昨晚和我玩得多欢乐。"

加菲猫性情独立温纯好静,活泼伶俐起来也不会神经过敏,确实非常适合他。不过昨天刚接触它的时候,她觉得这猫过于文静,差点以为它活泼不起来。

林跃是有顾虑的:"它会影响你备考的专注力。"

南迦低低地笑:"你也太小瞧我的定力了吧?"

林跃似乎还想反驳什么。

南迦又道:"家里只有我一个人,迦妃在的话,感觉会很不一样。"

林跃眼神微动。重逢她之前他何尝不是认为,迦妃在他身边,感觉很不一样。

猫最终还是留在南迦的家里,一同留下的还有他这回带来的换洗衣物。

拎着电脑包出门前,林跃顿了顿,又回头,问:"我周六再过来?"

南迦揽迦妃在怀里,防止它跟着他走。

她低垂眸,来回抚摸迦妃的后背:"刚刚不是把门禁卡给你了?反正迦妃寄养在我家,你想什么时候来看它,我还能阻止不成?"

随即,她抬眼,带着几分笑意:"不过学生公寓有管理制度的吧?你应该也只有周末能过来。"

林跃说:"不是……"

南迦佯装不在意地看回迦妃:"哦,那学校蛮人性化的。"

等林跃进了电梯下楼,她关上门折返,林阿姨端着洗净的樱桃从厨房出来,问:"迦迦,你的脸跟猴屁股似的?不会也病了吧?"

南迦迅速朝书房走:"没有,今天天气有点热。"

第八章 / 橘子并不是唯一的水果

林跃在学校一直忙到了十一才放假。

十月一日上午,他过来时,南迦正抱着迦妃观看阅兵仪式。

"你十一假期没其他安排?"

"有作业。"林跃落座她身侧。

南迦很服气:"我没说你的代码,我是指你没和你的同学或者朋友出门玩?"

林跃取出他的笔记本电脑:"没有。"

南迦歪头到他面前:"是没有出门玩的计划,还是没有人找你玩?"

虽然是打趣,但他这人外表清傲孤高,给人距离感,南迦委实为他捏一把汗。

"你有安排?"林跃反问。

南迦才不给他取笑的机会:"我人缘多好,当然很多人约我,全部安排起来的话,七天假期根本不够用。"

林跃冷不丁蹦出一句:"张焱辉也约你了?"

别说,真约了,而且她还答应了,为了弥补上回她的临时爽约。

觑着他的脸,南迦饶有趣味:"你很在意焱辉啊。"

林跃打开电脑:"我知道他喜欢你。"

他现在的很多话都令南迦出其不意,南迦无语道:"我都不知道的事情,你倒一清二楚。"

林跃:"看来他没跟你表白过。"

南迦瞧着他的神色分明比刚刚松弛,隐约还有些愉悦:"你这什么表情?"

林跃盯着自己膝头的电脑屏幕:"庆幸我比他动作快的表情。"

南迦差点结巴,扯了扯嘴角,温馨提示:"嗯,你表白了,然后现在正式进入考察期。"

是考察期的追求者,还不是男朋友。

林跃的神情微敛,但没有反驳她,修长的手指在键盘上噼里啪啦地敲着。

怪悦耳的。南迦取遥控器将电视机的音量再调低些。

林跃瞥一眼被她摺到一旁的书，《医用物理学》。
"专业教材？"
"嗯，偶尔换换脑子。"
闻言，林跃的视线从教材移到她的脸上："为什么死磕临床医学？"
这个问题是重逢的第一天遗留到现在的，他今天才问。
"就……"南迦无意间又把电视机的音量调高，漫不经心道，"一个是感兴趣啊。还有，是……你知道的吧？我妈妈是心脏病去世的。我外公如果没有患癌，再活十几年根本没问题。这些多少对我有影响，让我产生当医生的念头。"
说罢，她挑着眉梢看他："那我是不是也该好奇，你为什么进计算机系？"
林跃言简意赅："分数够，择优选。"
无情、坦诚又直接，不愧是理性的同桌。南迦揶揄："你不能往梦想靠拢，拔高个内涵升华下境界嘛？"
头两天他们就这么宅在家里，南迦看看书逗逗猫，林跃没完没了地写程序。
第三天傍晚的餐桌上，林跃的配餐里多出一杯颜色怪异的液体。
"什么？"
南迦喝着核桃露，回答："混合果汁。林阿姨专门为你榨的，你多喝几杯。"
"干什么的？"林跃不明所以地尝一口，味道和颜色一样一言难尽。
"预防脱发。"南迦笑眯眯地说，"听说干你们这行的容易秃顶。"
林跃无语。
我谢谢你啊——南迦自行解读他的表情，根本停不下来地边吃边笑。
林跃端着张心不甘情不愿的冷峻脸，全部喝掉。
一直到林阿姨来问是不是到时间带迦妃去宠物店洗澡，南迦才适可而止，问林跃："你想一起去吗？想去的话让林阿姨等你吃完。"
林跃听出言外之意："你不一起？"
"对。"南迦点头，"我约了人，马上要出门。"
林跃敛眸，微抿唇："约了张焱辉？"
"焱辉是会来，但我约的是毛现。毛现你还记得吗？"
"记得。"
"我之前放了毛现一次鸽子，今天去补偿他。"想到那晚，南迦就好笑。毛现丢下迪厅里贴身热舞的辣妹，大老远顶着冷风开着他轰隆隆的大摩托来接她，结果她已经呼呼大睡，被他的电话吵醒后还问他三更半夜来打扰她做什么。
她答应毛现改天还他一次，昨晚毛现便和她约定今天，正巧张焱辉也问她什么时候有空聚一聚,她索性凑成同一个局。

林跃淡淡地"嗯"了一声,没说其他。

南迦迟疑邀请:"你今晚要不要也先把手头的作业放一放,和我们一起?"

林跃掀一下眼皮又垂回去:"可以。"

南迦忽然怀疑他就在等她这句话。

地点是毛现定的,一家能蹦迪的酒吧。南迦一瞅他发来的地址,就心知肚明,能蹦迪其实是次要,关键在于附近有好几所大学,消费群体面向学生,他方便追美女。

到酒吧门口时,南迦下意识打量林跃。

林跃:"怎么?"

南迦心血来潮地探究:"你之前来过类似的地方没?"

"没。"没机会,他也没好奇心。他的舍友之中倒有人为了成年的仪式感,特地尝试抽烟、喝酒、染发、蹦迪。

南迦戏谑:"那我岂不是带坏好学生?"

林跃无语地白她一眼。

南迦如同导游一般挥挥手,笑着带头往里走:"来,今晚让表妹我带你见见世面。"

事实上,并非什么大不了的地方,一点也不乌烟瘴气,就是光线暗了些、五颜六色了些、晃眼了些。

她给毛现打电话问他人在哪儿,毛现很快从二楼卡座里起身,朝她直招手。

南迦脱掉外套挂在臂弯间,带林跃上楼梯。她里面穿的是修身的牛仔裤搭配一件同样修身的黑色打底衫,脚下踩着马丁靴,林跃第一次见她如此风格。

毛现迎来楼梯口,见她还带了个人,立马大叫:"你果然偷偷交男朋友了,我就说你最近哪哪儿都不对劲!"

"什么男朋友。"南迦狠狠掐他手臂,"看清楚他是谁。"

紧随毛现之后的张焱辉先认出来:"跃哥。"

张焱辉的变化略大,眼镜摘掉了,厚重的头发削薄了,额前刘海往后梳,着装风格也变得很潮。

林跃一贯疏淡地微微颔首:"嗯。"

毛现这才别具意味地跟着打招呼:"原来是迦妃的表哥啊。好久不见。"

如果眼神能杀人,南迦已经让毛现翻来覆去死一百次。

张焱辉没明白："什么表哥？"

四人坐回卡座之后，毛现积极地帮忙"科普"了南迦从前在清荣和林跃的关系。

张焱辉惊奇："怪不得跃哥以前特别照顾南迦。"

"可不是嘛。"南迦浏览完菜单，转而递给林跃，"你看看你喝什么。"

林跃："和你一样。"

南迦提醒："我点的是酒。"

林跃斜睨眼："所以？"

南迦翘起的尾音深谙几分调笑的意味："哦，没有，我以为你不食人间烟火。"

林跃接茬轻嘲："嗯，我平时只喝玉露琼浆，今天下凡跟着你见见世面。"

南迦被逗笑。越是像他这种人，冷幽默起来越是有趣。

毛现喷声："两个都是你带过来的人，你不雨露均沾？光顾着和你表哥讲话？"

南迦隔空一巴掌抽过去："你吃醋就直说，别拉人当垫背。焱辉，你喝什么？"

张焱辉端起面前的一只杯子："已经在喝了。"

毛现站在栏杆前逡巡底下的舞池，见下面比刚刚热闹，转头正欲问南迦要不要去放松放松，冷不丁瞄见一个人。

他心底暗骂晦气，打消念头，改口道："我们换一家店吧。"

南迦不疑有他，凭借对他的了解，猜测："没有看到你喜欢的妹子？"

毛现垂头丧气："失策、失策啊。"

南迦是无所谓的，她征询林跃和张焱辉的意思。

他们没有意见，四人便准备转移场地。

毛现一瞧楼梯口，又改变主意："你们刚刚是不是点了酒？要不喝完再换吧？"

再察觉不到他的古怪，南迦就是眼盲心盲了："你干什么？碰见前女友了？"

随着她问话的落下，一道熟悉的女声传入耳朵："南迦？"

毛现表情难看，相比之下南迦面色未改。她头也没转，气定神闲地选择性耳聋："既然不是碰见你前女友，就不用换了。"

她当先坐回沙发里，毛现跟着坐下。

林跃瞥一眼声源处。

女生走过来："南迦，好巧，你也在。"

南迦懒懒抬眼，似刚发现她，轻轻扬眉，表情带着几分意外："是好巧。"

"我和我同学一起。"女生指了指不远处的几位男男女女。

南迦视线飘过去再收回来："你不嫌这里太吵了？"

女生的一只手下意识地捂在胸口处："没关系，医生说我恢复得很好。"

毛现插腔："迦妃，走呗，蹦几下，光聊天喝酒有什么意思。"

南迦顺势对女生说："我和我朋友去玩了，你也玩得开心。"

"好。"女生点点头，却没马上走，又道，"爸爸挺想你，你有空回去看看他。"

南迦笑笑："我只会惹他生气，有你在爸爸身边足够。"

避免她继续聊下去，南迦即刻和毛现一起下楼。

毛现勾住南迦的肩："你可太给她脸了，还能客客气气的。知道现在流行两个词吗？'白莲'和'绿茶'，这位绝对是典型代表。"

南迦斜眼："你知道你每次在我面前嘴碎她的时候，像什么吗？"

毛现："像什么？"

南迦："我姐妹。"

毛现无所谓地耸耸肩。他明白她的意思就是不想再谈论唐欣，便适时止话，转而道："我就不问罪你什么时候没忍住跑去A大找他的，你只用老实交代，现在和他进展到哪种程度。"

"我才没跑去A大找他，你迦爷我会是那么没定力的人？"南迦不免有些小得意，"懂不懂'缘分'俩字怎么写？我和林跃是'该相遇的人终究会再相遇'。"

毛现夸张地假装起满身鸡皮疙瘩，然后指出："你在逃避我正面的问题，看来你们已经进展飞速。"

南迦抖开他的手臂："他还在追我的阶段，我和他单纯得很。"

"单纯你跑什么跑？"毛现笑，"天下奇闻，迦妃害羞。"

走出几步的南迦又折返，毛现以为她是来抽他的，做好了打不还手的准备。

南迦的话题却绕回唐欣身上，表情认真严肃："无论如何，她是我妈妈的亲生女儿，我知道你讨厌她，但不好听的话，在我面前你还是别再说。否则我很难不认同你，却又觉得对不起我妈妈和我外公，负罪感特别重。"

听前面毛现挺为她憋屈的，听到"很难不认同"，他忍不住憋笑："奇才啊你，哈哈哈。果然我们迦妃不是圣母。"

南迦淡淡嘲弄："我只是能理解她的心理。"

理解唐欣的患得患失，理解唐欣的担惊受怕，理解唐欣的小心翼翼，理解唐欣想要争取更多的关心和宠爱。

即便她什么都没做,甚至搬出了南向东的家,之于唐欣而言也仍旧是没有安全感的存在。好比她刚刚从清荣回到南向东身边的时候,唐欣之于她而言,同样是没有安全感的存在。

"你是……林跃,对吗?"

从方才的对话不难推测出女生的身份,林跃没有作声。

虽然南迦始终温温和和,但潜藏其中的疏离和不耐烦他察觉得到。毛现作为南迦最好的朋友,其态度也可见一斑。

对方并未因他的不理睬而退却:"你是林跃吧,我见过你的照片,我认得你。"

她主动自我介绍:"我叫唐欣,以前也是清荣人,考入了清荣一中,因为生病所以一开学就休学了,当时大家还为我捐过款。念念告诉过我——就是我在清荣的一位老同学,她说南迦在清荣上学时和你是同桌?南迦那时候顶替的其实是我的位置。我分配到的班级就是高一(4)班。如果我没休学,你的同桌会是我。"

"你想多了。"林跃神情冷漠,"不是谁都能当我的同桌。"

唐欣的表情霎时有些僵,道歉道:"对不起,我的措辞不恰当,我的意思是——"

林跃起身走人,没再听她后面的话。

一楼的蹦迪区寻不见南迦的身影,林跃只找到毛现。毛现也不是很清楚南迦现在的去向:"估计是不想回二楼再见着刚刚那位,所以随便找个地方避开。"

林跃斟酌着问:"她现在一个人住,是因为和她爸爸吵架?"

南迦给他的这个理由,他始终将信将疑。

毛现双手抱臂,不答反问:"你知道她在上预科班吗?"

林跃:"知道。"

毛现:"她告诉你原因没?"

林跃:"她只说没考好,分数不够。"

毛现意味深长:"那以她的话为准,她说什么是什么。她没对你说的,凭你自己的本事挖。我是她的朋友,不是你的朋友,我不负责为你提供追她的便利。"

"如果你愿意,可以和刚刚那位——那个唐欣,接触接触,或许她会帮你。"最后,毛现追加一句,像友善地为他指出另一条便利之路。

林跃却觉得,更像毛现要考验他什么,故意挖坑等他跳进去。

他不予采纳，继续寻南迦，终于捕捉到她正往酒吧外面去，身边还有张焱辉。原地挣扎两秒，在先回二楼等和跟出去之间，林跃选择后者。

外面靠近马路边的成排露天座比室内的有情调，点缀许多斑斓小彩灯，桌面上装饰仿真的摇曳烛光，气氛好不暧昧。但由于天气冷，人少，仅仅两对情侣。

扑面的寒气令没穿外套的南迦本能地瑟缩一下。张焱辉见状抱歉："我考虑不周，忘记外面冷，我们还是进去吧。"

南迦笑道："都出来了，不差这会儿。你不是觉得里面太吵你讲不清楚？"

张焱辉脱掉他的外套，想给她先穿着保暖。

南迦没接，将自己打底衫的高领拉高，下巴藏进去，遮至鼻梁："不如抓紧时间说说要和我聊什么要紧事。快些聊完我们快些进去。"

张焱辉强行将外套披到南迦的肩上。南迦往后退，重新拉开和他的距离，打趣："喊我出来不会就为了创造机会表现你的绅士行为吧？"

张焱辉嗫嚅："我今天其实想单独约你的……"

"看摄影展？还是汉服圈、古风圈又有活动？"

"都不是……"

"那——"

"想向你告白。"张焱辉鼓起勇气，"南迦，我一直很喜欢你。"

闻言，南迦的第一个念头是：还真叫林跃说中。

看着他涨红的脸，她弯唇："好，你的告白我收到了。谢谢你，焱辉，谢谢你喜欢我。但其他的，我没办法给你想要的回应。希望以后我们还能继续做朋友。"

张焱辉丁点儿不意外她的答案："见到跃哥时，我就料到会是这样的结果。"

"怎么扯到林跃？和他没有关系。"即便没有林跃，她对张焱辉也没可能产生朋友之外的感情。

张焱辉明白她的言外之意，垂头丧气，十分受伤的样子。

南迦意识到自己言辞不当："不是，焱辉你别误会，你很优秀，只是有些事情没有道理的，譬如我和毛现也都认为对方非常好，但就是彼此不来电，我和他是友情磁场的相互吸引，不是爱情。"

张焱辉抬头："我知道，你不用安慰我。我确实比不上跃哥。"

南迦无奈："怎么又扯林跃啊？"

张焱辉："因为我看得出来，你喜欢跃哥。"

南迦一愣。

张焱辉的口吻十分确信:"你一直就喜欢跃哥,对吧?"

南迦无语。怎么被他看出来的?林跃作为被她暗恋的当事人明明毫无察觉。

毛现这时打来电话,问她人在哪儿。

南迦如蒙大赦,借由结束和张焱辉的交谈:"走吧,快进去,别冻感冒。"

卡座里,毛现跷着二郎腿指指桌上的酒:"要不是我,你们点的酒都找不着主人,还得帮你们看着。"

"表现不错,本宫重重有赏。"南迦点的是这家酒吧特色的热酒,现在从外面进来,喝着刚刚好。

完成任务的毛现功成身退,准备下楼蹦迪。

南迦记起来问:"林跃人呢?看到他没?"

才走出楼梯口,就见某位酷哥单手抄兜现身,迈着两条大长腿,帅得人满脸血。

等林跃坐下,南迦低低地闷笑:"猜一猜,我数出几个人被你吸引得挪不开眼?"

林跃问:"包不包括你?"

根据以往经验,他要么说无语要么说无聊,现在他意外给出超乎她预料的第三种回答,她莫名感觉他有点不一样了。

像是得到某种肯定,于是口吻间流露出一股不知名的底气?

"你去哪儿了?"

"厕所。"林跃端起面前的酒杯。

南迦带着几分调笑:"你的样子看起来,似乎厕所有艳遇。"

林跃竟微勾嘴角承认:"嗯。"

南迦想当他开玩笑,可他的神情实在不像开玩笑,她蓦地心底一堵:"什么样的艳遇?"

林跃忽略她的问话,一口喝光杯子里的酒,评价:"人间烟火的味道不错。"

他动作太快,南迦也一时忘记阻止,才反应过来:"你喝这么急做什么?等会儿后劲上来你头肯定得疼啊。"

林跃的脸侧向她:"既然有你不喜欢的人在这儿,我们早点走。"

怎么觉得他已经喝醉了?

"你该不会一杯倒吧?"她蹙眉。

林跃若有似无地笑一下:"我很清醒。"

不太像,南迦狐疑地腹诽。

林跃的下巴朝她的酒杯轻点:"还喝不喝?"

南迦迟疑:"你真想回去了?"

"嗯。"林跃颔首,继而强调,"一起来的,一起离开。"

南迦瞥一眼唐欣的方向。

唐欣就在她视野的斜前方,她确实不太自在,担心唐欣一会儿又来和她扯些有的没的。刚刚她就非常介意被林跃听见她和唐欣的对话。

而林跃现在又像喝醉了——她岔个神的工夫,林跃居然把她剩下的酒也给喝掉了,她睁大眼:"你干什么?"

"可以走了。"林跃牵起她的手,捞起她的外套,直接拉她走。

南迦愣了愣,迅速回头和还坐在原位里的人打招呼:"焱辉!不好意思!我先回家了!我们下回再约!你帮我和大毛说一声!"

张焱辉起身站着,盯着他们交握的手。南迦特别尴尬,毕竟场面看起来很像她早和林跃在一起却秘而不宣,还听了张焱辉的告白。

但尴尬并未令她甩开林跃的亲密举动,相反,她有意识地扣紧。

林跃的步子迈得大且急促,直至走出酒吧门口才放缓。

他回头,倏地一瞬凑近她,深邃的眸底似染着浅浅的光,起伏着她无法读懂的浓烈情绪,摇曳着斑斓的灯火。

咫尺之间,他身上淡淡的气息跌入她的鼻腔,他的手指伸向她的脸颊,将她散落的碎发挽到她的耳后,指腹继而于她耳垂处稍作停留。凉意自他的指尖缠绕上她的耳朵,蔓延开一道不明的酥麻感,她的心扑通扑通,剧烈跳动。

他长长的睫毛被打出浅淡的阴影落于他的下眼睑,给他的眸色又平添两分深邃。林跃静默地注视着她,似在酝酿什么话。顷刻,风扬起他的刘海,他的两只手臂环过她的身体两侧,嗓音微沉:"穿好。"

南迦就着他帮她舒展开的她的外套,直接抬手,一左一右伸入衣袖。

林跃拽过她的衣领,将她被裹进衣服里的头发轻轻抓到外面,然后拉起她的外套拉链至最顶处。南迦习惯性地藏下巴进高高竖起的领子里,眨眨眼,又有些迷糊,他到底醉没醉?

林跃重新握住她的手,到路边拦了辆出租车。

上车后,南迦偷偷发信息叮嘱林阿姨准备些解酒的蜂蜜水或者米汤。

只能一只手打字的缘故，她有点费劲，她的另外一只手还被林跃紧紧攥着。估计两杯酒起作用了，他往后倚靠椅背，好看的眉紧皱着，闭眼假寐。

消息发送完，南迦回过头来问他："你是不是难受？"

如果难受，她打算让出租车师傅找一找路边有没有药店，她先买点解酒药。

林跃睁开眼，没回答她，张望窗外的街景，张口要出租车师傅开去 Ａ 大。

"回学校做什么？"南迦费解。

林跃说："拿东西。"

他回的是他校内的宿舍。南迦随处走了走，消磨时间。

没多久，林跃就打电话问她在哪儿，她告诉他附近栽种了枫树，他很快寻过来。

见他手上没有多出东西，南迦好奇："什么要紧的？非这时候来拿？"

林跃直勾勾地盯着她："你先回答我的问题，我再给你看。"

不同于以往的简洁明快，他现在讲话有点拖腔带调的。

南迦又在他的眼睛里看见少有的热意，热得灼然，仿佛燃起一簇簇火苗。而这样的他，浑身散发出另外一种吸引力，十分勾人。

"怎么听着像要给我挖坑啊？"她心里诚实地想，挖就挖吧，无论什么坑她都义无反顾往里跳。

林跃默认她同意，开始发问："你一直知道我考来北城了，对不对？"

怎么是这样的问题啊……南迦首先怀疑毛现是不是对他透露了什么，不过一秒就被她否决。她笑笑，没回答，只道："后面是不是还有其他问题？要不你一次性问完？"

林跃走近她，从善如流地提出第二问："为什么你和黄卉重新联系上，和张焱辉重新联系上，独独不和我联系？"

月光恬静地照在他被风吹得微微翘起的发梢，他总是锋锐的眉宇变得柔和，他总是淡漠的神色变得温柔，他总是清冷的眸子泛出暖意，提出第三问："这张卡片，你写的是什么？"

展露在她面前的，是背着书包拎着行李箱撑着小花伞表情忧伤的加菲猫，旁边的字被涂成一团黑。南迦眼波略一动："你后来去书店了？"

林跃嗓音低下来："我那天没有去见你，是不是错过很重要的事情？"

南迦的睫毛轻轻颤动，目光静静停留在他两只瞳仁映出的她的影子里。她嘴角牵动弧度："嗯，是错过了，非常、非常重要的事情。"

她原以为还有很多时间可以慢慢摸索他的心，可以做足充分的准备等来一个合适的时机向他袒露心扉。可突然间她回北城了,她不得不仓促约他见面。

给重要的人的重要的话,自然应该当面说。她在书店等啊等,心里无数的念头推翻又重建,重建又推翻,最终告白的话只能先收回。

她乐观地想,以后一定会再见面。再见面时若还喜欢他,她重新告白也不迟。

后来,真的有了再见面的机会,她也还喜欢他,他的身边却有了另一个女孩。她以为,一切就将那样成为止于唇齿掩于岁月的秘密,永远尘封,不再打开。

然而如今他告诉她,他一早就喜欢她。

月色无声地晕染进林跃波澜汹涌的眸子里,他的嗓音更为低更为哑:"现在还来得及弥补吗?"

有点酸,更多的是一股甜蜜漫上心尖,南迦的眼角不知不觉沾染湿意。她抬起手,触碰他的脸颊,描摹他的五官,笑容爬上她的嘴角:"当然,来得及。"

月光勾勒出林跃清俊的轮廓,他的脸倏地在她眼里放大。

她被他环于身前,四目交接之中,因为距离太近,她都觉得他显得模糊又不真切,但他眼里的珍重与温柔异常清晰。

"闭眼。"林跃轻声咬字,粗重的鼻息带着属于他的温度,绵密地喷薄在她的皮肤上。

完全预知得到他接下来要干什么,南迦竟然不觉得紧张。不仅不紧张,她甚至还能玩味调笑:"初吻,想好好记下你的表情,不想闭眼。"

林跃倏地笑了,笑得和他现在的模样一般勾人,南迦怔了怔,原本平静的心脏倒在这时怦怦怦急速跳动。

"那就认真看。"下一瞬,他的尾音湮灭进和她嘴唇的贴合中。

饶是有所准备,这一刻南迦仍措手不及。她的脑子是空白的,怦怦怦的心脏仿若骤停。不过刹那,她回神,他温热的舌带着淡淡的酒味轻颤着撬开她的齿关。

愈加剧烈的心跳跌回她的胸腔,她的思绪恍惚又迷乱,全然不知自己什么时候闭上眼的,什么时候抱住他劲瘦的腰的。

南迦忘记今晚林阿姨还在等他们回家,一进门就被撞见她和林跃手牵着手。

林阿姨曾经照顾过外公,外公去世后她和林阿姨还保持联系,她搬出南向东的家独自住来这儿之后,便直接找林阿姨过来,所以林阿姨和普通的家政阿姨不一样,她多少视对方为长辈。

想到自己之前只说林跃是远房表哥，现在她再厚的脸皮也不免难为情，下意识要挣开林跃的手，但林跃攥得太紧了。回来的一路，他都攥得特别紧，没松开过。

察觉她的意图，林跃转头看她，抬起交握在一起的手，问："又不舒服？"

南迦无语。

这已经是他问的第八遍了。每回只要她稍微动一动，他就蹦出这句话。

南迦讪讪地问林阿姨："蜂蜜水在哪儿？他喝醉了。"

林跃对林阿姨摇头："我没醉。"

"他真的醉了。"南迦扶额。从Ａ大出来之后，他就不清醒。

林阿姨的笑带着几分心知肚明，没多问，只说解酒的米汤温在锅里，便离开了。

南迦终于恢复自在，让林跃先回次卧。

"你去哪儿？"林跃的眼睛似蒙着一团酒酿的薄薄雾气。

南迦说："我去厨房给你装米汤，你喝一点。"

林跃"嗯"一声，没回次卧，而是往厨房走。

进到厨房，林跃用他空着的那只手取了只空碗，朝她轻扬下巴。

南迦啼笑皆非，也用她空着的那只手揭开锅盖，继而取汤勺往空碗里舀了小半碗。

合作完成后，林跃把碗递到她面前。南迦推回给他："醉的是你，不是我。"

林跃："我没醉。"

南迦放弃和他争辩："我喝，你也喝。"

林跃点头。

南迦接过碗，抿一小口，然后给他："剩下都是你的。"

林跃这才全部喝掉。

南迦带他离开厨房，前往次卧："好了，你快去洗洗睡觉吧。"

林跃："一起吧。"

南迦："你……在和我耍流氓吗？"

林跃眼里流露出迷惘："耍什么流氓？"

南迦把手机镜头对准他，摁下录像功能，重新说："同桌，你快去洗洗睡觉。"

林跃也重复："一起吧。"

南迦轻哼："留下你耍流氓的证据了，看你明天酒醒后怎么狡辩。"

"不想睡就一起再看会儿电视。"她现在也没困意，非常精神，感觉舌头仍旧是麻的——脑中闪过不久前的吻，她脸颊发烫，下意识地瞄一眼身边的人。

林跃牵着她回到客厅，坐进沙发里，打开电视机。一直惨遭他们忽略的迦妃终于忍不住，跳上沙发。南迦揽过它肉乎乎的身体，抱到她的膝头。

见他目不转睛地盯着迦妃，南迦以为他吃味现在迦妃倾向于找她不找他。结果，他把迦妃从她膝头拎走，放到一旁，他自己躺下来，把脑袋枕在她的腿上。

南迦一愣。

林跃闭着眼，轻轻低语："南迦，谢谢你，也喜欢我。"

南迦伸手进他的衣兜里，摸出那张卡片，再从茶几上取过笔，翻到卡片背面，落下笔尖，补上当年她写了又涂掉的话——

"橘子并不是唯一的水果，可你是我独独想爱的人。"

第二天上午，南迦起床时，客厅已经不见林跃的踪影。她昨晚等他睡着后，就让他睡在沙发上，给他垫了枕头，盖了被子，她径自回自己的卧室。

南迦问林阿姨，林跃吃饭没。林阿姨说他吃过了："我早上来，看他睡沙发，叫醒让他回屋，他头疼，我给他拿了你叮嘱我买的药。他喝了很多酒吗？你和他一起出门的，怎么也不拦拦他？"

"没有很多，他就喝了一杯半。"南迦笑趴在饭桌上，用手指比画彼时酒杯的大小，"大概这么点。"

她猜测他既然头疼，人多半还在休息，便没去打扰，只是随手往他的微信发送昨晚拍的视频。之后，她抱着迦妃进书房，准备开启新一天的学习，却见林跃坐在书桌前，而他的手机里正传出——

"同桌，你快去洗洗睡觉。"

"一起吧。"

"留下你耍流氓的证据了，我看你明天酒醒后怎么狡辩。"

"……"

某位"犯罪"当事人的脸明晃晃地又僵又臭。

南迦极为厚道地憋住笑，安慰道："放心，私密视频，绝不外传。"

林跃薄薄的眼皮一掀："改改。"

"嗯？"南迦爬上飘窗，狐疑回头，"改什么？"

林跃："称呼。"

南迦反应过来，笑："哦，对，还喊'同桌'确实太生疏。应该喊表——哥——"

林跃无语。

南迦突然记起很早的一件事:"你那时候对'表哥'这个称呼有意见,就是因为你已经喜欢上我了?"

林跃不太乐意被她扒个干净的样子,硬邦邦地含糊其词:"差不多。"

怪不得他别别扭扭的……南迦心里有点美:"但我怎么觉得,你其实好像挺喜欢听我喊你'表哥'的?"

林跃目不转睛地敲着键盘,面无表情地否认:"没有。"

"哦。"南迦似笑非笑,翻开卷子开始刷题,"好的,男、朋、友。"

林跃的手指有一秒钟的停滞,电脑屏幕映出他嘴角无法抑制的弧度。

倏地,他想到什么,摸出手机把瞿闻宣从黑名单放了出来。

点开对话框,他翻到元旦瞿闻宣发的那条充满炫耀的内容,时隔十个月回复:"不是只有你没了初吻,白痴!"

发送完毕,他重新送瞿闻宣进黑名单。

这时,他看到来自南迦的微信消息:"男朋友,晚上有空约个会?"

林跃的视线飘过去,由迦妃陪着趴在飘窗上的某人看书的神情装得十分认真。

"可以。"

南迦点开"Y。"的回复,也瞟去一眼。书桌前的某人坐姿端正,清冷的面容上眉心微凝,似遇到疑难,一点看不出来他刚刚拨冗理睬过她。

南迦偷着笑:"出门看个电影怎么样?"

Y。:"可以。"

南迦打开App,查看最近上映的几部电影,没等她截图让他挑选,他快一步先发过来各部电影的简介:"喜欢看哪个?"

南迦:"你有没有推荐?"

Y。:"这部喜剧?"

南迦:"好啊。"

Y。:"想要几点场?"

南迦:"我们要不要看电影前先一起吃个饭?今晚在外面吃,给林阿姨放假。"

Y。:"可以。"

明明共处一室,两人偏偏通过手机沟通,接下来又商量晚餐,共同筹谋成为男女朋友的第一次约会。

计划却赶不上变化,下午因为导师的一通电话,林跃必须回学校。

他回次卧收拾东西,南迦从客厅帮他把药送来,塞进他的书包:"如果回学校还头疼,再吃两颗。你这样一杯倒,在学校可别随随便便喝酒。"

林跃一脸"你在说什么鬼话"的表情为自己澄清:"不是一杯倒。"

南迦敷衍点头:"嗯,是两杯倒。"

林跃无语。

南迦促狭:"总之,男孩子在外面要保护好自己哦。何况你现在是有女朋友的男孩子。"

林跃弯身拉合书包拉链:"不会喝的。昨晚是例外。"

南迦也弯身,与他齐平视线:"所以你承认,你昨晚喝那两杯是为了壮胆?"

林跃的眉梢应声挑起,伸手扣住她的脑袋将她压向他,他的嘴唇覆盖上她的,她几乎是下意识地揪住他胸前的衣服。

半晌,他离开她的唇,粗重的鼻息与她炙热的呼吸纠缠着,不紧不慢地反问:"需要壮什么胆?"

南迦气喘不匀,低低闷笑,貌似吻得比昨晚更熟练了……

林跃回学校之后,到十一长假结束都没能再来南迦家,南迦也没专门跑去找他,两人只是每天晚上通个电话。

"最近正好在准备比赛。"林跃解释。

南迦说:"没关系啊,我也没特别想见你,我和迦妃挺好的,这几天你不在,我刷题的效率都提高了。"

他的舍友推开阳台门探出身来问:"跃神,快熄灯了,你还不去洗澡?和谁能聊这么久?刘导吗?"

"不是。"林跃说,"我女朋友。"

平平淡淡的四个字直接砸出惊天骇浪。

"什么?"

"女朋友?"

"哪儿来的女朋友?"

"谁的女朋友?"

"跃神你怎么可能会有女朋友?"

"……"

南迦乐得大笑,林跃嘭地重新关上阳台门,阻隔宿舍里其他人的喧哗与嘈杂。

"……你差不多行了。"

南迦隔着电话都能想象到此刻他的表情。仗着他现在打不着她，她并未适可而止："你怎么没可能有女朋友呢？你可受欢迎啦，连你的朋友也曾高调地当着全校同学的面鼓励你，'林跃我最喜欢你，高考我们一定行'。"

"那是瞿闻宣打赌输了恶搞我，故意拖我下水——"澄清到一半，林跃倏地意识到什么，"那是高三的事了，你当时早就离开清荣，怎么会知道？"

糟糕！

"嗯？"林跃轻轻笑，语气多出一丝危险的意味，"你怎么会知道？"

南迦啧声："你怎么回事？堂堂高冷的跃神怎么可以轻易笑？快保持住你的人设。我把最后几道题刷掉，挂了！"

挂着嘴角微弯的弧度，林跃打开微信给她发"早点睡"。

手指错点进朋友圈，恰好又看见那位不认识的校友的新动态出现在最上方："白茶清欢无别事，我在等风也等你。"

林跃自己从不发朋友圈，也极少翻阅别人的朋友圈，不久前加上南迦的微信之后才捡起了以前刷QQ动态一样的习惯。

他记得这位校友上次发的朋友圈恰好与他彼时的心理状态产生共鸣，今天这条他没看懂是什么意思，可莫名能从字面的直观描述感受到一种思念的情绪。

林跃顺手复制粘贴到百度里查询，百度告诉他，这句话其中一种意思，确实有"正在恋爱中的一方对另一半的思念之情，等待相聚"。

长假后第一天的课，差三分钟结束时，南迦便整理好书包，等铃声一响立马往外冲。她已经很久没这样着急下课了。

南迦边疾步下楼梯，边发消息："男朋友，你的课程表告诉我，你今晚没课？"

国庆期间的某天，她好奇他们计算机系的课排得究竟多满，林跃曾发过他的课程表给她长见识。

林跃回得特别快："嗯。"

南迦："那今晚把我们的约会补一个？"

Y.："你先好好看路。"

南迦微怔，猛地抬头。

过道尽头的教学楼门口处，林跃舒展利落的身形倚着暮色。

除了他，全是往外拥的学生，他独自立于宣传栏旁，显得十分鹤立鸡群，几乎没有学生经过时不多看他两眼。而他一贯清清淡淡的，散发生人勿近的气息，自带冷意的眼睛越过逆向的人流投向她。

状南迦反而不着急了，放缓步子慢悠悠地走，在手机里继续和他聊："过来也不提前通知，是搞突击查我的岗？"

林跃迎面朝她走来："嗯。"

南迦佯装生气："不信任我？"

林跃："太相信你的魅力。"

冷面疑似讲情话，南迦惊诧："从实招来，我怀疑你不是第一次谈恋爱。"她记得初吻那天晚上，他就挺上道。虽然她也没尝试过别人是怎么吻的。

两人现在仅距离约莫三米远，所以南迦能看到他眉宇间浮出的一丝熟悉的傲气，而他发过来的回复是："喜欢一个人的时候，许多事会无师自通。"

甜得南迦心底直冒粉红泡泡，准备当面问他：确定不是偷偷向他的朋友请教过恋爱经验？

这时候有两位女生拦在林跃面前，问他能不能加个微信号。林跃没什么表情地朝她们俩身后指了指："我有女朋友。"

两位女生看过来。南迦弯着眉眼自她们中间的空隙穿过，站到他身边："没关系，你给她们呗。"

林跃白她一眼，握起她的手，直接带她走人。

"我没开玩笑。她们加你的微信号又不一定是要撬我的墙脚。"南迦口吻认真，"也许是向你推销保险或者保健品。"

两人去到附近的商圈，时逢饭点，放眼每家店门口都排着长龙，因为都不太饿，便一致决定先看电影。买完电影票和可乐、爆米花，他们准备入场，不期然在检票处又碰到……唐欣。

唐欣也是来看电影的，和她的同学一起，排在南迦和林跃的后面检票。

唐欣先喊的南迦，南迦才发现她。

唐欣，如今应该叫南慈，因为动手术休学过一年，所以今年刚参加高考，是 B 大金融系的大一新生。无论学校和专业，均为南向东喜欢的，让南向东非常满意。

优秀、乖巧又听话，完全符合南向东心中女儿的标准，不愧是南向东亲生的——南迦毫无嘲讽之意，她无法做到的事情，唐欣做到了，这一点她真心实意钦佩唐欣。

"好巧。"南迦不冷不热打个招呼，和林跃进去放映厅。

他们选的是前些天计划好的喜剧电影，这段时间挺热门，口碑和票房都不错。

唐欣和她的同学恰好也是同一场电影同一个放映厅，且座位就在南迦的前面。于是唐欣又有了转过来和她讲话的机会："南迦，你和林跃现在是在交往？"

"嗯，"南迦不予否认，"他现在是我男朋友。"

唐欣转回去和她同学说："你瞧，我猜得没错，他们是情侣，你没机会啦。"

她同学却不以为意："我只是想跟帅哥要微信号加个好友，有没有女朋友都没关系——帅哥，扫一个？那天在酒吧我们其实见过，南欣说你是隔壁学校的。"

唐欣压下她同学伸手机的手："人家女朋友还在场呢。"她又转向南迦，"不好意思南迦，我同学没有坏心眼，她是个颜控，看到好看的男生总喜欢要联系方式。"

她同学也看向南迦，笑道："不会吧，小姐姐你不会介意的吧？你们只是男女朋友，即便是结了婚也无权干涉对方的交友圈吧？如果小姐姐这么小气的话，岂不是要你男朋友连普通女同学都不能接触？小姐姐看起来不像这种人。"

南迦饶有兴味地听着，林跃率先出了声："我女朋友不小气，但我不乐意。"

唐欣的同学笑意未改："帅哥，加个微信而已，我又不是想追你。"

林跃："我也不接受保险或者保健品推销。"

由于是南迦不久前刚开过的玩笑，眼下南迦委实忍不住，直接笑出声，只有她能明白这句话的真正笑点。

唐欣的同学表情不好看："你侮辱谁呢？"

南迦眉尾挑一下："小姐姐，保险和保健品推销怎么就是侮辱？职业歧视吗？"

唐欣连忙拉拉她同学："好啦，电影开始了，我们看电影。"

放映厅的灯熄灭，光线暗下来，仅余前方的幕布投射的光影，幕布上开始播放广告和其他电影的预告。

耳畔传出林跃的问话："还看不看？"

"为什么不看？"南迦反问他，"你被影响心情了？"

林跃注视着她的眼睛，手里捧的爆米花桶递到她面前："没有。"

他"有"字未讲完，张开的嘴里就被南迦塞入一小把爆米花："你女朋友亲手喂的，你得吃哦，奖励你刚刚维护你女朋友的'男友力'表现。"

林跃无奈，但没吐出来，慢慢咀嚼。

网友们的评分是靠谱的，南迦从头笑到尾，离开影厅时仍旧无法完全停下来。

林跃则全程冷静自持，彼时在放映厅里，场面堪比曾经去游乐园，所有人面如菜色惊声尖叫，唯独他是个异类。

南迦表示："我发现我比这部电影有本事啊。"

林跃将他们的可乐杯和爆米花桶扔进放映厅门口的垃圾桶："怎么说？"

南迦成就感满溢："电影没把你逗乐，但我以前喊你'表哥'你就憋不住笑。"

印象最深刻的莫过于那回两人像神经病，在电梯里笑个没完。

林跃坦然接受她的揶揄："嗯。你比电影好笑。"

"喂喂喂，第一次约会就说你女朋友是笑话，有你这样的男朋友嘛。"南迦笑着，佯装生气地谴责。

"南迦！"唐欣的声音又一次从身后传来。

南迦依然选择性耳聋，脚步不停，继续对林跃说："罚你等下陪我吃辣。"

"南迦。"唐欣还是阴魂不散，小跑到他们面前，气喘吁吁地捂着心口。

南迦对她这副模样有心理阴影，本能地后退一步离她远点，皱起眉，特别不高兴："要我帮你打120吗？"

她摆臭脸的次数实在屈指可数，林跃不免心中留意。这也是她暴露的对唐欣的真正态度。他垂眸盯着她抓紧在他小臂上的手，若有所思。

唐欣摇摇头又摆摆手："我没事，你别害怕，跑这点路不算剧烈运动，而且手术之后我的身体也没以前差。"

南迦的表情稍稍缓和："你还是自己注意点。"

"谢谢关心。对不起，让你受到惊吓。"唐欣语气真挚，"我一直喊你，你没听见，怕你走了，只好来追。"

林跃闻言眉心微拢。

或许是他过度揣测人心，但唐欣的解释叫他不舒服，言外之意仿若在说：如果不是你假装没听见我喊你，我不用跑，我真跑出什么问题，过错也在你。

南迦："什么事说吧，我和我男朋友要去吃饭。"

唐欣："我代我同学跟你道个歉，她不是故意要怎样，希望你们别不开心。"

南迦轻慢转头，看着林跃，双眸促狭："听见没？下次你笑点低一些，笑出声来，才不会被误会你不开心。"

林跃牵着南迦绕开唐欣："要吃哪家辣的？"

"等等，还有一件事。"唐欣再次拦下他们，"南迦，我们的生日快到了，你回家一起过吧！这也是爸爸的想法。他真的很想你，只是拉不下脸给你打电话，你也别太倔，先低头服个软吧。你之后还要继续上学，撑得过几个月，撑得过几年吗？或者说，外公给你留的东西，足够你往后的生活？"

"你一点没让我失望。"南迦笑道，不枉自己耐心听到最后一句，听到重点。

唐欣神色困惑，似乎没懂："什么？"

"没什么，我的意思是，谢谢你一直从中斡旋我和爸爸的关系。你的建议我会考虑的。走了。"南迦摆摆手，和林跃走出电影院。

林跃利用这点时间已经在手机上筛选出几家餐厅，供南迦定夺。

南迦扫阅："你真打算跟着我吃辣啊？"

"嗯，想试试。"

"行吧，带你试试！"

毕竟是他的第一次，南迦不上刺激的，挑了家火锅店，点了个鸳鸯锅。林跃也没勉强自己，其间受不了辣锅就换到清汤锅消缓，来回切换。饶是如此，从火锅店出来时，他的嘴唇也被辣得红彤彤。

"疼不疼？"

"不疼。"

"唔……也没肿。"南迦仔细观察，伸手指轻轻触碰林跃柔软的唇瓣。

他喉结微微滚动一下，她毫无察觉，叮嘱："你回去记得再多喝点水。"

林跃点头，南迦拦下一辆出租车："那我回家啦。"

"我送你吧。"林跃握住她的手。

"别啦，又没有很远，你送我回去还不如今晚直接睡我家。"继而，南迦话锋一转，"但你明天上午第一节就有课，得早起；上学日夜不归宿你得向你舍友报备，他们肯定会好奇你的行程，你又是个有女朋友的人，他们多半还会胡思乱想，你不得烦死？不如你早点回宿舍，早点开始思考，要给你女朋友准备什么生日礼物。"

林跃一愣。

"你这什么表情？"南迦捏住他的下巴，"唐欣说的话你难道没认真听？"

林跃："听……了。"

南迦也没不好意思："听见了就好，我正发愁该怎么暗示我的生日马上到了。男朋友，你必须隆重表示。"

"10月10日，我一直知道。"他以前见过她的身份证，瞄一眼就记住了。

"不错。值得再给你一个奖励。"攀着他的肩膀,南迦踮起脚,仰起脸,嘴唇轻轻一碰他的嘴唇。

在他冷白皮的映衬下,他被辣红的唇瓣委实诱人,她方才就生出心思,现在恰好有个比较自然、不刻意的机会。况且,她的确还不曾主动过。

碰完,南迦暗暗给自己的主动打了个"游刃有余"的评价,强装淡定道:"我回去了,你也回去吧。"

林跃的眸色深了些,握着她的手没松,拇指摩挲她的掌心,嗓音带着几分缱绻:"再吻一次……"

南迦:"你看不见旁边来来往往全是人?"

林跃:"我不怕羞。"

南迦轻轻笑起来,很想故意戏谑一句"但我怕羞",奈何扛不住他的唇色勾人和他眼里的期待。

拽住他的衣领,她拉低他的脑袋,继续于唇齿间交换彼此炽热的气息。

世界仿若不再流动,霓虹璀璨的街边,他们肆无忌惮地拥吻。

妈妈去世之后,南迦头一回如此期待生日。

并非期待林跃送她多么大的惊喜,无论他有何安排,哪怕不送礼物,她也无所谓,她只是一想到这个特殊的日子有他陪在身边,便悠然满怀欢喜。

10月10日这天,白天他们都上课,林跃傍晚下课后过来她的校区。

南迦欢快地飞奔下楼,来不及点开他新发的消息,以至于在教学楼门口见到南向东和唐欣时,她猝不及防。

南向东正和林跃交谈着什么,一旁的唐欣先望过来,笑着朝她挥手:"南迦!"

南迦略一顿,南向东和林跃看向她。她下意识扯一扯书包背带,才继续上前,径直走到林跃身边和他并排站,问候南向东:"爸,你今天怎么过来我学校?我有没有认真上课,你打个电话给老师不就知道了嘛。"

唐欣挽着南向东的手臂帮忙回答:"南迦你不会忘记了吧?今天我们生日啊,爸爸专门来接你一起庆祝。餐厅都订好了。我前天和你提过的,你不是答应了吗?"

南迦只记得自己说的是会考虑,并没有答应。

"谢谢爸。我就不去了,你陪唐欣过吧。从小到大你陪我过了那么多次生日了,今年我想和我男朋友单独过。"说着,她明目张胆地牵住林跃,"给你正式介绍，这是我男朋友，林跃。你还记得我以前在清荣上学期间住的远房表姑家吧？林跃就是表姑的儿子。"

南向东的视线落在两人交握的手上。

南迦没有在南向东脸上见到意外的表情，倒也没觉得南向东生气。

林跃说："我刚刚已经和叔叔认识了。"

南迦猜到如此，并且不难猜到，中间"牵线"他们认识的人是唐欣。

唐欣主动"招认"道："交男朋友是好事，爸爸肯定也很替你开心。刚刚正好碰见林跃在这里等你，我跟林跃打招呼，爸爸问起，我就顺便介绍他是你的男朋友。不过我才知道，原来林跃和我们家有亲戚关系，我得称呼林跃'表哥'。"

林跃微不可察地皱起眉，淡漠的眸底划过一丝异样。

南向东收回视线落到南迦脸上："你三个多月没回家了，今晚总算有个机会一起吃饭。"

南迦挂着笑容："改天吧，爸，我都已经和我男朋友约好了。"

南向东错开眼，目光移向林跃："你一起来。你们一家人以前很照顾迦迦，我还从没有当面表示过感谢。"

唐欣插腔："是啊，表哥，你一起来，都是一家人，人多也热闹。"

"谢谢叔叔，您不用客气，都是过去的事情了，我帮您向我爸妈转达。"林跃疏离而不失礼貌地道。

旋即，林跃转向唐欣，口吻较之面对南向东时冷淡了几分："别喊我'表哥'。"

唐欣面露尴尬，但尚能欣然应下："好，那我以后都直接喊你'林跃'。"

南迦无声轻笑，等他们从南向东跟前离开，她便戏谑："唐欣是我爸爸的亲生女儿，其实她才是你真正的远房表妹。她喊你表哥，没错的。"

林跃停住脚步，原地站定不动，冷眼逼视她："再说一遍。"

看出他是真的有点生气，南迦懂分寸地揭过，姿态上则没认怂："这才刚刚交往几天啊，你就开始凶我了？"

"活该。"林跃白她一眼，抄紧她的手继续迈步。

南迦轻喷嘴："男朋友，你这样的态度不行啊，竟然没有马上向我道歉认错。"

林跃抿一下唇，说："可以。"

南迦还在反应他的意思是指他可以跟她道歉认错，便听他下一句道："你今天可以称呼我'表哥'。"

南迦笑得前俯后仰:"你还不承认你喜欢听我喊你'表哥'?"

林跃死鸭子嘴硬:"限时开放给寿星的特权。你不要的话,我收回。"

同样的招数他可用过好几次了,南迦今天偏不入套:"收回就收回。"

林跃的冷脸有些维持不住了。

南迦弯起的眉眼全是得逞的笑意,把后半句话补完整:"反正嘴长在我身上,你不限时开放,我也能想喊就喊,想什么时候喊就什么时候喊,想怎么喊就怎么喊。"

"表——哥——

"表哥——

"表哥!表哥!表哥!表哥!"

"你差不多行了。"林跃神色无语,好心情却是从他的眉梢嘴角泄露出来。

根据原定计划,两人前往提前预订好的一家清荣菜馆。

虽然南迦要求林跃必须隆重表示,但她清楚他课业繁忙又得准备比赛,所以并不希望他太费心思。零点他打电话第一个跟她道生日快乐时,她主动提出想吃清荣菜。彼时林跃在电话里说:"你不怕被毒死的话,我可以做一做。"

南迦闻言喷笑:"如果你愿意尝试亲手做的话,那更好,我就不把我搜到的清荣菜馆发你了。"

她以前就尝试搜索过清荣菜,果不其然,再小众的地方特色菜都找得到,只是特别少,且店面位置偏远。今天她姑且再一搜,没想到 B 大南门的胡同里竟然新开了一家。既然距离近,她便推荐给他。

林跃中午已经抽空去踩过点。店面虽小,但整洁干净,老板娘看起来也是个和善的人,而且是正宗的清荣人,所以同意将晚饭定在那里。

"清荣人啊,这么巧,那必须捧场。"南迦心中的期待越发盛。

等抵达菜馆,她发现更巧的是,林跃口中的老板娘不是别人,恰恰是陈秀芬。

南迦和陈秀芬皆一怔,很快南迦正常问候:"你好。"

陈秀芬稍显局促:"你好。"

进去这家店唯一的包间后,陈秀芬把一次性餐具、茶壶以及烫餐具的热水帮他们放到桌上,说后厨现在开始烧他们预先点好的菜,便关门退出去。

南迦在林跃提问前主动开口:"我们可真会找地方。她是唐炜的妈妈,也就是我的亲生母亲。"

林跃刚刚只看出她们认识,没猜出是这层关系。他将她的餐具拆开放进热水盆里:"你们这几年没联系?"

"没有。"南迦摇头,"今天之前,我只和她见过一面。"

而且那一面,是因为陈秀芬即将离开北城回去清荣,来家里跟唐欣道别,才顺便见到的。彼时,她如对待普通的阿姨、婶婶一般,随口和陈秀芬寒暄几句。

她可以理解,自己之于陈秀芬而言是陌生的,唐欣才是陈秀芬的女儿。

南迦接过他递来的茶杯:"原来是她开的店,怪不得开在B大这边。"

林跃读懂她的意思:"你是指,因为唐欣?"

南迦:"否则我想不到其他能让她背井离乡千里迢迢出现在这儿的理由。"

包厢的门这时被从外面叩了三下,然后一个人高马大穿着厨师服的男人推门进来,目光直直落在南迦身上。

看清楚他的面容,南迦眉梢轻挑,笑开:"好久不见。"

唐炜神色微动,又转头出去:"我先烧菜,一会儿再来。"

南迦感慨:"今天真是好日子,一股脑全聚齐了。你快捏捏我,我确认我没梦回三年前的清荣。"

正低头摁着手机的林跃伸出一只手到南迦的脸颊,南迦惊呆了:"你真捏啊?"

"不然?"反问间,他的指腹继续在她脸颊上动了动。

南迦便也伸手到他的脸颊上蹂躏他,记起来问:"我今天下楼之前,你除了和我爸爸相互认识之外,我爸爸有没有和你说什么?"

林跃的眼睛没从手机屏幕上抬起来:"比如?"

南迦轻吁口气:"那就是没有。"

林跃的眸色这才扫向她:"他问我什么时候开始和你交往的。"

南迦的心重新被拎起,眨眨眼:"然后?"

林跃:"没了。我还没回答你就出现了。"

南迦说:"那如果下次再碰到他,你告诉他,我们早就偷偷恋爱,到现在。"

林跃一怔。

南迦闷笑:"不好嘛,表哥?"

林跃:"好……"

店里不止做清荣菜,其他在学生之间比较受欢迎的菜品也做,生意挺不错,唐炜是唯一的厨子,所以忙到南迦和林跃吃到尾声,他才得空再进来包间。

南迦往唐炜身后张望:"两只瘦猴不会也在吧?"

唐炜没听明白:"谁?"

南迦不打算解释:"没有。"

林跃却拆她的台:"金头发和黄头发的你那两个小弟。"

南迦抗议:"男朋友,如果没有我,你这样是交不到女朋友的。"

唐炜拉过椅子坐下:"他们确实想跟着,我没让。"

南迦将茶壶推到他面前:"你什么时候来北城的?"

"七月底。"唐炜丁点不避讳和她实话实说,"唐欣确认被 B 大录取之后,我盘下这个店,半个月前刚开张。"

"只有你和你妈妈?"

"嗯。"唐炜没提唐国强,从口袋里摸出烟盒,又顾虑地收回。

南迦说:"实在想抽的话,你就抽一根,我不介意。"

林跃丢话:"我介意。"

唐炜最后把一根烟夹到左边耳朵上,目光不善地瞥林跃:"我是不是警告过你,敢对南迦有非分之想,我打断你的腿?"

南迦左看看,右瞅瞅:"什么时候的事?"

林跃自鼻间轻嗤,嚣张又狂妄地伸出一条腿:"来打。"

唐炜转向南迦。

南迦以为唐炜是询问她的意思,扬下颌道:"你打吧,我不求情,也不拦着。"

林跃投来死亡凝视。

南迦扶着林跃的肩膀笑趴。

唐炜丢过来四个红包:"收好。"

南迦拿起,在手里掂了掂:"怪有分量的?"

唐炜说:"三个压岁钱,一个生日红包。"

南迦失笑:"给我加了这么多我们没点过的菜还不够啊。你今晚血亏。"

唐炜反倒不好意思:"一点心意。"

随后,他迟疑地问:"今晚你爸爸不是在餐厅订了位子?你怎么没有一起?"

"有了男朋友当然和男朋友一起过啊。"南迦的回答显得特别狼心狗肺。

她打开红包的口子,瞄了瞄里头,粗略估量压岁钱每个不少于五百,完全符合她当年规定的标准,生日红包则有双倍。

唐炜指着她和林跃:"你们是不是大学也是一个学校?"

具体解释起来太麻烦,南迦索性直接点头:"嗯,都在 A 大。"

唐炜以不顺眼的目光盯着林跃,对南迦说:"这家伙如果欺负你,你告诉我。"

林跃的表情变得冷冰冰，口吻极尽嘲讽："你一直和你妹妹有联系，却连南迦在哪所学校都不清楚，现在又想演个好哥哥？"

虽然一直知道他的性格有棱有角，否则他也不会是同桌了，但当下也是她第一次见他如此尖锐地炮轰他人，南迦微微怔忡。注视着他因着愠怒而收紧的下颌线，她心里像被投入一颗石子漾开柔软的涟漪，一时忘记反应。

唐炜神色难看，气得飙脏话："你算哪根葱？什么都不知道搁这儿阴阳怪气地指责我？"

南迦没当回事佬，气定神闲地喝着茶，漫不经心地问："这是要打架吗？需要裁判吗？不需要的话，我现在出去。"

林跃一声不吭，本来也想喝口茶冷静冷静，但他的杯子方才已经空了。他没给自己重新倒，直接拿过南迦的杯子。明明吻都接了，现在看他的嘴凑在她的唇瓣贴过的杯口、看他喝她没喝完的茶，南迦反倒有些难为情。

唐炜憋屈，不再理会林跃，对南迦解释道："我没有故意在你面前扮演好哥哥，我什么都没为你做过，我没资格当你的哥哥。你在北城生活得好好的，我也从不想去打扰。

"唐欣那边我也是一样的态度，她既然留在北城回到原本的家庭里，就应该和清荣的一切断掉。只是我妈她……我妈她太想念唐欣了，所以我加了唐欣的微信。我基本不和唐欣聊天，只是通过她在朋友圈的分享了解她的近况。所以我知道一些唐欣的事，却不知道你的事。"

"你要不要也喝点？"南迦帮唐炜的杯子斟满茶，"你不用和我讲这些的，我没放在心上。唐欣从小被你们抚养长大，你妈妈对她更有感情是理所应当的，你即便真的只关心她没关心我，也无可厚非。如果说出来你心里能舒服点，那我就勉为其难听着。"

唐炜的目光略微复杂。

南迦又道："不过我不会让我男朋友向你道歉的，他虽然误会你，但你也骂他了，算扯平。我男朋友刚刚是以为我受委屈，替我出头、维护我，他没做错。"

她瞧得分明，不是因为被唐炜诬蔑欺负她，是他觉得唐炜虚伪，他是为了她才发脾气的。

桌底下，她悄悄握住林跃的一只手，林跃亦牢牢回握住她。

唐炜瞥林跃："我可没要他道歉。"

南迦盈盈笑："嗯嗯。反正他以后如果真的欺负我，我还是会告诉你的。该打断的腿你尽管打。"

桌下交握的手里，林跃的拇指扣压她的掌心。

南迦随口好奇："唐欣知道你们在这里开店吗？"

包间的门又从外面轻轻叩响，进来的是陈秀芬。

陈秀芬把一个搪瓷碗端到南迦面前："没什么可招待的，也没准备礼物。阿炜给你包了红包，我就给你煮碗面。生日快乐。"

碗里盛着长长的细面，鲜美的汤水表面漂浮淡黄色的油花，四周点缀少许虾米，绿油油的三根青菜铺陈细面上，溏心蛋漂亮地流出蛋黄。

腾腾上冒的热气氤氲彼此的面容。南迦抓起筷子，弯起眉眼："谢谢。"

吃完长寿面，南迦便和林跃离开了。出来胡同之后，两人漫步在一条清静的路上。她预料到他带她走这里必然是准备了东西给她，可无人机挂着玫瑰花飞到她面前时，她仍旧惊喜。

沿途一共飞来过十次无人机，南迦认不出来是否每次都是同一架，她也无所谓是不是同一架，她就负责合不拢嘴地收花。

二十岁生日，她一共收到二十朵。

最后一朵送到之后，林跃取出书包里提前准备好的牛皮纸帮她包成一束。

抱着整束红艳艳的玫瑰，南迦揶揄："一束花被你搞出二十束花的效果，男朋友你的脑袋瓜子真会打算。"

林跃："整束太重，无人机挂不住。"

南迦："可以不用这么诚实，将错就错说你特地一朵一朵地飞过来，更浪漫。"

林跃勾唇："这么好骗？"

反应过来他上一句是故意开玩笑，南迦气笑："耍我很好玩？"

林跃："很好玩。"

南迦后悔这么快给他转正了！

见他往手机里打字，她猜测："是在感谢帮你飞无人机的朋友？"

"嗯。"林跃点头。

南迦报复道："那你帮我转达你的朋友，谢谢他送我的玫瑰，我非常喜欢。"

林跃的表情看起来想要改为和飞无人机的朋友绝交。

以为这应该就是他今晚为她制造的全部惊喜，结果回到家打开门，只见电视机上方的墙面挂有小彩灯，一闪一闪亮晶晶之中，六只不同颜色的大气球上分别贴着的六个字拼凑出"南迦生日快乐"。

同时，南迦听到《生日快乐歌》。

唱歌的东西她一开始没辨认出来，直至它亮着电源灯嗡嗡嗡行驶到她的面前，才发现就是她的扫地机器人，此时此刻扫地机器人的后背驮着个小生日蛋糕。

"你什么时候准备的啊？"南迦转头问。

"你给了我门禁卡，我什么时候都能来。"林跃弯腰拎起蛋糕。

改造扫地机器人的程序是他十一假期弄的，其余装饰是今天傍晚接她之前布置的，再交代林阿姨帮忙签收他预订的蛋糕放在他指定的地方。最后便是到家之前确认林阿姨已经离开，他在她开门之际通过手机启动扫地机器人。

南迦抱着玫瑰花，由林跃牵着她来到沙发的茶几前。

"给我戴上。"她指着搁桌上的皇冠帽。

林跃扣上皇冠帽的环圈，送到她的头顶，将她的头发理整齐。

南迦坐在地毯上拆开蛋糕盒，取出蛋糕，看到蛋糕的造型，不禁又一挑眉。木屋、壁炉、女孩、猫，和当年那颗圣诞水晶球的底座所画的场景极其类似。

"没想到你这么浪漫。"南迦嘴角的弧度在今晚几乎被固定成半永久状态。

林跃拆开蜡烛递给她："以后可以多想想。"

南迦轻轻笑出声，把蜡烛插到蛋糕上："以后可以再加一样东西。"

"什么？"林跃摸出打火机。

南迦指着"女孩"身边的空位："给她加个男朋友。"

林跃眼波略一动，帮她点燃蜡烛："记住了。"

心形烟花蜡烛滋开星星点点的火光映入他漆黑的瞳仁里，也照亮她鲜妍的面容。南迦双手交握，闭阖双眸，含着笑意认真许愿。

等烟火蜡烛燃尽，她睁开眼，林跃刚刚将客厅的灯打开，清亮的光洒落他周身，似晕开柔软而清晰的星芒。她忍不住倾身，搂住他的颈子，用力亲他一口："谢谢男朋友，这个生日礼物我特别喜欢。"

林跃手臂环住她的腰，平日锋利的眉眼此时温柔又缱绻："喜欢就好。"

南迦的手转而捧住他的脸："最喜欢的还是你，特别特别喜欢你。"

林跃微微牵动嘴角："我也是，最喜欢的是你，特别特别喜欢你。"

南迦抓过手机："我录个音，你重新说一遍。"

林跃白她一眼："想听我可以随时说给你听。"

南迦低头抵着他的鼻尖："那你现在重复，我没喊停你就一直说。"

林跃露出无语的表情，但薄薄的嘴唇毫不犹豫地一张一合，立刻开始重复："我最喜欢的是你，特别特别喜欢你。我最喜欢的是你，特别特别喜欢你……"

只到第二遍，南迦便倾身过去，送上一吻，打断了他。

一个月之前的那个下午，林跃根本没想过，会有机会吻到她后颈那颗淡淡的痣。他不紧不慢地流连厮磨，南迦靠在他怀里，含混不清地咿唔。

她想不明白为什么他亲她那处，会让她浑身发软。她忍不住想制止他，要他换个地方亲，可陌生的战栗又让她想多感受一会儿。

脚肚被冰凉的东西撞了撞，她吓一跳，陡然从满室暧昧中回神，林跃也转头凝视。原来是忘记关掉扫地机器人的电源，现在它自己又动起来，准备钻沙发底下，却遭到杵在沙发前的他们二人的阻拦。

林跃抓它到旁边去，看回怀里的人，南迦悄无声息地拉了拉自己的打底衫。

"要不先把蛋糕吃掉？"她没敢抬眼，指着茶几。

"嗯……"林跃抓过丢在沙发上她的外套裹住她。

南迦的脸热热的，一时半会儿脑袋空空，不知该如何缓解尴尬："你先切蛋糕，我去上个厕所。"

目送她逃似的匆匆往卧室走的身影，林跃情难自禁地揉揉眉心。

卧室里倏地传出南迦"啊"的一声，还有东西被撞倒的动静，林跃疾步走进去。

南迦跪坐在地上捡一摞掉落的书："没事，没事。"

林跃帮她一起捡，冷不丁看到 B 大的录取通知书。

四周静了静，针落有声般的寂然。南迦眼神一跳，心底无声叹息，面上没什么动响地任凭他拿起录取通知书打开看。

"南迦同学：我校决定录取你入管理学院（系）金融学专业学习。请你准时于……"

落款时间是去年。

林跃抬眸，看着她，等待她的解释。

她说复读两年，去年落榜，今年的分数只够先进预科班。可去年的录取通知书分明在这里。

而虽然他不知道 A 大的临床医学（北协）专业和 B 大金融学的录取分数具体孰高孰低，但他清楚 B 大管理学院也是年年热门年年高分，两者相差无几，说明她去年的高考成绩不可能不理想。

最关键在于，她既然是以北协临床医学为目标，第一志愿即便没上，掉下来了，也不可能落到 B 大，只可能她的第一志愿原本填的就是 B 大。

南迦挠挠头:"先声明,我没骗你,我去年就是想死磕挂在 A 大招生的北协临床医学专业才又复读的。"

"分数。"林跃直击重点,两个字带着十足的压迫力。

南迦不再兜圈子:"去年的分数原本是够的,我也填了临床医学。但……我爸对我的期许,他希望我念 B 大的管理学院。他私下改了我的志愿,我发现的时候已经是截止日期了。"

林跃紧抿嘴唇,绷紧脸颊,表情生冷。

"我就知道你会不高兴才隐瞒的。"南迦弯起眼角,手指轻轻戳他的脸,"一个人的气变成两个人的气,多不好?我已经为这事和我爸大吵过一架了。今年我还离家出走,搬出来自己住,到现在也没跟他和好。"

林跃漆黑的眸子深如大海:"你以前故意装作成绩差,是不是也因为你爸爸?"

南迦抽走录取通知书,夹进书里:"从小我爸就对我有期许,他呢,尽心尽力地为我规划未来。小时候我的抗拒心理没有太强烈,因为你女朋友我聪明伶俐啊,轻轻松松就保持优异的成绩。"

林跃也继续帮她捡书,闻言轻轻推一下她的脑门:"王婆卖瓜。"

"难道你想否认我的聪明伶俐?"南迦抱着书起身,放回桌上,"高一上学期的期末考我可是打败你,成为四班第一。"

林跃的眼风扫向她:"你知道?"

"王主任告诉我爸的。"南向东帮她办离校手续,王主任非得提一下。不过早在她答应林跃期末考正常发挥时就准备好给南向东的说辞,将功劳全部归到林跃给她的一对一补课。

她眼底促狭:"没有再平分吧?我正式考赢你一回,你还怎么耍赖。"

林跃伸出一只手罩住她的发顶,压低她的脑袋,不许她再这样看他,硬邦邦道:"你跑题了。"

南迦低低闷笑:"刚刚我说到哪儿来着?"

"……你聪明伶俐,轻轻松松就保持优异的成绩。"林跃边重复着,也笑了。

南迦乐得肩膀直抖动:"这回可是你帮我卖的瓜啊。"

乐完,她言归正传:"慢慢地,我发现,我成绩越好,我爸对我的期许越高,我越达不到他对我的要求。不过有我妈妈在中间调停,我和我爸的冲突并没有白热化,我还是可以不用太迎合他,该干什么就干什么。"

"我妈妈去世之后,我只能自己直面我爸了,说实话压力挺大的。我想了想,如果我成绩不好,我爸对我的期许是不是会变低一点?所以就试了试,盼着他对我失望,然后彻底不管我了。"说着,她又径自笑了一笑,"因为这个,我刚刚发现自己不是我爸亲生的那阵子,还松了一口气,指望他把注意力全部转移到唐欣身上,我便也恢复自由了。"

南迦的笑脸再一垮:"结果最后吧,我还是特没出息地回来北城,继续当我爸的女儿。"

她始终语气淡淡,带着漫不经心的笑意,林跃的心底却翻江倒海。他没问过她,她这三年过得如何,她也从未表现出她过得不如意。现在他也无须再问。这些天来,通过和唐欣、南向东、唐炜的接触,足以令他明白许多事情。

南迦倏地圈住他的窄腰,抵于他身前,玩味地问:"老实说,你现在是不是觉得我特惨?"

林跃拢着她脸颊边的头发到她耳后:"没有。"

南迦横眉竖眼,没好气道:"怎么可以没有?你不心疼你女朋友的吗?啧啧,你果然冷血无情。"

林跃的指腹停留在她的耳朵上,寸寸摩挲:"我是你的男朋友,不是你的男性朋友,让我有点特殊的待遇,同样的话术既然用在过你的男性朋友那里,在我面前就不要有所掩饰、不要有所保留。"

三年多前某个秋日的上午,他听到她在和朋友打电话,就有这句自我调侃"你是不是以为我现在特惨"。他无意偷听别人的隐私,在察觉她的脚步往他的位置靠近时,他塞上了耳机,佯装毫不知情,避免不必要的麻烦。

南迦并不知道他具体指什么,但她明白他的意思。

"嗯,你的女朋友说她记住了。"她的眼睛笑得弯出柔和的弧度,话锋一转,"可我真的不惨,我也不觉得自己委屈。"

林跃凝着她惹眼的面容,目光冗杂成一团无法辨清的情绪。

未待他再开口,南迦拥住他,下巴靠在他的肩头,微微侧头,柔软的嘴唇若即若离地贴于他耳郭,气息温热:"因为我现在有你啊。"

她的声音轻轻的,饱含充盈的欢喜,如春夜悄无声息下落的雨,能带来沉甸甸的繁花盛开的世界。

林跃的心好似被什么撞了一下,激起热流,蔓延至四肢百骸,遍地生根。

南迦又低低笑起来:"我应该再卖个惨,可怜兮兮地说:'我只有你了。'"

林跃不明显地勾唇:"可以。"

南迦哼唧:"我还有迦妃呢。"

南迦终于记起来找猫,回来老半天一直觉得少了什么,可不正是少了猫。

林跃带她去把迦妃拎出来。因为之前客厅有布置,也有扫地机器人需要运作,为避免迦妃捣乱,他交代林阿姨离开前先将迦妃安置在他的卧室里。

迦妃挺乖的,只是在他的床上抓破了一只枕头、留了一坨屎而已。

南迦把这当作是迦妃对他的报复,笑得前俯后仰,捉起迦妃的一只前爪和她来了个"give me five(击掌)":"干得漂亮!"

林跃切着蛋糕,脸比迦妃的屎还要臭。之前迦妃单独待在工作室里时,虽然一开始也没学会到固定位置上厕所,弄得到处都是,但也从没搞脏过他的床。

不过迦妃和他的性格越来越偏离,越来越向另一只"猫"靠拢。挺好的。

此时,另一只"猫"接过蛋糕边吃边夸赞:"这奶油好,又香又不腻味。"然后他的嘴边就被送来一勺,"你快也试试!"

林跃微深的黑眸波澜不惊,张嘴含住蛋糕,咬进嘴里,盯着她收回勺子后又挖一勺送到她自己的嘴里,他无意识地舔了舔唇。

见没有要给他自己也切一块的样子,南迦问:"你不想吃吗,不喜欢?"

林跃姿态随性地往后靠着沙发,单只手"咔哒"一声拉开雪碧罐的拉环,微微仰头呷一口:"最好吃的那块已经在你的盘子里。"

南迦的眼底聚拢笑意:"男朋友,我应该说你越来越不正经,还是应该说你暴露本性了?"

太可爱了,实在太可爱了,恋爱中的冷面同桌,前所未有的可爱。她的心疯狂地动了又动,一动再动。

林跃面无表情地继续喝雪碧,丝毫未察觉他的颈侧漫上的一片红出卖了他看似不显山露水的外表之下的真实内心。他生硬地转移话题:"今年的高考呢?"

去年的高考她既然有所隐瞒,他笃定今年的高考她分数不够也有内情。

南迦一股脑地坦白:"今年是真没考好。"她叹气,"一方面,是因为外公过世,影响我的心情和状态。"

外公当初生病,瞒了她很久,后来实在瞒不住了,她才被告知。原来她在清荣那几个月外公之所以没和她视频、没和她联系,就是因为查出患癌了。外公回国,是怕客死他乡,他希望落叶归根。

"另一方面?"林跃追问到底。

回忆不太美好,南迦有点心理阴影,轻蹙一下眉,说:"高考前几天,我和唐欣发生争执,唐欣情绪太过激动,身体出了状况,住了两天医院。虽然我过去总惹南向东生气,但那是第一次,南向东骂我,认为我差点害唐欣参加不了高考。"

林跃听完她的话整张脸冻得像刚刚到雪地里滚过一遭。

南迦重新舀一勺蛋糕递到他面前,一脸纯良地眨了眨眼:"再给你尝尝。"

林跃静默地回视她两秒,似压下了那团负面情绪,低头吃了。

亮如白昼的灯光下,他轮廓分明,眼黑如墨,睫毛细密,鼻骨挺直,肤白腿长,脊背挺拔,充满冷调的性感,什么都没干仅仅坐在那儿便无声地散发魅力。

他捏着雪碧罐的左手随意地架在他屈起的左腿膝盖处,卷高的袖口露出他结实有力的小臂,手指修长,骨节明显,腕骨突起的弧度都完美。

而这样介于男孩和男人之间的优质帅哥,是她的男朋友。南迦肆无忌惮的目光定格在他薄薄的嘴唇上。他的嘴唇现在不知道为什么特别红润。

林跃若有所察地侧头。四目交接,南迦的心脏猛地乱跳几下,身体随脑中掠过的冲动放逐,倾过去,贴住他的唇瓣吮了吮,吮出满嘴奶油与雪碧混合的爽甜。

两人谁都没闭眼,彼此的呼吸如海浪鼓动,一起一伏,低远悠长。

林跃纹丝不动,任由她吮。

末了,南迦离开他的唇,表面淡定道:"我就尝尝,你这里的奶油是不是最好吃。"

林跃目不转睛。她的明眸闪烁着细碎的光芒,她的两道锁骨蜿蜒进她宽松的领口,往下延伸向起伏的山峦。很快,他拉回她,碰上她的唇,也如她那般吸吮。

不容喘息地入侵,毫无缝隙地缠绕。她渐渐失却浑身气力。半响,林跃离开她的唇,鼻息粗重,说:"尝过了,你这里的奶油是最好吃的。"

南迦心尖轻颤,本就被他亲得气喘不匀,心跳如鼓,闻言又因为想笑,她的胸口起伏得愈加剧烈。

林跃眼里清冷的霜被暗燃的火种烧得荡然无存,喉间一阵滚烫,微微动了动,他一手横过她纤细的腰,一手勾住她的后颈,再次将她拢进他的天地。

落地窗的玻璃影影绰绰地映出她坐在他身上的影子。她的思绪是茫然的,她的感官是飘忽的,就跟眼前刘海凌乱、眸子湿漉、沉哑低喘的林跃一样不真切。

南迦忍不住轻轻吻了吻他上下滑动的喉结,他眼尾微微红,喉咙又吞咽一下,沾染暧昧水光的嘴唇重新落下。

没有把迦妃先塞去猫窝是他们最大的疏忽,它一直蹲在沙发上看着他们,不住地喵呜喵呜叫，其间曾试图钻来他们之间，被林跃拎开。

神思完全回笼后，南迦趴在林跃的肩膀上歪头与迦妃对视。她下意识想伸手揉一揉迦妃的脑袋，但她的手有点脏，只能作罢。

少时，林跃盯着她的脖子，先打破旖旎的空气中黏糊糊的安静："我帮你擦一擦。"

南迦的脸不由得再次升温："不用……我现在就去洗个澡。"

林跃轻轻一个"嗯"，重新陷入沉默。

说去洗澡的南迦也没动，感受到他起伏的胸口，好似尚未偃旗息鼓，她小声地问："我要不要帮你……"

林跃："不用……我也去洗个澡。"

南迦架不住好奇："洗个澡就行了？"

林跃一怔。

南迦咕哝："那你和你女朋友谈柏拉图恋爱就可以了吧？"

后颈当即被他惩罚性地轻轻捏了捏，她虽然瞧不见，但完全能想象，手法和他拎迦妃的时候一模一样。

"去洗吧。"

南迦慢吞吞地爬起来，想表现得淡定点，可终归没好意思再看他，勾着脑袋回她自己的卧室。脱光衣服进去浴室前，她路过全身镜，瞥见泛红的痕迹，脑袋轰地全烧起来。

洗完澡，南迦来到客厅，想把蛋糕收拾起来，却已经被抢先。她连忙阻止林跃还想收气球的举动："气球先留着，我多欣赏两天。"

林跃也刚洗完澡，发梢滴落的水洇湿他 T 恤肩膀处的布料，浑身冒着清爽的湿气。南迦狐疑地摸上他凉凉的小臂皮肤："你洗冷水澡？"

"温水……不算冷水。"林跃否认，扭头去晾刚刚洗好的那块沙发前的地毯。

南迦把二十朵玫瑰花插到花瓶里，听见他问："你家的备用床品放在哪里？"

她没反应过来："你要备用床品做什么？"

林跃朝阳台努努嘴。地毯旁边晾着他之前被迦妃拉过屎的床单和棉被。

"你干的好事。"南迦笑着拍了拍迦妃。

翻衣倒柜也没找着备用床品，这些平时都是林阿姨整理的，不知道放在哪里了。

南迦摸出手机："我打个电话问问她。"

林跃："你先看看现在几点了……"

屏幕显示 23:16，以林阿姨的作息早就睡觉了。南迦作罢，思忖片刻，决定："你今晚到我卧室挤挤？"

林跃挑眉看向她。

南迦斜挑眉："你这是什么表情？"

"没什么。"林跃去茶几上拿起先前他没喝完的雪碧。

南迦跟在他身后，故意模仿他的"话术"："你不乐意的话就算了。"

林跃倏地转身，伸手捏住她的下巴，低头含住她的唇。

亲完，林跃说："乐意。"

南迦勾着他的颈子，笑个不停："男朋友，你诚实得过分。"

林跃别开脸继续喝雪碧，补充："下不为例。"

南迦的唇寻到他的嘴角："说你自己，还是说我？"

林跃将没了气的雪碧的甜味喂进她嘴里："说我自己。"

南迦由迦妃陪着趴在床上刷了会儿题，林跃才从客厅进来她的卧室，她刚抬个头，他的手掌就盖在她的发顶让她看回卷子："认真做题。"

好似生怕她又勾他似的。

南迦再次笑得花枝乱颤。

林跃取过明晃晃摆在床头柜的水晶球，倒转又转回，静静注视透明的玻璃球里细碎的雪花翩跹。

不一会儿，南迦扔下笔，裹着卷子一并塞进床头柜的抽屉，带着迦妃翻身滚进被子里。林跃也放下水晶球，躺到她身旁的空位，熄灭屋里的灯。

南迦查收微信里几个小时前南向东发给她的生日红包："谢谢爸（爱心）。"

没想到南向东还没睡，拨了个电话过来。

略一踟躇，南迦摁下接听键："爸，这么晚？"

南向东："你呢？也这么晚？"

南迦："我这么晚不是很正常嘛，我还在看书。"

南向东默了默，说："早点休息。"

南迦："嗯。"

她准备挂电话。南向东又开口："你现在谈恋爱，不怕影响你备考？"

南迦笑了笑："怕啊。"她扣着林跃的手指，"怕因为他，我更坚定非临床医学不学。"

林跃闻言转头，手机屏幕淡蓝色的光线刚刚在她脸上熄灭。

南迦放下手机，抱着迦妃一起依偎进他的怀里。

林跃微微滞了一滞，手臂慢慢拢住她的肩膀："你会不会觉得太快了？"

南迦心里默默计算。她和他真正相处的时间，三年前的三个月加上重逢后的这一个月，一共也就四个月，而确认关系才一个星期，似乎真的好短。

但他们彼此记挂了三年啊。有的人一见钟情的第一秒就能在脑子里和对方过完一生，他们的进展又哪儿算快？

南迦轻轻挠迦妃的下巴："大毛好像告诉过我，不能对男人说'快'？"

林跃无语。

南迦憋不住笑了。

林跃拉高她身上的被子，硬邦邦道："睡觉。"

第九章 / 春天在樱桃树上做的事

比赛的日子日渐逼近，之后一阵林跃每天的课余时间几乎全花在和团队的赛前训练上，并未抽出空再去南迦家。好在校区离得不远，两人还是能时常见面吃饭。大多数时候是林跃来她这边，而且林跃主动提出吃她这边的食堂。

这边食堂的菜品一般般，一开始南迦只以为林跃想节省时间，几次之后，因为碰到认识的同学总得介绍他，南迦才回过味，林跃的目的在于刷存在感，让她身边的人都知道她有男朋友。于是她提出，她也要去他那边刷存在感。

这天周五放学后，南迦便去了。

林跃临时被扣在他导师的实验室，无法立刻脱身，让她先找个地方待着，他一会儿和她会合。她就到他们学生公寓附近的篮球场转了转。

很久没看同桌打篮球了啊。她停在自动贩卖机前，选了瓶青柠味的脉动，拍张图发过去。

林跃根据这张图片猜到她的位置："××楼前的篮球场？"

南迦弯唇："看来男朋友平时百忙之中也没忘记宠幸篮球。"

两个从篮球场过来的男生的对话这时入了她的耳朵——

男生A："刚刚那女生挺好看的。"

男生B："我们没戏。"

男生A："你问过了？她有男朋友？"

男生B："她刚刚问我林跃在哪儿，我问她是不是林跃女朋友，她默认了。"

男生A："跃神的女朋友？你怎么不早点告诉我，我拍下来发宿舍群。之前听说他谈恋爱，而且对象不是章遇宁，大家一直想知道究竟是哪一位。"

男生B："那你等下周再到这边篮球场。她最近经常来看我们打球，我注意到好几次了。"

……

南迦听得牙酸，调侃道："听说你女朋友最近总来看你打球？"

不出三秒，她的后颈被人从后面轻轻捏了捏。

林跃越过她的肩膀将点开最新消息的手机屏幕递到她眼前："什么意思？"

"意思是，我以后要每天来看你打篮球。"

当然，南迦不过玩笑一说，时间根本凑不上。而且她也没太放心上，只当作误会一场。她并不能阻止喜欢他的女生看他打球。

转眼十一月，ACM 北城站的比赛于 B 大体育馆内举办。当天南迦赶巧有考试，没办法翘掉，所以没看成比赛，只在考试结束后去到现场。闭幕颁奖仪式刚刚结束，场馆里的人纷纷往外走。她发了定位给林跃，等在外面。

没多久，林跃就出来了，他拿到了本次大赛的冠军。

南迦丁点儿也不意外："我男朋友不拿冠军谁拿冠军？"

"差不多行了。"林跃勾着唇，拒绝接受她的吹捧，"三人团队赛，我抱了两位师兄的大腿。"

计算机系多的是从小接触编程的，也多的是中学就参加竞赛拿奖的，他是进了 A 大后才学的，竞赛方面非常吃亏。前一年他拼命追赶，比赛他也参加了，虽然从一开始就没抱希望，但结果真的连校内赛都没过，他还是相当受打击的。除去积累经验，最大的收获是结识两位师兄，带他组队。

"林跃。"

听闻叫唤，林跃轻扬下巴，介绍道："来了。最前面两位就是我跟你说的师兄。"

南迦首先看到的却是唐欣。

一行七八人，唐欣走在最后，与并行的一位男生相聊甚欢的样子。

林跃也是刚发现唐欣的存在。

他独自先出来找南迦时，两位师兄和 B 大一支参赛团队里的老同学正做赛后友谊交流，现在和唐欣说话的男生是 B 大那支团队里的一位成员。

林跃皱了皱眉，暂且收回视线，与南迦分别介绍道："这是我的师兄魏观、骆征。"又与两位师兄介绍，"这我女朋友，南迦。"

反戴鸭舌帽的一位男生从两位师兄之间钻出脑袋："哎？你女朋友？跃神你换过女朋友吗？你女朋友不是后面那位 B 大小师妹？"

南迦戏谑地挑眉。托这顶鸭舌帽的福，她记起对方是那天讨论林跃女朋友来看林跃打篮球的两位男生之一。

林跃脸色冷冷道："没换过女朋友。你说的那位我不认识。"

鸭舌帽男生顿时尴尬："认错人了吗？对不起啊跃神。"继而他转向南迦，"你好，我是跃神的舍友，高乐星。"

唐欣这时抵达他们跟前："南迦，你这是才来吗？"

高乐星问："你们认识？"

唐欣笑："认识啊。我叫南欣，她叫南迦，你猜我们什么关系？"

高乐星："堂姐妹？"

唐欣站到南迦身旁："我们不像亲姐妹吗？"

南迦站在原地没动，笑而不语。

最初是南向东向外人介绍，她们是姐妹，之后唐欣便每次开开心心主动帮南向东发言，南向东最喜欢看她们"姐妹俩"和睦相处的画面。

高乐星打量她们，违心道："你一说还真的特别像。"

林跃倏地插话："你可以去挂眼科治一治了。"

南迦扑哧笑出声。

魏观和骆征打断道："一会儿再聊？先去吃饭。"

林跃和高乐星点头。骆征又指着B大的几个人，问林跃："我老同学的团队和我们一起，你没问题吧？"

很明显，唐欣也在其列。

林跃瞥一眼南迦。

南迦在他手心悄悄一划，表示她没关系。她男朋友的赛后庆功，她为什么要因为不相干的人影响心情？

路上，通过高乐星和唐欣的对话，南迦知道了唐欣是今天现场的志愿者，而这支B大的参赛团队里有唐欣认识的师兄，所以跟着师兄来蹭顿饭。

得知唐欣高中是文科生，如今在B大念金融之后，高乐星好奇唐欣怎么有兴趣来当现场的志愿者。据他所知今天大多数志愿者是B大计算机专业的学生。

唐欣说："因为有我关注的人今天也参赛呀。"

高乐星以为唐欣指的是她的那位师兄。

南迦扫一下唐欣，打趣高乐星："你们今天刚认识吧？就聊得这么投缘？"

唐欣微一探身："认识时间长短和关系的发展没有直接因果关系吧？"

高乐星说："我们不是今天刚见面，之前你来我们学校看过篮球吧？"

"是啊，我最近经常散步到A大。离得近，我也好奇你们学校什么样，走着走着就走到篮球场去了。"唐欣抱歉，"你也在球场里打篮球？不好意思，我没印象。"

高乐星不在意地道："没印象很正常。你当时是向我身边的朋友打听跃神的去向。"

"原来如此。"唐欣露出恍然的表情，随即转向南迦，"说来也巧，我每次散步到 A 大都能在篮球场见到林跃。他球打得真好，我应该帮你拍几张照片的。"

言罢，她又一副刚想到什么的表情："打球的照片你肯定已经有很多了。我之后把他们团队今天领奖时的照片转发给你吧？负责拍照的同学我留了联系方式，他同意单独发我一份，我拿到后帮你把拍到林跃的照片挑出来。"

高乐星是作为林跃他们战队的场外后勤的存在，闻言道："也转我一份，跃神和两位师兄的全部都要。"

唐欣欣然应承："好啊，没问题。"

南迦默默给林跃发消息："男朋友。"

林跃最初是牵着她走在她身边的，但今天参加比赛的几个全走在前面复盘比赛、交流心得，两位师兄把他喊走了。

南迦也乐得看见他置身热闹的气氛之中，所以让他不用管她。

林跃摸出手机点开消息，转头看她一眼："？"

南迦："没什么，就是想喊你一声。"

林跃："嗯。听到了。女朋友。"

南迦笑。

出了 B 大南门之后拐进胡同，高乐星跑到最前面带路："我订的就是这家。新开没两个月，量足味美，不搞花里胡哨的东西，特别实在。"

巧了，正是唐炜开的菜馆。

南迦下意识地看向唐欣，意外地发现唐欣的神色变得不太自然。

林跃回过身来重新握上南迦的手，将她带在身边一块进店。

和陈秀芬打上照面，南迦主动打招呼："阿姨。"

陈秀芬也冲她微微笑："都是你的同学？"

南迦指着林跃："他的同学。"

高乐星问："你们和老板娘认识？"

陈秀芬的神色忽然也不太自然。

南迦循着陈秀芬的视线，看到最后一个进店的唐欣。

"不是，不认识，她上回来我店里吃过饭，我记得她。"陈秀芬抢了话，否认得生硬，未再多言，沉默地领他们进包间，忙进忙出拿餐具和茶壶。

见店里生意好，南迦让陈秀芬先去招呼其他客人，他们自己看菜单，一会儿写好要点的菜送出去给她。

陈秀芬便道了句谢，离开包间。

南迦接回林跃帮她倒好的茶水，听到唐欣问："你来过？"

"嗯。"

"你和哥哥还有联系？"

"你没联系吗？"

"我当然有联系，一直和哥哥有联系。"唐欣强调，好似生怕被她比了去。

南迦感到好笑，心里在想，唐欣和陈秀芬方才一句话都没说。

林跃拆了他和南迦的餐具放进热水盆里烫，唐欣也拆了放进去烫。

高乐星见状问："南欣，你怎么和跃神一样的习惯？你不是北城人吗？刚你师兄还告诉我，他认识你是因为暑假在你爸爸的公司实习过。"

唐欣笑着解释："我以前因为一些事情在林跃的老家生活过好多年。我和林跃高一还在一个班。"

高乐星惊奇："你俩早就认识啊？我以为你们是通过南迦才认识的。"

"并没有。"林跃的口吻不带温度，这才没烫几秒就把他和南迦的餐具捞出来，冷冷淡淡地说，"我不认识她，也没和她一个高中一个班。"

唐欣面色未改："你是不清楚。我上回说了，我休学——"

林跃无视她，兀自低声问南迦："想吃什么？"

南迦也没顾及唐欣尴尬不尴尬，和林跃交谈起来："上回的焖翅你觉得怎么样？"

"哪道焖翅？"

"我们没点的，我哥最后上的那道。"

林跃回忆两秒，颔首："挺好。"

"那我就点这道，其他的你们做主。"南迦在点单卡上写好，交还林跃。

魏观说："你们既然对这家店熟悉，就多推荐几道菜。"

骆征接茬："我也想吃点不一样的。你和南迦就帮我们点吧。"

其余人纷纷响应，一时间倒是谁都忘记唐欣没讲完话。只有唐欣的师兄问唐欣要吃什么，唐欣心不在焉地道："大家吃什么我吃什么。"

林跃便又将点单卡放在南迦面前，南迦耸耸肩："那你们一会儿记得，如果不合胃口，尽管找我男朋友算账。我绝不心疼他。"

魏观和骆征带头笑开。

林跃的手掌盖到南迦的头顶，轻轻压了一压。对面的高乐星半响才回神，愣得差点结巴:"我……我要把跃神谈恋爱的样子拍下来,发到宿舍群里。"

林跃掀起眼皮,高乐星瞬间改口:"哈哈,我开玩笑。"

林跃却道:"拍,现在拍。记清楚我女朋友的样子,别再认错人。"

林跃和魏观、骆征他们又聊回比赛。

ACM 竞赛含金量高,在其他一些学校非常受重视,也多少带点功利性,拿奖对保研、找工作等均有加成。

但在 A 大,不过是众多学生活动中普通的一项,学校没有专门组织团队,学生自发参赛、选拔,最后只有成绩最好的团队能够代表学校参加进阶的比赛。

他们的战队赢了此次北城站的比赛,后面还有更多的比赛要打,得再到其他赛区多刷几个冠军。所以三人要计划接下来到哪个赛区继续,争取明年亚太区甚至国际大赛的参赛资格。

南迦一边点菜,一边耳朵没闲着,捕捉林跃他们的谈话。ACM 她不陌生,以前她班上有同学通过拿奖获取保送名额。她高中之前南向东为了精心栽培她,给她报过各种竞赛集训队,当时她没有选择这种程序设计类型的。

唐欣的声音却影响她的一心两用:"你和林跃经常来这里吃饭?"

南迦心生厌烦,没作声,带上点菜单起身要出去。

唐欣自告奋勇:"我去点。"

南迦不和她抢,让给她。

陈秀芬恰好这时进来,端了许多小菜,说是送给大家的。

发现其中有林跃喜欢的清荣特色腌萝卜丝,南迦专门帮他转到面前。

没等她再去拿独家搭配的酱料,只见唐欣先一步递过去,放在林跃的手边。

南迦斜挑眉,唇边浮现一丝少有的冷笑,看着唐欣。

唐欣刚把点菜单交给陈秀芬,又帮陈秀芬接过最后两道小菜摆上桌,仿佛刚才递酱料也不过是她顺手为之。对上南迦的视线,她目露困惑:"怎么了?"

南迦朝酱料努努嘴:"谢啦。"

"不知道你吃过没。清荣这道腌萝卜丝一定要配这种酱料。它们一般是放在一起的,我怕你不清楚,所以帮你们拿。"唐欣的说法既表达了好意,又间接解释了目的,合理化了她的行为。

"嗯,吃过,以前在林跃家经常吃。"南迦发誓自己没有故意炫耀,她将酱碟从林跃手边端回转桌上,放在腌萝卜丝旁边,意有所指,"按你说的,放一起的话,这才是正确的位置。"

唐欣眸光轻轻闪烁。

南迦提醒其他人：“别光聊天，都试试啊。”

高乐星第一个动筷子：“和认识老板娘的人吃饭就是好，还有免费的小菜。等下结账是不是能打折，跃神？”

林跃冷漠脸：“打折不知道，打断你的腿一定可以满足。”

"跃神，你女朋友在你也不收敛点？"说着，高乐星惨兮兮地告状，"南迦，你男朋友平时在宿舍就是这样欺负我们的。你知道他是这样的林跃吗？"

"我知道啊。"南迦眨眨眼，"多可爱。"

魏观和骆征也因为这个完全和林跃挂不上钩的词愣了愣，然后脸上露出"果然情人眼里出西施"的神情。

高乐星简直要吐血：“我问这种蠢问题，被你们虐了一脸纯属我活该。”

南迦笑着往手机里发：“男朋友，你在和我调情吗？”

她听得明白，他刚刚一语双关，明面上在回答高乐星，实际上在和她对话，暗指上回唐炜说要打断他的腿。和之前电影院里他直言不接受唐欣的同学推销保险和保健品时一样，只有她能懂得他话里真正的笑点。

林跃的手机就放在桌面靠近她这边的位置，他点开消息时并未回避，因此她不用刻意去瞄，就能将他的页面一览无遗。她发现他和她一样，也没有给她的微信做任何备注。而他比她多做的是，将她设为置顶。

看着他点开和她的对话框，输入"是"，发送，继而转过去继续和魏观、骆征说话，整个过程面色如常，南迦心底乐得欢。等点开她手机里接收到的他发的"是"时，她慢三拍地有些面热心跳。同桌好像越来越撩了？他撩而不自知吗？

魏观和骆征在林跃的介绍下夹了腌萝卜丝。

注意到独独林跃没有蘸酱，南迦又发消息：“你怎么干吃？”

林跃只差没送她一个白眼：“我又不需要挂眼科。”

南迦借此机会向他确认：“你在学校有没有碰到过唐欣？她有没有给你造成过困扰？”

林跃：“没留意过。困扰刚才发现的，刚才解决了。”

紧接着，他又问：“需要我插手吗？”

本质上，唐欣不属于他要解决的桃花，也并非南迦个人的麻烦，而是牵涉南迦那边两个家庭间的遗留问题，所以他无法擅做主张直接对唐欣怎样。他现在先征询南迦的打算。

南迦眼尾余光瞄向正在和自己师兄交谈的唐欣,回复:"不用,我自己来。"

林跃看她一眼,没追问具体计划如何处理。他知道她不爱吃这些萝卜丝,帮她把凉拌花生米转到她面前,又问高乐星拿辣椒罐。

南迦手动给他点赞:"男朋友真体贴。"

林跃说:"'体贴'可以,'可爱'免了。"

"哦。"南迦应得非常爽快,用公勺舀了花生米到自己碗里,气定神闲地回撩,"以后私底下悄悄说。"

随着菜陆续上桌,唐欣自发为大家针对性地介绍了其中几道清荣特色菜。

高乐星很喜欢一道绿叶菜,问唐欣是哪种植物,怎么没见过。

"这个突然难住我了,没记错的话是什么树的叶子。"唐欣想不起来的样子,转头求助,"林跃,你知道是哪种树吧?"

林跃置若罔闻,一声未吭,同时目不斜视,愣是不留情面地晾着唐欣。

他这脾气啊……南迦替他接茬:"要不等会儿问老板娘?"

"嗯,等会儿问老板娘。"唐欣顺着台阶下。

唐欣的那位师兄则倏地笑道:"魏哥、骆哥,你们这个师弟好像该向你们学学,即便女朋友在场,和其他女生的普通社交也该有点绅士风度。"

魏观也笑:"他就这样,拽了点,话少了点。"

骆征就不怎么拐弯抹角了,说:"跟我们俩学的话,他应该早和他女朋友离席了。"

高乐星仿若局外人:"为什么跃神应该早和南迦离席了?"

其余几位和高乐星一样的直肠子,稀里糊涂的。

始终表现得落落大方的唐欣此时难掩尴尬:"对不起,我可能哪里做得不对,我自己也不太清楚,如果有人感到不舒服,我非常抱歉。请别因此影响心情。"

魏观打圆场:"没有的事,你别多想。"

南迦并没想要唐欣当众难堪,她支着下巴弯唇:"我也每天打趣他,如果不是我人美心善,他这样又拽话又少还不爱搭理人,即便长得帅,也交不到女朋友的。"

高乐星深以为然,冒着被林跃秋后算账的风险也拼死一言:"南迦你不知道,今天见到你真人之前,我们宿舍都对跃神交女朋友这件事保留最大质疑!"

瓷器落地的动静忽然响彻包间,是唐欣要去洗手间,开门时和恰好端汤进来的陈秀芬迎面撞个正着,酸辣汤和破裂的大汤碗一并撒落满地,尚腾腾地冒热气。

陈秀芬吓得脸发白,急切地拽着唐欣到一旁,紧张地上下检查:"欣欣你烫到没有?碗片溅到没有?碰到没有?"

唐欣反手抓起陈秀芬的胳膊:"妈,你这……"

室内暖气足,而且为了方便做事,陈秀芬穿的是短袖,眼下陈秀芬身前的衣服湿掉不说,赤裸的左手手臂处也被溅洒的汤水烫红一大块。

高乐星离得最近,赶忙上前:"老板娘,你这里烫伤了要赶紧去处理!"

因为高乐星的话,唐欣如梦初醒,下意识地松开陈秀芬,并迅速退离。

南迦走过来,二话没说拉陈秀芬去给手臂冲凉水。

林跃与南迦分工,到后厨找唐炜。唐炜顾不得生意,关掉火丢下锅铲就到前头来,看了下陈秀芬的情况,给陈秀芬拿烫伤药。幸而没有特别严重。唐炜之前给他自己处理伤口比较有经验,处理起烫伤来也驾轻就熟。

因为唐炜耽搁了工夫,且接下来唐炜并不想陈秀芬再端盘子、招待客人,南迦便趁着唐炜给陈秀芬擦药,出来帮忙向几位新点单的客人说明情况,请他们到别家店就餐。折返时,南迦在过道碰见唐欣。

唐欣明显对这里的布局也是熟悉的,所以才知道怎么从前面的包间找到这里。但她又停在半途,并未到后面去看陈秀芬。见着南迦,她问:"我妈她没事吧?"

脑海中闪过她之前的松手和后退,但南迦没有对此发表评价,只道:"没事。"

唐欣松一口气:"那我先回包间。"

南迦叫住她:"喂。"

唐欣转身,先开了口:"我和我妈有我们约定好的相处方式,你不要干涉。"

南迦嘴角勾着弧度:"你妈妈、你哥哥还有南向东,你要怎样相处我都毫无兴趣干涉。我只是想说,林跃你就别骚扰了。"

撂完话,南迦就要走,换唐欣叫住她:"如果我不呢?"

南迦转头,微微眯起眼,慢慢踱步靠近唐欣。

唐欣本能地后退,退到后背抵住墙,退无可退,手下意识地抬起,捂在胸口。

南迦瞥一眼她这惯常动作,要笑不笑的,三年多来第一次明确告诉她:"不用再浪费时间做无用功,不是每个人我都可以让给你。"

"让?"唐欣的嗓音含着压抑的情绪,也将不曾出口过的心里话道出,"明明这些本来就全都是我的,你怎么自诩的'让'?你是觉得你大度,还是觉得你委屈?"

南迦注视着她泛红的眼:"嗯,全都是你的,妈妈是你的,哥哥是你的,爸爸是你的。但林跃,怎么是你的?"

"如果我没——"

"如果你没生病休学,你就会和林跃一个班,而且成为同桌,然后他也喜欢上你?"南迦替她把后面的话讲出来,轻轻笑起来,"你是有分身术吗?既能在清荣继续上学、认识林跃,又能在北城治病,回到亲生父亲身边?"

唐欣一时哽咽着没说话,梗着脖子,努力不让眼睛里的泪水滑落出来。

南迦抬高她的脸,为她抵抗眼泪出一分绵薄之力。

"我知道你心理不平衡,你心里有着无数委屈——过去十六年我生活在优渥的家庭里享受爸爸妈妈外公的疼爱,衣食无忧,要什么有什么;你却带着心脏病忍受着好赌成性的爸爸挣扎在温饱线,过着有今天不一定有明天的日子。

"即便你如今回归原位了,也无法抵消你曾经吃过的苦头。你多半还是害怕南向东不喜欢你,害怕回到过去的生活中。你也许非常明白这不是我的过错,但也只有我能够成为你的发泄对象,毕竟我是错换人生这件事情里最大的受益者。

"可你想过没有?同样无法抵消的还有人和人之间处出来的感情。你和你妈妈、唐炜有感情,我和南向东、妈妈、外公就没有感情?你不认为是'让',那我就用'还',怎样?"

唐欣全程咬着嘴唇听南迦讲。

南迦也没有给她插话的机会:"能还你的,我全还给你。两边家庭的亲人你都要,我也不会指责你贪心,因为设身处地来想,目前这些也应该远远弥补不了过去十六年你所缺失的东西。而且,你能让他们喜欢你,凭的是你自己的本事。

"我一直没和你争,不是因为我大度,而是因为你是我最爱的妈妈的亲生女儿,也是因为我相信,既然是唐炜悉心呵护用心疼爱的妹妹,你的心性肯定不会差,相信你既然能考入清荣一中,你肯定是努力的、积极的、上进的,先天家庭不太好的条件并没有让你自暴自弃放逐你自己,你备战高考的努力也让我确信了我的判断。基于以上,以前你做的一些我看不顺眼的事,我当作是你的一时迷失。"

南迦微一抿唇,最后道:"唐欣,也许我没立场,但我还是想说,请珍惜你现在拥有的,南向东给你的爱,你妈妈和你哥哥对你的牵挂。"

唐欣的两只眼睛充盈泪水,略微失神,但她的情绪上有些失控:"你应该和我争,你为什么不和我争?你心里没有不甘吗?我最讨厌看到你这种好像不在乎不珍惜的样子,特别虚伪,你知道吗?"

"怎么没有?我现在不是正在告诉你,我在乎什么、我珍惜什么?"南迦勾唇,退离她一些,继而脸上的笑意尽敛,留的是面无表情。

"林跃,是我的,自始至终都只是我的。"南迦一字一顿,微扬下颔,"你再骚扰他的话,我管你有没有病,管你是谁的女儿、谁的妹妹。"

唐欣张了张嘴,正要再说什么,猝不及防被第三道声音打断:"欣欣。"

南迦转头,看到几步开外的林跃和唐炜,不知何时来的,又站在那里多久。

"哥……"唐欣浑身僵硬。

唐炜走过来,停在她们面前,问唐欣:"你对南迦做过些什么?"

唐欣没有回答,反问唐炜:"你要为南迦出头吗?"

问完,也未等唐炜的反应,唐欣兀自喃喃:"南迦才是你的亲妹妹,我欺负南迦了,你身为哥哥为她出头,很正常……爸爸对我也是补偿心理多过爱……你们都更喜欢南迦,对吧?身份换回来了又怎样,她还是轻轻松松就拥有我拼命努力才能碰到的东西。"

"你在说什么!"唐炜恼火而难以置信,"你怎么会变成现在这个样子?你还是我认识的那个欣欣吗?"

他猛地扬起手,像要打唐欣,却始终没落下,表情十分痛苦。

唐欣的情绪霎时崩塌,忍了许久的眼泪于此时决堤,捂住脸啜泣不止。

南迦默默走开,林跃握住她的手,她小声问:"你跟唐炜说了什么?"

"没。"林跃轻哂,"随便嘲讽两句而已。"

他的嘲讽能是"随便"的、"而已"的?南迦的小指轻挠他手心,憋住笑:"哦。"又咕哝,"我改天自己悄悄问唐炜,你怎么维护我的。"

两人回去包间,其他人先问起陈秀芬的伤情,之后因为迟迟未见唐欣从洗手间回来,唐欣的师兄想去找唐欣,南迦帮唐欣诌了个理由。

饭局差不多散伙时,南迦给唐炜发消息:"有空结账不?没空的话我们先赊,改天再过来付。"

不消片刻,唐炜出现了,但并非来收钱的。他让南迦回家后告诉南向东,唐欣今晚留在这边陪陈秀芬。

身旁的林跃冷哂:"南迦早就不和她爸爸一起住了。"

南迦阻止不及，又无奈又想笑。

唐炜眼神复杂："也是因为欣欣，对吗？"

南迦说："我和我爸的关系以前就不太融洽，我搬出去住纯粹为了我自己高兴，即便没有唐欣的催化，迟早也要走到这一步。我不清楚你了解到了什么，但不用事事都归咎到唐欣头上。她只是我生活中一个不重要的路人，不是主宰我命运的神，对我的影响没那么大。"

唐炜沉默。

南迦催促他结账，强调："别免单啊，不接受免单。该怎么算怎么算。"

唐炜去柜台打单收银，林跃付了账。

南迦道别："那我们先走了，我会帮忙向我爸报备唐欣今晚住你们这儿。"

"南迦，对不起。"唐炜的手指死死抠在台子边缘，他没有看她，人高马大的一个大男人，脑袋却垂得特别低，特别不符合他"炜哥"的形象。

他没具体说对不起她什么。

南迦也没问，回他道："嗯，我听见了。改天再来吃饭。"

魏观和骆征一左一右架着喝醉酒的高乐星徘徊在菜馆门口。

林跃问他们怎么还没走，两人一致指着高乐星："你自己问他。"

高乐星抬头，醉眼迷离地凑近过来："跃神，你出来了，终于等到你了。"

他挣脱开魏观和骆征，却又站不稳，扑向林跃。林跃迅速退开，他最后只抱住了林跃的大腿。

"滚。"林跃想踹人。自从瞿闻宣没时间再来骚扰他之后，他很久没踹人了。

高乐星抱得死紧："我们回宿舍吧，跃神。"

林跃推开他的脑袋："我说了我今晚不回宿舍。"

"你为什么不回宿舍？"高乐星狐疑，马上记起什么，"哦，对，你有女朋友了，你要和你女朋友过夜，所以不回宿舍。"

录着视频不嫌事大的魏观和骆征一阵咳咳咳。

高乐星号哭，一把鼻涕一把眼泪全抹在林跃裤腿上："跃神你怎么可以谈恋爱？你怎么就交女朋友了呢？你让我怎么办？连你都有对象了，全宿舍剩我一只'单身狗'。我为什么这么惨？我不丑我也很温柔啊！"

南迦一路笑得前俯后仰回到家："你舍友是逗哏吧？"

"过来。"林跃身上沾染刚刚从外面带回来的深秋的寒气。

南迦笑着奔过去，林跃一低头，轻轻咬住她的唇。

好一阵没在只有他们的私人空间里接吻,南迦现在觉得怎么亲都亲不够。林跃明显也如此,从玄关一直把她亲到沙发里。

迦妃跳到茶几上,目不转睛地喵呜喵呜一直叫。

伴随外套而掉在地毯上的南迦的手机振动起来,在手机锲而不舍地振动第三回合时,林跃恋恋不舍地爬起来,帮她摸出衣兜里的手机交给她。

南迦急促喘着气,轻轻擦拭嘴角蹭花的口红,目送林跃进了卫生间后,她翻身扯过抱枕垫在胸前,回拨已经挂断的南向东的电话。

从卫生间里出来,呈现在林跃面前的是南迦安安静静趴在沙发里有一下没一下地撸猫,迦妃舒服地四脚朝天,主动把肚皮翻给南迦揉。

电视机开着,但没开声音,只有画面。

林跃落座地毯上,后背抵靠沙发,从茶几桌下满满的零食箱里取出一包猫耳朵,拆开,一片片往南迦嘴里投喂。

南迦的脑袋就挨沙发边上,动都不用动,直接张嘴就能吃到。

"你爸爸说什么了?"递手机时,他看见了来电显示。

"问我唐欣是不是出什么事了。"猜林跃多半误会她现在这副模样,南迦安抚,"放心,我没和他吵架,也没什么不愉快。"

林跃继续投喂,南迦慢慢咀嚼:"我只是在想唐欣的一些话。"

"比如?"

"她说我爸对她补偿心理多过爱,认为我爸更喜欢我。"

"你怎么看?"林跃问。

南迦失笑,视线飘向电视机旁边的那张合照:"如果不是有外公,我可能也会钻牛角尖,一钻到底,陷在里头出不来。"

林跃口吻笃定:"你不会。"

"会的。"至今难忘当年她在电话里向外公哭诉的场景,南迦主动爆料曾经的糗事,"我并不想承认,但事实就是,我那时候不想回北城,极力埋藏的更深层的原因就是……害怕。

"唐欣问我怎么会没有不甘心。我确实没有不甘心,可我有心理落差的。

"尽管我爸一再强调我依旧是他的女儿,我也害怕。害怕他喜欢唐欣多过我;害怕有一天他后悔我回北城,我的处境会尴尬;害怕我在那样的心理落差之中为了和唐欣争夺我爸的疼爱而去迎合我爸对我的要求,改变我自己。"

南迦深深呼一口气:"刚回来北城那一阵,我也确实难受过、挣扎过。是外公在我身边,我才没再胡思乱想。"

林跃在她坦白第一个害怕时,便捉住她的手。南迦稍稍挪动身体,蹭向他结实的手臂:"你好像没问过我,我怎么就喜欢你了?"
　　林跃睨她:"怎么就喜欢我了?"
　　南迦形容:"一眼万年。"
　　林跃又问:"什么时候的'一眼'?"
　　南迦没直接揭晓答案,娓娓道:"当年我一个人跑去清荣,其实特别茫然。
　　"到清荣之前,我的未来非常清晰:要么抗议成功,我爸不再把他对我的期许强塞给我,我自由选择学校、自由选择专业、自由选择职业;要么抗议失败,做一个合格的、听话的、让我爸骄傲、有面子的乖女儿。
　　"到清荣之后,雾蒙蒙的什么都看不见了。无论就此孤零零四处漂泊,还是回到亲生父母的家庭,我好像只有过一天算一天被推着往前走的份,只能等脚下的路提醒我该拐弯我就拐弯。"
　　略一停顿,南迦抬眼:"忽然之间,我看见了你。"
　　她加重的语气给整句话加了特效,就像三年多前教室外过道的阳台上恰到好处的阳光给他加的特效一般。
　　继而,她带着几分调笑:"你长得这么帅,一定就是为了那天早上把我迷住吧。"
　　林跃轻轻勾唇:"嗯,是的。"
　　南迦笑得一颤一抖,迦妃受到惊吓,跳到林跃怀里,她便就着他的怀抱继续撸猫,也继续说:"我以为我会孤孤单单地在清荣过得特别艰涩。可是你很亮,驱散了雾蒙蒙的茫然,分走了我的注意力,挤掉了糟糕情绪的空间,学习之余,我就在悄悄关注你,很少去想那些有的没的。
　　"因为你,我慢慢在清荣找到归属感。
　　"你还对我特别好。
　　"我想啊,既然能养出你这样的人,清荣肯定不会太差,或许以后我独自漂泊在清荣,也不用太害怕啦。"
　　南迦仰脸:"我在清荣最幸运的事,就是遇见你。"
　　林跃偏头,细细的吻再次落下,饱含动容。
　　南迦抚摸他的眼尾,气喘不匀:"好想再看到你充满世俗欲望的样子。"
　　林跃的鼻息也粗重:"现在不是?"
　　这样直接承认真的好吗?南迦笑岔气。
　　她贴近他的耳畔:"我指的是:男朋友,要到我卧室过夜吗?"

客厅悬挂的主灯是暖光，照在他的头顶上方，他也依旧如出尘般清冷。

但他铺霜的眼里再次浮有少见的热意，而他对她的情感，就全部藏在这份少见的热意里。林跃的嘴唇轻轻触碰她的耳郭。

麻麻的，酥酥的，南迦感到些许眩晕，转脸舔上他温凉的唇。

他说他想和她谈恋爱的时候，她没有马上就告诉他，她很早之前就想和他谈恋爱了。

他说他很早就喜欢她的时候，她也没有马上就告诉他，她也是，而且比他早。

她就是觉得，以前她丝毫见不得他难受，很快澄清她和毛现纯洁的友谊，他和章遇宁的绯闻却让她难受了那么久，她不如顺着他提议的考察期，让他追得久一些。可他一问她是不是也很早之前就喜欢他，她还是马上承认了，还是迅速和他确定了男女朋友关系。

现在，她又一往无前地渴望和他愈加亲密。

没办法，她太喜欢他了。

他在她最茫然的时候给了她温暖和心之栖处。

她也想把自己最热烈的心意和最汹涌的爱意无限赠予他。

他值得。

山河星月都为贺礼，贺她和他穿过漫长和萧索，奔赴在一起。

怎么回她卧室里的、怎么洗的澡，南迦的记忆有点模糊，好像迦妃妄图跟进来，林跃的脚及时踢上了门。

她陷在柔软的棉被里，面前是他半垂的清绝的眼，夜色仿若融入其中，深黑探不到底，又隐匿着星屑的余光，溅落盛大的宇宙，拥她坠进无边的温柔。

她微张着嘴想说点什么，但眩晕的心悸和强烈的渴慕蚕食她的思绪。

白茫茫的昏聩里，她听见林跃说："南迦，我是你的。"

起伏的喘息，是生命鲜活碰撞的声音。

快乐的时光于不知不觉间一天天翻得飞快。

北城站比赛的结束并没有让林跃闲下来，他依旧忙碌在刷战绩、学校课业和导师实验室三者之中，南迦亦送走了期中考又迎来期末考。

他们的约会地点也更多地从她的校区转移到主校区里，南迦像已经通过预科班的考试正式成为Ａ大的学生一般，在Ａ大的食堂吃饭，在Ａ大的图书馆复习，在Ａ大和计算机系的系草谈恋爱，并且偶尔还蹭系草男朋友的课。

林跃今年没回清荣过年，期末结束后就和南迦腻歪在家里。南迦也提前给林阿姨放春节假。如此一来最大的影响是，两个人成天不是吃外卖就是下馆子。

南迦觉得不能总这样，届时会影响除夕夜的气氛。那一年，她原本答应了他留在清荣过年，结果突然说走就走了。这次是他们第一次要一起过年，而且是两人单独过，必须有些郑重的仪式感。于是，南迦决定赶在除夕夜前学几道菜。

林跃揪她回书房里老老实实学习，他接手学做菜这件事。由于他每天对他自己做的饭菜都不满意，他们还是吃外卖。南迦连品尝的机会都没有，他总独自关在厨房里学，不给她看，连厨余垃圾也谨慎地及时丢掉。

显然，他的学习能力在做饭这件事上翻了车，他在谈恋爱方面的无师自通也没通到厨艺。南迦委婉地劝他别死磕。他其实也没太多空余时间，这些时间不如用来码代码，干他擅长的。林跃松口在小年这天先让她验验他的学习成果。

南迦得以头一回和他一起逛超市。

去之前的目的只是购买食材，去之后看到超市里热热闹闹的年货，她想给家里添点年味，便顺便拿了些，包括但不限于春联、窗花、中国结等等。

林跃一开始没制止，直至南迦指着红通通的唐装棉袄亲子装说："正好你一件，我一件，迦妃一件，怎样？"

林跃选择性眼瞎，直接拉她去收银台："该买的都买完了。"

南迦笑趴在他肩膀上。

排队轮到他们结账时，见他拿了两盒避孕套，南迦故意问："不是说我们的东西该买的都买完了？"

林跃眼尾上勾，亲她一口，虽然是很快速、很短暂的一下，但也是大庭广众。南迦挂在脸上的淡定险些裂开。她承认，她终于臊了。

以前她不明白某些情侣为什么非得在公众场合卿卿我我，如今她能理解，有时真的会情不自禁。比如现在她就超级想回亲他……

事实证明，她的自制力强过林跃，回到小区外面见四下无人她才付诸行动。

只是两人刚亲完，就听见南向东的声音："迦……迦。"

看着南向东从路边的一辆车里下来，南迦下意识地去瞄林跃的表情。

南向东的车南迦其实是认识的，然而方才她一心系在林跃身上，便没注意。从车子停靠的位置来判断，毫无疑问，她和林跃的亲密全落入南向东的眼里。

林跃的脸上稍纵即逝一丝不自然。他回瞄南迦，瞄到她毫不遮掩的幸灾乐祸的笑，搂在她腰上的手隔着衣服轻轻掐她一把。碍于南向东的走近，南迦怕痒也只好先憋着："爸。你刚到吗？怎么没提前给我打个电话？"

南向东的神色难以形容："你们现在同居？"

"我们在谈恋爱嘛，同居很正常。"南迦不意外他的大惊小怪。

南向东虽说不至于到封建大家长的地步，但传统观念挺强的，之前他能和颜悦色地邀请林跃一起去吃饭已经超乎她的预料，后来他问她不怕谈恋爱影响明年考试则是种试探。她猜测自去年她没妥协去 B 大入学之后，南向东对她多少怀有歉疚，毕竟他害得她不得不再复读一年，今年她分数还没考够。

"你才多大！"南向东的语气带两分厉色。

南迦笑意未敛："二十岁啊，不小啦。"

"胡闹！"南向东恼火。

其实知道她谈恋爱之后，他心里就是反对的。可他担心直接制止她，她起逆反心理，也使得他们父女俩的关系越来越僵。上一次见面又觉得林跃谈吐不错，并且也是 A 大高才生，应该会有分寸，何况林跃是亲戚家的小孩，所以他才没过多干涉，总比她和毛现那样成天只会玩乐的人混在一起强。结果现在……

南迦转头对林跃说："你先回家去吧。我和我爸再聊聊。"

她怕他留在这里听着不舒服。她也不想他在南向东面前受委屈。

林跃嘴唇翕动，南迦低声抢话："我不会和他吵架的。就聊一会儿，我很快上去，你抓紧时间把你自己再关进厨房，小心我等下偷窥你的翻车现场。"

"翻车是不可能翻车的。"林跃白她一眼，随即转向南向东，"叔叔，提前给您拜个年。以后我会找个机会正式登门拜访。"

讲着礼貌的问候之语，口吻却极其淡漠。毋庸置疑，他记仇南向东改掉她的志愿，可南向东又是她的爸爸，他必须尊敬。南迦瞧着他别扭的模样暗暗发笑。

等林跃拎着购物袋走进小区，南迦说："爸，你别欺负你未来女婿。"

南向东无奈。

南迦抢在他再开口前表明态度："和他谈恋爱，就和我宁愿复读也不按照你的要求念 B 大金融一样坚定。到现在你还不明白吗？我是你的女儿没错，可不代表我必须达成你对我的期许。我只想选择我自己喜欢的、让我自己开心的人和事。

"如果你还是没放弃插手我的人生，我只能……放弃当你的女儿。"

这句话无数次盘旋在她的嘴边，今天终于讲出来，松一口气的同时，南迦也十分难受。

南向东满脸震惊："你在说什么？"

南迦接着讲完："我放弃当你的女儿，但依旧视你是我的爸爸。这二十年，感谢你的养育之恩。你不用再照顾我的生活，生活费我会自己解决，以后也会慢慢还清你在我身上的投入——"

"够了。"南向东打断她，"我说过，我没想干涉你的人生，是你年纪还太小、太天真，社会经历少，很多东西根本不清楚利害关系，我用我的阅历为你选择对你最好的路，不好吗？"

"不好。"南迦嘴角噙着弧度反问，"你的阅历是比我丰富，但怎么就能保证对我是最好的？"

"那也比你现在没有人管，成天只顾着谈恋爱强。"南向东隐忍着情绪，"你就是以这样的态度准备明年分配专业的考试？"

南迦笑了一声："爸，我非常清楚自己在干什么。我是成年人了，我会为自己的人生负责的。"

"成年什么成年？不是过了十八岁就成年就成熟，就承担得起你自己的人生！"

"你女儿我早熟啊。"

南向东噎一嗓子："别又和我耍贫嘴！"

"没贫，我很认真地在告诉你。"南迦少许无奈，"我真的已经不是小孩子了。"

南向东："你怎么不是小孩子了？在我眼里你就永远是小孩子！"

不知是否是错觉，霎时，南迦好像在南向东的眼睛里看到泪光。她一眨眼，又只见南向东在拨弄他被风吹乱的头发，保持他的精致与体面。

而无论是否是错觉，他这句话本身，搁以往南迦只会感到可笑，当下她却微微动容。平心而论，他是个好父亲，她无法否认他带给她的父爱。即便这份父爱饱含压力。

南迦又笑一下："爸，我就当你在祝福我青春永驻。"

南向东再次被她气到。很快，他的肩膀垮下去，失去了他一直以来在她面前身为父亲的全盛气势。

南迦不太习惯。她猜不透他现在的内心活动，问："你今天过来找我，应该不是为了讨论我该不该谈恋爱、该不该和男朋友同居的问题吧？"

南向东："今天小年。"

南迦记起早上他发的消息，说："我回复过你啦。小年快乐，爸。"

南向东的眸光轻轻闪烁："你除夕也不打算回家过？"

南迦挠挠头："我年后再回家给你拜年吧。你刚刚也看见了，我男朋友今年春节专门留在北城陪我。"

南向东做出让步："他可以一起来我们家。"

"可我想和他单独过。"为了减少点刺激，南迦没用上"二人世界"。

饶是如此，也还是把南向东给刺激到了："我现在不反对你考临床医学，不反对你和他谈恋爱，你也不愿意回家是吧？"

没等她反应，他便直接扭头走人。

"爸，你路上当心点。"南迦怕他正气头上影响开车。

南向东闻言驻足，转过身，说："我知道，我不是个合格的父亲，以前对你要求太严格，这三年又没平衡好你和欣欣之间的关系。爸爸向你道歉。"

他明显是鼓起很大的勇气才道出这番话的，讲完他立刻开车离开。

南迦心里五味杂陈，原地站了会儿，慢慢往小区里走，却是一进小区大门就看到林跃等在路边。她连忙奔过去："不是让你先上楼？"

林跃被她撞得一只脚往后退了半步，稳住身形，同时圈住她扑进他怀里的身体。

南迦促狭："也不怕我爸一气之下冲进来打断你的腿。你可是拱了他家养了二十年的大白菜。"

林跃将购物袋全集中到右手拎着，左手握住她的手："那就打，随便他打。"

南迦闷笑不止："我男朋友真有担当。"

林跃关心地问道："你爸有没有怎样？"

"放心，他不打人的。"南迦先故意抛出这一句，再在后面补充，"他只是问我们要不要和他一起过年，然后就被我气走了。"

林跃"嗯"一声，未再多言，南迦则戏谑："他如果单独找你，开出什么几十万、几百万的条件，要求你和我分手，你可得禁受住诱惑。"

林跃无语。

看着他一脸无语即将翻白眼的表情，南迦乐得肩膀直颤。

林跃勾起嘴角，斜睨眼："你才值几十万、几百万？"

南迦反问："不然你觉得值多少？"

林跃用门禁卡刷了电梯，电梯门关上后，他搂住她，将她锁在他的胸口和轿厢壁之间。亲吻是会上瘾的，南迦也喜欢被他亲得意识四分五裂的感觉。

电梯停在他们的楼层好一会儿，林跃第二次伸手按住即将闭合的电梯门时，才带她走出去。站在鞋柜前帮她把家居拖鞋放到她脚边，他略带些自嘲道："我现在无法想象没有你的未来。"

南迦的心脏猛地一跳,立刻拥住他,将亲吻往更深处延伸。

迦妃又来捣乱,喵呜喵呜叫着蹿来蹿去。南迦气喘着把它拎开:"总这样对它不好。"

林跃说:"它该做绝育手术了。"

南迦坐起身,啧声:"别当着它的面讲啊。我们谈着恋爱,却送它去绝育。"

"下次别让它再看见。"林跃拎回丢在门口的购物袋,要挑出食材带进厨房。

南迦跟着过来拿年货,顺便把茶几上他的手机递给他:"你爸爸给你打电话啦。"

林跃狐疑地摁下接听键。

南迦抱着年货转头就见他发着愣,他说:"我奶奶她可能……"

曾梅宋病危,林明理通知林跃回清荣,大概率会是和曾梅宋的最后一面。

南迦记得以前曾梅宋身体健朗,第一反应是曾梅宋和她外公一样,查出癌之类的病症。林跃搜着机票解释:"我奶奶经历那次火灾之后身体就出了点毛病,这几年断断续续一直跑医院,我爸和我叔叔家轮流照顾。"

"火灾?"南迦眉心蹙起,"什么时候的事情?"

林跃的指尖在手机屏幕上微顿,掀了掀薄薄的眼皮,看她一眼,复半垂,继续买票:"你离开清荣那天。"

南迦一愣。回忆起当年她离开那天迟迟联系不到他,她霎时明白过来些什么:"你家里发生火灾?"

"嗯……"

"因为火灾所以你没看到我发的消息、没看到我打的电话?"

"嗯……"

"你奶奶受伤了,其他人呢?你呢?"

"其他人没事。我也没事。火情没你想象的严重,只是我奶奶年纪大了,她在厨房烧起来的时候跑进去想扑火,又摔了一跤,才受伤。"林跃简单概述彼时的状况,语气一如既往的轻描淡写。

南迦却整个身体发僵,后背直冒冷汗。她猜测过他那天肯定是有重要的事情在忙,但没想到原来是遇到这样的意外。

她猛地搂住他,眼角氤氲湿意:"幸好你没事。"

林跃揉了揉她的头发。

"你怎么不告诉我?"南迦严肃苛责。无论那晚她登机后他回拨过来的电话,还是重逢以来的这段日子,他都不曾解释过当年没有赴约的原因。

林跃淡淡地道:"你那时候也没问。"

"我没问你就不解释啦?"南迦没好气。

林跃:"你没问,我以为你不在意。"

怎么听怎么觉得他有点委屈,委屈中又带些不自信?

南迦不知该哭还是该笑:"你都看得出来张焱辉喜欢我,怎么看不出我喜欢你?学校里那么多女生喜欢你,你就没想过我也会是其中一个吗?"

林跃嘴角扯起一个淡淡的弧线:"一些女生喜欢我,不代表所有女生都会喜欢我。我们学校也还有很多其他优秀的男生。"

嗯?为什么好像特别耳熟?曾经在哪里听过?而且他这语气……南迦捧住他的脸,取笑:"同桌,你的傲气哪儿去了?"

林跃的眸光虽总是浅淡,但眸色乌沉沉,尤其在定定注视她的时候,透出充满热意的光:"在喜欢你这件事上,我没有傲气。"

只有她也喜欢他,给他的底气。

他对她的喜欢便在她给的底气里疯狂生长,心生欲望,所求越多。

南迦心跳鼓噪,感觉自己被他眸底深谙的温柔包围。她又苛责:"那知道我也喜欢你,知道你那天没有赴约错过多重要的事情之后,为什么还不解释?"

林跃声音低了些:"没去就是没去,再特地提起这些,像卖惨。"

"卖惨就卖惨啊,我又没有不让你卖惨。卖惨的孩子有糖吃、有人疼,懂不懂?"南迦气笑。刚说他没傲气,他这就又傲了。

林跃好看的眼尾勾起:"什么糖?怎么疼?"

"男朋友,你问得可真故意。"南迦轻笑,然后直起身体,深深吻住他。

林跃将她从地毯上抱起。她跨坐到他身上,将他往后压上沙发背,很快又看到他眼尾微微红、眼睛里如蒙水雾般湿漉、在她耳边沉哑低喘。

勾人的,只有她能看见的,不容亵渎的神明被拉下神坛跌落世俗欲望中情难自抑的模样。

这个时候的机票特别难买,林跃运气不赖,捡到漏,但也只能先乘今晚的红眼航班飞到其他城市转机,南迦跟跟他回清荣,现实都不允许,而且他也不让。

"那我们岂非又不能在一块过年了?"南迦送他下楼。

林跃看得比她开:"明年,后年,大后年,无数个年。"

可总归意义不同啊,就像秋天年年都有,但遇见他的那个秋天,永远只存在于那一年。南迦没在嘴上说，毕竟现在也是无可奈何，遗憾在所难免。

她只是揶揄："不让我跟你回清荣，是不是还不想把我公开给你爸妈知道？"

林跃却道："我爸妈已经知道了。"

南迦一惊："什么时候？"

"国庆，我爸妈分别问我有没有回清荣，我说不回，要追你。这次春节，我爸妈分别问我几号回清荣，我说不回，和你过年。"

南迦有点慌："你也不告诉我。我和他们又不是不认识，现在既然和你在一起，却一直没打个电话问候他们。"

林跃淡淡笑一下："没关系。我也还没正式拜访过你爸爸。"说着，他眼尾瞥她，抿唇，"我回清荣，你就回你爸爸家过年。不要一个人。"

南迦心一热，与他对视上。

他们约的出租车已经抵达小区门口。

林跃轻轻拍她藏在帽子里的后脑勺："进去吧，太冷了。"

南迦拥进他怀里，不舍地蹭了蹭，咕哝："路上随时跟我报备你的位置。"

"嗯。"

"到家后帮我问候你爸妈和你奶奶。"

"嗯。"

"有任何事一定要给我打电话。"

"嗯。"

出租车师傅摁喇叭催促。南迦低低叹气："你别太想我。"

林跃温凉的嘴唇贴一贴她的额头："不太可能。"

林跃回到清荣的第二天，曾梅宋没熬过去，病故了。

他打电话给南迦的时候，在灵堂外面，和她未能多聊。结束通话前，他问她确认她在哪里，她撇嘴："我都没查你的岗，你就查我的岗。"

林跃："你没回你爸爸家？"

"和他约好了，除夕我会回去的。这之前就算了吧，我安安静静在家刷几天的题。而且迦妃我还得照顾，带不去我爸家。我爸对猫猫狗狗过敏。"

这也是她从小到大都没有机会养宠物的一个重要原因。

腊月二十七这天中午，林跃从灵堂里出来吃饭休息，看到上午八点半左右，瞿闻宣连续发来三条消息——

"走了，我去西北了。章遇宁如果有什么忙，你能帮的多帮着点，你把账一笔笔记好，我回来之后你找我算，我双倍还你。"

"你和你女朋友的喜酒别急着办，敢抢在我前头，你就给我等着。"

林跃想把"傻×"两个字丢过去。

然后，他看到第三条："算了，你的喜酒我喝不到就喝不到，毕竟你好不容易才有女孩子看上，你抓稳点。羡慕你，和你女朋友不用饱受异地相思之苦。"

林跃最终丢了"白痴"两个字，可瞿闻宣那边已经无法接收信息了。

他垂着眼，盯着"羡慕"和"异地相思之苦"几个字，折返灵堂前，打开订票 App。

大年三十，南迦下午两点左右回到南向东家。

一直以来家里的年夜饭都吃得比较早，四点半家里的阿姨就能把整桌的团圆饭准备停当，之后阿姨放假走人，她和妈妈、南向东一家三口能把年夜饭慢悠悠地从四点半吃到《春节联欢晚会》开播的时间。

妈妈去世后，只剩她和南向东两人，更谈不上热闹。

那年她从清荣回北城，头两个春节是她和外公、南向东、唐欣四个人一起过的，奇奇怪怪但还算融洽的组合。第三个除夕，就连外公都没了。

而今年，搞到最后她还是回来了，过和去年一样的除夕。

进门时，南迦看到唐欣坐在楼下的客厅里。

这是自那日摊牌之后，时隔两个多月，两人第一次碰头。

南迦如常地和她打了声招呼，问她南向东在哪儿。

唐欣告诉南迦，南向东在厨房做年夜饭。南迦愕然，进去厨房确认，果不其然见南向东正煎着牛排，刺刺啦啦作响。

南向东立刻将南迦轰出厨房："全是油烟你凑什么热闹？该干吗干吗！"

南迦又探个脑袋进去，扫过他褪去一身公司老总精致西服只着家居衫还系着围裙的样子，认真地问："爸，家里破产了吗？"

南向东瞪了她一眼。

南迦笑着回到客厅，挑走茶几上的一颗桃子边啃边回忆，上一回看到南向东亲自下厨，好像是她七岁，还是九岁的时候。

反正是家里阿姨突然生病请假，妈妈也不在家，她半夜肚子饿想吃饭，南向东拿锅里剩下的米饭给她做蛋炒饭，整个炒得又黑又焦，难以下咽。

唐欣说："你告诉爸爸除夕会回来吃饭后，爸爸就决定亲自下厨。"

南迦无语："行吧，挑着我回家的日子，专门祸害我。"

唐欣笑："我这两天当他的品鉴师，尝了些，其实还不错。"

南迦耸耸肩:"可能他做西餐比中餐水平高些吧。"

随后两人都沉默下来,只剩电视里新闻主持人不高不低的声音。

以前她们两人单独相处的次数就不多,多数时候还有南向东在场。

而那极少的次数里,一般唐欣会尽力找话题不冷场,相比之下今天的唐欣反常些,却也令南迦感觉真实些。真实的唐欣就该和她一样,相互之间并无话可聊。

啃完桃子,南迦起身准备上楼回自己卧室:"吃饭再喊我。"

唐欣叫了她一声:"南迦……"

南迦扬眉:"又有事?"

唐欣飞快地看她一眼,重新看回电视屏幕:"对不起。"

南迦未做回应。她无所谓唐欣想怎样,只要别来打扰她和林跃的清静就成。

上楼后,南迦取出包里的教材,一边看书一边给林跃发消息,问他什么时候开始吃年夜饭。

林跃估计有事在忙,隔许久才回复说要等比较久,然后反过来问她。

南迦:"虽然今晚没吃成你做的年夜饭,但我爸居然非常有兴致地亲自下厨了。他一定是想毒害我。你记得随时确认你女朋友还在不在人世啊。"

接着,她问他回程的票买的几号。

林跃说他在林明理家过完年,答应到翁云那边也住几天,而且票不好买,所以至少得过完初七。

南迦想想也对,既然他都回清荣了,那便踏踏实实陪他爸妈。她回复:"你在你爸爸和你妈妈之间两碗水端得很平啊男朋友,等你回来北城记得也好好端一端我。"

林跃发来一组照片。

他当年那支笛子,黑色的笛尾处红色的流苏笛穗分外扎眼。

南迦放大图片仔细端详:"此图应取名'男朋友他早就偷偷喜欢我的证据'。"

林跃截图了一条久远的她的 QQ 动态,用肯定句说:"背景入镜的球鞋是我的。"

迟到多年的抓包,南迦没否认,问:"什么时候你当面跳个高给我看?弥补我青春的遗憾啊。"

Y.:"无不无聊。"

南迦笑得在床上翻滚。

经笛子的提醒,她把她的二胡也翻出来。二胡也依旧是彼时那把二胡,虽然摔坏过，但后来也修补好了。当年还是他凭借对清荣的了解帮她介绍的一家店修的。老师傅的手艺不赖。只不过修好之后，她并没再碰过几次二胡。

找了会儿手感，南迦录了几秒音频发过去："猜猜我的二胡在说什么。"

林跃回复过来一份 zip 文件包，要她用浏览器打开 HTML 文件。

南迦好奇地照他所指示的操作，发现运行出来的一个代码呈现出爱心的形状，爱心的中间还有一行字："女朋友，我也想你了。"

对应的正是她刚刚用二胡告诉他的："男朋友，我想你了。"

如何扛得住他这样的浪漫？南迦心脏跳得乱七八糟。太犯规了，和他聊天是为了缓解思念，现在反倒越聊越想他。

南向东喊南迦吃饭的时候是六点半，较之往年年夜饭的时间推迟了两个小时。

南迦下楼，在餐桌上看到半桌精致的中餐菜式和半桌凑合的西餐菜式。哪边出自饭店名厨之手，哪边出自南向东之手，一目了然。

尝过之后，南迦老老实实地肯定了南向东的进步："爸，真不是家里破产了，所以你才有空练厨艺？"

南向东通过给她们压岁钱为他自己辟谣。

压岁钱和前两年一样，是放在红包里的银行卡，南迦和唐欣一人一张。

"谢谢爸。"

"谢谢爸爸。"

两人分别道谢。

虽然又是她和南向东、唐欣的三人组合，但南迦略微感觉，今晚整体气氛较之以往轻松自在不少。

《春节联欢晚会》开播没多久，南迦又收到了唐炜发来的微信红包。

方才餐桌上还听唐欣说，唐炜邀请南向东年后抽空到他们菜馆吃一顿。

南向东也是上次刚知道唐炜和陈秀芬来北城开店的。

陈秀芬的顾忌比较多，怕南向东介意唐欣和他们私底下还来往，所以南迦第一次无意间到他们店里吃饭离开前，唐炜曾特地交代她别和南向东提。

南向东以前确实是介意的，介意的倒并非是陈秀芬，而是唐炜。

那会儿南迦刚从清荣回北城，南向东隔几天就要问她和唐欣、唐炜和唐国强有没有纠缠她们。即便南迦向南向东澄清过唐炜当初进看守所的原因。

如今唐炜正经开店，南向东通过两个多月的观察，总算消除对唐炜的误解，还主动说唐欣可以多去和陈秀芬走动。

南迦回复唐炜:"新年快乐!"

唐炜发来两句语音,"迦迦妹妹新年快乐"和"我们跟炜哥在放烟花你听见没",声音分别属于金瘦猴和黄瘦猴。

南迦差点直接回"两只瘦猴哥新年同乐"。这么多年过去,她仍旧不清楚,赵耳的另一个兄弟究竟是不是叫"赵四"。

结束和唐炜他们的交谈,南迦重新点开和林跃的消息框:"男朋友,你吃完年夜饭没?放烟花没?"

十点多钟,林跃才回复:"没放烟花。"

南迦:"你快睡觉了吗?"

Y。:"等会儿给你打电话,手机快没电了。"

很明显,他今晚一直不太有空的样子,难道还跟着林明理出门去了?否则很难理解他在家里为什么手机电量紧张。南迦回过去个"嗯",先暂停和他的对话。

须臾,南迦点开手机里的软件,想通过监控再看看迦妃独自在家中的情况。

南向东和唐欣正被节目中的魔术表演吸引,南迦猛然的起身惊了他们一下。

"怎么了迦迦?"

"爸,我今晚不留家里过夜了,我回我自己的公寓!"南迦气不带喘地往外跑。记起自己的外套还在卧室里,她又不得不掉头冲上楼去取。

南向东堵在楼梯口:"你回去干什么?林跃不是不在?这都几点了?"

"有事!很重要的事!我现在必须回去!"南迦边跑边穿外套。

南向东的表情变得不太好看。

南迦折返他面前,笑了笑:"爸,之后我会经常回来的,你放心。"

南向东最终只是板着脸说:"等一下,我拿车钥匙。这么晚你上哪儿打车。"

南向东送南迦到小区外面,南迦与他道别后一口气奔进小区乘电梯上楼。抵达楼层,她停在鞋柜前,不疾不徐地发消息:"男朋友,手机充满电了没?"

林跃的电话打过来:"差不多。"

南迦:"你那边好安静,你没看春晚吗?"

林跃:"没。"

南迦:"你现在一个人在你自己家里?"

林明理和翁云离异后,各自有家庭,原先那套房子变成林跃的,林跃回清荣,既不去林明理家，也不去翁云家，一个人住。

林跃："嗯。"

南迦："在你自己的卧室？"

林跃："嗯。"

南迦："好久没看见你以前那间卧室了。要不我们现在改视频通话？你让我看看它有什么变化。"

林跃："等下拍张照片给你。视频就算了。我刚洗完澡，没穿衣服。"

南迦憋住笑："我又不是没见过你没穿衣服的样子。"

"你在和我耍流氓？"林跃学她。

南迦也学当时醉酒的他："要什么流氓？"

林跃反问："你那边也很安静。你和你爸爸看完春晚了？"

南迦轻手轻脚地换鞋子："我爸去睡觉了，我也就不看了，回房间等你的电话。"

林跃："嗯。"

南迦又问："你今天年夜饭都吃了些什么？"

林跃报了几道她知道的清荣菜。

南迦啧声："有点可怜哦，男朋友，远远不如我的年夜饭丰盛。"

林跃顺着她的话道："嗯，很可怜，而且我没吃饱。"

南迦："你这就和我卖惨啦？"

林跃尾音轻扬："你说可以卖惨。"

南迦揶揄："但现在你远在清荣，卖惨也没糖吃、没人疼。"

林跃："没关系，你记得补上。"

南迦闷笑："男朋友，不如你趁着今晚除夕许个新年愿望，保不准佛祖特别青睐你，立刻实现你的愿望。"

林跃："你帮我许。"

南迦："就许……你马上有糖吃、有人疼，怎样？"

林跃显然没当回事，含笑道："可以。"

南迦："那你现在到外面来开门。"

林跃敛笑，微一顿："什么？"

南迦不说话，听着听筒那头传出开房门的动静和急促的脚步声。

很快，急促的脚步声仅和她隔着一扇门。下一瞬，门从里面打开，室内的暖气顿时涌出，裹挟刚洗完澡的他身上潮湿的清爽气息，扑进她鼻间。

她没有挂断手机，保持和他的通话："不好意思，忘记告诉你，我下午出门前给迦妃装了个摄像头。"

林跃一怔。

他现在的错愕，就和不久前她从监控画面里发现他的身影时一模一样。

南迦收尽他的表情，笑得前俯后仰："我是不是破坏你准备给我的惊喜了？"

林跃捞她进门，很快堵得她抽不出身呼吸。

腊月二十八曾梅宋的葬礼结束，腊月二十九凌晨他便离开清荣，先乘大巴到邻市，然后坐绿皮火车挤了一天一夜，总算赶在晚上回到北城。他知道她今晚回家过年，所以他没说，省得她折腾。另外，他不想破坏她和南向东久违的父女团聚。

南迦被他逗得不行："都千里迢迢赶回来，还能不马上告诉我，男朋友，你的忍耐力很可以啊。"

林跃的手心自上而下熨烫她光滑的背脊，身体力行地告诉她，他在她面前不仅丢失自制力了，也毫无忍耐力可言。

五月，林跃和魏观、骆征三人团队进入 ACM 东亚赛区总决赛。

南迦从三模的备考中抽出时间，通过网络直播观看他们的比赛现场。

参赛者们聚集在各自电脑前操作，切到单个团队的镜头不多，她只能从满场的人里自行寻找林跃的所在，得亏林跃容易找。

准确来讲，是林跃、魏观、骆征都特别容易找——他们委实惹眼。

由于三人的外形过分出众，他们战队原本的名字没几个人记住，谈论起来都直接称呼为"颜值爆表队"。

南迦为此曾打趣过林跃，两位师兄当初带他组队，是不是看中他的脸。

出众的颜值在看热闹的外行人眼中几乎盖过对他们超强实力的关注。

ACM 大赛随着每年参赛名额的变多，参赛队伍的水平参差不齐，有些战队如果挑个好赛区，能以铜牌的水平拿到金牌的奖项。但林跃和魏观、骆征在北城站比赛结束后所刷的战绩，全部挑选公认的高难赛区，在场场的神仙打架中保持优胜战绩进入如今的东亚赛区总决赛，是名副其实的金牌队伍。

虽然当初林跃告诉她，他是抱了魏观和骆征的大腿，被带飞的，但事实上每次的比赛，林跃都是主代码手。只不过并非魏观和骆征实力不如林跃，而是他们仗着师兄的身份"欺负"林跃。实际上，在他们这样的神牛强队中，不存在明确分工战术，反正整个比赛就是五个小时，一台电脑，三人轮流上。

南迦和他们一起吃饭的时候，魏观和骆征毫不吝啬地夸赞林跃手速快又精力旺盛，连着操作三个小时不在话下，上厕所或者吃东西的次数都不多。

后勤组组长高乐星形容："跃神像被代码夺舍了，忘记吃忘记喝忘记上厕所。"

南迦说："你都喊他'跃神'了，神仙本来就不需要吃不需要喝不需要上厕所。"

高乐星落了个自讨没趣："我为什么总要被喂狗粮。"

南迦满面狐疑，问林跃："男朋友，我们刚刚喂他狗粮了吗？"

林跃："没有。"

高乐星苦哈哈地投入魏观和骆征的怀抱寻求安慰。

私下两人独处，南迦则调笑："神仙或许不需要吃不需要喝不需要上厕所，但一定需要女朋友。男朋友，可是越来越多人想当你的女朋友啦。"

林跃刚给迦妃当完铲屎官。洗干净手，他走来沙发这边，点开手机里的一段十几秒的视频，薄薄的眼皮半垂："也越来越多人想当你的男朋友。"

那是前些天，学校里有男同学给她布置了个小型告白现场，她拒绝了对方，但视频在学校论坛里小范围传播开。

趴在沙发里看书的南迦漫不经心地瞥一眼："我回头问问章老师，你光高中三年被人告白的次数是不是就比我多。"

林跃冻着脸："你的章老师会告诉你，跟我告白的人，甚至情书都没到我手里就进了垃圾桶。"

南迦啧声："你也太冷面无情了。"

林跃挑眉，挥挥手机："难道像你，等对方告白完，再拒绝？"

南迦："听到人家怎么跟我告白的，你也要吃醋？"

林跃："不行？"

南迦双手托腮做好整以暇状："那我更要多听听其他男生给我的告白。"

林跃瞪着她。

南迦又眨眨眼，故意道："要不你把你怎么跟我告白的，重新表演给我看看也可以，我就不看其他人的。"

林跃没什么情绪地问："今天的学习计划执行到哪里了？"

南迦低低闷笑："现在刚好到休息时间。"

林跃便将她从沙发上抱起，往她卧室走，带她去"休息"。

毫无疑问，南迦闪耀的男朋友在东亚赛区总决赛之后，又成功取得World Final（世界决赛）的参赛资格，而World Final的比赛时间在六月底，比赛地点在M国。

　　南迦的考前焦虑恰恰在林跃前往M国的几天里毫无征兆地降临。

　　她从小到大极少出现为考试而紧张的经历，即便前两年复读，两次参加高考，她的状态也格外轻松。这回的焦虑前所未有，且来势汹汹。

　　她看不进书，也做不进题，强行学习的结果是明明非常简单的卷子却接连出错，接连的出错使得不知不觉间她的压力变得更大。

　　她食欲欠佳，晚上睡觉也心悸多梦，还全是噩梦，要么梦见考试当天准考证遗失进不去考场，要么梦见试卷发下来她脑袋空空一道题都不会。甚至这天晚上直接梦见她考试成绩一塌糊涂。

　　南迦被吓醒，满头大汗摸出手机。屏幕时间显示凌晨两点半。她到厨房倒水喝，手机拿在手里，点开林跃发给她的微信消息。

　　她和林跃有时差，且带队老师即教练老师在正式比赛前还制订有针对他们的赛前训练，所以林跃到M国后和她没通过电话，多数时候都是相互错开时间看对方的留言。现在她所看的，就是林跃午休期间留的一句话："明天要比赛了，所有的对手都很强。"

　　他也罕见地因为比赛而感到紧张了吗？南迦进书房，找出卡片和彩笔，涂涂画画半个多小时，给卡片拍张照片，发过去。

　　失眠，无法继续入睡，她索性也不勉强，画完卡片，她搂着迦妃从书房去到阳台，望着凌晨的城市发了会儿呆，然后登录她的微信小号。

　　林跃在M国当地时间的晚上九点才看到南迦在微信上给他的回复。她回复的时间令他不禁轻轻皱起眉头。

　　她拍过来的图片，是许久不曾见到的她的最新涂鸦作品——

　　加菲猫趴在飘窗上，面朝书桌，书桌前坐着的男生背影被描画出一种高冷的气质，头上长出的两只尖尖的猫耳朵与他的高冷气质非但不违和，还极其融洽。

　　竖起于加菲猫面前的书，封面标注《九阳真经》，一句话从加菲猫的嘴里飘出来，飘在半空中，飘向男生的两只猫耳朵里："他强由他强，清风拂山岗！"

　　魏观从浴室出来，问接下来谁要先洗。

　　骆征举手："我。林跃一看就在和南迦发消息。"

　　林跃放下手机："我先。洗完我再专心和她发消息。"

等他洗完澡,魏观提醒他到朋友圈给教练老师捧个场点个赞。

林跃去了,往下翻朋友圈时,视线再次停留在那位不认识的校友的动态上:"我竟然也有恐惧考试的一天(摊手)。"

他目不转睛地盯了半响,第一次点进对方的头像,查看对方的全部朋友圈。

时间往前追溯,他看到前两个月的某天下午,对方发过一条:"惊!身在现代社会,也能频频发生'春宵苦短日高起,从此君王不早朝'事件!"

大年初一清晨,对方发:"圆满,终于和你一起过年,纪念第一个春节。"

去年十一月某个夜晚,对方发:"春天在樱桃树上做的事。"

掠过他曾经刷见过的"白茶清欢无别事,我在等风也等你"和"在这个路遥马急的人间,你真的在我心里待了好几年",时间继续往前追溯。

追溯到去年九月之前,对方的朋友圈发得更为频繁,也更为日常——

"你女朋友真好,怪不得你喜欢她。"

"今天见到个白色11号球衣的帅哥打篮球,不如你好看。"

"你现在在干什么?我又点开和你的消息框,对着'我通过了你的朋友验证请求,现在我们可以开始聊天了'发呆。"

"路遇一只白猫,你快瞅瞅。"

"又是一个金黄的日落。今天天气很好,你说对吧。"

"行吧,确认你不刷朋友圈,我可以放心大胆地发东西。"

"救命……我信了这句话:故意避开的人,往往是自己特别在意的人。"

"分享歌曲《思念是一种病》。"

"'偶尔想你,经常偶尔',啧啧,扎谁的心呢?哦,我的。"

"'人类应该擅长暗恋,也擅长戛然而止',至理名言,相见恨晚(握手)。"

……

考前最后几天,由于状态不好,南迦尝试到主校区找感觉,可依旧无法集中精力。林跃比赛当天晚上,南迦放弃无用功,跟着高乐星去看ACM World Final的直播。

学生之间自发有组织,今晚几个院系一起观看直播,也有其他院系的女生冲着颜值爆表的三位帅哥前来凑热闹,南迦混于其中是件轻而易举的事情。

不愧是全球总决赛级别,直播还带中文解说,随时跟进、解读现场的比赛情况。且较之先前的几次赛事直播,这次屏幕不仅分屏,切到参赛团队选手的画面也比较多。又因为林跃他们队伍的解题速度比较快,所以镜头更多。

之前的几次赛事直播，南迦完全能兼顾比赛进展和颜值欣赏，这次她则浑然没去在意比赛，只肤浅地一心一意等待冷不防便被切到镜头的林跃。

他穿着A大的定制队服，随意的坐姿也影响不了他身材上舒展利落的观感。他浑身的利刃感尤为强烈，专注聚神的眼神穿透力十足。

赛场聚集了五十多个国家和地区的一百四十多支参赛队伍，她心上的人，此时正坐于其中发光发亮熠熠生辉。南迦的心跳不由得悄然加速。

而仅仅透过屏幕看他这副藏匿于淡漠外表之下意气风发的模样，数日里她因为状态不好而持续低落焦灼的心情，总算得到些许缓解。

南迦失笑，男朋友，你可真有本事。

正赛五个小时，加上颁奖和闭幕式，直播持续到凌晨。

看完后，南迦没回家，去了林跃的工作室。焦灼得到缓解，失眠多梦也似乎不治而愈，她抱着充满林跃气息的被子，沾枕即眠。

时间在又深又沉的睡眠中流逝得毫无知觉，迷迷瞪瞪醒来时，南迦的脑袋有种睡太久之后的迟钝感和恍惚感。

迟钝和恍惚之中，她发现自己被搂在熟悉的怀抱里，越发蒙了。

天是黑的，屋里的光线昏暗，她沿着他的手臂和胸膛摸上他的脖子，摸过他的喉结，再由他的下颌摸上他的嘴巴、鼻子、眼睛。

下一秒，她的手被捉住，林跃的嗓音带着刚睡醒的沉哑："醒了？"

南迦难以置信："我在做梦吗？"

林跃轻轻捏她的后颈："嗯，你在做梦。"

南迦摸索夹在床头的小阅读灯，打开。

突如其来的光线令林跃的眼睛不适应地闭合。单人床狭窄，他躺在她的外面，面朝她的方向侧着身体，紧挨床沿，像随时可能掉下去。

南迦连忙往里挪，后背贴墙，拉他再进来些。她的双眸因惊讶而微微圆瞪："你不是应该在M国吗？"

林跃的一只手伸到她的后背，将她与墙面隔开，也将她拢回他怀里。他的另一只手拿起手机点亮屏幕让她看上面显示的时间。

南迦错愕，现在居然已经是次日凌晨一点多钟。她睡了将近二十个小时？

"可你也还是应该在M国。"她记得魏观和骆征讨论过，比赛结束后多待的那两天要去哪儿转转。他们回程的机票订的也是后两天。

林跃调暗阅读灯的亮度："我先回来了。"

"所以你才没出现在颁奖台和闭幕式上？"南迦算一算时间，推测出他大概是比赛一结束就走人了。彼时，他们团队只有魏观和骆征上去了，观看直播的全部人还特别纳闷，高乐星在群里一直问跃神怎么不在。

林跃嘴角微弯："没在颁奖台见到我，让你失望了。"

可他第一时间飞回来当面给她亲眼看给她亲手摸了啊。南迦笑，笑着圈住他，一个用力的亲吻盖到他的嘴角："恭喜你，男朋友，这是女友牌奖章。"

虽然他们战队没有夺冠，但已经是历来 A 大在 ACM 的 Final 上拿到的最好的一次成绩，高乐星他们兴奋得差点原地蹦迪。

林跃加深这个吻，南迦觉得他吻得较之以往更为热烈。她的脑袋不小心磕到床头，他湿热的唇离开，抬起手掌帮她揉了揉。

南迦下巴抵在他胸口上，手指轻轻描摹他薄薄的嘴唇："你怎么知道我在这儿？"

林跃说："迦妃刚来我就装了摄像头。"

南迦猜也是如此，否则他以前放心单独留迦妃在工作室里？

只是他回答前煞有介事地瞥她一眼，使得他的答案听起来像故意对应春节那会儿她通过看迦妃的摄像头发现他偷偷回来北城。

她轻轻笑："男朋友，教你一个浪漫小技巧，下次遇到类似的问题，你就回答，是因为我们心有灵犀。"

闻言，林跃疏淡的神色染上一丝难辨的情绪，垂眸注视着她，微微抿唇："嗯。是因为我们心有灵犀。"

十几个小时的飞机，他落了地直接去她那里，林阿姨却告诉他，她没回家，而她的手机似乎没电关机了，根本联系不上。他打电话给高乐星，高乐星只说她凌晨看完比赛就离开了。实话说，他那时生出过糟糕的联想，要去报警。

鬼使神差间，他点开工作室里那个曾经因为迦妃而安装上的监控，终于在监控画面里发现她的踪迹。

南迦并不知他内心的起起落落，以为他现学现卖，她笑得欢乐，摸了摸他下眼睑处淡淡的青黑，又亲他一口："为了比赛几天没睡好觉了吧？女朋友牌抱枕现在就在怀里，你可以继续休息了。"

林跃熄灭阅读灯："林阿姨说你最近吃得很少。"

"嗯，再过几天就考试了，有点紧张。"南迦没隐瞒他，但弱化了自己焦虑的程度，"我已经调节过来了。现在有你在，我完全没事了。"

林跃揉了揉她后脑勺的头发。

明明睡了很久，明明她也毫无困意，可贴着他的胸口听着他稳健的心跳，她心情沉静，连连打哈欠，最后又和他一起睡过去。

早晨，林跃先去学校处理点事情，中午他回到工作室，南迦还趴在床上看书。

她昨晚是临时来这里的，没带换洗衣物，所以现在穿的是他留在衣柜里的T恤和球裤。她蓬松的头发扎成丸子松松垮垮地系于脑后，搭配她不说话时那股三分酷劲儿，好像谁现在如果打扰她，她立马让对方尝到教训。

林跃拎着从学校食堂打包来的她喜欢的菜品摆到桌上，喊她起床吃。

迎接他的并非教训，而是她懒洋洋勾着两条腿晃晃悠悠，拖腔带调说："等三分钟，我把剩下两页翻完。"

他这才留意到，她看的是《同桌，不可以上课睡觉》。他眉尾一挑，问："你以前没看过里面的内容？"

"看过啊。现在重温一遍。"当年她把书名误看成《同桌，不可以》，以为是多劲爆的恋爱小说。结果它的内容和书名风马牛不相及，介绍的是养猪的技巧。

三分钟，南迦一刻也不拖延，合起书从床上下来，便对着满桌的菜干瞪眼："你买这么多？"

林跃朝那本书扬扬下巴："来回翻过太多遍，深得其中精髓。"

南迦慢腾腾地落座桌前，表示不服："我怎么都该是像迦妃一样优雅的小猫咪，而不是小猪崽。"

林跃站在她身后，低伏身单手撑在桌上，另一只手覆着她的手背，抓起筷子往她碗里夹菜，冷酷无情道："等你把少吃的几顿补回来，再当回猫。"

午饭后，南迦再次试着做了几道题重新找感觉。谢天谢地，她的注意力能够集中了。趁着势头正好，她又做了一套卷子。

修订完正确答案，她根据自己以往正常的作息表，去眯了二十分钟的午觉，希望能把整个身体的状态稳定住。

林跃翻开他书包里装着的之前她不在状态时的几张练习卷。

习惯午觉结束冲个澡的南迦从身后抱住他的肩膀，微潮的发丝旋于他的脸颊。

她的下巴抵靠他的头顶，玩笑道："喏，我是学渣的证据被你发现了。林老师，考验你教学功力的时候到了，短短几天里，你得帮我把成绩提升到考进北协临床医学专业的水平。"

林跃嗅着她身上的香气，手心搭上她的手臂，微微偏头，往后看她："可以。"
　　稀里糊涂地，南迦就这么被他带出门，目的地是雍和宫。
　　他手里擎着香，恭恭敬敬地跪拜在文殊菩萨面前虔诚地磕头，认认真真完成整套祈福流程。直至最后他把学业符交到南迦手里，南迦仍久久无法从呆愣中回神。
　　林跃捏捏她的后颈："收好。"
　　南迦眨眨眼："你……"
　　林跃捉着她的手腕拉她到他的身前，避开旁边走过的两位香客的碰撞。
　　雍和宫每日人流如梭，近来时逢重要考试，文殊菩萨这边汇聚的考生家长也多。他们来的这个时间还不是最拥挤的高峰期。
　　林跃牵着她往外走："我什么？"
　　南迦攥紧手心的符，戏谑道："你很熟练嘛。"
　　林跃白她一眼："没吃过猪肉也见过猪跑。"
　　南迦很难装作听不懂他特指曾经他旁观她和黄卉、毛现三人叩拜佛祖。而且不久前她才被他当作猪投喂。她装作不满："你自己的学业以前都不寄托佛祖为你锦上添花，现在却给我求学业符，什么意思啊男朋友？"
　　"意思是，我攒了二十年没有对佛祖使用的许愿机会，全部诚心地用在这一次。"林跃喉结轻滚，冷调的嗓音缱绻地低低咬字，"佛祖告诉我，他相信你。"
　　两人刚从佛殿里跨到佛殿外，斜照的一束阳光穿过两根柱子之间，恰好摇曳于他立体的眉宇上，仿若神明显灵。
　　南迦伸手轻轻触碰着他，动容的眸底漾着缕缕流光："好啊，我也相信我自己。"
　　正如当年她在清荣许愿时那般相信她自己，而今几乎能验证，愿望成真了。

　　快到清场的时间，雍和宫对外不再售票。两人踱步在入口处漫长的甬道，放眼望去能见到的人比他们进来时要少许多，道路显得特别宽敞。
　　初夏，两侧的银杏树是满目盎然鲜嫩的绿意，映衬厚重的朱红色寺庙院墙。西坠的乌金为本就恢宏的殿宇加持金碧辉煌的光晕，温暖又盛大。
　　南迦挽着林跃的手臂，步伐不疾不徐，欣赏绮丽的霞彩层层叠叠地过渡，铺陈出油画的质感，早早出现的长庚星也挂在天边闪闪亮亮，透着清冷的光。
　　她不由得惬意地微微眯起眼："很久没见到这么漂亮的日落黄昏啊。"
　　"嗯。"林跃的淡淡笑意浮于她头顶，如同融入这晚霞余晖般柔软。

显而易见,他知道她指的是哪一次。

南迦摸出手机,拍了几张照片,然后选用其中的一张,照旧在微信小号里发了一条朋友圈。

"我喜欢的少年,是天边透亮清冷的星,也是落日弥漫温柔的橘。"

不过一秒,便收到一个点赞。

南迦转眸,撞进林跃承载着星芒与余晖的目光里。

第十章 / 你是落日弥漫温柔的橘

考试前一天，南迦很不幸地迎来"大姨妈"。

她之前算过这个月生理期的时间，应当在考试结束之后。然而大概受前些天焦虑状态的影响，内分泌紊乱，它忽然招呼不打一声就提前到来，让南迦措手不及。

林跃原本已经去学校上课，得知她的情况后，直接翘课回来。

瘫在床上"身残志坚"地翻阅错题集的南迦问："你是医生吗？"

林跃："不是。"

南迦又问："你能让我马上好起来吗？"

林跃："不能。"

没等她再抛第三问，他落座床边："什么都做不了，我也可以回来陪着你。"

南迦不过是逞强。她并非娇气的女孩子，也没想要求他不顾一切只守在她身边，可他这样为了她这样做，她心里不可能毫无波澜，早软得一塌糊涂。

闻言，她娇软柔弱地将脑袋一骨碌扎进他怀抱："不是说刘教授已经抓了你好几天？警告你今天再不去参加他的课题讨论会，他就要把你踢出他的实验室？"

他答应过他的导师结束竞赛就全心投入实验室，结果现在他天天回她这边，他的导师怎么都见不着他人影，意见特别大。

林跃不失傲气地说："不会，刘教授舍不得踢我。他只嘴上威胁我而已。"

南迦确实听高乐星羡慕过，她男朋友是刘教授的大宝贝，即便他在刘教授面前也成天如行走的制冷机，可就是深受刘教授的喜爱。她唉声叹气："他只舍得嘴上威胁你，心里肯定悄悄把账都记在我头上。我何其无辜啊。"

林跃捏捏她的后颈："嗯，你特别无辜，你不过就是跟我谈了个恋爱、当了我的女朋友。"

全世界也只有他的讥诮和嘲讽非但不会令她生气，反倒令她甜进心窝里："你回来还是有用的。"

心理获得极大的愉悦，痛经变得没那么难以忍受。

南迦继续翻阅错题集，林跃日常在她旁边抱着他的电脑。

他今天没有敲代码，戴着耳机盯着屏幕像在看视频。

耳机是她以前送他的头戴式，蓝牙无线的那一款他也还在用，四年了他都没买新的，她筹划今年圣诞节再送他两套。

由于他特别专注，南迦架不住好奇，凑过去一探究竟，只见视频画面显示"缓解痛经的四种按摩手法"。

原来是体贴的男朋友正灵活运用他平平无奇的学习能力涉足新领域。

林跃摘掉耳机合上电脑。

南迦扬眉："学好了？"

林跃眼尾的余光朝她小腹轻轻一扫："试试？"

南迦非常自觉地平直躺下，林跃的两只手伸进她的睡衣里，干燥的掌心刚一贴合她的皮肤，她便拱起背脊笑得直抖："好痒。"

林跃："平时也没见你痒。"

南迦故意问："'平时'指的是你对我耍流氓的时候吗？"

林跃从容道："不是，是你对我耍流氓的时候。"

南迦啧声："你现在都会颠倒黑白了。"

"躺好。"林跃重新施展他的按摩大法。

南迦又提出质疑："视频里是隔着衣服。"

"你想隔着衣服也可以。"说着，林跃把手抽出来。

南迦捉回他的手："行吧，特准你亲密接触本宫金贵的玉体。"

林跃俯视她，唇边是收不住的笑意。

他既然提出试一试，南迦预感他多半手艺不会差，可她仍旧低估了他，按摩效果比布洛芬还好。就是他这姿势吧，怎么瞧怎么像她平常挠迦妃肚皮的样子。

迦妃显然和她有着相同的感觉，原本安静地蹲在一旁呼呼睡大觉，倏地就朝他们翻肚皮仰躺，乌溜溜的眼珠子盯着他们，俨然等待伺候的高贵架势。

林跃乜斜迦妃，评价道："学到了精髓。"

南迦圆睁眼，怒道："男朋友，你内涵我？"

林跃的嘴角抿出一丝挑衅的弧度："我说它学你了吗？"

南迦气笑："行，你今天这双手休想从我身上离开了。"

于是，她在他的按摩下舒舒服服睡了个午觉，还能一边趴着看书，一边享受他继续在她腰背处的揉捏。

晚上，南迦双手抱拳，对林跃杠杠的服务总结陈词："林老师，今天起你又多一个称呼：林师傅。"

林跃正在检查她明天的考试文具，闻言两片薄薄的嘴唇一掀："今日限定。"

南迦趴上他的后背，搂着他的脖颈："难道不应该是每月限定吗？"

林跃冷晒一声："你如果希望自己每个月生理期都难受得起不来床，我就不介意每月限定。"

南迦心底又被他柔软地戳到，讪讪地"哦"了一声。

林跃把检查好的文具装进她透明的考试专用袋。

南迦从床头的抽屉里取出他高中的学生证，交给他："一并塞进去。"

林跃："干什么？"

南迦："图个吉利。"

她觊觎他的学生证很久了，那天正好在他的工作室里发现某个文件袋里装有他的高中毕业证、校牌、校徽、高考准考证等物件，她便全部据为己有。

其中当属他的学生证让她最念念不忘，毕竟上面贴的他的照片可是刚从初中升入高中的青涩版同桌。

虽然她要参加的不是高考，但心理感觉上和高考差不多。如果当初高考就能有他的学生证作为吉祥物，兴许她不至于只能先上预科班。

"你希望我放你当年的高考准考证也行。"南迦轻笑着又说。

林跃无语地翻白眼，但手还是老老实实照她的意思塞进他的学生证。

不出十分钟，南迦发现，他竟又在检查她的考试文具，跟有强迫症似的。她惊奇："不是检查过了？"

林跃半垂着眼皮："再检查一遍。"

南迦嗅到不同寻常："该不会，我的焦虑症，转移到你身上去了吧？"

林跃无声默认。

南迦啼笑皆非，最后还是很不厚道地幸灾乐祸个不停。

林跃臭着脸，捏捏她的后颈："差不多行了。"

南迦没法适可而止："不愧是我的亲亲男朋友，替我受着累。不过如果你能帮我把痛经也受着，就完美了。"

林跃捞过她的腰："又疼了？"

"还行吧，比早上好很多。"南迦往后靠进他的怀抱，回复毛现、张焱辉等人发来的考前鼓励与祝福。

林跃的唇线抿得平直。

南迦见不得他这副表情，手指勾起自己脖间的红绳，晃动红绳上挂着装有学业符的小福袋："神符在手，高分我有，生理期也无法阻止我正常发挥。"

林跃的唇缝间泄出闷笑。

南迦心血来潮："和我聊聊你高考前一夜在干什么吧。"

这是她曾经两次参加高考都想知道的，没想到还能有机会和他聊一聊。

林跃："和平常一样，刷完几道题保持手感，到点就睡觉。"

南迦："……假装听不出你在催我该睡觉了。"

林跃低头，和她柔软的唇瓣轻轻碰一下："睡醒之后，预定专业第一名。"

南迦倒抽气："了不得，你对我的要求比我爸对我的期许还高。"

结果，林跃的这张嘴仿佛开过光，不久后成绩出来，她当真考出同届预科班里的最高分。

那日，南迦在A大主校区的图书馆陪林跃准备期末考试。林跃之前参加比赛，和期末考试时间撞上，现在补考。

毫不知情分数已经出来的她先后接到两通电话。

因为她出去有点久，林跃寻到外面，问她怎么了。

南迦捏着手机，极其淡定地道："没什么，就是几个专业的老师来给我一些选专业的建议……原来我的分数是第一名。"

林跃比她还淡定："你怎么回复？"

南迦使坏道："我告诉老师们，我男朋友在计算机系，我要和他一个校区。老师告诉我，我可以换个其他校区的男朋友。我觉得吧……这个建议可行。"

林跃无语。

知道南迦的成绩后，南向东又来暗示她，学医太苦太累、回报周期太长、回报率也低，她的分数在A大能有更好的选择，但南迦依旧坚持。

林跃也帮她一起提防南向东故技重施，擅自修改她的专业志愿。直至南迦跟着新一届高考录取的同学，作为大一新生开学，成功办理入学手续，他才彻底松一口气，南向东也似终于死心。

学堂路两侧的绿荫掩藏不住聒噪的蝉鸣。

南迦乖巧地鞠躬："你好，林跃师兄，以后请多多关照。"

林跃单手抄裤兜，尽显冷酷："欢迎入学，南迦师妹。"

虽然过去一年南迦没少往主校区跑，但林跃的舍友们，除了高乐星，她都还没正式见过面。林跃一直认为毫无专门安排认识的必要，后来是高乐星越过他直接和南迦约时间，南迦便在平安夜当晚参加他们宿舍的集体活动。

本科生公寓，分 AB 两间，各住四人，一共八个人组成一个大宿舍。

南迦所理解的林跃的舍友应当是小间里一起住的同学，然而她见到的是刨除林跃和高乐星之外的六张新面孔，这还没算上六张新面孔各自的女朋友，和其他宿舍强行加入的若干人。

南迦很久没有像动物园里的猴子被参观一般的感觉了。她算是信了高乐星的描述，若非她本人活生生站在林跃身边供大家检阅，即便高乐星提供再多她的照片、林跃再多么频繁地外宿，他们也不相信林跃真的有女朋友。

没有人不好奇跃神的女朋友长什么样，南迦倒也不介意向他们展示林跃谈女朋友的品位，被问到的一些问题，诸如两人怎么认识的、她什么时候喜欢林跃的、在一起多久，她能回答的尽量回答，所以席间大家抛给她和林跃的话很多。

直至，一盘椒盐牛蛙送上桌，南迦两眼放光，极为兴奋地讲述自己在解剖课上如何生剥牛蛙的皮、如何分离牛蛙的坐骨神经和腓肠肌。

说到尽兴之处，南迦夹起牛蛙的腿，感叹："你们没看到它在解剖台上的样子，肉质看着比现在更肥美。解剖完手上总有股肉味，特别勾我的食欲，所以每次解剖课之后的那顿饭，吃起来是最香的。"

气氛诡异，没有人接话。

高乐星十分感兴趣地问："迦姐，有照片吗？我们看看！"

虽然她是师妹，但处久了总感觉她身上莫名有股人人都该喊她姐的气场。

南迦边咬着椒盐牛蛙，把手机摸出来，点开相册递到他面前。

照片上两团黏糊糊的玩意儿，高乐星辨认不出样子："这就是牛蛙肥美的肉质？"

南迦瞥一眼，提醒高乐星往后翻相册："后面才是牛蛙，这前面是我在解剖课上戳的海绵体。"

高乐星困惑："什么海绵体？"

南迦往前翻一张照片，笑了："你们男生都有的东西，怎么还问我是什么。"

高乐星顿时隐隐地感觉下半身一凉，好奇心完全丧失，连忙将手机还给南迦："迦姐，你这样可让我们……太尴尬了，哈哈哈。"

南迦吐出牛蛙的骨头，坦荡地说："在我眼里你们就是一堆器官，不用尴尬。"

这下不仅没人接话，也没人再动桌上的菜，只剩林跃若无其事地继续往南迦碗里夹椒盐牛蛙，陪南迦一起吃。

高乐星咽了咽唾沫，悄悄问："跃神，你好像特别适应？迦姐学医之后，讲话变这风格了？"

林跃斜睨他："你想听的话，我可以替她多讲几个她上解剖课的经历。"

"不用！不用！不用！"高乐星摇头如拨浪鼓。

南迦在一旁笑得前俯后仰，轻声于林跃耳边低语："男朋友，你应该坦诚些告诉他，你第一次看到我上解剖课的照片，也吃不下饭。"

林跃白她一眼，塞了一只肉质肥美的椒盐牛蛙进她嘴里。

拥有一个医学生女朋友是种怎样的体验？林跃非常有资格回答这个问题。

这学期开学没多久的某个周末，两人窝在书房里一个码代码，一个啃教材。南迦突然到他面前，说之前他帮她按摩，她想投桃报李，也帮他按摩。

林跃没多想，就给她按了。按着按着，他发现她的手在他后背极其缓慢地抚摸，嘴里念念有词："这是肩胛提肌……这是菱形肌……这是下后锯肌……"

林跃嘴角抽搐："你当我是什么？"

"男朋友啊，否则是什么？"南迦语气无辜，手停在他的后腰处，将抚摸改回卖力的按压，"怎样？很舒服吧？"

林跃点点头，南迦笑："必须得舒服啊。这里是竖脊肌，最能缓解脊柱酸痛。像我这样集中在你的脊柱两侧沿着你的肌肉走势按摩竖脊肌，你不舒服才怪。"

"嗯。下次照你说的方法帮你按摩竖脊肌。"

南迦原本并没有这样想，闻言不由得夸奖："男朋友，你可真上道。"

后来是她第一次上解剖课。去之前她一直特别紧张，不断地给他发消息——

"男朋友！我今天要杀生了！阿弥陀佛！"

"据说是蟾蜍！天！为什么不是小白鼠？蟾蜍有点恶心啊，怎么办？"

"男朋友（哭）你提前为我接下来三天都吃不下饭做准备吧 (>_<)。"

然而当天晚上，她非但没有吃不下饭，还吃了两大碗，并在吃饭期间停止不下兴奋："不是蟾蜍，是牛蛙，虽然和蟾蜍很像，但可爱多了！我和我同学分别用了三种方法致死它们！

"你不知道我看着它的肉有多想吃，周末回家让林阿姨做牛蛙吧！

"你女朋友多勇敢知道吗？我是第一个活抓牛蛙的人。解剖的时候有几个同学不敢动手，我还帮忙代劳了，动作不知道多流畅利索，你真该现场观摩！"

……

就不再赘述南迦第一次见过大体老师以及循序渐进练手过动物之后第一次亲手接触人体器官，回来是如何向他绘声绘色详尽描述的。将近四个月的时间，林跃早已经能够面不改色地听她讲她专业课程上的内容。

今天既是平安夜也是周五，聚餐结束，两人从学校回家。在鞋柜前换鞋时，他们就听到迦妃在里头扒拉门，爪子挠得吱吱响，搭配它可怜兮兮喵呜喵呜的叫唤声。

林跃先去开的门，迦妃在他脚边犹豫一下，最终选择先蹿出来扑南迦。

南迦对于自己在迦妃心中的地位十分满意，抱着迦妃进门后窝在沙发里逗了它好一会儿，赶在林跃洗澡出来前，她去布置些东西。

林跃一出浴室就看到她贴在门上的便笺。

"男朋友，我被圣诞老公公抓走了！快来解救我！"

她并没说她人在哪儿，但他擦着尚滴水的湿发径直走去书房。推开门，打开灯，首先映入眼帘的是立于飘窗之前的人体骨骼模型。

是南迦十一假期期间买的。

倒并非为了人体骨骼的熟悉，这对于她而言只是很小的一块知识点，而且她在学校的实验室就能看模型。纯粹因为她觉得人体骨骼模型非常漂亮，是值得在家里摆放的艺术品，所以捣腾了这么一套。

犹记得当初她买回来后，忘记告诉林阿姨，以至于林阿姨进书房打扫卫生时，毫无防备地看到窗户前扭曲成怪异造型的骷髅架，险些吓出心脏病。

此时此刻这具人体骨骼模型穿着圣诞老人的红色衣服，戴着圣诞老人红色的帽子，一只手骨拎着个红色的礼品袋。

林跃上前，从礼品袋里取出一张手绘小卡片，卡片上写："请说出你最喜欢的女人的名字，你想解救的人就会出现，还能获赠圣诞礼物一份。"

林跃嘴角勾起，说："只想要圣诞礼物行不行？"

南迦从模型身后探出脑袋，怒而挑眉："你敢不敢再说一遍？"

林跃揪着她卫衣帽兜，将她整个人揪出来，同时对着圣诞老人说："谢谢，我的圣诞礼物拿到了。"

南迦眉眼间的怒意装不下去了，喜笑颜开地抱住他："你这样说话，真的不会把你女朋友甜死吗？"

林跃："我女朋友只怕不够齁。"

南迦连连啧声:"我究竟拥有多好的眼光?居然挑到如此绝妙的男朋友。"

林跃捏捏她的后颈:"十点了,可以洗洗睡了。"

南迦朝书柜努努嘴:"你先查收你的礼盒。"

林跃扫过去一眼:"耳机?"

南迦:"你有透视眼?"

林跃:"嗯,透视得到你的心。"

南迦假意捂住自己的胸口:"流氓。"

林跃轻轻推她的额头:"等下来不及背书,流氓也救不了你。"

间接等于他没否认他是流氓。南迦闷笑,在他转身走向书柜时跳上他的后背箍住他脖子:"你要不要重新洗一次啊?"

林跃弯下腰配合她的动作,再重新挺直腰身时便自然而然背她在身上。闻言,他侧头,目光往后瞥她。

林跃没吭声,只是背着她往她卧室的卫生间走。

南迦也进入 A 大主校区后,他们的见面频率反而比以前低。没办法,两人都太忙了。家虽然近,南迦为了节省时间,也住校。

她就读的临床医学八年制,前两年要完成普通本科生四年的课程,课业异常繁重,整个压力和学习节奏完全不输于高三生。

有两次林跃在半夜收到她的消息,拍的是东单九号院外面的夜空,而她在九号院里对着大体老师解剖复习。他正好也还没睡,在忙导师刘教授的项目,回了她一张半夜实验室外面的夜空。

夜空其实是同一片夜空,区别在于他嗅着咖啡的清香,她置身于充满福尔马林刺鼻气味的空气中。

转日上午林跃起床,就看到后来南迦说,她想吃牛肉干了。他没忘记,她早前形容过,泡在福尔马林里的尸体非常像牛肉干。

事实上,学医之后,南迦的零食清单里,牛肉干占据的比例也大过了从前薯片等膨化食品。她属于学得越刻苦,越需要零食补充能量的类型。

进入医学院唯一令她感到痛苦的一点,便是无法像从前一样零食可以揣身上,随时随地想吃就吃,毕竟现如今她的手很有可能上一秒才接触过尸体。

而每回抽空回家里,南迦除了狂补零食之外,林阿姨榨的预防脱发的果汁也不再是林跃的专属,她喝得比林跃更为勤快。

盯着杯子里颜色怪异的液体,她叹气:"喝的都是心理安慰啊。不努力不熬夜,每天在家里当个废物,我的头发才一定保得住。"

记不清楚具体从什么时候开始,每次洗头,她的头发都得薅掉一大把,即便她原本的发量茂密,也惊得她忧心忡忡。她抬头,望向对座里"帅气冻人"的某人:"男朋友,如果我秃了,你还会喜欢我吗?"

林跃眼风扫向她,反问:"如果我秃了,你还会不会喜欢我?"

南迦并未斩钉截铁说不会:"……取决于你秃了之后是什么样。"

其实对他,南迦永远生不出腻味。饶是再忙,也没消淡他们之间的感情。她也非常珍惜她和林跃的同校时光,尤其对比章遇宁和瞿闻宣的情况。

在A大里,除林跃之外,南迦来往最多的人,就是章遇宁。她和章遇宁从最初的"情敌关系"到师生关系,如今发展成朋友关系。

瞿闻宣离开北城前往西北时拜托林跃帮忙照看点章遇宁,这个任务自然而然落到身为林跃女朋友的南迦身上。不过章遇宁并没有什么事需要再麻烦他们,毕竟以前章遇宁之所以麻烦林跃,全因为瞿闻宣。

南迦只觉得,更需要得到照看的是章遇宁的心理。虽然早听林跃说过,瞿闻宣参加的是封闭项目,保密级别高,失联是迟早的事,但后来真从章遇宁口中获知瞿闻宣再没给她打过电话,南迦都替她难受。

正因为有这样极端的异地情侣作为先例在前,也因为自己心里早有预设林跃未来的发展,所以林跃申请到国外继续进修这件事,南迦接受得毫无障碍。

她第一次听闻林跃可能会出国,是在她大一快结束时。那会儿也是林跃大三快结束,时逢魏观和骆征大四毕业,前者留校读研,后者拿到斯坦福大学的通知书,将前往M国。一群人聚在一起,既庆祝两人毕业,也为骆征践行。

就是在这个践行宴上,魏观和骆征聊起接下来也进入大四面临毕业的林跃的打算,希望他也申请国外的学校。林跃表示他还没考虑清楚,也许要和魏观一样留校,留在导师刘教授手里。

宴席散了之后,林跃和高乐星送不太清醒的魏观和骆征回去,南迦先自己回宿舍。

间隔半个小时,她收到他的报备消息,告诉她,他已经送完魏观和骆征。

南迦:"好啊,那你回到你宿舍里也洗洗睡吧。"

林跃却说:"我在你宿舍楼下。"

南迦连忙跑下楼。她心底其实猜到他多半还要回头来找她,所以她回到宿舍后没洗漱也没换衣服。倒真叫她料准,现在省去再换回外穿衣服的工夫。

下楼后,她假意无知:"怎么不回宿舍跑我这边?"

林跃站在路边,天边遥远的浩瀚繁星映衬着他舒展利落的身形。

他握起她的手,轻轻吐纳出的气息裹挟淡淡的酒味:"你不是说,男孩子在外面要保护好自己,何况我现在是有女朋友的男孩子。"

南迦啧声:"你当时不是喝醉了?记得我的话,是不是代表你装醉?"

林跃的拇指按着她的手心:"装醉还是一杯倒,全凭你一张嘴。"

南迦促狭:"你今晚在我的监督下只喝了半杯,难道退化成半杯倒了?"

林跃空着的那只手抬起,揉揉眉心:"可能。"

两人手牵手漫步在夏日夜晚的荷塘月色之下,很长一阵子谁也没说话,似都想聆听静谧之中热闹的虫鸣蛙叫。

月光斜照,他的影子笼罩她的影子,仿若与她合二为一。

过了荷塘之后,渐渐远离虫鸣蛙叫。南迦抢先开口,打破沉默:"今天因为魏观和骆征师兄,觉得有点伤感。明年这个时候我也要准备离开A大了,你如果最终决定选择留校读研的话,A大里又没有你的女朋友了。你好可怜啊。"

这个北协的临床医学专业,由A大招生,前两年在A大校园内学习,南迦没有打算转去A大的其他专业,那么明年她将回到北协。从一开始她和林跃就有两年的时间差,恰好打个正着,够他们在A大同校两年。

夏夜晚风吹起她的发梢往他脸上拂,痒痒的。

林跃侧眸:"我还什么都没说。"

南迦眼睛弯起的弧度自然且漂亮,笑得格外明亮:"反正只要养得起我,你想干什么都行。"

林跃挽着她的发丝到她的耳后:"也许国外的学校没有要我的。倒不必像魏观和骆征那样想得过于理想。"

他平直的嘴角抿一下,音色微凉,又道:"你爸爸找过我。"

南迦带着几分戏谑:"他终于记起来拿钱要你和我分手了?"

林跃也弯出浅淡笑意:"嗯,他砸了五百万。"

南迦深吸一口气:"原来我在我爸心中只值五百万。"

林跃没再开玩笑:"他问我未来的规划。"

和南迦预料得差不多。她问:"你怎么回答?"

林跃捉起她的手吻了吻,却不吭声。

九月一日,是林跃的生日。去年的这天,南迦正处于新生军训期,白天晒在太阳底下走队列、站军姿,晚上被拉练二十公里,没能陪他好好过。今年的这天两人都才开学,虽仍旧无太多闲暇,但能空出两天的假期。

当天上午,南迦和林跃前往怀柔。这是他们第一次单独出游,算得上短途旅行,南迦很久没出门玩了,不免前一天晚上就开始兴奋。林跃因此一针见血地指出,比起给他过生日,更像以他的生日为由头,满足她出游放松的私欲。

南迦很没好气:"男朋友,你严重辜负了你女朋友赤忱的心意。"

"闭眼。"林跃晃动着刚从她包里取出的防晒喷雾,"闭嘴。"

南迦照做,眼睛和嘴唇均抿严实。林跃摁着喷头对准她的脸和脖子喷了四五个来回才罢休,抬起她的两只手臂继续喷。

南迦从防晒喷雾扬起的雾气中睁眼:"有理由怀疑你刚刚又在一语双关。"

林跃喷完她的手臂,蹲下身喷她露在裙子下的小腿。闻言,他嘴角撩起愉悦的弧度,承认:"嗯。"

南迦是想教训他两句的,可他的手指此时捏在她的腿肚上,将往下淌的、化作液体的防晒喷雾在她皮肤上抹匀。

酥麻的触感令她的脸不自觉升温,她怕泄露端倪,话头便止于舌尖。

林跃纳罕她连个喷声都没有,起身时视线在她脸上多转了一眼。

南迦气定神闲地接回喷雾,扬唇晃了晃瓶子:"闭眼,闭嘴。"

没等林跃说他不需要防晒,她就报复性地哐哐哐帮他一通喷。

下车后,两人直奔公园,寻到一棵大树底下搭帐篷野餐。

野餐的食物拿出来时,南迦略微心虚,因为大多数是她喜欢吃的。毕竟林跃没有偏好的零食。昨天的采购他也是自发依据她的口味挑选。不过一般她喂他的话,他基本不会拒绝。今天她便自己吃两口,必定喂他一口。

林跃的主食则是南迦从唐炜的菜馆里买来的清荣菜便当。

她表示:"让我多学几年,以后总有机会让你吃到我亲手做的。"

林跃:"没必要,家里有一个学会已经够了。"

南迦玩味:"嗯,林大厨你学会就够了。"

也仅仅停留于"学会"的层面。他们在一起的第一个春节他因为曾梅宋临时回去清荣没做成大餐,去年她的生日他终于大展身手,结果成为她打趣他的一手好素材。

冷飕飕的表情挂上林跃变瘫的帅脸。

南迦沾染着酸奶的唇瓣亲了亲他线条清晰又好看的下颌,笑音闷在嗓子里:"感谢男朋友启动制冷装置为我降温,凉快不少。"

林跃无语。

午餐结束,林跃去扔垃圾。折返帐篷的途中,一架眼熟的无人机嗡嗡嗡飞到他上方,垂落一只猫咪图案的大风筝到他跟前,大风筝上面左右对称分别绣有金灿灿的"林跃"和"生日快乐"。

南迦手里操纵着无人机的遥控器走过来。

林跃挑眉:"这就是你前阵子和魏观师兄天天单独见面的原因?"

南迦微眯一下眼:"你知道我和魏观师兄单独见面?"

"高乐星看见的。"这事,林跃很是无语。

高乐星因为脑补太多俗烂的狗血剧情而纠结了一整晚,对他欲言又止的,他实在嫌烦,主动让高乐星有话快说,高乐星才磕磕巴巴地道出,最后还说:"跃神,你多找迦姐约会。否则我很为难,到底该支持你,还是该支持魏观师兄。"

他没具体和南迦提,但南迦一听高乐星的名字,记起什么,倏地发笑:"在高乐星的描述里,你的头顶应该冒绿光了吧?"

林跃白她一眼,取下风筝。南迦操控无人机飞离他们一些,然后抓起他手持风筝的那只手,一起朝高处的无人机挥了挥。

接下来,便是两人的放风筝时间。

风筝是南迦定做的,风筝上的字是南迦这个月每天晚上回到宿舍后抽空断断续续绣出来的,将将赶在前天晚上完工。

然而一个小时过去,他们的风筝始终没飞起来。

南迦泄气,后悔过于自信,昨天没有先试飞。

林跃说:"飞不起来,算了。"

南迦坚决不放弃。只不过选择另一种把风筝飞起来的方式——挂回无人机身上,继续操控无人机,由无人机带着风筝穿梭。

看着自己硕大的名字来回飘扬在草地上空,林跃除了强撑着他高冷的姿态任由它飞,无从抗议。

他和南迦离开公园的时候,整片草地上同样来野餐的游客,没有一个不知道他就是风筝上的"林跃",他今天过生日。

南迦被他的反应戳中笑点,坐缆车上山期间趴在他的肩膀上乐得不行。林跃已经连"差不多行了"都懒得再警告。

到了山上,预约的蹦极还要排队等一会儿。

工作人员拿了两份蹦极协议书给他们签署,南迦揶揄跟签生死状似的。当然,协议的内容实际上就是确认游客的基本身体状况以及保险责任。

签完协议书，南迦为之后蹦极时要喊话的内容打腹稿，并将她手里的奶茶杯当作话筒递到林跃嘴边："你呢，男朋友？你有准备什么'临终遗言'吗？"

林跃正由工作人员帮他穿安全护具，舒展利落的身材因缠在腰上的带子越发挺拔。闻言，他淡漠的眸子扫过来一下，盯了她两秒，没回答她，只是倏地低头，咬住她奶茶的吸管，吸了一口奶茶。

南迦笑起来："是谁以前说自己不喝奶茶？"

林跃轻轻咽下奶茶，说："我不吃的东西，你喂得还少？"

南迦："现在可不是我喂你的，是你主动凑过来喝的。"

"哦。"林跃伸手，温凉的指尖在她嘴唇上轻拭奶渍，"我以为你是想让我尝一下你现在嘴巴里的味道。"

一旁的工作人员满脸的"我是谁？我在哪儿？我为什么在这里？"。

南迦喉咙沉着笑："男朋友，你的意思是，你现在想亲我？"

工作人员被刺激得迅速离开了，换了位女性工作人员来给南迦穿安全护具。

南迦还在山下的帐篷野餐时就将裙子换成裤子了，穿安全护具前她又把防晒衣脱掉，将里面和林跃的情侣 T 恤露出得更明显些。

T 恤是不久前的七夕情人节她买的，图案是他们和迦妃的合影，全家福印在 T 恤上，连她都觉得有点傻，所以直到今天才哄得他陪她一起穿出门。他其实吐槽得没错，与其说是他的生日，不如说是她打着他生日的旗号，拉他干各种事。

不多时，队伍排到他们，南迦和林跃从等候区被带到前方跳台处。

直面百米高的悬崖峭壁，南迦这双接触大体老师都根本没在怕的手禁不住冒汗。瞥一眼底下平静的湖面，她问："男朋友，马上要'You jump, I jump'一起跳崖了，你紧张不紧张？后悔还来得及。"

林跃依旧一脸无动于衷的样子，仅唇边浅浅的弧度泄露他此时的失笑："你准备好的临终遗言是什么？"

南迦抱紧他劲瘦的腰，大声喊道："二十二岁，生日快乐，男朋友！啊啊啊——"

后面的尖叫是她在林跃的怀抱里陡然失重、脚底腾空、开始自由落体的本能反应，分毫不比她曾经在游乐园跳楼机上的洪亮，此时又有山谷回音的加持，前面"生日快乐"那句还在呼啸的风中不断回响。

脑袋整个竖直向下，越喊，越觉得缺氧充血。不多时，猛地一吊，身体又往上弹。南迦睁开眼，收尽四下里的风景，忍不住感慨："好爽啊！"

林跃一如既往像个机器人，不咸不淡地"嗯"一声。

南迦第一次从这种倒立的角度看他。

现在的感觉特别奇妙，她和他相互依偎在半空中，即便身上绑着安全护具，也不如他来得有安全感。比起平日，她更深切地体会到，她只有他，他也只有她。

"我的临终遗言还没说。"林跃倏地开口。

蹦极绳还在带着他们的身体在半空中弹起落下、甩来甩去，他脖颈处的线条被拉得紧绷。南迦注视着他浅淡的瞳仁里永远只给她独一份的热意，听着他用最具冷调质感却又饱含缱绻的嗓音道："我爱你，南迦。"

第二天清晨，南迦醒来，才神思清明地从脖颈间摸出项链。项链的吊坠是一枚素戒，她端详了许久，蹭着身体翻转下方向，盯着拥她入眠的林跃。

他还在睡，那张好看的脸在睡觉时也卸不掉天生的冷淡，冷白的皮肤包裹他面容优越的骨相。她记起她有个会看相的舍友曾在一次宿舍夜谈中举例道，林跃长着满脸薄情寡义的味道。

薄情寡义啊……南迦轻笑，紧接着后颈就被轻轻捏了捏。

她抬眼，对上林跃睁开的黑眸。她将素戒举高，凑到他眼前："莫名其妙就出现在我脖子上了，你说怎么处理？"

林跃喉结滑动一下："戴你脖子上，就是送你的礼物。"嗓音带着刚睡醒的低哑，不免有几分撩人心弦的暧昧。

南迦扬眉："你过生日，怎么我也有礼物？"

林跃勾了勾串着素戒的细链子。厚重的窗帘使得屋里的光线些许昏沉，他凌乱的刘海下，额头也半掩阴影，可他的眸子是清晰透亮的。

"昨天是我二十二周岁的第一天，到我法定结婚年龄了。"

"然后？"南迦故意发问。

林跃将整条项链从她手里勾出，素戒放回她的胸前，他低下来，吻上戒指，也吻上她心口的皮肤："给你保管，过几年我拿带钻的结婚戒指，和你换。"

他复抬头，又吻上她的额头："这就是我告诉你爸爸，我未来的规划。"

结局章 / 从此,我的人间被点亮

　　林跃申请学校比较早,虽然正式的录取通知书来年4月才发过来,但圣诞节前后,谁都有数他会被斯坦福大学录取。南迦从不怀疑他会申请不上理想的学校。

　　他和骆征将成为同门师兄弟,他的导师和骆征的导师都是当初参加ACM World Final在M国的那几天见过面并结识的一位教授。

　　转眼又到新一年毕业季,这一年要送走的毕业生里,有自己的男朋友,南迦倒是比林跃本人还要忙。

　　林跃不是个喜欢拍照的人,只和相熟的几位老师同学合影,且他仗着他那张帅气的脸,也不需要同一张照片重复拍到满意为止,除去和南迦的照片外,几乎一遍过。所以他很快拍完了,转为摄影师,帮南迦和高乐星拍,帮南迦和章遇宁拍,帮南迦和其他一些南迦认识的毕业生拍。

　　拍到后来,高乐星替林跃怀疑人生:到底是林跃毕业还是南迦毕业?

　　南迦挽着林跃的手臂,回应道:"当然是我和我男朋友一起毕业。"

　　高乐星莫名又自找一顿狗粮。

　　说南迦今年和林跃一起毕业不算错,毕竟她也要离开A大了。

　　她本硕博连读八年,其间不会经历本科毕业季和硕士毕业季,只有博士毕业,她觉得自己比别人少两次特别亏,这回不过个瘾,更待何时?

　　而毕业典礼结束不到一个月的七月底,南迦便送别林跃前往M国。

　　因为各自的忙碌,分隔两地的日子并不难挨,时差对于他们而言不算大问题,从前两人也总是无法第一时间回复对方的消息,早已养成延迟接收留言的习惯。

　　只不过不能再随心所欲地见面,每周周六成为两人固定的视频通话时间,除此之外也偶尔发生两人开着视频但自顾自做事情并不说话的情况。

　　为此南迦曾玩笑道,她好像并没有想念他。

半年的时间稍纵即逝。十二月林跃从 M 国回来的那天，正巧赶上北城大雪。南迦在机场接到航班延误的林跃后，又和林跃一起堵在回家的路上。

排成长龙的出租车寸步难行，平均十分钟才挪个一两百米。

出租车师傅是烦躁的，不停地给车载广播调频，一会儿换一个台，间或同后座的南迦、林跃搭话，吐槽这恶劣的天气和瘫痪的交通。

但南迦和林跃都不怎么接腔，出租车师傅便也未再与他们没话找话。

倒并非南迦和林跃故意不搭理出租车师傅。他们俩自机场见面到现在，一个小时了，相互之间也没讲超过三句话。

第一句话是南迦对林跃说："回来啦。"

第二句话是林跃对南迦说："嗯，回来了。"

第三句话是打到这辆车时，林跃绕到车后备厢放置行李前对她说："你先上车。"

出租车再次往前开了两三百米后停下来，南迦和林跃之间产生第四句对话——

"我们在这里下车吧？"南迦向林跃提出建议。

林跃的目光循着前一秒她由车窗外收回来的方向望出去，瞥见不远处的旅馆早早亮起的闪烁霓虹，点点头。

旅馆的前台这会儿就一位年轻的女服务生，她正趁着空闲托着平板电脑看偶像剧，无聊得昏昏欲睡。听闻自动门传出"欢迎光临"的声响，她抬头，瞬间精神。

新来的客人是位英俊的年轻男性，高身量、冷白皮，深靛色的大衣松垮地搭着烟灰的羊绒围巾，修长笔直的腿于迈步间隐隐生风。

而他不是一个人。他左手握着一只二十英寸的拉杆箱，右手牵着个女生。

女生被白色的羽绒服包裹，脑袋上毛茸茸的帽子遮挡得她只剩一双漂亮的眼睛露在外面。即便看不清楚脸，女生不凡的气质也尽数彰显，与男生极为登对，叫人感觉他们不应该出现在这个旅店，应该到更为高档的大酒店。

两人携霜带雪来到前台，男生开口问还有没有大床房，浅淡的瞳色和他清沉的嗓音一样透着冬日的冷冽，不过口吻是礼貌的。

女服务生有些慌乱地反应过来他在说什么，忙点头："有。请问你们要几间？"

"一间。"男生取出两张身份证递出来，补充道，"钟点房，四个小时。"

女服务员接过身份证，下意识地看一眼等在一旁的女生，忙着办入住手续。

房间在三楼，南迦和林跃继续保持静默，在静默中由电梯送达，然后找到房门号，林跃用房卡刷开房门。

南迦先进去，接过房卡，放进墙上的凹槽里。没等她开灯，走廊外映进来的光线随着房门的关闭而湮灭于黑暗中，她的腰猛地被捞过，后背抵住门板，她刚从帽子里解放出来的嘴唇，被熟悉的温凉的另外两片嘴唇碾压。

克制了一路之后的爆发，是南迦很少在他身上感受到的渴望与急躁。她也……很是耐不住地紧紧回抱他。

林跃偏头吻上她的耳珠，情潮流动于他沉哑的嗓音里："真的没有想我？"

冷面男朋友明知她那是打趣，偏还要听她的真心话。

他们在旅店也根本没待满四个小时就回家了。

林阿姨做完饭已经离开，家里剩下迦妃迎接他们。

几个月没见，迦妃竟然有点不认识林跃，一开始躲了起来，等他去洗了个澡，迦妃才愿意和他亲近，足够南迦笑话他许久。

他这次的假期不长，圣诞加寒假等等凑在一起勉强二十天，头尾还得扣除他在飞机上的时间，十分珍贵。这之后，春节他就不可能再回来过年，所以南迦每天往返学校和家里。

林跃除去拜访几位老师，再零碎地办些事情，基本与南迦形影不离。南迦去学校，他也去她的学校，能混进去的课他陪她一起上，混不进去的课，他就在图书馆等她一起回家。

元旦期间，他们才和魏观、高乐星、章遇宁等人聚了聚，包括高乐星的女朋友。高乐星读研之后终于脱单，走哪儿都得带上他女朋友。

章遇宁是南迦邀请来的。她不在 A 大上课后，和章遇宁的关系倒又比从前更好。章遇宁大四时也是拿到本校的推研名额，留在 A 大了。虽然起源于林跃无意间搭建的桥梁，但如今她和章遇宁的友情无关林跃。

散席回家的路上，林跃才问："魏观师兄和章遇宁现在是怎么回事？"

南迦勾唇："当年碰到你自己的事情就当局者迷，看不出我喜欢你，对别人的情愫暗涌却总那么敏感。"

林跃眉头轻轻皱起："真有事？"

南迦睨着他的神色，笑问："你的那个朋友去西北前难道还交代你帮他看住章老师，不许她和其他男生接触？"

林跃抿唇："没有……"

南迦不再逗他，讲清楚道："魏观之前确实追过章遇宁，章遇宁告诉魏观她有男朋友后，魏观停止了让章遇宁为难的举动，和章遇宁成为普通朋友。不过目前魏观仍然喜欢章遇宁。"

"以后是魏观师兄放弃章老师，还是章老师被魏观师兄打动，暂时无法预测。"南迦摸摸下巴，"你的朋友离开这么久，杳无音信，章老师遇到事都自己扛，有男朋友也等于没有。说实话，我有时候也想和章老师身边的其他亲友站到同一阵线，支持章老师别再等了。"

林跃一声不吭，不发表任何意见，只是下意识地抓牢她的手。

南迦有所察觉地垂眸瞄一眼，又道："有一回章老师喝了点酒，和我聊起过，说她没有在等她的男朋友。当初他离开北城时，她就告诉他，她不会等他。可即便没有等他，她也喜欢不上别人了。你的朋友怪有本事的啊。"

林跃是不可能苟同的，从小到大他的嘴里就没对瞿闻宣吐出过好话。当下他也不过标志性一声轻嗤："他有什么本事？他是运气好，碰到章遇宁。"

南迦挠挠他的手心："那是他的运气更好，还是你的运气更好？"

林跃白她一眼，分明在说"你问的什么话"。

元旦过后没几天，两人短暂的团聚也跟着结束，林跃启程回 M 国。

暑假林跃的假期长，长达三个月，然而因为实习，他挤不出时间回国，只委托先一年毕业的骆征帮忙带礼物给南迦。

礼物都是些小玩意，林跃留学 M 国期间看见某样东西想起了她，或者认为她会喜欢的，就会买下来。一些节日，他没在她身边，也会准备礼物，等见面再一并补送。上一次他回来，拉杆箱里他自己的东西没多少，便多数装的这些。

之后的寒假，由于 M 国那边雪太大，林跃预订的航班停飞，迫于无奈，不得不放弃回国。不过终归只剩半年他便彻底结束斯坦福的学业。

今年春节，南迦和去年一样，回南向东那边的家过。

唐欣还在 B 大，原专业继续往上读，这两年暑假她已经在南向东的安排下到自家公司实习，饭桌上她和南向东不免谈论起公司里的一些事。南迦并不介意自己插不上话像个局外人。

初三那天，南向东给他自己过了个五十岁生日。

唐炜和陈秀芬也受邀前来。他们母子俩除去来北城的第一年回了清荣过年，后面这两年也留在北城，因为家里已经没人了，不如和唐欣在一块。

但唐炜说再干个小半年馆子要关了，他送陈秀芬回清荣。陈秀芬的身体有点小毛病，不宜劳累，且比起北城，清荣的气候更适合陈秀芬生活。

唐欣有意帮陈秀芬在北城置办一处稳定的住所，不用再租房。

唐炜和陈秀芬坚决不同意。

唐炜认为陈秀芬是他一个人的责任。

而陈秀芬又觉得自己拖累唐炜的发展。

南迦叹着气总结："这就是太为对方着想的结果。"

唐炜此时的心思不在这件事上，脸色特别不好看地问南迦："那男的你认不认识？"

南迦瞟向正与唐欣交谈的年轻男人："他的叔叔我认识，和我爸关系好，我小时候经常见。这个侄儿，我和你一样第一次见，没办法帮你一起核查他有没有资格当你的妹夫。"

南迦也未料到，今晚南向东的生日宴还带相亲的。这种时候有男朋友的一大好处就完美体现出来了，南向东主要在给一直以来感情方面毫无进展的唐欣介绍对象，和她没有关系。

然而很快，南迦发现自己错了。当晚生日宴上南向东另外一个朋友的儿子对南迦颇生好感，对南迦展开猛烈的攻势。由于得到南向东的默许，他比过去一些追求过南迦的男生更具毅力。

偏偏对方还是个不错的人。教养使然，南迦无法使用硬性手段逼退他。他和魏观追求章遇宁的路线差不多，表示可以和南迦做朋友，但他又比魏观激进些，时不时越过朋友的那条线。

南迦不得不把他做朋友的资格也取消："你见到我男朋友会自惭形秽。"

对方格外自信："见过。你的手机屏保。没有自惭，我也不形秽。抛开外形，我的其他条件更没哪点比你男朋友差。"

多说无益，南迦不浪费唇舌。但不久后，她还是因为这件事对南向东忍无可忍，爆发过一次——南向东背着她，三番五次给林跃施压。

这个追求她的人，南迦曾经第一时间向林跃报备过。只是最初她没想到对方锲而不舍，长达半年，她一开始没详细告诉林跃南向东的态度，后来顾虑得多了，她更没机会再提。终归林跃也不可能把对方看在眼里。

可林跃竟也没提，其实他一清二楚，他更没告诉她南向东又打着为她未来着想的名义要求他和她分手。还是那个追求者在她面前不满林跃对于此事的毫无反应，她追问之下才意外获知。而获知的时候已经五月，林跃即将回国。

这回南迦爆发的激烈程度丝毫不亚于当年高考志愿遭到南向东的暗改。她也不免怪责林跃在国外待的两年竟然学会对她隐瞒。

林跃的态度没软，说："半斤八两，你也对我隐瞒了。"

南迦反省，深刻反省。同时认为有必要给他一次严厉的教训，让他也深刻反省。所以她假装生气，故意冷落他。她和他这么多年确实从来没吵过架。

人越长大，顾虑越多，越难做到心里不藏事。他以前心思就重，不喜欢向人敞开内心，在她面前才好一些。她不希望如今连面对她，他都不给分担的机会。

冷战持续到林跃回国。他回国后，竟也没第一时间来找她。

他曾经在 A 大校外的那间工作室，于他毕业那年退租，照说短期内他不回南迦这边，唯一的选择就是酒店。若非高乐星发来消息，南迦倒没记起来，他其实还有其他选择——"迦姐，你和跃神吵架了？"

南迦猜测："他去你那里了？"

高乐星："不，我们在骆征师兄这儿。"

南迦："他告诉你我和他吵架？"

高乐星："我和骆征师兄接的机。跃神绝口不提你，非和我们俩大老爷们凑一块，全程摆臭脸，我们得多瞎才不知道你们两口子闹矛盾。"

脑海中完全能浮现出与其描述相对应的林跃的神色，南迦暗笑着腹诽：若非他故意显露在脸上给你们看，你们怎么可能发现？

问题来了：冷面男朋友为什么故意显露臭脸？

答案：不就等着高乐星来告诉她，他人在何处。

她知道他今天的航班，故意没去接机。他也继续硬着脾气故意不回她这儿，倒还是迂回地给她报备了他回国后的行程。

撸着迦妃，南迦回复高乐星颇为冷淡的一个字："哦。"

她相信高乐星会把她的反应悉数转述给林跃。

两天过去，南迦刻意而为之的冷战并未因为林跃的回国有所缓和，他丝毫没有要来和她融冰的迹象。南迦心道总不至于弄巧成拙吧？

到第三天，结束临床课的考试，南迦发现手机里躺着条来自章遇宁的消息："你和林跃分手了？"

好家伙，从被问吵架，到被问分手？南迦不疾不徐先探究她问话的缘由。

章遇宁解释，她正和高中的两位即将结婚的老同学碰头，林跃也在场。老同学好奇林跃的感情状况，林跃的回答是没有女朋友。

南迦一怔。

她也佩服自己居然能沉得住气，又继续考下一门课去。晚上，哑摸着这会儿章遇宁肯定已经和他们散席了，她拨通章遇宁的手机号，想更详细地了解一下情况。

第一次拨出去是忙线，章遇宁那边正在通话中。

隔一会儿，南迦拨第二次，章遇宁很快接起。

"章老师——"

"你等一下。"章遇宁打断她。

旋即，南迦听见章遇宁问另外一个人："不介意我再和朋友免提接个电话吧？"

紧接着，林跃无波无澜的声音传出："你随意。"

"谢谢。"章遇宁转回来，"你继续。"

这还怎么继续？南迦选择结束通话："你在开车啊。那先挂了吧，安全为先。不是要紧事，明天再找你。"

丢开手机，南迦反手搂住毛茸茸的迦妃，气笑了："真有能耐……"

她很难不回忆起高一时的同桌。"冷战"这一招，追根究底还是跟他学来的。不过她可比他有人性，起码冷战的伊始就清楚明白地告诉他，她为什么生气，彼时的他呢？光自己闷着，她纳闷了许久才发现是自己惹到他。

今时不同往日，哄是不可能主动去哄他的，否则她岂不功亏一篑？南迦誓要达成目的方肯罢休，所以继续和他冷战着。

虽然他是制冷机，但她狠起来，未必输给他。

于是就这么又过了两天，南迦的期末考试全部结束，终于短暂得闲，打算在家睡个懒觉。唐欣打来的电话却一早唤醒了她。

太阳打西边出来。她以为唐炜或者陈秀芬出了什么事，结果唐欣问她："你是不是不知道，你男朋友今天来家里？"

南迦睡意顿消，火速赶往南向东那边。

"人呢？"

唐欣指向书房："进去一个小时了。"

扫过客厅茶几上明显由林跃带来的礼袋，南迦问："爸找他来的？"

如果预先没有计划，一大早的林跃上哪儿准备这些？

唐欣："不知道。昨晚爸爸还在和我聊今天上午要开几个会，早上起床吃饭爸爸就改口不着急去公司,还专门换了身衣服像在等人。没多久,林跃就上门来了。"

从描述上判断,场面还算平和。南迦心思转一圈,没去书房敲门,留在客厅。约莫十五分钟后,南向东和林跃一前一后自书房出来。

坐在沙发里边看电视边啃桃子的南迦视线飘过去,和林跃淡漠的眸子隔空触碰。

鉴于不久前父女俩的关系再度恶化,南向东当先声明:"没欺负你男朋友。"

南向东回头瞥一眼林跃,紧接着撂一句"谁欺负谁还不一定",便出门上班。

南迦顺着南向东的话问林跃:"你欺负他了?"

林跃面无表情地承认:"嗯。"

南迦:"怎么欺负的?"

林跃站在那里,眼尾被窗外的朝阳投落一片光影,嗓音沉缓地说:"不仅拱了他养育二十多年的大白菜,还要把大白菜娶回家,据为己有。"

南迦扬眉:"'大白菜'表示她什么都不知道。"

林跃走过来:"'大白菜'现在什么都知道了。"

南迦微微抬高下巴:"听说你没女朋友。"

"是没女朋友。"林跃从她雪白的颈间勾出挂着素戒的细链,"我有的是未婚妻。"

搁这儿玩文字游戏呢。那天她虽然没猜出这层意思,但猜到章遇宁和高乐星一样被他当传话筒了。他就是笃定他在他高中同学面前说的话章遇宁会告诉她的。

南迦啧声:"女朋友生气你既没哄她也没道歉,一年半都是分隔两地,也没见你回来后着急找我,现在怎么好意思说我是你的未婚妻?嗯?"

林跃敛了眸光,低垂眼,匀称的指节轻拢她的手心,淡淡自嘲:"搞定你爸爸之前,哄和道歉,有诚意?"

南迦挣脱他的手:"你的诚意就是我冷着你,你也冷着我?"

林跃缠住她的手指,赶在她挣脱前扣住:"配合你体验'吵架'游戏。"

南迦忍着笑意:"真的嘛,我不信。"

林跃倏地左右瞥两眼:"你爸爸这个家里,现在有没有其他人?"

南迦:"你想干什么?"

林跃:"你觉得呢?"

南迦:"你不是不怕羞?"

林跃原本浅淡的瞳仁一深,手指当即捏住她的下巴。

南迦笑着偏开头捂住他靠近的唇:"既然来了,要不要到我以前的卧室参观?"

林跃单手抄进裤兜:"带路。"

一直以来林跃都有种感觉:属于南迦的物品,莫名地,都长得像南迦,即便是一把梳子,也仿若刻上南迦的印记。

眼前南迦的卧室,装修、家居、布置的风格和她那套公寓里的卧室截然不同,明确界定了少女和成年女性。但它们又分明是一脉相承的,均散发着强烈的南迦的印记,印记所展现出的区别之处,是她成长的轨迹。

"好多东西是我妈妈从前买给我的。"说这话时,南迦站在一排俄罗斯套娃前,"那时候我妈妈还能陪我一起出游,我们一家三口去了不少地方。"

林跃轻抬下颌,指向一条黑色缎带:"跆拳道服的腰带?"

"嗯。"忆起当年在清荣的些许往事,南迦失笑,"两段之后就没再学了,所以没再升级。不过你如果敢欺负我,我还手是绰绰有余的。"

"怎样算欺负?"林跃欺身,将她困于他的身体和书柜之间,低头轻轻咬住她的嘴唇,徐徐研磨,顷刻松开,"这样算不算?"

"算。"南迦圈住他的脖颈,朝他的浅淡嘴唇回咬上去,"我还手了。"

明明这一年多分开得更久,他们却不似前年十二月他短假回来时那般迫切与急躁,彼此吻得前所未有的慢、前所未有的轻、前所未有的软,好像都怕惊扰了梦,落得镜花水月一场空。

熟悉的触感、熟悉的味道、熟悉的气息,无一不在确认他们彼此的真实。他们又吻得越发慢、越发轻、越发软,细致地感受相互之间浓浓的思念。

林跃伸手把相框扣下去时,南迦分神瞧了一眼,禁不住闷笑。

这吻,忽然继续不下去了。

南迦将相框扶起来,揶揄:"都敢拱我妈妈养的大白菜,还怕我妈妈看?"

相框里的照片,恰恰是她和她妈妈的合影。

虽然南迦并非亲生,但林跃觉得,她们母女俩眉眼间其实有些相似。可能因为南迦是从小跟在她身边由她养大的,夫妻都有夫妻相,母女的样貌也相互影响。尤其两人流露出的气质。

他捏捏南迦的后颈:"嗯,怕。"

"我妈妈长得很吓人吗,有什么可怕的?"

林跃的拇指拭过她水光潋滟的唇："怕你妈妈和你爸爸一样，对我不满意。"

"不会。"南迦拢在他的身影之下，微仰的脸流露笑意，"我妈妈告诉我，她也很喜欢你。她很放心交由你保护我。"

回去的途中，两人拐去骆征的住所拿林跃的行李。

高乐星谢天谢地："迦姐你终于来把跃神领走了。"

南迦取笑林跃："瞧瞧你，多招嫌弃。"

林跃满脸冷然，无所畏惧："我稀罕你的不嫌弃？"

话是对高乐星说的。高乐星戾得藏到骆征身后，心里斗胆吐槽林跃：一见到媳妇儿就过河拆桥，忘了这两天究竟是谁收留的他，越来越认清楚他的真面目，下了凡的神仙也难逃见色忘义。

由于没提前通知林阿姨今天林跃回来，家里没有准备林跃的饭菜。南迦也没让林阿姨再忙活，她和林跃又拐去超市逛了逛，购买食材、添置些生活用品。

这个生活用品就格外灵性了，毫无疑问包括情侣家中必须常备的"小雨伞"。

林跃拿的时候，南迦在他耳边低笑："前年你在旅店里没用完带回去的两盒，应该还没过期。"

林跃无情地赏她一个白眼。

迦妃这次比前年花费更长一些时间才认出林跃，认出林跃后就一直黏着林跃，南迦的地位严重受到威胁。不过林跃并未表现出对迦妃有多爱搭理，将迦妃送进猫窝里暂且限制它的行动，以免妨碍他在厨房里的发挥。

南迦也进厨房，做她擅长的沙拉，同时受邀欣赏林跃的厨艺。

留学生就是不一样，吃不惯国外日复一日的汉堡薯条可乐，被迫自己动手丰衣足食，厨艺突飞猛进。

南迦只恨自己没有十个胃，甘拜下风："恭喜你，彻底掐灭了我学做菜的念头。"

林跃给她换一杯利于消食的饮料："拿手术刀的手，就不要用来拿菜刀了。"

南迦撸着趴在她碗里也吃得津津有味的迦妃："还早呢，我现在可是什么都学，以后到医院里各个科室轮转，哪能是按我的意愿想去哪儿就去哪儿，兴许哪个科室缺人我往哪儿填。"

林跃才不听她谦虚的鬼话："你就说，你不想进外科？"

南迦："行吧……那还是想的，特别想。"

这天晚上，迦妃窝在南迦怀里、南迦窝在林跃怀里，闲适安宁地看完一部电影，便相拥着踏踏实实地睡了。

团聚的时间不再有限制，不再有离别的日子追在后面催促他们抓紧温存。

他们依旧珍惜在一起的每一分每一秒，但也清晰地拥有来日方长。

提前一年毕业回来的骆征，没有接受任何公司的邀请，选择自主创业，年前刚刚将公司筹备成形。这是骆征和林跃当初在 M 国期间就有的合伙打算，如今林跃回归，也一心扑在上面。

林跃说，他去正式拜访南向东那天，南向东提出过，可以投资他一笔公司启动金。林跃将其称之为"嗟来之食"，眼睛不眨一下直接拒绝。不过林跃未失偏颇地告诉南迦，南向东当时给他施压，并非真的希望他和她分手。

南向东看得出来，除非他们俩自己内部出问题，否则任何外力都无法分开他们。这几年南向东也越来越喜欢林跃这个准女婿，但又不希望林跃轻轻松松就把南迦娶回家，于是闹出了前阵子那么一出。

南迦闻言反问他："嘴长在我爸脸上，他自认为他的出发点是好的，你难道就觉得我爸没错吗？"

她比他更了解南向东。兴许南向东所言非虚，可南向东绝对也抱有"假如她和林跃真的就此分手"的心理。

林跃冷笑："你觉得我会傻到被他忽悠？"

南迦："你自己回顾，你刚刚的话是不是特别像跑去和我爸同一阵线？"

林跃："我只是有一说一，以免成为在你和你爸爸之间乱嚼舌根的人。"

南迦："你嚼一个舌根给我看个新鲜。"

林跃沉默两秒，离开电脑，捞过她的腰，覆过身去，和她的舌根搅在一起。

至于林跃搞定南向东的方式，简单粗暴得不像话——带上他的存折、公司股份所有权证明等等他目前的全部家当，撂南向东面前，向南向东提亲。

而在南向东开口前，林跃就强势又冷硬地说："你同意，以后我们的婚礼会让你全程参与；你不同意，我就是尊重你'南迦父亲'的身份，知会你一声：南迦我娶定了。"

春节前后，林跃和骆征的公司基本步入正轨。

创业之路无疑是艰难的，虽然这还只是开始，未来将如何尚未可知，但有个好的开端，仿佛预示着美好的未来，足以令人满怀期待。

这个满怀期待的新年，南迦和林跃则去清荣过——

郑耀便是当时章遇宁口中即将结婚的高中同学，结婚对象是章遇宁高中的同桌。郑耀早早就预定了林跃为其中一位伴郎，林跃当时在饭桌上也答应出席。可林跃因为公司里的事忙得焦头烂额，原本以为不得不爽约的。

转折发生在 12 月 31 日那晚。

南迦在林跃公司里陪他加班，想再一起跨年。晚上九点钟左右，林跃忽然盯着手机里新进来的消息发愣。南迦见他表情不对，以为出什么大事了。

林跃回神，薅迦妃似的薅她的脑袋，说："今年得到清荣过年了。"

南迦歪头注视他嘴角的嫌弃，听他补充道："瞿闻宣从西北滚回来了，一回来就给我找事。"

"哦。"南迦勾了勾脑袋，又摸摸下巴，非常讨打地说，"我突然有点吃瞿闻宣的醋了。"

林跃无语。

南迦觉得他可能很想让她滚。她笑趴在他怀里，打算用两个吻来道歉。

没等她行动，对面工位的骆征幽幽出声："这里不是只有你们俩。"

南迦乖巧点头："好的，骆征师兄。"

然后，她该干吗还是干吗，只是把法式热吻缩水成蜻蜓点水的轻啄。

为了配合瞿闻宣，郑耀非常讲义气地将婚礼从年后提前到腊月二十九。南迦如今在医院里实习，腊月二十九晚上才能前往清荣，便没跟着林跃出席婚礼。

林跃比她早一天去，腊月二十八就回了清荣。

南迦打趣他："婚前单身趴悠着点。"

林跃："查岗？"

很快，他又发："瞿闻宣和郑耀现在只穿裤衩，自证的照片没法拍给你。"

南迦："发个你只穿裤衩的图。"

在她猜测他会无语吐槽还是严正声明他穿得整整齐齐时，林跃回复："我没穿你都见过，穿裤衩有什么可看的。"

南迦："请注意你的高冷神仙人设。"

林跃："喝了点酒。"

南迦："酒说它不替你背'锅'。"

字里行间她完全感受得到，他很高兴。

与久别的好兄弟相聚，她也很为他开心。

腊月二十九晚上，登机前，南迦看到章遇宁少见地发了一条朋友圈，拍的是无名指上的戒指。作为知情人，她猜到是蒙在鼓里的章遇宁被突然出现的失踪人士瞿闻宣求婚成功了，点了个赞，又给章遇宁留言："恭喜（调皮眨眼）！"

晚上十一点钟左右，飞机落地清荣机场，等托运的行李箱耽误半小时，南迦才在接机口被林跃接到。

林跃开了林明理的车，和当年是同一辆，南迦坐上副驾驶座时突然发笑。林跃问都不用问，就能猜到她肯定记起几年前他和林明理到酒店接她的场景。

"你不知道，我那时候惊喜得完全傻掉。"

"不知道你是惊喜，但确实看见你的傻。"她当年坐在后座里的表情，林跃通过后视镜尽收眼底。

南迦喷声："'傻掉'和'傻'是一回事吗？注意你的措辞。"

林跃微勾唇。

南迦感叹："我爸这辈子做得最称我心的一件事，就是当年让我住进你家里。"

林跃说："你不住进我家，我也会慢慢喜欢上你。"

"我这么有魅力啊。"南迦要笑不笑，"还是说，在我住进你家之前，你已经对我有好感了？"

林跃自己也无从追溯，当年具体什么时候开始喜欢上她的。

可他就是确信，即便没有同住一个屋檐获得更多接触彼此和了解彼此的机会，仅仅通过在学校里和她当同桌，他的心也迟早会被她俘获。

她是个耀眼的女孩，满天星河都偏爱她，赋予她光芒，他没办法不看见她。

因为她，他相信世界上存在命中注定。

命中注定两条星轨的交错，命中注定的相遇。

南迦单手抵着车窗玻璃，拄着下巴，嫣嫣然又笑："那就不感谢我爸，感谢我自己。感谢我自己当年脑袋一热，凭着一股冲动孤身跑来清荣。"

略一顿挫，她转头："然后，在清荣，遇见你。"

林跃侧眸，于她的轻声咬字中对视上她晶晶亮的眼。揉了揉她的头发，他的视线望回前方，车子继续往前开，开出地下停车库，开上路面。

南迦的话没停："现在给你直播复述那年我孤身飞来清荣是个什么情况。"

"得知养了我十六年的人不是我的亲生父母，我冷静了几天才冷静下来，买了红眼航班的机票，一个小女生凌晨抵达陌生城市的空旷机场，随便找个角落愣是撑到清晨天亮才安心打出租车进市里。

"进到市里,一个人住酒店,还到外面漫无目的四处乱晃。

"啧啧,我的胆子怎么那么大啊。要是一个不小心在机场被人贩子拐走,或者出租车上遇到坏司机,后果不堪设想啊。"

"怎样,是不是特别心疼我?"南迦带几分调笑问,"有没有后悔当初见我的第一面,就对我摆臭脸?"

林跃冷冷清清的侧脸半掩阴影半掩光,抿着的嘴唇唇色很淡:"再说下去我要先靠边停车了。"

南迦挑眉:"靠边停车干什么?"

林跃:"让你感受我有多心疼。"

"那我还是不想被交警逮个正着。"说实话,南迦自己也有些脸红心跳。她堂堂一个医学生,可以把所有人当作一堆器官,毫无感觉,唯独面对他依旧保留她假装淡定的不淡定。即便一些话她出口得十分流畅。

林跃嘴角抽搐:"我的意思是亲你两口……"

南迦的笑声闷在喉咙里:"哦,你的表情误导了我。"

林跃:"甩'锅'甩得很溜。"

南迦:"这不昨晚刚跟你学的嘛。"

不交谈,丢他专心开车的结果是,她靠着椅背不知不觉睡着了。

她现在每天是学校的课和医院实习相结合,医院实习还是学分的一部分。傍晚交完班,她马不停蹄赶到机场,虽然在飞机上也睡了会儿,但依旧累。她本打算借着说话保持住精力,但还是抵挡不住困意。

车子开进小区车库时南迦其实有所察觉,同时察觉到的还有林跃轻手轻脚将她背上他的后背。她的眼皮实在太沉,他的后背实在太安稳,她索性继续睡。

深而沉的一觉,一夜无梦。

睁眼醒来已经是上午,厚重的窗帘也掩盖不住窗外的天光大亮。南迦懒洋洋拥着被褥,迷迷瞪瞪地扫视屋里熟悉的陈设,一瞬恍惚,有种不知今夕何夕的感觉。

不,不是"不知今夕何夕",而是仿若大梦一场醒来,发现自己其实并没有长大,光阴依旧奔赴于高一那年的冬天,林跃把他的卧室让给她睡,她嗅着无处不在的他的气息睁眼,晨光悄寂,少女春心荡漾。

洗漱完,南迦打开房门出去,忍不住蹿进对门卧室,重返她曾经住过两个多月的小空间里怀旧。不多时,林跃轻轻叩门:"视察完没?视察完来吃饭。"

南迦摆出领导的架势,双手背在身后,老神在在地道:"来,表哥,带我晃一圈,认一认厨房在哪儿、卫生间在哪儿、洗衣机在哪儿——"

林跃没理睬她,不等她讲完,他自顾自转身走人。

南迦跟在他身后喷声:"一点也不配合。"

林跃的卧室毫无变化,但客厅和她记忆中的不太一样,无疑是当年火灾过后重新装修过。南迦便又进厨房瞄了两眼,才落座饭桌前。

早餐是林跃从外面买回来的,和翁云从前给他们准备的相差无几。

南迦记起问:"你爸妈知道我今年跟着你在清荣过年吧?"

林跃点头:"嗯。"

"那等下你赶紧陪我去买点见面礼,我从北城过来什么都没准备。"南迦腮帮子鼓鼓的,早已习惯在他面前毫无仪态地边嚼东西边讲话。

"我帮你准备了。"林跃把最后一只煎饺让给她。

"你这样还怎么让我心安理得地用'太忙'当理由?"他公司的事情可丁点儿不比她的少,她笑,"我发誓,我没有不重视你爸妈。"

"你重视干什么?"林跃眉头轻轻皱起,"不见也没关系。"

南迦深以为然:"也对,我又不用压上我的全部家当,跟你爸妈提亲。"

林跃无语地白她一眼。

南迦咽下嘴里的煎饺,话锋一转:"不过,我必须当面向他们炫耀啊,炫耀我的同桌自己组的小家有多幸福。"

林跃眼神微动,开口却是一句没什么明显情绪的评价:"无聊。"

"口、是、心、非。"南迦低笑,又问他把和他父母的见面安排在什么时候。

"年后,要回北城之前再说。"林跃低着头回复手机里的消息。

"北城有什么要紧事吗?"他这顿饭吃得,手机几乎不离手。南迦记得他明明说过,春假期间,即便天塌下来也由骆征先顶着,他绝不再忙,专心过年。

林跃淡淡地解释:"郑耀今天到一中补拍一组婚纱照,喊我和瞿闻宣几个过去给他在篮球场当背景队友。"

"所以吃完饭你要回学校?"

林跃抬眼:"你吃完饭有事?"

"有一件。"

"什么?"

"不告诉你。"南迦故意卖关子,"用不了多少时间,我到小区门口就能办。"

林跃没追问:"可以。郑耀那边不着急。你办完我们再过去。"

一个小时后,收到南迦的消息,林跃驱车出小区,停在小区外的路边,正要打电话告诉她车子现在的位置,副驾驶座的车门率先被拉开,他转头,一时怔眼。

挑染了蓝紫色头发的南迦坐进来,关上车门,系上安全带,最后她抬头,一双清灵的眸子笑意盎然地与他对视:"社会你迦姐,向清荣一中出发!"

昨晚在飞机上,她便打算落地清荣之后染个她当年初来乍到之时的同款发色,非常适合故地重游。若非气温比较尴尬,她连着装也想来个同款。

林跃敛起眸底的情绪:"那时候你的发色不是从北城带过来的?"

"如果是,我爸肯定一剪子把我剃成光头。"南迦照着镜子补口红,"我当时来到清荣满大街瞎溜达,不知不觉溜达进理发店,给自己搞了个新面貌迎接新生活。馋染发馋很久了啊,山高皇帝远,我爸的手伸不过来,可不得抓紧机会尝试。"

车子平稳行驶,昨晚睡过去的南迦现在才隔着车窗玻璃正眼打量如今的清荣。

这条路是曾经她和他每天往返的范围,街道两边的变化看上去不大,冬日里依旧蓬勃生机的绿树,一如既往无半丝灰败。

南迦开着手机摄像头沿途录制视频,车子停在校门口出来三百米外的斜坡下,两人下车步行,快到学校时,在南迦的提议下先拐进某条巷子。

和外头常年换新的各家店面不同,"卡西莫多"的书店历经多年风霜坚挺地屹立不倒。遗憾的是今天书店没有开门营业。

"喊,老板不是特立独行嘛,怎么还给自己放春节假的?"南迦心有不甘,双手竖在眼睛旁遮光,扒门上的玻璃往里看。

林跃回复着手机里的消息,瞥她一眼:"贼头贼脑。"

南迦直起身体,回头挽住他的臂弯:"一人是贼头贼脑,两人就是雌雄大盗。"

林跃轻勾嘴角,未反驳。

折返出巷子,两人进校门,南迦第一时间捕捉到篮球和篮板碰撞的动静。她望过去,时隔多年,倒还能认得球场上瞿闻宣和郑耀的面孔。

两人均身穿高中时的校服,郑耀作为新郎比瞿闻宣多出的是领口的领结。当然,郑耀还化了妆。球场边有摄影师和打光师若干人,架着摄影器材。

"你舍得来了!"郑耀高喊的声音经过空旷的篮球场,回荡得特别响亮。

但郑耀的视线完全是冲着林跃身边的南迦而来的。

南迦跟着林跃跨进球场，直至走到郑耀面前，郑耀也没认出她，让林跃赶紧给介绍介绍。

南迦自行开口："我是名留青史的林跃唯一有过的同桌，特别牛的女同桌。"

郑耀一头雾水，随后记忆被唤醒，盯着她的脸，难以置信："是你！华夫饼！"

可见当年往他嘴里塞的那一手他是有多印象深刻，这么多年过去，他没记住她的名字，倒记得这个代称。南迦无奈地耸耸肩："喊得我嘴都馋了，华夫饼确实很久没出现在我的零食清单里了。"

郑耀一拳轻轻打上林跃的肩："搞半天原来你对象也是我们认识的人！你口风也太紧了！今天才告诉我们！老瞿，快来看林跃他对象！"

还在球场上独乐乐的瞿闻宣开骂："你才老！你爷爷我永远十八岁，懂？"

陪虞晓羽上完厕所的章遇宁回来正赶上他这一句，臊着脸对南迦低声说："不好意思，第一次见面就让你见识到我男朋友的幼稚属性和臭不要脸。"

很早之前章遇宁就提过要带瞿闻宣请她和林跃吃饭，结果一晃五六年，直至今天她才终于得见章遇宁和瞿闻宣同框。南迦乐呵呵打趣："怎么还是男朋友？"

虞晓羽凑一嘴："就是啊，阿宁，你不是都答应瞿闻宣的求婚了吗？"

"打住！"章遇宁强行扭转话题，给她们俩相互介绍认识。

南迦补上昨天应该送给虞晓羽的一句"新婚快乐"。

虞晓羽狡黠地说："你做好心理准备，就我家老郑那张嘴，没一会儿林跃有对象这事儿就该传遍我们所有的初中同学群和高中同学群。"

"哦？"南迦轻扬眉尾，饶有兴味道，"没关系，欢迎传播，多多益善。都征服得了林跃，我还怕被口口相传嘛？"

摄影师问人是不是到齐了，到齐了可以开始补篮球场的镜头。

虞晓羽过去和她的新郎郑耀会合。虞晓羽也穿了高中的校服，头上扎了头纱突出她作为新娘的身份。

林跃这时把他的长款羽绒外套脱下来放到场边，南迦才发现，他里面原来同样穿着高中的校服。

穿着高中校服出门的啊。遮那么严实，害得她之前没看见。南迦有些怨念。

怨念被林跃隔空感受到。他目光飘过来，与她对视，并没有什么表示，举步进入球场，迅速切走瞿闻宣手里的球。

南迦和章遇宁并排立于场边，兴致盎然地观看林跃和瞿闻宣久违的对战。

阳光明媚，同桌的锐气一如当年。好几个瞬间，眼前他的身影都和曾经三个多月的宝贵记忆中的少年重叠。梦寐不忘，恍如昨日，历历在目。

章遇宁倏地说："等会儿我和瞿闻宣也会拍几组照片。你和林跃也帮我们客串可以吗？"

"没问题啊。"南迦欣然应允。

"那我先去找化妆师给我补妆。"章遇宁笑着往百年榕树下的亭子去。

走到一半又回头，章遇宁似突然记起般，说："南迦，刚刚我陪晓羽在教学楼拍照，落了只帆布包在教室，能不能麻烦你现在去一趟，帮我们取下来？"

"没问题啊。"南迦满口答应。

"谢谢。"章遇宁感激，"落在高一的教学楼。高一（3）班。没记错的话应该就在三班教室外面的窗边。"

南迦觉得巧，她可以顺便看看从前高一（4）班的那个教室。原本她就计划之后和林跃重游教学楼，现在就当她提前上去踩个点吧。

下意识瞄一眼尚在球场里和瞿闻宣胶着的某人，南迦迈向清荣一中独有的一百零三级阶梯，步伐轻快。

上去之后，南迦熟稔地从高一和高二教学楼中间相通的楼梯爬到四楼，楼梯口往左拐过去的第一间教室便是高一（4）班的后门，她恰恰可以经过四班前往隔壁三班寻找章遇宁的帆布包。

但这一拐，南迦不由得愣怔，因为她……看见了田英。

田英和数年前一样瘦瘦小小的，梳中低分马尾，鼻梁处架着副黑框眼镜，此时就站在四班前门的门口。

见她出现，田英招招手："南迦，你迟到了。快进来教室，这节课你们数学老师请假，你们自习。"

南迦一脸蒙。总不可能是穿越了吧？或者她还没睡醒？

她试探性地朝田英走去，经过教室的窗户前时，她更蒙了——教室里坐满了穿着校服的同学，好像真的只剩她一个人还没回教室。

她走到田英面前时，田英指着她的头发说："明天开始不能染发。"

"好，知道了，英子。"南迦飘忽的思绪敛回大半，乖巧地进了教室。

教室里大半是年轻的陌生面孔，像拍戏专门雇来的群众演员。但其中也夹杂有眼熟的人，譬如南迦认出了体委，另外黄卉不太自然地偷偷朝她眨眼睛。

有人在背语文课文，有人在背英语单词。南迦踩着嗡嗡嗡交错的读书声，径直走向她曾经所在的第二组最后一桌。

包亨达躲在高高堆砌的书本后面疯狂补作业，张焱辉抱着高中语文基础知识手册摇头晃脑。南迦于包亨达后面的位子落座，确认迟到的不止她一个，她身边的位子尚空着。

她心里已经浮出某个猜测，心脏在进教室的这几步路里疯狂加快跳动。

她默默坐着。她知道剩余的最后一个迟到的同学不久之后也将进教室。

她满脑子全是当年她第一天来到清荣一中的场景，莫名地，她觉得自己现在应该趴到课桌上睡觉。

于是，南迦真趴下去了。

少时，她听见张焱辉的声音："同学……下课了……"

紧接着，她听见包亨达的声音："新同学？新同学，醒醒。"

最后，她听见桌面被人用指节轻轻叩一下："喂。"

南迦很没出息地紧张了，紧张得滞住呼吸，缓缓抬头。

挺拔修长的少年人棱角分明充满利刃感，站在课桌旁边，深色的校裤，白色的校服衬衣，袖口挽至臂弯。

从她仰头的角度，能看见他清瘦的下颌拉出的弧度格外好看。

他天生冷淡的双眼此刻并未泛出那股叫人不敢亲近的冻人感，反而深谙与之清冷气质浑然相悖的热意。

他垂落的目光凝于她的面容，将放于他那一半桌面的戒指盒推到她面前。

盒子是打开的，里头静静躺着一枚带钻的戒指。

他如流水浮冰般的嗓音沉缓落于她耳边：

"戒指在我回国第一天就买了。虽然已经向你爸爸撂过话，但我始终觉得，要等一两年，等公司前景良好，或者等你毕业，选一个美好的日子，挑一个隆重的场合，再正式向你求婚。

"可等着等着我又反悔了。和你在一起的每一天，都非常美好；和你去的每一个地方，都非常隆重。那不如，就在第一次见到你的地方，和你重新认识，赋予我们各自新的身份，在法律意义上也进入彼此的生活。

"所以，我来兑现承诺了。南迦，你现在愿不愿意，把你挂在脖子上的素戒，换成面前的钻戒？"

教室里仿若被按下静音键，所有人的声音都消失了，南迦只能听到自己鼓噪的心跳声。她和他的关系如此稳定，她以为他们之间不需要求婚仪式。但他原来一直记挂着。

南迦与他漆黑的眸子对视,说:"我不愿意。"

林跃的面容未见慌乱与失望,眼里亦无波澜,看进她眸子里的清明柔软与纯真坦率,静默而有耐性地等待她的下文。

南迦的确有下文。

她弯唇笑,拿起戒指盒,不疾不徐地说:"我既要收下钻戒,也要留下素戒。两枚都是我的,不换,不还。"

林跃也笑起来,笑得比他以往任何一次都开心。他取出盒子里的戒指,轻轻套住她右手的无名指。

寂静的教室里倏地爆发轰鸣的掌声、笑声和起哄声。

南迦和林跃相拥着,在喧哗与祝福中,旁若无人地接吻。

赤烈的阳光泼洒进来,映照干净澄澈的青春。年少的一瞬心动,永远心动。他们慷慨地将光洒向彼此,从此星河长明,点亮人间。